# 朱雀

葛亮 著

# 序

# 歸去未見朱雀航

## ——葛亮的《朱雀》

王德威[1]

朱雀是南京的地標之一。在上古中國神話裡，朱雀被視為鳳凰的化身，身覆火焰，終日不熄。根據五行學說，朱雀色紅，屬火，尚夏，在四大神獸中代表南方。

早在東晉時期，朱雀已經浮出南京（建康）地表。當時秦淮河上建有二十四航（浮橋），其中規模最大、裝飾最為華麗的就是朱雀航。朱雀航位居交通樞紐，正對都城朱雀門，往東有烏衣巷，東晉最大的士族王、謝的府邸皆坐落在此。多少年後，王、謝家族沒落，朱雀航繁華不再，唐代詩人劉禹錫因寫下：

朱雀橋邊野草花，烏衣巷口夕陽斜。
舊時王謝堂前燕，飛入尋常百姓家。

1 文學評論家，現任美國哈佛大學東亞語言及文明系 Edward C. Henderson 講座教授。

葛亮選擇《朱雀》做為他敘述南京的書名，顯然著眼這座城市神祕的淵源和歷史滄桑。南京又稱建業、建康、秦淮、金陵，曾經是十朝故都；「金陵自古帝王州」，從三國時期以來已經見證過太多的朝代盛衰。而南京的近現代史尤其充滿擾攘憂傷，南京條約、太平天國、國共鬥爭，以及南京大屠殺，無不是中國人難以磨滅的記憶。

然而《朱雀》又是一本年輕的書。葛亮生於南京，剛剛跨過三十歲的門檻。他寫《朱雀》不僅摩挲千百年來的南京記憶，更有意還原記憶之下的青春底色。小說橫跨二十世紀三個世代，但葛亮要凸顯的是每個時代裡的南京兒女如何憑著他們的熱情浪漫，直面歷史橫逆，甚至死而後已。神鳥朱雀是他們的本命，身覆火焰，終生不熄。

在古老的南京和青春的南京之間，在歷史憂傷和傳奇想像之間，葛亮尋尋覓覓，寫下屬於他這一世代的南京敘事。而連鎖今昔的正是那神祕的朱雀。彷彿遙擬六朝那跨越秦淮河的朱雀航，葛亮以小說打造了他的「夢浮橋」——跨過去就進入了那凌駕南方的朱雀之城，進入了南京。

## 1

葛亮是當代華語文學最被看好的作家之一。他出身南京，目前定居香港，卻首先在台灣嶄露頭角，二〇〇五年以〈謎鴉〉贏得台灣文學界的大獎。這樣的創作背景很可以說明新世代文學生態的改變。〈謎鴉〉寫一對新世代的男女因為飼養一隻烏鴉而陷入一連串的離奇遭遇，葛亮以流利世故的語氣描繪都會生活，對一切見怪不怪，卻終究不能參透命運的神祕操作。這是一則都市怪談，有謎樣的宿命作祟，也有來自都會精神症候群的虛耗，頗能讓我們想起一九三〇年代上海新感覺派作家如施蟄存的〈梅雨之夕〉、〈魔道〉一類作品。誠如葛亮所說，他想寫一則：

> 關於宿命的故事……這樣的故事，剔除了傳奇的色彩，其實經常在你我的周圍上演。它的表皮，是司空見慣的元素與景致，溫暖人心，然而，卻有個隱忍的內核，這是謎底的所在。[2]

同〈謎鴉〉收入同一小說集（《謎鴉》）的作品，如〈37樓的愛情遺事〉、〈私人島嶼〉、〈無岸之河〉等或寫露水因緣、或寫浮生瑣事，就算是光天化日，總是隱約有些不祥的騷動。而那「隱忍的內核」成為敘事的黑洞，不斷誘惑作者與讀者追蹤其中的祕密而不可得。

葛亮的下一本小說集《七聲》以白描手法寫出七則南京和香港的人物故事，包括了外祖父母畢生不渝的深情（〈琴瑟〉），一個木工師傅的悲歡人生（〈于叔叔傳〉），一個叛逆的女大學生素描（〈安的故事〉），一個弱智餐館女工的卑微遭遇（〈阿霞〉）等。葛亮不再訴諸〈謎鴉〉的神祕奇情，轉而規規矩矩的勾勒人生即景；故鄉南京的人事尤其讓他寫來得心應手。他的敘事溫潤清澈，對生命的種種不堪充滿包容同情，但也同時維持了一種做為旁觀者的矜持距離。

《謎鴉》和《七聲》代表葛亮現階段兩種寫作風貌，一方面對都會和人性的幽微曲折充滿好奇，一方面對現實人生做出有情觀察，而他的姿態始終練達又不失誠懇。有了這樣的準備，葛亮於是放大野心，要為南京城的過去與現在造像。

---

2 葛亮，《謎鴉》（台北：聯合文學出版社股份有限公司，二〇〇六），頁二五三。

《朱雀》故事發生在千禧年之交，蘇格蘭華裔青年許廷邁回到父親的家鄉南京留學，在秦淮河畔邂逅了神祕女子程囡，由此引生了三個世代的傳奇。故事回到一九二三年，女孩葉毓芝隨著父親來到南京繼承祖業。一九三六年，亭亭玉立的毓芝與日本人芥川相戀，在戰爭前夕珠胎暗結。毓芝在南京大屠殺中慘死，死前生下一個女嬰，她的女兒輾轉由妓女程雲和收養，取名程憶楚。時間到了一九五〇年代，憶楚已經是大學生，愛上馬來西亞僑生陸一緯。然而好事多磨，一緯被劃為右派，發送北大荒。文化大革命爆發，程家無從倖免，雲和自殺，憶楚下嫁給強暴她的一個工人。文革結束，憶楚守了寡，舊情人陸一緯卻又不期然的出現……。

如果以上的介紹已經讓讀者覺得頭緒繁密，這還只是冰山的一角。葛亮也告訴我們程雲和原先與國民黨軍官生有一子，暗戀異父異母的妹妹憶楚；憶楚有個兒子卻非親生，女兒程囡的生父也另有其人。程囡和母親和外祖母一樣不簡單，十八歲愛上了美國人泰勒，後者竟是個特務；和許廷邁談戀愛的同時又和頹廢的藝術家雅可難分難捨。小說最後，程囡發覺懷了情人的孩子。

葛亮的文字工整典麗，敘述各條線索人物頭頭是道。饒是如此，他的故事纏綿曲折，讓讀者興味盎然之餘，也許會陷入敘事的迷陣裡。但有沒有另一種方式來看待《朱雀》裡眾多的巧合和繁複的結構？

《朱雀》以時勢動盪為經，家族三代的歷練為緯，其實是現代中國歷史小說常見的公式。但仔細讀來，葛亮又似乎架空了這樣的公式。南京大屠殺、國共內戰、反右、文革、唐山大地震、毛澤東逝世充塞在小說之中，然而歷史事件畢竟只是《朱雀》裡人物——尤其是女性人物——的背景。她們以個人的愛恨癡嗔將大歷史性別化、民間化。這一部分葛亮顯然呼應了張愛玲（〈傾城之戀〉）到王安憶（《長恨歌》）的傳統。但我更要說在此之外，葛亮還在思索一種另類的歷史，而他的女性角色也只是這「另類」歷史的載體而已。

我們不禁想起葛亮寫作《謎鴉》的動機是要訴說一個「關於宿命的故事。……這樣的故事，剔除了傳奇的色彩，其實經常在你我的周圍上演。」在《朱雀》裡，葛亮為他「宿命的故事」找到了一個座標——南京。南京「做為」一種歷史，意味著千百年來一再重複的興衰故事：六朝的帝都，太平天國的天京，南唐在這裡風流過，南明在這裡腐朽過……。比起來，國共政權所鑄造的南京只能說是瞠乎其後。正因為曾經過太多滄海桑田，在南京，野心與悵惘、巧合與錯失層層積澱，早已經化為尋常百姓家的集體經驗了。

是在這一意義上，《朱雀》裡的種種因緣奇遇紛紛歸位，成為南京歷史輪迴的有機部分。葛亮對故事情節刻意求工，加倍坐實了在神祕的歷史律動前，個人意志的微不足道。故事裡的女性角色都有敢愛敢恨的特性，生死在所不惜。但與其說她們凸顯了什麼樣的主體意識，不如說她們的「身不由己」才是關鍵所在。她們是朱雀之城的女子，注定惹火上身，而我們記得神話裡的朱雀是火鳥，身覆火焰，終生不熄。

同樣值得注意的是葛亮對青年雅可的塑造。雅可耽美敏銳，染有毒癮。葛亮有意將這個角色和蘇格蘭回來的許廷邁作對比，後者的純潔正照映了前者的頹廢。雅可我行我素，出沒有如遊魂，和程囡正是一對當代南京的慘綠男女。雅可的欲力雖然摧枯拉朽，終究氣體虛浮，他最後的死亡幾乎是順理成章。但對葛亮而言，惟其如此，雅可體現了這座城市一種虛無失落的悲劇性底蘊。

但宿命傳奇只是《朱雀》的一部分。葛亮同時反其道而行，深入南京日常生活的肌理。他明白南京在外人眼中所呈現的反差，《七聲》裡就寫道，南京雖號稱古都，但卻「好像是個大縣城」。「南京人過日子……大多時候，是很真實的……因為日子過得很砥實，對未來沒有野心，所以生活就像被磚塊一層一層地疊起來」（〈洪才〉）[3]。藉著許廷邁局外人的觀點，葛亮寫南京人「大蘿蔔」般的質樸，足球的狂熱，熙攘的喧譁。回看歷史，他強調筆下那些女性人物哪怕命運多舛，畢竟都是過日子的能手。妓女程雲和解放後洗盡鉛華，成為稱職的主婦和母親，程憶楚和老情人幽會的同時不忘生火造飯，甚至程囡經營她的古玩鋪和地下賭場也似乎就當作是家常營生。

葛亮細寫這些情節，很有些動人片段。而他又提醒我們逆來順受的生活畢竟不能掩蓋蟄伏其下的情緒。「它的表皮，是司空見慣的元素與景致，溫暖人心，然而，卻有個隱忍的內核，這是謎底的所在。」這不僅顯現在主要人物的遭遇上，甚至小說裡的配角也莫不如此。語言老師李博士風姿綽約，卻不知怎的愛上了個非洲來的學生，因此紅杏出牆，釀成大禍。從故事結構來說這不是必要的插曲，但葛亮必定以此暗示在南京普普通通的日子下，永遠暗潮洶湧。

就著雅可和他周圍的人物放浪形骸的生活，葛亮寫出南京的頹廢面。但所謂的放浪形骸也有它不得不然的歷史因由。南京「這城市的盛大氣象裡，存有一種沒落而綿延的東西。」這東西兀自在城市的邊緣或底層生長繁衍，

> 或許，是見不到光的，並非因為懼怕。而是，為了保持安穩的局面。因為，一旦與光狹路相逢，這觸鬚便會熱烈地生長，變得崢嶸與凶猛。

南京彷彿將養著一道心照不宣的傷口，歲歲年年，把日子過下去。但隱忍甚或頹廢的另一端是暴烈，而且每每一觸即發。這是南京歷史的弔詭，也是《朱雀》希望傳達的魅力。

## 2

做為一本關於南京的小說，《朱雀》不能自外一個巨大的書寫傳統。早在中世紀左思〈三都賦〉中的〈吳都賦〉就描寫了三國時代南京（建業）的風貌；庾信有名的〈哀江南賦〉則寫於「大盜移國，金陵瓦解」的侯景之亂後。明清以來孔尚任的《桃花扇》、吳敬梓的《儒林外史》都是以南京作背景。而又有什麼作品能夠超越《紅樓夢》對南京——金陵——的追懷？

一九二三年代朱自清、俞平伯夜遊秦淮河，各寫下一篇〈槳聲燈影裡的秦淮河〉，開啟現代文學的南京想像。一九三二年魯迅回到曾經求學的舊地南京，有了「六代綺羅成歸夢，石頭城上月如鉤」之歎；到了一九四九年，人民解放軍占領南京，毛澤東一句「天若有情天亦老，人間正道是滄桑」，顧盼之際，道盡歷史天翻地覆的感懷。

當代的南京作家書寫南京最富盛名的首推葉兆言。他的《夜泊秦淮》遙想民國風月，戲擬鴛蝴說部，很能托出南京那股新舊時間錯置的曖昧感觸。但《夜泊秦淮》只是短篇合集，未能成其大。其他如稍早的朱文（《我愛美元》）和當紅的畢飛宇（《推拿》）則寫下當代南京的平民風情。至於蘇童雖然不以南京為小說題材，作家本人卻在南京定居多年，耳濡目染，已經成為南京書寫的另一種代言人了。

3　葛亮，《七聲》（台北：聯合文學出版社股份有限公司，二〇〇七），頁三二一。

葛亮其生也晚，連文革都沒碰上，何況更早發生在南京的風風雨雨。然而在世紀之交成長，葛亮畢竟有他獨特的經驗，如何將其融入古老的記憶，是《朱雀》最大的挑戰。葛亮更有興趣的應該是召喚一種叫做「南京」的狀態或心態；南京於他與其說是懷舊，不如說是近於耽美的嚮往。當小說寫著葉毓芝的父親在船頭吹著簫來到南京、當許廷邁和程囡在明代陵寢廢棄的石碑頂上做愛，我們不禁要會心微笑：青春的想像如醉如癡，可以讓任何沉重的歷史也多情起來。就此《朱雀》延續了當年鍾曉陽《停車暫借問》的特色。

更進一步，葛亮要說南京是一種「癮」，而且這癮可能是有毒的。做為南京的魂魄，雅可在噴雲吐霧中方生方死。許廷邁初嘗南京有名的鹹水鴨頭，一上口就欲罷不能——我們後來才知道炮製鴨頭的祕方不是別的，是罌粟。

在這一方面《朱雀》的兩個男性角色——許廷邁和雅可——值得我們再思。許廷邁是有著南京血統的異鄉人，雅可則是古城最新一代的「遺少」或「廢人」。一個站在南京的外圍霧裡看花，一個是陷在南京的內核裡難以自拔。葛亮對這兩個角色都有偏愛——他們都是作家的分身。有意無意間他們尷尬的處境也投射了葛亮本人的兩難。我們的作家其實錯過了南京的輝煌與墮落，是個實實在在的後之來者，但生於斯長於斯，南京又是他與生俱來的存在經驗。借箸代籌，我以為葛亮可以由這兩個角色經營更有張力——或更有反諷意味——的南京敘事，《朱雀》的面貌或許又有不同。

《朱雀》裡的南京雖然未必令人發思古之幽情，卻突出另一種空間的輻輳力量。南京特殊的吸引力讓一批又一批的外來者到此一遊，以致流連忘返。蘇格蘭的華裔青年、日本的藝術家、美國的間諜、俄國的妓女、南洋的歸國華僑、非洲的、紐西蘭的留學生輪番出現在葛亮的小說中。而南京經驗流散出去，可以在加拿大、在蘇聯、在北歐激起波瀾。南京的「癮」是會蔓延的。

葛亮以空間輻輳的概念寫南京，看得出香港和台灣經驗給予他的啟發。南京無論如何保守，畢竟進入了新的世紀，所謂歷史長河到此漫漶出去，成為一種穿梭空間、湮沒邊界的體會。如此，葛亮將六朝風月與後現代、後社會主義的浮華躁動並列一處，或糅合、擦撞種種人事巧合就顯得事出有因。葉毓芝和日本情人芥川在抗戰前夕戀愛不奇怪；芥川的子女在南京大屠殺七十年之後，成為救贖原罪的奔走者，同時葉的外孫女程囡又和芥川的兒子相互有了性的吸引——這幾乎已經到了隔代亂倫的邊緣。相似的例子是程憶楚異母異父的哥哥暗戀妹妹，甚至向她求婚。歷史在南京的離散與聚合如此盤根錯節，以致失去了原有一以貫之的正義訴求或倫理線索。南京的「謎底」深邃不可測，這是葛亮的用心所在了。

葛亮似乎與鳥有緣，從《謎鴉》到《朱雀》，短短幾年的成績令人驚豔。徘徊在南京的史話和南京的神話之間，《朱雀》展現的氣派為葛亮同輩作家所少見。在長篇敘事的經營和歷史視野的構築上，葛亮仍有可以琢磨的空間，也不妨與當代書寫城市的小說名家繼續對話。

比如王安憶的《長恨歌》寫上海六十年的滄桑變幻，古典詩歌裡感天動地的情史化作十裡洋場的欲望傳奇，海上風華的誘惑與悵惘也以此展開。又如賈平凹的《廢都》寫當代西安的聲色犬馬，極頹廢也極感傷。長安的氣象在盛唐過後就每下愈況，廢都之「廢」因此不是一時一地的感慨，而是積壓千年的塊壘。台灣的朱天心在上個世紀末以台北為背景寫下《古都》。對朱而言，台北毫無歷史或歷史感可言，但藉著召喚一個海市蜃樓般的古都台北，作家寫出了她無處感懷的懷舊，難以發洩的憂傷。香港的董啟章在九七回歸前夕創作了《地圖集》和《V城繁勝錄》；前者有卡爾維諾式「看不見的城市」的政治隱喻，後者則諧擬宋代孟元老《東京夢華錄》筆意，預先懷念香港將要消失的繁盛。

旅美的施叔青曾有《香港三部曲》以女性眼光看香港百年起伏，但張北海的《俠隱》才更出奇制勝，沿用會黨俠情小說的形式，為七七事變前的故都北平寫下迴光返照的一頁。

這些作家各自為心儀的城市述說故事，也因此延續了每個城市的「神話」氛圍。葛亮寫《朱雀》想來也抱有同樣的野心。就此我們回到小說最重要的意象——朱雀——以及一隻朱雀形狀的金飾。這只金飾朱雀曾被葉毓芝、程憶楚、程囡三代母女彼此流傳，而朱雀又隨著女人們的情愛對象不斷轉手流浪。朱雀的「旅行」，從家人到情人，從南京到北大荒，甚至到了加拿大，一方面訴說世事無常，一方面暗示因緣巧合，南京和南京人謎樣的命運也隨著朱雀的線索迤邐展開。小說最後高潮，朱雀的來源真相大白，我們這才理解所謂偶然和必然，冥冥的宿命和人世的機巧其實此消彼長，一件民間工藝品竟是見證——甚至救贖——歷史混沌的最後關鍵。

在寫作的層次上，葛亮可以更為自覺地做為說故事人，他何嘗不就像是個打造朱雀的手藝人，他的小說就是那神鳥又一次的神奇幻化。如此，他的敘事更有可能將上古的神話嫁接到後現代的「神話」上。這讓我們想起小說最後，許廷邁遇到朱雀最原始的主人的一段描寫。後者端詳多年以前的對象，不勝唏噓，他於是：

> 在小雀的頭部緩緩地銼。動作輕柔，彷彿對一個嬰孩。銅屑剝落，一對血紅色的眼睛見了天日，放射著璀璨的光。

朱雀開了眼，南京的「謎底」靈光一現，這是小說最動人的時刻。而如何持續打磨自己的記憶和技藝，讓作品放出「璀璨的光」，也應該是葛亮最深的自我期許吧。

《朱雀》結尾相當耐人尋味。程囡知道自己懷孕，決定生下無父的孩子。她與遠在太平洋彼岸的許廷邁聯絡，廷邁兼程趕回南京。當他到了「西市門口，他默然站定，覺出腳底有涼意襲上來。」他為什麼回來？果然會和程囡重逢麼？回到了南京他會就此待下來麼？

這最後一章的章名是「歸去未見朱雀航」。遊子歸來，一切恍如隔世，但一切似乎又都已注定。那曾經絢麗的神祕的朱雀何在？早已消失的朱雀航可還有跡可尋？命運之輪緩緩轉動，南京的故事未完，也因此，《朱雀》不代表葛亮南京書寫的結束，而是開始。

# 目次

謹以此書

獻給　我的母親

朱樹楨　教授

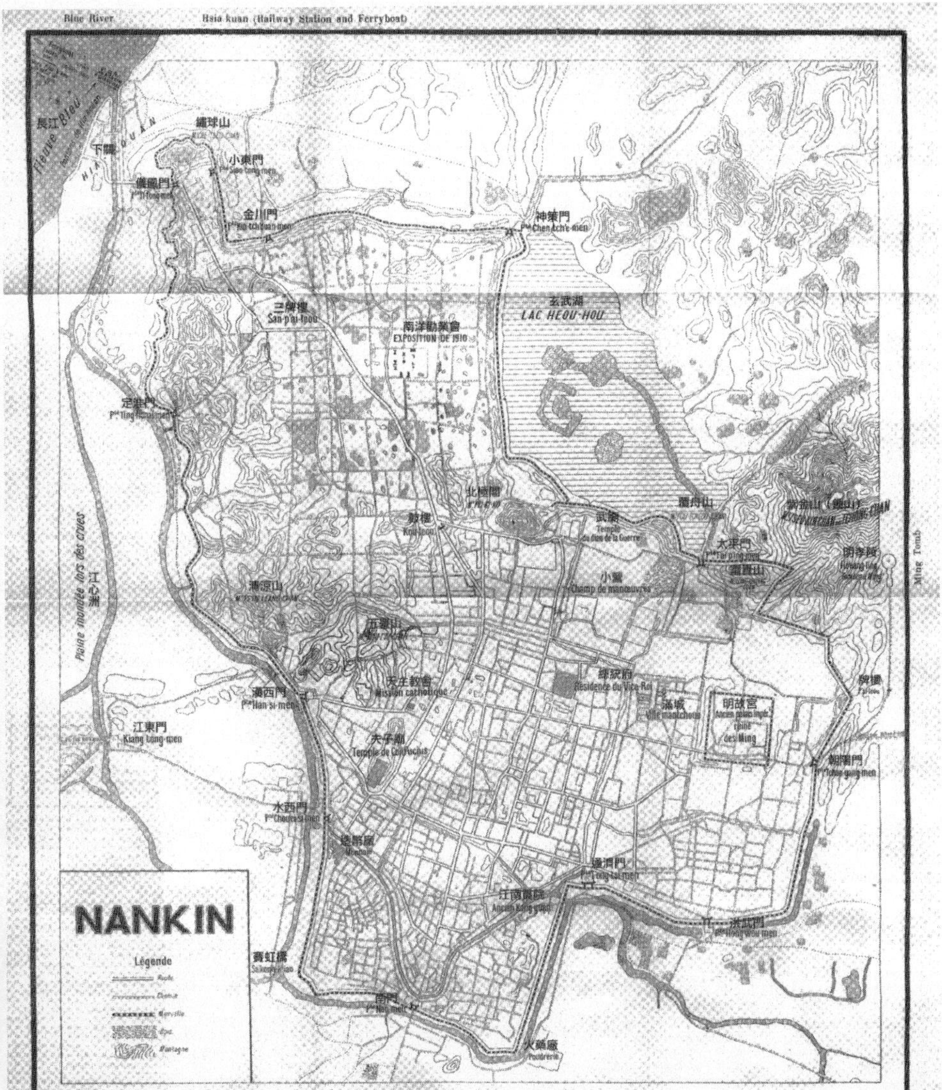


[Map] Nanking City (Nankin) 1912
From Madrolle's Guide Books: Northern China, The Valley of the Blue River, Korea. Hachette & Company, 1912.

# 第一章

# 格拉斯哥 v. 西市

他本無意於這一切了。

說到底，他不過是個局外人。只因為有了她，這無窮盡的陌生才對他打開了一個缺口，施捨似的。他是個有尊嚴的人，可站在這堂堂皇皇的孔廟跟前，還是有了受寵若驚的表情。那匾上寫著「天下文樞」。牌坊是新立的，灑金的字。字體雖然是莊重的，但還是輕和薄，像是那廟門前新生的髫鬚。但就是這樣，他還是被鎮住了。

他茫茫然地聽說了夫子廟這個地方，當時他在英倫北部那個叫格拉斯哥的城市。是個地形散漫的城，卻養就了他中規中矩的性格。那裡的民風淳厚，舉世聞名的大方格裙子是個佐證。厚得發硬的呢子，穿在身上其實是有些累贅的，似乎並沒有人想起去改良過。穿時要打上至少二十五道褶子，必須是單數的，這也是約定俗成，無人非議。然而外地的人們關心的卻是這裙子附麗的訊息，他不止一次被人問起他們蘇格蘭的男人穿這裙子時，裡面到底有沒有底褲。他就會臉紅，彷彿這習氣的形成都是他的罪過。在這城裡，他聽著風笛長大，這樂器的聲音尖利而粗糙，總讓人和思鄉病聯繫在一起。而他長著黑頭髮，眼睛也是黑的，他對這城市的感情就若隱若現。這裡面有些自知之明的成分，他明白，他並不真正屬於這裡。和那些金髮碧眼的孩子不同，他和這城市有著血脈的隔閡，他對它的親近過了，就有了矯揉造作的嫌疑。

有一天，父親對他展開了一張地圖，指著一塊紅色的疆土，說是他祖父的出生地。這國家讓他陌生，因為它的疆界蜿蜿蜒蜒，無規則而漫長的海岸線令年幼的他有些不知所措。他相信複雜的東西總是更文明，就像是大腦皺褶多些的人總是更聰明。他父親指著海岸線邊上的一個小點，說，這是他們的家鄉，南京。

後來到他大學讀了一半，學校裡實行了與國外高校的學生交換計畫。他就填了地處南京的著名大學。倒不見得完全是尋根的需要，這大學的物理專業在國際上是有聲望的，和他的所學也相關。不過這也無法為他看似尋根的舉動找一個充分的藉口，或許和尋根互為藉口。在出發之前，他用功地做了準備的工作，學了一個學期的漢語，又翻看一些有關南京的資料。後來發現了一張英國人繪成的明朝地圖。那時的南京，是世界上的第一大城，並不似中國以往的舊都，有體面莊嚴的方形外城，而是輪廓不規矩得很，卻又奇異地闊闊。這局面其實是一個皇帝迷信的結果。然而到了下一個朝代，外城被打破了，這界線有些地方殘了，有些更是不受拘束地溢了出來。後來他很得意自己的直覺，這城市號稱龍盤虎踞，其實骨子裡有些信馬由韁，是六朝以降的名士氣一脈相傳下來的。

他也預習了有關這個城市的文學，聽說了文言文的深奧可畏，他就找了白話文來讀，印象深刻的是一個姓朱的作家寫的一篇〈槳聲燈影裡的秦淮河〉，後來又讀到了姓俞的作家寫的一篇，同題異筆，說的都是這條河流的好處。

到了南京的第一天，他就要去看這條河。然而竟一時忘記了河的名字，就對接待他的中國大學生說，他要去看這個城市最著名的River。叫小韓的大學生是個很熱心的人，帶著他就上了一輛巴士。下了車，他們站在很大而陳舊的鐵架橋上。橋頭是一座漢白玉的雕像，好像是三個身分不同的人，擺出很革命的姿態。他往橋下張望，底下是有些泛黃的滔滔的水。他頓悟了，說NO，這是揚子江，我要去的是另一個河。小韓想了一下說，你是說秦淮河吧，那我們去夫子廟。

他這就聽說了夫子廟這個地方。

小韓路上對他說，這夫子廟是南京很著名的去處，為了紀念中國古代的聖人孔夫子。他就興奮起來，說他知道孔子，他知道的還有一個孟子，是孔夫子的兒子。小韓就對他好脾氣地一笑，說，這倒不是，我以後慢慢講給你聽。

他沒料到夫子廟是個極熱鬧的所在。他總以為紀念聖人的地方應該是肅穆的，就像莎士比亞的墓地和司哥特的故居。而這裡卻滿是香火氣。待站到秦淮河邊，撲面而來的是一股不新鮮的味道，把他嚇了一跳。這河以這種突如其來的方式讓他失望了，水不僅是渾，而且黑得發亮。他於是很坦白地說，這河是他有生以來看到的污染最嚴重的河流。小韓臉紅了，現出很慚愧的樣子，說政府在治理，會好的。他總覺得自己是個樂觀的人，他就很詩意地將這氣味理解為六朝脂粉腐朽和黏膩的餘韻。然而終究不是。這時候有船過來，載著圖新鮮的遊客。小韓問他想不想坐上在河裡走一遭。他探了一下頭，看那油漆得花團錦簇的船上，站著個敦實粗短的中年船工，那船工直起嗓子拉了一下生意，然後清了清喉嚨，「撲」地向河裡吐了一口。也並沒有看到意想中的歌娘，他就搖了搖頭。

小韓又帶他往前走了，他看到前面有個紅牆金瓦的建築，雖然顏色是舊了，但是在這嘈雜中卻有股肅然之氣。門樓上是一塊匾，上面書寫著很遒勁的漢字。這四個字倒認識三個，「天下文」，然而最後一個卻沒見過，他想這是很關鍵的一個字。他在心裡一筆一畫描摹著這個架構巍峨的生字，心裡有了被征服的感覺。

小韓說進去看看，就去買門票。他很奇怪這樣的地方竟要門票，覺得自己朝聖的心情被辜負了。

小韓兜了一圈又回來，很失落地說，售票處的人說裡面在修繕，竟不放遊客進去。他倒不以為意，反而心裡有些理解了：這廟雖然不是像迪士尼那樣是用錢堆起來的地方，卻總要經費來維護。這門票就算是變了相的香火，孔老夫子總該能受用的。

兩個人沿著河畔走著，說些閒話，說著說著也就沉默了。走到了一座石拱橋跟前，遠遠的一隊人，紅帽皂靴，穿著長袍一路吹吹打打地走過來，還有一頂轎子，在四個男人肩上顫悠悠地一上一下。這是極有中國特色的男女嫁娶的一幕，他看得愣了神，並不知道這隊人只是當地一個酒廠的活廣告。

待這隊人鑼鼓喧天地走遠了，他也看夠了。他看夠了，回過頭來，小韓卻不見了。他四周張望了一下還是看不見，就跑到了剛才那座橋上，引了頸子望。他身形高大，動作又很誇張，這樣望來望去，就好像一隻神態焦灼的鵝了。

小韓是個沒什麼特色的人，穿了一件灰撲撲的夾克衫。他這麼東張西望，一時覺得這密麻麻的人群裡，到處都是小韓，然而又都不是。

他失望得很，心裡又自嘲，想不到才剛剛第一天，自己就演了齣迷失南京的活劇。這時，突然他記起小韓其實給過他一張名片，上面有個手機號碼。他心裡得了救似的，急急地下了橋來。

可是他並不知道哪裡能找到可打的電話。路上散落著電話亭，然而他身上卻並沒有一張電話卡。他就循著沿街的商鋪一路走過去，看見鋪頭裡的小老闆就比劃著，用小指和大拇指做個打電話的姿勢，然後衝著人家揚揚手裡的十塊錢。然而對方似乎不很明白他的意思，總是迅速地搖搖頭。他就這樣走到了一堵牆跟前。這牆上覆著青瓦，原本是古意十足的，卻似乎剛剛修整過，刷得雪白粉嫩。牆上有一道拱門，門上寫著兩個字——西市，這兩個字他都認識，他想「市」大約就是城的意思，這門裡面，該就是一座城了。

他不自主似地走進去，跟著有些驚異了。外面是熙熙攘攘的，這裡面卻是十分的空和冷，似乎起了清寒之氣。地上的路是大而厚的石板鋪成，他踩上去，覺得腳底有涼意襲上來。兩邊的房都是黛瓦粉牆，黑漆的門。門上淺淺地鐫著浮雕，他看不清那圖案，就覺得深奧。窗子也是鏤空的。很闊大的簷從房梁上延展出來，一星半點的陽光要鑽進門窗裡去也變得艱難。往前走了幾步，他看到一個中年女人站在門口，又彎下腰去，拿著個掃帚疙瘩洗刷自家的門檻。這動作在他眼裡也是施施然的。他獨自矗立在大片的陰影中，看著眼前的風光，以為自己誤打誤撞走進了守舊人家的大宅門。總覺得這裡，該有個光豔的戲子唱起了幽怨的戲。然後年華也在這咿咿呀呀的腔調裡，身不由己地老過去。這就是他想像的古老文明了，並不是因為無知，更多是因為天真。其實這古老裡，是處處透著假，他卻是看不出來。

他正冥想著，卻聽見似乎有人喚他。回過頭去，看到剛才那個中年女人在和他說話。她說得很快，語調鏗鏘，和這氛圍並不諧和。他並不知道她在說什麼，她就指著她身側的門。他走進去，才恍然。原來裡面的陳設也是商鋪，但是賣的東西卻不同，有些字畫和瓷器，還有形狀怪異的古玩。他左看右看，只覺得這些東西珍奇，和自己卻無太大干係。那女人就把手伸進玻璃櫥，拿出一根透綠的鏈子在他眼前晃。他並不感興趣，轉身走出門去。

他又轉進了另一個鋪子。這鋪子裡坐著個神態陰鬱的男人，看到他進來，臉上倒堆了笑。鋪子裡的多都是金屬的物件。他看到門口的架上有只生了銅鏽的器皿，模樣十分莊重，他覺得眼熟，想了一會兒，想起這東西叫「鼎」，是古中國的飯鍋。他敲了一下，「噹噹」作響，那男人就走出來，說了句什麼，臉上的神情不甚好看。他趕緊停了手。這鋪子裡也有個玻璃櫥，他在裡面瀏覽，突然眼前亮了。這櫥裡有一隻通體金黃的小鳥，張著翅膀，卻長了一顆獸的頭。小是真小，可以放在巴掌裡，然而形態是氣勢洶洶，分明是頭具體而微的大型動物。細節也很精緻，身上有些均勻柔美的紋路，紋路間卻有些發黑，他想這應該就是文物的標誌。他指了指，櫃檯上的男人就拿出來。他捧到手裡，竟就放不下了。他終於鼓了勇氣問那男人，多少錢？他相信自己這句中文說得十分道地，因為他聽說在中國這是句最實用的話，所以早就私下裡操練了無數遍。那男人對他伸了五根手指頭，說，五百。他是聽懂了。很認真地搖著頭對男人說，太貴了。其實對貴不貴他心裡並沒有底。這只是另一句他反覆操練的話，因為他知道中國有著討價還價的偉大傳統，這傳統裡蘊含著歷史悠久的鬥智鬥勇。男人說，那三百。他愣了一下，說，行。這樣速戰速決出乎男人的意料，立刻換了很溫存的神態，看著他摩挲了一下那隻小鳥，然後把手伸進皮夾子裡去。這時候他聽見一個乾脆的女聲。他抬起頭來，看到一個年輕的女孩子從櫃檯後面的小凳子上站起來。他很驚奇地，聽她對他講起了英文。她的英文很流利，雖然發音不甚標準，但是他卻十分清楚她是在阻止他買這隻小鳥，告訴他這只不過是個不值錢的贗品。那男人看看他，又看看女孩子，茫然無措，沒有了之前運籌帷幄的精明表情。當看他終於把已經拿出的錢又塞回了皮夾子，男人才明白過來女孩子攪黃了自己到手的生意，於是很惱怒地和女孩爭執起來。那女孩倒是很鎮定的樣子，並不怎麼還口，嘴角歪了一下，表示對男人的不屑。看他還愣在那裡，那女孩就用英文對他說，還不快走，我哥他是想錢想瘋了。他於是慖慖地出了門去，覺得所謂中國之行到現在為止總算不得很順利。這時他突然想起自己還是個迷失的人。又想起了小韓，他慌了神，意識到自己似乎又在方才的閒適心情裡浪費了大把的時間。他有些惱自己，現在到了走投無路的境地了。他站在原地，終於迴轉過身，又走進了剛才的鋪頭。他進了來，聽到先前的男人用中文很凶蠻地對他說了句什麼，他並不懂。倒是那個女孩子，問他又來做什麼。他只好說了，想借他們的電話用一下。電話其實就在玻璃櫥旁邊的桌子上，他是看見了。那女孩側過頭去看了眼鐵青了臉的哥哥。從口袋裡掏出一支形狀小巧的手機，對他說，打吧。他撥通了電話，很快就有小韓很激動的聲音飛出來。他聽到小韓問他在哪裡，他茫然地向外面看了一眼，然後問那女孩，這裡是哪裡。女孩笑了一下，從他手裡拿過電話，利利索索地用中文說了兩句話，又把電話給了他。小韓說，你就在那待著，可別再動了。這話說得很婆媽，好像出自一個饒舌又關切的母親。他笑了笑，心裡有些暖意。

等小韓的時候，他偷眼看了那女孩，才發現她其實是長得很好看的。只是打扮得很樸素，昏暗的光線似乎又吞噬了她另一半的美。女孩掏出了一個指甲鉗子，剪起了指甲。他對那女孩說，他從蘇格蘭來，是留學生。那女孩卻並不關心似的，也不搭話，仍舊剪她的指甲，剪好了就用小銼子一下下的磨。磨好了就將手抬起來迎著光看看，看了看又接著磨。

這時候，小韓兩腳生風地走進來，嘴裡大聲地嚷嚷，說我都快急死了，你倒好，自己可著心亂逛。他還沒有反應，女孩聽到卻無聲地笑了。因為小韓並沒有意識到這些話是用中文說出來。他雖然聽不懂，卻也明白小韓語氣激烈在責備他，他心裡倒舒泰了。這說明這個中國青年不當他是國際友人了，只有對同胞和哥們兒，才會這樣不加掩飾地氣急敗壞。他朗聲大笑起來，小韓也笑了，一邊笑一邊嘴裡還是嘟嘟囔囔的，仍然是中文。

N大學將他的住處安排在學校西側的留學生公寓，後來當他知道同級的中國學生要八個人住上一間宿舍，才明白校方對他是何其的優待。

他登記的時候，看到他姓名旁邊寫著一個名字——馬汀。這是他的同房。

馬汀是個壯碩的紐西蘭人，長著一張通紅的大臉，臉上密密地生著酒刺。每顆酒刺都危險地腫脹著，彷彿蓄勢待發的小火山。然而馬汀的為人，卻似乎不及臉上的酒刺熱情。他走進房間，馬汀正坐在床上，抱著自己的一隻腳渾然忘我地端詳。他打了個招呼，對方只是冷漠地看了一眼新來的同房，就繼續低下頭去研究腳趾頭。

他去淋浴間洗了個澡，裹了浴巾出來，打開箱子找衣服。穿好了一身短打終於往床上沉重地一躺，卻發現馬汀定定地看著他。馬汀把頭低下去，嘴裡很小聲地說，剛剛把你的球鞋放到門口去了，我對異味很敏感，我有潔癖。他嘴裡連忙說著Sorry，然而心裡卻有些不適，覺得這話被馬汀說出來似乎不怎麼協調，好像頭幾百磅的大熊非要踮起腳來走路一樣。

他嶄新的學習生活開始了，由於原來的大學不能完全認可他在中國所修的學分。所以他聽專業課，倒有一半是旁聽的身分。這樣未免少了拘束，然而因為他是個性刻板的蘇格蘭人，有著聞鐘起舞的良好習慣，所以並沒有遲到早退過。他因此卻要經常吵醒睡到日上三竿的馬汀，心裡多少有些不過意。後者倒沒有表現出什麼抗議的情緒，只是有天睡覺前，他看到馬汀耳朵上多了一對模樣精緻的耳塞。

這所大學表現出和國際接軌的雄心，所以很多主要的專業課是用英文授課的。上半導體應用課的老先生早年留學歐洲，英語道地，卻有著很誇張的慵懶的喉音，呼哧作響。這聲音有著很強的催眠功效，班上倒有一半同學昏昏欲睡。他強打起精神，把自己挺得筆直。

他每個星期照例要上三天的中文強化課。他們的語言老師是個聲音響脆的女博士。語速很快，每個音都在唇齒間咬得粉碎，和在格拉斯哥教他中文的台灣人有著天壤之別。所以他時時洩露出的綿軟的國語腔就經常遭到老師的批評。他偶然在課堂上碰到了小韓，小韓這時候的身分是他們的漢語輔導員。這是一份掙錢的差事，輔導一個鐘頭有八十塊錢的酬勞。小韓經濟狀況不太好，似乎打了很多份工，很忙，所以他們就很少見到了。

有一次的中文實踐課，老師給他們設置的是個購物的對話情境。他扮演一個買東西的顧客。一忽悠間，他想起了來到中國的第一天，在夫子廟度過的那個下午。想到這裡他未免有些分神，他指著面前虛無的物件問和他配合的法國女孩多少錢，沒待對方回答，他就心猿意馬地接上去，太貴了。台下就是一片哄笑。女博士也笑得花枝顫抖，說，許廷邁，你這會兒倒是像個道地的中國人。

他自然是想起了她，那個黃昏，站在濃稠暗影裡的女孩子。他忽然發覺自己很想念她，然而仔細想想，卻發現其實她並沒有給他什麼可資回憶的東西。

他能記得的，只是她臉上一種寵辱不驚的神色。這很有別於西方的年輕女人，她們太放任自己，像是隨時敞開了的大衣櫥，各色鮮豔的雜碎在裡面一覽無餘。然而一旦敞開了，往往又忘記了關上，情緒不加控制地傾倒出來，你多看了一眼就覺出了乏味。而這個女孩子，是江南老院兒裡西廂房的竹簾子，輕輕掀開了一角，沒待你向裡頭看個仔細，她倒先靜悄悄地合上了。

她對他構成了一種吸引，這吸引和他的生活若即若離。他也許是暫時遺忘了，而這時想起她來，思念卻變得很強烈。

這個週末，他又來到了夫子廟。然而他再一次迷了路，轉了許多圈，也沒找到那個叫做「西市」的地方。不得已，他買了一份夫子廟的遊覽圖，這地圖是中英文注釋的。西市，在上面是極狹窄的一個街，和這條街平行相對的，還有一條叫做「東市」的街道，兩條街的盡頭其實相連著。他發現夫子廟的布局其實極為規整，街巷脈絡間呈現出的，是複雜的秩序。是一具肌體的血管，看似枝蔓無章，卻是時時處處都暢通的。

他又發現，「西市」的旁邊，用英文標了譯名，Western Market，西邊的市場。

他走進西市的時候，是正午。有些三三兩兩的遊客模樣的人。石板路上見了光的地方，也被曬得發了白。他找到了那個鋪頭，走了進去。這裡面還是陰暗的。有零零碎碎的陽光拚了命要進來，又被窗櫺格子篩了一回，投影到了放著博古架的那面牆上，微弱得只剩下星星點點，好像殘了局的一盤棋。

那個男老闆不在，他看到她趴在櫃檯上，支著下巴，在翻看一本書。她並沒有意識到他進來。他咳嗽了一下，她這才警醒地抬起頭。

她認出他來，並沒有些意外的神色，只是很溫和地對他笑笑。她問他，想要些什麼。這一問之下，他有些失望，事先想好的話也忘了。他終於對她說，那天，謝謝你。她愣了愣，說，不用謝，我們宰老外都慣了的，我也是偶爾良心發現一回。

他說，我，很像老外麼？又指了指自己的頭髮，說，我和你是一樣的。

她開始是笑而不答，過了一會兒終於說，你們在國外長大的，眉眼裡有種呆氣，我們做生意的人，可是世故慣了的。

看他還是不解，就用中文說，中國話裡，這叫一方水土養一方人。他輕輕重複著，覺得這是在韻律上很美的一句話。

她看他仍舊呆呆地站著，終於問，你，還有事麼？他聽了點點頭，又搖搖頭。她倒有些無措了，說，你還真是個實心腸，就為了來道聲謝麼？不過，我可是要打烊了。

他看她把面前的書合了起來，原來是一本英文書。他看見了書名，是麥克尤恩的《時間中的孩子》。這是本內容慘淡的書，關於一個平凡男人的失與得。她又在面前的抽屜裡窸窸窣窣地翻了一會兒，翻出了一串鑰匙來。她把鑰匙對他晃了晃，說，你要是下午想來買東西，我哥在這兒。

他終於鼓起勇氣問了她，可不可以給他留一個電話號碼。她躊躇了一下，打開抽屜，拿出一本發票簿子。翻開一頁，寫下了一個名字和電話。他說他也想給她留一個，如果她有什麼事情，可以來找他。他想要掀開另一頁來寫，她說，不用，就寫在這一頁上吧。他愣一下，想她可能出於節省的考慮，要將這紙撕成兩半，就在她寫下的字的另一邊遙遙地寫下，許廷邁……然而他寫好了，她刷的一下將先前那頁撕下給他，下一頁仍然是兩排清清楚楚的字。發票是雙聯的，前一頁的背面其實是張複寫紙。

他很欣賞她的聰明。做這些時，她並沒有什麼表情，撕發票的手勢也是嫻熟之極，好像他不過是個買東西的人。

他和她走出鋪子，她輕輕掩上了古色古香的店門，拿一把大銅鎖鬆鬆地扣住門環。扣好了，又用手努力地向門上夠著什麼。他伸長了手臂，輕輕地一勾，勾下了一道沉重的鐵製的捲簾門。這是沾染了現代文明的東西，他覺得在這裡煞了風景。她又將捲簾門結實地鎖在了地上，把凝滯的時間一同鎖在屋裡了。

這時候他看清楚了她。她是個眉目疏淡的女孩，因此輪廓不是很明晰。在陽光底下倒沒有了暗沉沉的風韻，臉上有些淺淺的斑。他還是覺得她很美，他是個先入為主的人。

她對他說了再見，急急地走了。他看見她窈窕的背影，在人群中穿梭，一忽兒不見了蹤影。

回到公寓，他小心地從口袋裡掏出那張發票，看了又看。她寫下了一個英文的名字，Juliet，在他的印象裡，這名字因為直白的浪漫，總有些俗豔。然而這時，他卻覺得美得不可方物。漂亮的花體，在英語國家倒是很少人用了。J字被她簽得繁複優柔，帶著沒落的美感。他再看自己簽下的歪歪斜斜的「許廷邁」，心裡不禁有些羞愧。

他出著神，並沒注意到馬汀走進來。馬汀在樓下健身房做了運動，這會兒正咕咚咕咚地往嘴裡倒礦泉水。看了他半天，他仍然沒什麼反應。

馬汀終於開了口：你是戀愛了吧。這些中國女孩子，是會叫人上了癮。他驚醒般抬起頭。他雖然對這個同屋不存太多好感，然而直覺與洞見這類東西，總是叫人迅速地產生欽佩的情緒。

他沒有想著去辯白，反而很虛心地問馬汀：你和中國女孩子談過戀愛麼，那是什麼樣的？

這時候，馬汀正對著鏡子專心致志地擠著臉上一顆酒刺。聽他這樣問，手停了下來，有些不屑地笑了：戀愛倒是談不上，我輕易不會戀愛。不過我可以和你說說她們的好處，這些女人，穿著衣服一個樣，脫了衣服和你上了床又是另外一個樣。所以她們總讓人捉摸不透，這就很過癮了。

他很厭惡地低下頭去，覺得自己美好的心情突然間凋萎了。

馬汀倒是不以為意，只管自己說下去，寶貝兒，別太天真了，談情說愛雖說靠不住，也要選個合適的地方。

有些事情，是無法因地制宜的，譬如愛情。這是他的想法。

當這個電話號碼爛熟於心了，他終於決定打出去。他又在心裡操練了很多遍開場白，要把這句中文說得道道地地。然而，因為句子中間鑲嵌了她的英文名字。他時時培養好的語感，屢屢會力不從心地脫了軌。他撥通了號碼，問，請問是Juliet嗎？末了是個滑稽的尾音，唐突地讓他張大了嘴。那邊愣了一下，然後一個男人的聲音，很冷淡地說：你打錯了。

他找出那張發票來，確信自己並沒有打錯。於是又打過去，這回那個男人粗暴地說，告訴你打錯了，毛病啊。

他不太懂什麼叫做「毛病」。然而他覺得這個男人的聲音有些耳熟。

他再打過去，沒有人接他的電話了。

他無端地有了很多的猜測，猜到最後，竟有些焦急了。他決定還是要去看個究竟。

她看到他，有了驚異的神色。這一驚，她的臉上就有了不同往日的生動。她回頭看了看在暗影子裡打瞌睡的哥哥，低低地問他：你又來做什麼？

他竟不知道說什麼。

看來，我哥的手機號碼並沒有攔著你。

他聽她這樣說，心裡倒是恍然和釋然了。他嚅囁了一下，終於說，我只是想知道你還好。

她冷笑了：我好不好，和你有什麼相干，我們並不認識。

他聽他這樣講，緩緩地抬起了頭。她躲過了他的眼光去，口氣卻比剛才自制了很多：我很好，現在你知道了，可以走了。

他深深地看了她一眼，像是要把她吸進心裡去。他轉過身去，走了。他走得似乎很果斷，心裡卻發著空，並沒有注意到陰暗裡懸掛著一架藏羚頭骨。他實實地撞了上去，是沉悶的一聲鈍響。他覺得眼前有些黑，站定了。他揉了揉自己的額頭，沒回過頭去，嘴裡輕輕地說，我還會來看你的。

她並不知道，自己把手邊翻開的書頁子已經揉皺了。他並不知道，這時候，她倚著鏤花的店門，遠遠地看他，看他搖搖晃晃地走出了西市。

他決定了的事，往往就有了恆心，這恆心其實是英國人所固有的。沒有課的時候，他就會瞅著空兒到夫子廟去。久而久之，就成為了他生活的軌跡。然而，他又非一成不變的。他不會再迷路了。因為他有著年輕人的冒險與探索精神，他總是會在夫子廟一帶任意尋找一個起點，往往是他自以為陌生的，然後七拐八繞地轉悠，最後總能看到一處似曾相識的地方，憑著依稀的記憶摸到西市的門口。他對這件事有些樂此不疲的興味，在中國實踐著「條條大路通羅馬」的真理。

開始去夫子廟，他總是坐計程車去。後來，他學會了省錢，坐7號巴士，站在飄蕩著汗味的人群裡。那時候這座城裡的巴士還沒有空調，車廂裡的空氣總是很熱，他的情緒也被蒸發著，升騰起來了。

他走進清冷的西市，多少有些黯然下去。他的行為對於他自己，也是不可解的。他說去看她，竟是真正意義上的「看」。有時是走進店門去，晃蕩了一下，眼光在貨物上掃視，很認真地。然後目光最終的歸屬，總在她身上，只是一瞬，就收回去。轉身就離開了，樣子全然是個冷漠而矜持的顧客。有時候，他並不進去，只是隔著窗櫺子看她，看陽光在她身上停停走走，一看就是很久。每次他來，她都是知道的，她並不惱他，因為沒什麼可惱的。由於這店鋪門可羅雀，她哥哥也意識到了他在鋪子裡周而復始地存在，記得了這個消瘦的年輕人。然而也只是記得，僅此而已，因為他沒有做什麼越軌的事情。

他每次搖搖晃晃地走了，她並不知道他內心的波瀾。他有著中世紀古老騎士的作派，西市是他眼裡的一座城堡。他對於她，有一種浪漫的倔強。他總覺得他對於她，有著某種莫名的責任。這種責任根植於唐吉訶德式的悲壯傳統，然而他的感情卻是隱忍下去的，沒有任何死纏爛打的嫌疑。這樣久了，她心裡雖不理解，終於有些欣慰。因為她知道，他做這些，到底是為了她。

這一日，店裡只她一個人。他走進來，看她翹著手指頭，在計算器上點點戳戳。看了一會兒，他看出這只是她百無聊賴的遊戲罷了。這時候是南京的「秋老虎」，天悶熱得莫名，是夏季氣勢洶洶的迴光返照。雖然這店裡說是陰涼的，卻帶了自欺欺人的成分。因為密不透風，偶然有些流動的空氣，也席捲著焦躁的熱度。櫃檯上倒是有台電風扇，卡叭卡叭地運轉著。那風吹動了她額前的劉海，像一排齊匝匝的擺動的流蘇。有些風鑽進了她的領口裡去，粗暴地掀起了她襯衫領子的一角，她頸窩裡就有大塊的白皙的肌膚暴露出來。他把眼光收回去。這時候，她扳動了一個鈕，原本定了向的電風扇就擺動起來，扇葉子將簌簌的風也朝著他吹了過來，雖然不涼快，卻是很溫暖的。他聽見她說，天太熱了，你不要老是來了。他聽得出，這和先前的拒絕是不同的。

又過了一會兒，她說要打烊了。他其實總是奇怪著，覺得她打烊的時間比其他的鋪頭早了很多。本來是沒什麼生意可做，可是這樣早，總好像有些自暴自棄。他幫她鎖上了鐵閘門，轉了身要走。這時候她低低喚住他，問道：你膽子夠不夠大？

他茫茫然地點了頭，她說，那好，跟我走。他就跟著她走。她走得疾，步態十分優雅，像是在悶熱的氣流中游動的一尾魚。他因為個子高，步幅很大，卻漸漸跟得有些吃力，覺得脊梁上有滾熱的汗水流淌下來。然而，她卻並沒有回過頭去關照過他。他們經過了很多地方，有些他覺得眼熟，有些就是很生的。他們走進了很長很窄的一條街道，道路兩旁擺著大大小小的魚缸和鳥籠，偶爾也有長相怪異的禽類嘎地對著他驚叫一聲，就有各種各樣的雞鳴狗吠跟著呼應。他想這裡應該是當地的一個寵物市場了。

終於走到了街道的盡頭，她的步子也慢了。他看到有些高高低低的民房在他眼前錯落地現出來。一色是灰濛濛的，混凝土的外牆往外滲著濕氣。他抬頭看了看，並不見一些陽光。四周林立的大廈，嚴嚴實實地造了一口深深的井。而這些民房的位置，好像就是在井底了。他跟著她在民房間穿梭，且左且右，漸漸他又迷失了。他似乎聞到了一些污穢的氣息，胃裡有些翻騰。他們穿過了一條很深的小巷，眼前倏然開闊起來。

他們跟前，是一個巨大的垃圾場。

# 第二章

# 大興的拉斯維加

他從沒看過這樣山一樣的垃圾，很雄壯地，綿綿延延地阻塞了他的視線。它散發的氣味，自然也是排山倒海的。旁邊散落了一些起重機和推土機，都變得很渺小了。

他愣了神，她輕輕地催促了他。他繼續跟上她的步子。跟著她繞過磅礴的垃圾山，他看到了一座灰色的房子。這房子和先前的民房有些不同，高大了不少，好像是廠房，頂上覆著厚厚的石棉瓦。她走到房子門口，敲了三下門，又敲了三下。門打開了，開門的是個男人。男人留著很長的頭髮，遮住了眼睛，嘴上斜斜地叼了一支菸。看到她了，很熱情地招呼著，聲音是含含糊糊的，因為菸還在嘴裡。眼光落在他身上，卻很敵意了。她小聲地對男人解釋了一句，男人的眼光就軟和下來，然而他還是能看得出，有些戒備在裡面。

這房子裡，是比他想像得還要空曠，然而卻被鼎沸的人聲充盈了。他很驚奇地，看著面前七八張半新的撞球檯，四周擠擠挨挨地圍了很多的男人。司諾克在西方是很高雅的運動，玩的人舉手投足，總帶著中產階級的矜持和自傲。而這裡的遊戲者，卻是沒有一絲莊重的意味的。他們穿的，都是很隨便的家常衣服，現在已經被汗透了。有些人敞開懷來，有的人乾脆脫了，赤了膊，渾身就只有一條鬆鬆垮垮的西褲吊在胯上。這男人渾然忘我地彎下身去，趴在檯面上擊球。因為沒有腰帶，西褲就失控似地繼續滑落下去，暴露出他發福的腰和背後一小段的臀溝。他們大聲地為某個精采的擊打叫好，雖然在他看來，這一球的水準並沒有可圈點的地方。他們似乎又會對一兩個人群起而攻之，嘴裡罵罵咧咧的。他看她暗地裡皺了眉，那應該是一些不太乾淨的話。

然而，她在這群半裸的男人中間並沒有太多的不適。很多人興高采烈地同她打招呼，在他看來，她的回應也是很積極的。有個男人嘻皮笑臉地對她說了句什麼，她佯怒著在這人肩頭上拍打了一下。這個舉動在他眼裡是很輕佻了，他多少有些瞠目。而她轉過身來的時候，又是一臉的肅然之氣。

她走到房間盡頭。那裡有一張寫字檯。她拿鑰匙打開抽屜，將自己隨身的坤包擱進去，又取出鼓鼓囊囊的一個塑膠袋。她對他招了手，示意他過去。寫字檯旁邊還有一扇門，她站起身來擰開了門把手。然而，先前那個開門的男人卻在她身後攔住了他。這時候，他看到她轉了頭，很冷淡地看著那個男人，說了一句話。他並沒有聽懂她說的是什麼，好像裡面有個「哥」字。男人嘴裡還用方言爭辯了一下，他也看得出是這爭辯是蒼白的了。她使勁地打開了男人的手，把他拉進門去。這一瞬，他看到她向著男人的眼睛裡，有些讓他陌生的凶邪的光。他打了個寒戰。

他打了個寒戰。他只覺得有一浪涼氣猛然向他襲過來，他定定神，看出這是被人為隔出來的一間房。涼氣，是因為牆角裡坐落著巨大的櫃式空調。這房間裡三三兩兩也有幾桌人，與外面的喧囂很不同，他們是默然的。他心想，這些人受到的待遇和外面的人也必然是不同的。他們在做的事他也懂，他們在打麻將。這是中國人發明的牌戲，也叫做麻雀牌。有人看見她進來了，揚起臉來和她打了招呼，也是靜默的，只是點了下頭。間或有了人叫牌，也是細聲低語。有一桌好像是剛剛和了牌，就有窸窸窣窣的洗牌的聲音。他覺得那桌布是特製的，聽起來好像蠶食桑了。這房間裡有個年紀很輕的男孩子，他看出來男孩警醒的眼神，似乎起著監督的作用。她走到男孩跟前，將那塑膠袋解開，從裡面拿出的，竟是一疊疊紅紅綠綠的籌碼。她交代了那男孩幾句。這時候有人叫她過去，那一桌只有三個人。其中一個男人，對她指了指身旁的空位子，又指著自己的手機，對她說什麼，眼睛裡是有些惱怒了。她笑著安撫他，打開自己的手機，和不知什麼人講電話，掛了電話也是無可奈何的神情。他漸漸有些看明白了，那一桌少了一個人，是缺了一隻腳，這是很讓牌客們心焦的一件事。這時候她遠遠地看見他，走過去，把他拉到牌桌前來，讓他坐在那空位上。嘴裡和那三個牌客說了什麼，其中一個人撇了嘴，是很不以為然的樣子。然而另一個卻大聲地笑了，只是做了個大笑的動作，並沒有發出聲音來。她回頭用英文跟他解釋，說，他們在玩一種中國的牌，缺了一個人玩不起來，我是不能上桌的。你來和他們玩，這牌的規則很簡單，我來教你。那大笑的人看著他，又說了一句話，全桌的人都笑起來。她也笑了，對他說，他們知道你是外國人，說今天是不要賺錢了，打打國際友誼賽。另一個牌客又說了一句，幾個人嘀嘀咕咕一番，對她說了，她聽了似乎很興奮，說，他們說錢還是要賺，不過你輸了不要你給錢，贏了算你的，你要好好地為我爭口氣。她說得很鄭重，他還是聽出她玩笑的口氣。

她很仔細地用英文跟他解釋了牌的規則，有些地方覺得自己辭不達意了，就拿出幾張牌在他面前比比劃劃。旁邊終於有人催促起來。她對他說，你先打起來，我在旁邊看著，中國有句老話，實踐出真知。她說完這些，他看到他們一氣地對他寬容地笑了。

他開始打，其實是她在打，她叫他出什麼牌他就出什麼。她覺得出錯了，竟然就從桌上拈起來收回去。他們任由她收回去，臉上的表情還是寬容得很。這樣打了一圈，他看自己面前的籌碼被呼拉拉地掃過去，知道自己是大輸特輸了。她倒是輕鬆得很，說現在你大概也會了，自己打吧。他就自己打，牌出得是小心翼翼的，其他的人就耐著性子等他。這一局，是別人點的炮，他第一次沒有輸。有個牌客就衝他伸了大拇指，對他說了句話，他聽出那話說得有些居高臨下。她在旁邊給他翻譯，是誇你呢。說你一個老外比中國人學得還快。他張開嘴想對她說什麼，然而別人面前已經麻麻利利地砌成一道牆了，就趕緊跟上去。這一局他又輸了，輸得還算小。她倒是有些為他緊張了，因為他面前的籌碼已經所剩無幾。新的一局開始了，她就又在旁邊指指點點。然而，這回他卻不聽她的了，思考了一下只是打出了另一張牌去。她心裡就小不痛快，覺得這個外國人的性格執拗得有些可厭。她就走開去，照看一下其他的桌子，心想讓他自己折騰個魚死網破好了。然而她回來的時候，恰恰看到他推倒了面前的牌，他贏了。

她看到他面前整整齊齊地做成了一道「清一色」。這是她沒有教過他的。她自然大驚失色。旁邊一個人對她說，自摸的。她在這人眼裡看到了警惕和不解。他這回是贏得不輕，她知道，一定是有人懷疑自己參與了一個騙局。就將他從座上拉起來，對他說，不打了。然而一個牌客止住了她。她有些無奈地對他說，他們說沒有趕莊家下台的道理。

他繼續打，這回他摸的牌是亂七八糟。她竟有些欣慰。她想，這樣差的牌，總可以為他打打圓場。然而，當她看他不緊不慢地把牌做成了一道中規中矩的十三么，眼裡也有了恐懼。

這局他又是自摸的。

連著三局，他沒有下莊。三個牌客和她一樣不知所措，但是眼睛裡比她多了濃重的敵意。她突然大笑起來，對那些人說了一番話，那些人表情平和了些，然而還是一張張灰頭土臉。

接下來，這麻將牌築成的一座城，第一個推倒了城牆突圍的，倒十有八九是他了。

這樣不知又過了多少時候，他聽到「叮」的一聲脆響，牌客們都放下了手中的牌。她走過來對他說，你到門口等著我，我要和他們結帳。他看見牌客們拿著一堆堆的籌碼，和她換了或多或少的一疊現金。這也是很平靜地完成的，在十分井然的秩序裡，她嚴肅地做著她會計的工作。

到這時候，他已經很明白了，這是一個地下賭場。

他們出來的時候，外面已經是沉沉的夜。垃圾場的氣味似乎有些收斂了。空氣中飄散著若有若無的腥甜氣息，是行將腐敗還沒有敗盡的味道。

他們在夜色裡走著，誰也沒有說話。仍然是他跟著她。路過寵物市場，已經是寂然的一片。突然傳來很銳利的一聲鳥叫，在這夜裡是不合時宜的，很快也被淹沒在黑暗裡了。他記起父親曾經教給他的一句詩，「鳥鳴山更幽」，大概說的就是這個狀況。他正想著，卻聽見她的一聲驚叫。一隻貓從臨街鋪子的頂棚上跳下來，很輕盈地落到了她的面前。牠也許自以為這動作完成得十分優雅，然而聽到她的叫聲，卻倉皇地逃去了。她餘悸未消似的，只是站住不動。他走到她身旁，突然間，感到自己的手被握住了。他十分驚喜地在夜色裡尋找她的眼睛，然而，那手只是握了一下，就鬆開了。

這時候，他聽見她低低地說：今天的事情，你不想解釋一下麼？他有些侷促了，好像在內心裡作著掙扎，然後他終於告訴她，他是很小的時候就上了牌桌的。他的祖母，是個很頑固的中國老太太。祖父去世後，這老太太就不肯出門了，讓父親專為她布置了一間房，裡面裝滿了從唐人街淘來的舊家具和擺設，還有一張巨大的花梨木牌桌。她就夥著一班和她一樣頑固的老太太成日在她的世外桃源裡打麻將。這老祖母是很愛他的。祖母是他有關中國文化最早的啟蒙老師。她並沒有教他麻將，實實在在是他自己看會的。他最先認識的五個漢字，東西南北中，也是在牌桌上認得的。他其實很缺少實踐的機會，因為母親禁止。一同被禁止的還有學他祖母的寧波腔，英語是他們家庭唯一的官方語言。除了特立獨行的老祖母，沒有誰擁有說漢語的特權。關於麻將也是，今天是他為數不多的幾次實戰演習，他是憑著記憶來的，也沒想到會如此得心應手。

你倒是好，連我都騙了過去。他緊張了一下，卻聽出她的聲音是快活的。他臉紅了，說不想騙人，可是他一個外國人，如果說精於此道，倒真的像句騙人的話。所以，就不說了。

她聽了，想了想說，是，有時候騙人也是不得已。

說完了這些，他們又沉默了下去。

這時候的夫子廟，也靜寂下去了。路上偶然亮起的燈，也彷彿閃閃爍爍的惺忪的眼。她在一處燈光停下來，這該是一間臨街的鋪頭，已經關起了半扇門，是打烊的徵兆。然而，她昂然走了進去。他在門口卻沒有動，她回轉了身來，將他拉進去了。

他看清楚，這裡面是一間食肆。整齊地排放著半人高的桌子，都很舊了。桌面上的紅漆斑斑駁駁，透著不很乾淨的顏色。他們坐下來，她遙遙地對一個夥計模樣的人招了招手。嘴裡卻輕聲對他說：賭徒也總要吃飯的。她這句話說得語法俏皮，像一句精巧的西方諺語。

他這才覺出自己很餓了。在他格拉斯哥的家，按時吃飯是雷打不動的規矩。他好像一只擺鐘，被嚴謹的家教上滿了發條，按部就班地滴滴答答。不出意外的話，每天做的每樣事情都在時間的輪盤上各就各位。吃飯也是，是習慣與秩序，而非生理上的需要。他很久沒有在這樣餓的時候吃過飯了。

夥計走過來，和她是很熟稔的樣子。他看她有些歉意似的和夥計說了幾句，應該是些客氣話。然後又接過夥計手裡的單，很乾脆地報了幾樣。

夥計走遠了，她拿起茶壺，將自己面前的杯子倒了半滿。晃悠了幾下，又從筷籠裡抽出一雙筷子，就著面前的水盅，將杯子裡的茶水順著筷子倒下去。他知道，這是中國式的飯前清潔工作。他本來想如法炮製，她卻把他面前的杯子拿過來，將剛才的動作又做了一遍。這一遍似乎做得慢了些，她的腕是很靈活的，水倒下來的時候，筷子在她手指的撚動間均勻地旋轉。他在叮叮咚咚的水聲裡出著神，這時候卻聽見她說：

你對我，倒像是好奇得不夠。

他並不知道怎麼回答，她就接著說，我帶你去那裡，原本不算個正經的地方。你倒是沒有被這些不文明的東西嚇住。

說到這兒，他卻笑了，說，信不信由你，我是對那裡有些喜歡。她也笑了，他這回才發現，她笑起來，就露出了兩隻虎牙來。

他看得出，她這回的笑，是真正很鬆弛的。他們兩個之間原本有層緊張的膜，在這笑容裡融化了。

她說，這間賭場，原本是她哥哥從一個溫州人那裡接手過來的。他哥還有別的事要忙，她就負責幫他看看場子。其實也沒什麼可看的，客都是老客，主要還是要防條子。

她拿過他的一隻手來，用筷子在他手心裡寫下兩個漢字，條子，告訴他就是「警察」的意思。

她又說，今天那個男人是攔著你不想讓你進去。我就跟他說，這人連中國話都講不利索，祇怕見了條子也不知說什麼。

她又笑了。這時候，夥計端了一個托盤過來，兩只上了黑釉的大碗，還有一盤排得整整齊齊的餅。她說，你來了夫子廟許多趟，恐怕還沒吃過道道地地的南京小吃吧。南京小吃裡有「秦淮八絕」，這桌上的，倒是其中的兩絕了。他聽得有些瞠目，因為她把這個「絕」字，翻譯成了miracle，在英文裡是「奇蹟」的意思。他想自己是有眼不識泰山了，接著卻很猶豫怎樣將這「奇蹟」吃下肚去。

她指著面前的大碗告訴他，這是「鴨血粉絲湯」，這裡面漂著白色的東西是鴨腸。他一聽頓時下不去筷子，胃裡有些翻騰。他長了這麼大，還沒有吃過什麼動物的內臟。這一碗熱氣騰騰的湯，在他眼裡竟變得很血腥。她卻有滋有味地喝了一口，看他不動，很奇怪了。他跟她解釋，她有些為難地說，你們外國人就是窮講究，不管你了，不喝你會後悔的。她大口地喝下去，臉上是很享受的表情，看得出也很餓了。他終於被她所感染，嘗了一小口，竟是出奇的鮮美。他就大著膽子喝下去。她看著他笑了，笑得虎牙又露了出來。另一道「鴨油酥燒」，咬起來是爽脆的，很香甜，他接受起來似乎並沒有什麼困難。

他的胃裡終於裝滿了「奇蹟」，身上也是大汗淋漓了。她把夥計叫過來要結帳，他嘴裡還鼓鼓囊囊地咀嚼著，手卻趕緊攔住了她。她有些莫名其妙，等他終於把嘴騰空了，對她說，這是他們頭一次在一起吃飯，理應由男士來請。她聽了，很理解地點點頭，說，你也夠形式主義，不過對女人倒是不錯。好，那就用你的錢。

她打開皮包，拿出一個信封，利索地抽出一張一百的，遞給了夥計。然後把信封放在他手裡，這是你的，你贏的。你今天戰果輝煌，一共贏了5K，五千塊。

他有些吃驚，捏了捏信封，裡面是有份量的一沓。他把信封推到她面前，說他不要。

她倒吃驚了，說，正正經經贏來的，勞動所得，為什麼不要。他們並沒有讓你，後來我和他們說了，都是按老規矩來的，扣了本金，是硬碰硬的贏。

他還是搖頭。

他搖了搖頭。她很為難了，說你這個人，怎麼這麼不爽氣，不是嫌這錢不乾淨吧。

她想了想，終於說，好，這錢，還是算你的。擱我這兒，咱們想法子把它給洗乾淨。

他一聽洗錢，很緊張了，說，犯法的事可不能幹。

她大笑了，那倒不會。你一個老外，看不出倒是正兒八經的良民。不過，你怕犯法，今天就不該跟我去賭場。

他們走出來，到底是秋天了，晚上就有些寒意。他和她並排地走，彼此之間的距離近了些。這時候，有輛出租車過來了，她招招手，上了車。他也要上，說要把她送回家。她卻猶豫了，說，你還是另外搭一輛吧。

他退出來，很紳士地給她關上了車門。

他從來沒有這樣晚回過宿舍。進了大門，守夜的老頭兒正低著頭打瞌睡，看他進來了，抬起眼睛，目光從眼鏡片子上方冷漠地射出來。因為認出了他，沒有多說什麼。

電梯已經停了，他從樓梯爬到他那一層，已經覺得有些氣喘。然而他在房門前掏出鑰匙的時候，似乎聽到房間裡有人和他一樣氣喘吁吁。他並沒有多想，打開了門。

房間裡的燈大亮著。一個巨大的肉色的人形跳入他的眼睛。他愣住了，他終於看清楚那是個女人的裸體。女人有著白得耀眼的臀，那臀在馬汀身體的中段一上一下地聳動著。女人的一隻乳房也跟著在跳動，另一隻正抓在馬汀的手裡。馬汀喘息著，雙眼緊閉，臉上的酒刺更紅了，那是因為受到了興奮的刺激。兩個人都在忘我的境界，竟沒有發現他進來。他把鑰匙從鎖孔裡抽出了，那女人才驚覺。看見他，似乎並不怎麼羞慚，倒是迅速地打了馬汀一個耳光，說，你沒告訴我他會回來。女人從馬汀身上吃力地爬起來，他看到馬汀的私處，那東西僵直著，和主人的臉一樣醜陋地發著紅。他低下頭去，覺得自己進退兩難。倒是女人開口說話了，你總該給我點時間把衣服穿好。

他於是退了出去，給他們關上了門。

他站在走廊的一隅默默地等，看女人出來了，在門口穿上高跟鞋。似乎躊躇了一下，又脫下來拎在手裡，迅速地走遠了。走得太急了，一隻鞋「啪」地一聲掉落到地板上。女人彎下腰去撿。在幽暗的燈底下，他又看到一個豐腴的臀部的輪廓，毛茸茸地帶著光暈。

他望著女人的背影消失在樓道裡，並沒有立即走進房間。剛才的一幕，總有些尷尬。他不想這麼快面對馬汀。

他擰開門，屋裡已經黑了。馬汀輕聲地打著鼾，沉沉地睡過去了。他想，這或許是個不太有心事的人。他沒有開燈，坐在床上，走廊燈的光線射進來，把他的影子沉重地投到了牆上。他向那影子揮了揮手，影子也對他揮了揮手。

他摸著黑脫了衣服，裹著浴巾去盥洗間。很熱的水從淋浴器裡噴射出來，澆在他的頭上、肩上和胸腹之間。他的心裡也倏然有些發熱，這熱度在夜裡形成了濃重的霧氣，讓他有些恍惚。恍惚間出現了剛才那個面目模糊的女人，好像是住在三樓的愛爾蘭的蘇珊或者十七樓的加拿大的斯蒂芬妮。然而這些都不重要了，他的腦裡，只有充滿了那女人沉甸甸的乳和肥白的臀。白的，散發著毛茸茸的光暈的輪廓。一瞬間，他眼前又出現了她。她的白色的腕，靈巧地轉動著，她襯衫裡忽明忽暗的白色的頸窩。他感覺到自己的下體無端地膨脹和堅硬了，剛才體內的熱力，這時候衝突著他，攪擾著他。欲望升騰著，他無知覺間做了處在青春期的精力旺盛的男孩子會做的事情。那快感也是在一瞬間噴薄而出的。他微微地喘息，猛醒了。他帶著深重的罪惡感，將還在緩緩流動著的濃濁的液體沖洗乾淨。眼前的霧，漸漸地散了。

他躺在床上，心裡突然感覺到一種滿足。他深深地嘆了口氣，閉上了眼睛。

第二天中午，他下了課回來。馬汀坐在床上發著怔。他知道這是馬汀剛剛睡醒，處於癡呆十分鐘的狀態。看到他來了，馬汀驚醒一般，手忙腳亂地收拾開了。突然馬汀嘴裡很髒地罵了一句「bitch」，說這個狗娘養的，在我床上折騰了半個多小時，丟下我一個，收拾她的狗毛。馬汀眼睛獵犬一樣在床鋪上梭巡，時不時停下來，拈起一根很長的頭髮，就著陽光看一看，然後轉頭看看他，分享似地笑一下。

突然，他看到馬汀的臉上現出極其曖昧促狹的表情。馬汀把一根毛髮舉到他跟前。他看到這根是彎彎曲曲，閃著金黃的光澤。他並不知道馬汀的用意。馬汀卻得勝一樣哈哈地大笑了，說，你看，她那裡的毛和她的頭髮是一個顏色，哈哈，這條母狗，種還挺純。

他有些吃驚，很失態地眼神躲閃起來。馬汀欣賞著他的無措，惡作劇似的一路笑下去。

馬汀笑夠了，突然正色道，傑羅米，你應該向我道歉。

他以為自己聽錯了。這時候，馬汀的眼睛，無比真誠，是個準備向別人道歉的神情。然而，馬汀眉清目楚地對他說，你應該感到抱歉。

他不知道自己有什麼需要道歉的。馬汀看他沉默著，終於恨鐵不成鋼地長嘆一聲，說，你知不知道中國有句老話叫做「棒打鴛鴦」，這是極其殘忍的事情。你還年輕，你並不明白性的折磨多麼痛苦。那是個魔鬼，會要了你的命。

他立即明白是指昨晚的事情。他有些驚異地聽著馬汀理直氣壯地混淆了是非。他幾乎真的預備道歉了。

然而馬汀寬宏地揮了一下手，說，算了，你是不會明白的。你很幸運，還在談情說愛的年紀。順便說一句，你的小情人來電話了。

他當然很意外。馬汀看他眼裡閃出了焦灼的光，賣關子似的停住了，頓了一下說，她留了電話號碼給你。英文說得不錯。不過聲音不夠性感，太一本正經，不適合調情。

電話撥通了，是她冰冷的聲音。聽到是他，她沉默了幾秒鐘。他心裡希望她是無聲地笑了。她的聲音果然有些柔和下來，然而還是公事公辦的口氣。她說，明天下午你有空就來吧，四點鐘，我在店裡。

他希望聽到更多的，她卻沒有再說下去。他只好說，哦。

四點鐘的西市已經很慵懶了。因為沒有人打擾，每天像馬汀一樣睡到自然醒，在遊人寥落的東遊西逛中打發時間。遊人稀了，它也百無聊賴地打著呵欠，又睡過去了。

他走進店裡，看到她正在掃地，動作利利落落的。她表現出的勤快和周遭的靜與懶有些不稱。看到他進來，她停下手，說剛剛做成了一筆生意。她指指牆角，那個花瓶給一個台灣人買走了，騰出好大一塊地方，都是灰。他想了想，那裡的確有一支碩大的景泰藍花瓶，長期蒙著塵土，裡面插著些卷軸字畫。這會兒終於給人發現了，買走了。

他問她，說這麼久才能做上一筆生意。這麼難，為什麼還要做下去。

她正洗著手，聽他這樣問，手就停在空中了。水「滴滴答答」地滴在水盆裡。她低沉沉地說，這裡閒歸閒，做的倒是正經生意。

他知道她是有所指，就不說下去了。

收拾停當，他和她出了門來。依然是他跟著她走，沿著秦淮河畔一路走過去。走了幾步停住了，是臨河的一座寶塔似的高閣，上下三層。其實他對這建築並不陌生，每次來西市，這都是必經的地方。然而，卻並沒有玩味的興致。一方面，他是個一根筋的人，來了就是來看她，心無旁鶩。再者這建築雕樑畫棟，卻是處處簇新的，好像翻修過不久，或者原本就是個新起的建築，新得過分了。又沒有西市安靜的氛圍，臨著街口，透著股子對遊客的媚勁兒，有點急功近利。

她看出他的躊躇，說，這裡叫「魁光閣」，是個「老字號」。眼下剛剛裝修過。我知道你的心思，你們外國人，巴不得中國的老房子都露出破落相來，才算是道地。她看出了他的窘，終於笑了。她竟大方地拉了他的手，走了進去。

他進去了也知道了另有洞天。裡面有一道曲折的迴廊，新也是新，結構卻是透著古意的。迴廊又連著一座石舫，卻一眼看得出是舊物，很見滄桑。她一路給他指點著，告訴他，連她這個土生土長的南京人也沒看過這魁光閣的舊樣子，似乎一見到就是新的。這閣是清朝建的，咸豐時候戰亂毀過一次，同治時候重建了。抗日戰爭時候，又被日本人毀過一次。毀得元氣都沒了。翻修了幾回，請專家克隆成了這個樣子，好在劫難的痕跡到底是抹掉了。

他聽她講得頭頭是道，心裡佩服得很，說，你一個女孩子，懂得倒這樣多。她聽了嘻嘻一笑，又是兩顆虎牙露出來，說，我是正經做過拿牌的兼職導遊的。這些都是背順了口的導遊詞，專門說給你們老外聽的。你算是賺了。

他們沿著扶手木梯上了樓，他原指望這裡是個觀光的地方，沒想到上面是個廳堂，擺了古色古香的桌椅，一色是沉甸甸的紅。她揀了個臨窗的位置坐下來，說，看不出吧，這裡是南京最有名的一間茶館。

他四處打量著，的確是看不出。這茶館似乎太安靜了，陳設也厚重，並不是與民同樂的類型。他想起在格拉斯哥，被老祖母牽著手去過唐人街上的中國茶館。那些茶館大都是潮州人開的，是很熱鬧的所在。鏗鏗鏘鏘的廣東話，不絕於耳。也有半老的女人在上面唱些戲文，是廣東土產的粵劇，唱得多半是很淒涼的，和茶館裡的熱鬧氣氛卻有種奇妙的和諧。唱到很傷心的地方，一些老頭子也會叫好，或者跟著唱。有次一個老先生跟著台上的和著調子，和著和著哭起來。祖母告訴他，那老頭子無兒無女，是想家了。祖母是個寧波人，卻也會唱一齣粵劇，有時候只衝著他一個人咿呀地唱。他並不懂戲文的意思，然而聽得多了，記住了那齣戲的名字，叫《客途秋恨》。他能記住的，還有那些小盅的茶點心，叉燒包、蛋撻，牛百葉、紫菜捲……

她看出他走神了，用手在他眼前揮一揮。他醒過來，看到她臉上是有些嚴肅的神情，他想，她或許是看出他的憂傷了。他從小會為一些極小的事情憂傷，有時也只是一瞬間的事情。

她說，你這樣子是很多老外的通病，叫做「發思古之幽情」。他恰恰是懂這句話的，忘記了誰也曾經對他說過。然而，他知道，她這時候並沒有懂他。

她似乎想找個熱鬧些的話題，說，你記得麼，上次我跟你提過「秦淮八絕」，只有這裡能吃到又全又正宗的。

他湊趣地笑了，看她叫過服務小姐點了單。一會兒，小姐拿來一套紫砂茶具，給他們倒茶，手高高地揚起來，茶水飛流直下，到了杯子裡卻是滴水不漏。他於是又想起了那個晚上，她為他涮洗杯子的一幕。

他終於說，這裡太冷清了。

她似乎有些失望，說，這裡本也不是俗人來的地方。是有名堂的，我們剛才經過的紅牆裡頭，是江南貢院，中國古代的大考場。各地應試的秀才中了榜，就到魁光閣裡來慶祝，原先還有在牆上題詩作對的，風雅得很。這些年，才是越來越俗了。這也沒辦法，眼下的南京的「老字號」，都很不景氣了。百年老店剩不下幾家，你看對面的「奇芳閣」，已經把一樓的店面租給了「麥當勞」。「六鳳居」這樣的，更加辦不下去，乾脆歇業了。

他很少看過她這樣健談的，他於是想，她是不是又在背導遊詞。然而又不像，因為，他聽出她的語氣裡有很誠懇的東西。

這時候，小姐陸續將茶點端了上來。上了一道，就在旁邊喋喋地說著什麼。小姐說得很快，他全然聽不懂，求助似的望著她。她聽了聽，給他翻譯了一兩句，他知道說的是茶點的歷史緣故和相關的風物逸事。這是饒有興趣的工作，本可以聲情並茂，然而小姐卻好像是在背誦令自己不愉快的文字，口到心不到的。她也覺得折磨，終於請小姐走了，對他說，我來給你介紹好了。

他就聽她講，她講起來，是娓娓道來的意思。說這裡的茶點，因為要討吉祥，多半是和科考有關，這個五香豆稱為狀元豆；糖藕粥則因蓮藕多孔，寓意「路路通」……

他聽下去，覺得這多少有些故弄玄虛，就說，原來都是很家常的東西，如果吃了它們的豆，連試不第；吃了他們的藕，又處處碰壁，這筆帳又如何算，有虛假廣告的嫌疑了。

她於是笑了，說，你這個人，這麼較真，要是生在中國古代真是沒活路。原本就是些生意經嘛，你好我也好的。中國人做生意，講的是和氣生財，有個大概就好了，哪能這麼精確。

他想了想說，還有一件事，那個西市。中國話裡「市」不是城的意思麼。南京城就叫南京市。為什麼那個西市翻譯成Market，我原以為是座城中城，興頭頭地進去看，誰知道還真是做生意的地方，把人都給騙進去。

她沉默了一下，說，中國古代的城市，原本就做買賣的大集市。你們西方的城，是城邦制的結果。起源不同，我們的城市，說到底就是交易的地方。

這個時候，他突然覺得她離他又很遠了。她說的「我們」和「你們」是條隨開隨合的鴻溝，他把握不到。他想，他無法了解她，每次和她在一起，彷彿也是因為機遇。然而，機遇，其實也是很難把握的。

他們一併地沉默下去。他有些無趣，向窗外望出去，才發現已經淅淅瀝瀝地落了小雨。秦淮河上起了濛濛的煙霧，天有些暗下去，煙霧和暮色就渾然一片。景物都似是而非了，原本的花紅柳綠也不再觸眼，露出了清新的顏色。河上的行人和行船也都入了畫。

這一瞬間的秦淮河是他所陌生的，有些陌生的詩意。他有些陶醉了。他這才意識到她選了這個位置的用心，很感激地向她看了一眼。

她卻埋著頭，臉上是個茫然的神情。他有些歉意。她的手在機械地動作著，把三根筷子在桌面上擺出了一個三角形。擺好了，手裡又將另一根筷子在三角形裡比劃。然而比劃了半天，卻又換了個角度重新擺。他看出她正沉浸在裡頭。

他轉過頭去繼續望著窗外，突然聽見她說，你知道麼，怎麼可以用六根筷子擺出四個三角形？

他回過頭來，想了一會兒，對她說，把你手裡那根筷子在三角形的一角上豎起來。她眼睛亮了一下，然而很快地黯然下去。

她抬起頭，看著他說，有個人給我出了這道題目，沒有給答案，我想了兩年。看來我真夠笨的。

他拿不準應該怎麼安慰她。

她問他，我今天是不是說了很多話？

他不置可否。

她說，我知道我今天說了很多話。我今天應該高興一些，今天是我的大日子，我今天二十歲了。

他當然有些吃驚。他張了張嘴，沒有出聲。如果他在這種氣氛裡對她說「生日快樂」，有點近乎於傻。

她突然低頭一看表，露出了緊張的神情，說，我要走了。

他終於說，我，不知道，應該送你一份禮物的。

她迅速地接過他的話，可是你請我喝了茶。

她掏出個信封，叫了小姐來付帳。他認識那個信封，裡面是他贏的錢。

這一刻，他覺出了她的神情裡，有些他不了解的東西。她的眼睛裡，有些淚光在動。

一切她做得乾淨利落。他們出了門來，她沒有與他道別，自己一個逕向左轉過去，急步走了。他跟了幾步，看出了她分道揚鑣的意思，就停了步子。她這時候卻轉過身，一把牽了他的手，昂然地往前走過去。

天已經半黑了，夫子廟多的還是人，多的還是觀光客。夫子廟林立的食肆，這時候彷彿也才睡醒，精神抖擻地吸納吞吐著人群。人太多，他們在熙熙攘攘的人群中有些受阻，如果只她一個，她應該是遊刃有餘的。可是多了他，她並沒有鬆開手的意思，或者是他這會兒拉緊了她的手。人們就看到一個纖細的女孩子拉著一個高大的青年，在人群中且停且進。在他們眼裡，這是大街上平常不過的風景，一對戀愛期的小兒女，平常不過的拉拉扯扯。

他跟著她，穿過生熟交錯的街巷，上了一輛巴士，坐到了一站，下來，接著又走，走進了一個小區。這小區排著整整齊齊的灰濛濛的樓房，每個樓房上面有一個編號，他們走到19號的底下，她停住了。

他們始終是沉默著，她始終拉著他的手。

天還下著小雨，他們全被打濕了。細密的雨珠子沾在他們的衣服上，像是裹了一身白色的絨毛。她牽著他，走到一棵茂盛的夾竹桃後面。他看到她直勾勾地盯著一處望，眼睛都沒有眨，怕是錯過了什麼。

她望著的地方是個小花園，花沒有了，密集地生著由綠轉黃的雜草。還有些石凳石桌，寥落地擺在角落裡。

這時候雨大起來，細碎地打在夾竹桃上，「劈里啪啦」地亂響。他看到不遠處有個公寓的門洞，要拉著她過去避雨。她卻拗著勁，一動不動。眼睛也沒有動，她的睫毛上聚成了很大的一顆晶瑩的水珠，將落未落，千鈞一髮。他抬起手，想幫她拭掉，卻終於也沒有動。

他們站在雨裡面，沉默不語。雨水從他的鼻尖上滴下來，落在他的嘴裡，有些凜冽的腥甜。她的手，開始在他的手裡瑟瑟地發抖了。他知道她很冷，他放開了她，把身上的T恤脫下來，披在她身上。這T恤也是濕透了的，他也拿不準這樣會不會讓她暖一些。這是他身上唯一的衣服，他光著脊梁，任雨水從背上簌簌地流淌下來。他又拉住她的手，和她一道注視著那個地方。

突然，她的手在他手心裡猛然一緊。遠處走過來一個人，是個男人，看不清眉眼，步態卻有些老。他穿著一件黑色的短袖衫，打著一頂黑色的雨傘，腋下夾著一個公事包。他走得有些急，是個趕著回家的男人吧，也許有妻兒在等著。他想，這樣的男人在這城市應該有千千萬萬個，普通，平實，放在哪裡也是波瀾不興。

那男人穿過花園，停在19號樓的入口，合上了傘，使勁地抖了抖，進去了。

她的手在他手中虛弱地鬆開了，她平靜地說，那是我爸爸。

她的聲音很小，有些像自語，她說，每年生日，我會過來看他。

他想問她什麼，卻看到她的眼睛裡，閃的全是淚光。

雨停了。

他問她，那是你的家麼？她說，不是。

他說，那，我送你回家好麼。

她說，好。

計程車開得並不太遠，在附近的一條大街停了。她沒有再拉他的手，他跟著她走進一條極狹窄的巷子，走到了盡頭。藉著路燈昏黃的光線，他看見一幢紅色的樓房。她對他說，他們家在上面。

樓房只有兩層，很殘舊地陰暗地紅。裸露在外面的紅色的磚，經了年月了，現出不乾淨的顏色。這房子是很久了，整整一面牆，上面密密地覆蓋著爬山虎。有一些枯頽的藤掛了下來，在風中搖曳，是去年的了。長了又枯，枯了又長，許多年了。他看到樓房的側面刷了一些很大的字，其實只是些斑駁的筆畫。她說，那是文革時候的標語。她問他，你知道「文革」麼？他點點頭。她笑了，說，你倒是知道，我都不敢說我知道。她走到牆跟前，念，誓死捍衛毛主席的革命路線。

他說，我知道毛，毛我也知道。

他向四周望，這房子雖然很舊，在這一帶卻是鶴立雞群的。周邊的房子形狀都很不堪了，許多都在牆壁上畫了個很大的白圈，裡面是個筆墨濃重的很大的字。他問她，這也是標語麼？她說，這是個「拆」字。這裡，她將胳臂一掄，過了年，統統都要拆掉了。

她說，你回去吧。

他說，好。腳卻沒有動。

她走了，她走進門洞裡，卻又回轉過身。他看她對她招招手，就走過去。她拉著他的手，倒退著上了兩級樓梯。這下她比他還要高了，她定定地看著他，他也看著她。樓梯燈微弱地閃，他似乎能聽見鎢絲燃燒的滋滋聲。映在她的眼睛裡，也有些小小的火苗在抖動。她低下頭，在他的額上輕輕地吻了一下。

他這一夜，沒有睡著。第二天，在課堂上打起了瞌睡。

這在他，是第一次。他是個憑了慣性做事的人，生活原本是平鋪直敘的。一旦脫了軌，會稍稍混亂一下，很快就在另一條新的軌跡上循規蹈矩。這是他自己也沒有想到的，他頻繁地在課堂上睡覺，開始逃課。同學們驚奇地看他墮入了鬆散的生活習慣中，他們並不知道他已經進入了另一條穩定的生活軌跡中，三點一線，學校，她的古玩店，她的賭場。

他在店裡陪她照顧生意，跟著她去賭場看場子。開始賭客們對這個年輕人的出現很不適應，他們甚至抗議過。他的模樣太過英挺，因為他臉上有一種與生俱來的正氣，這些都是和賭場格格不入的東西。有些事情就是這樣，你在做一件事，或者坦白些說，是一樁勾當。本來你習以為常，並不覺得不妥。然而，如果有了一個因素提醒著你，提醒你所做的是一樁勾當，提醒著你的鄙俗，你會不自在起來，甚而畏懼。

然而，他本質上又是個很親和的人。他其實缺少英國人一貫的驕傲，他模仿著她的作風、舉止為賭客服務，甚至，周旋。這其實是有些低聲下氣的，但是他並不惱。賭客們漸漸對他產生好感了，因為他們看出他的本分，這是時下的很多中國青年都缺少的品格。他們開始親近他，叫他小許。他們喜歡他了。這些人是世俗的，但是對人的喜歡，也純粹。他們並不問他的來歷，他們開始給他遞菸，他學會說「不抽不抽」，但是他們仍然堅持要遞。

他也和外面的客人打撞球，熱了，他也赤了膊，趴在球檯上。她說，他這是肉搏，他就對著她笑。他和她的笑，有了些淡淡的甜蜜意味。

他的中文在這周旋裡突飛猛進起來。這於他是個意外的收穫。他受到了老師的表揚，當然是因為流利。然而老師又很疑惑，他的中文裡開始有了濃重的南京口音，俗語裡頭叫「蘿蔔腔」。比如，他說到「沒有」，會說「沒的」。

他有時候會見到她的哥哥，這個長相略略猥瑣的男子，似乎已經忘記了他們不愉快的相識。這是個寡言的人，來了就在場子裡象徵性地兜一圈，和妹妹說上幾句話。其實他們也並不太像兄妹兩個，因為缺乏同胞間的親近，言談間有著很大的距離。這男人有時在場子裡抽菸，他看見她走過去，「啪」地一下就將菸打到地上了。抽菸的人愣一愣，就埋下頭用腳將菸在地上碾滅。這是個窩囊的哥哥。這個哥哥開初對他有些狐疑，後來也看得慣了。有次和她起了爭執，被搶白了一番，也默不作聲了。她走過來，對他冷笑了一聲，說，真是掉到錢眼裡去了，我哥打你的主意。說有你在這做義工蠻好，讓我索性把裡面那個男孩子辭掉，可以省掉一筆工錢。我說好，把裡面那個辭了，付給他外籍勞工的薪水好了。

她這時候說話有些洶洶的氣勢。他知道在這場子裡，她是個權威，大家對他的接納和她的地位也有著很大的關係。

唯有一個人，保持著對他一貫的敵意。他叫阿彪。就是他第一次來時，為他開門的男人。這個男人永遠留著很長的頭髮，遮住了眼睛。他只有四分之一的眼神與你交流，所以你永遠也無法估計他心裡的想法。而這四分之一的眼神也是極陰鬱的。這其實是個得力的人，活兒不輕鬆，要協調撞球場子一眾老少爺們兒的玩樂，還要幫裡面的賭場把風。她告訴他，阿彪是那個溫州佬留下的。溫州佬說，阿彪以前就幫他看過賭場。那個場子後來被條子發現了，連鍋端了。阿彪為了幫賭客從後門逃出去，自己一個人堵著門口，後來給拘了，給打得剩了半條命。出來的時候，溫州佬派人去接他，說手下人就信得過阿彪。阿彪是個義氣的人。

他問她，為什麼阿彪沒跟溫州佬走。她說，那個溫州佬現在做白粉買賣，風險太大，阿彪不想跟了。

這個阿彪沒有和他說過話，但是他感覺得到，阿彪注意著他的一舉一動。他經常能夠感覺到阿彪的視線，在他和她在一起時，這視線往往也變得熾烈了。

阿彪對他存著很大戒心，而這戒心似乎並非來自於不信任。

他也覺得他和她在一起，似乎不應該這樣順理成章，應該會遇到一些阻撓。他便隱忍。

阿彪在一個下午，不辭而別。

眾人驚詫間，總覺得隱隱的不對。終於發現，不見了一本帳本。

她好像沒有太多的意外，咬一咬嘴唇，說，鐵打營盤流水的兵，該知會一聲，是做人的本分。

# 第三章

# 古典主義大蘿蔔

阿彪消失了。他在賭場裡頂替了阿彪的位置。

她與他，並沒有因此親密起來。每次她從空調房的隔間出來，都帶著寒意。她看他，似乎是欲言又止的神情。

他和這裡的老少爺們兒卻越發親近。他們說阿彪人不錯，但是夾生，沒有他隨和。他們取笑他的洋腔洋調，教他南京話，說南京話不動粗可不行。他說他知道，要學好語言，就要先領略這語言中的dirty words。

難得南京話裡的罵人話，句句都是擲地有聲。含義裡是透徹骨髓的怨與怒。說多了，融到了說話人的字裡行間去，也融到了這個城市的血脈裡去。這城市的方言本無甚特色，這些骯髒的字眼，就好像這種方言裡的「之乎者也」，鑲嵌進去，倒是成就了一番韻味。沒了它們的南京話，是不道地的南京話。

在南京話裡，好得一逼屌操，就是，就是pretty good。你習慣了它，也明白了它的用途，並沒有這麼刻薄與怨毒。也就曉得，有時候，它不過是做為句逗或者語助詞。它像是情緒的催化劑。有了它，表達的快樂是加倍的快樂，表達的親熱也是加倍的。比如，你說一個「好」字，遠沒有說「好得一逼屌操」這樣淋漓而由衷。

這都是他逐漸體會到的，每到一處他不明白的，他便虛心地請教。對方愣一愣神，很為難地和他對望一眼，翻譯成英文的意思給他聽。他便覺得不甚滿意，覺得不著痛癢，感到這字眼裡真正的好處已經被對方貪污了。然而，他卻依然熱烈地學習，他對她說，他愛上這城市的語言了。

但是，其實也有個場合的問題，他無法分辨這其中細微的差異。終於在一次中文會話中，有個和他關係極好的同學支支吾吾，不知所云。他不免有些焦躁，終於恨鐵不成鋼，咬著牙罵出來：呆逼！

那同學並不懂，然而知道他在這一群裡是一個中文的權威，剛剛的這一句必定是他新鮮的所學，也就很自信地罵回去，呆逼！

女博士驚訝地看著，看這兩個外國學生將這城市最刻毒的罵人話在嚴肅的課堂上如此暢快地交流，而且態度從容，舉重若輕，像兩個快樂的二百五。

女博士終於問起，他在哪裡學了這些，知道是什麼意思麼。他只是說：I just meant he was a fool. 他又反問：那你說這是什麼意思？它，它的意思是……女博士無法表達出確切的含義。他不免有些看輕她，同時也更加對這語言的豐富內涵深信不疑。

他終於對這語言產生了熱愛，又是因為他夥著年輕的同伴，在五台山體育場看了一場足球。之前他聽信過一個謠言，若南京本地的一支甲B球隊是主場，那麼，必然戰無不勝。這一回他身臨其境，球場上，為一個球起了爭執，要麼就是扼腕，觀眾萬眾一心地罵，左一個「呆逼」右一個「呆逼」，氣勢排山倒海，幾乎讓人感動。像是一支興奮劑，主場的隊伍在父老鄉親粗礪的吶喊中雄姿英發，勢如破竹。呆逼，呆逼，龐大的聲浪響徹上空。客場卻一面臉紅，一面就將這聲音聽成了楚歌，落荒而去。

而日常所見，又是一景。大巴上的售票員，哪怕很年輕的小姑娘，遇到不規矩的乘客，紅唇貝齒翻轉一下，就是一句揭露對方祖先的私生活、讓人蒙羞的話。南京話是有些橫的，給小姑娘講出來，聲音是叮咚有致，歌聲一般，卻也是戰歌。要是乘客間發生了爭執，先有滋有味地看一回。到了白熱化的時候，就加入進去。不是調和，而是各打五十大板，轟炸一樣，話裡也沒什麼是非的，主要將事件平息下去。道理是沒有，但誰都不及她厲害。這城市的女孩子，就是如此，有一種堅執與強梁，藏在平和的外表底下。然而並不是因為有城府，而是懶得噴發出來。你不要招惹她們，惹了她們，給你的好看，也是加倍的。

在他熟悉了這些的時候，也有一種疑惑。覺得這些與南京的古典氣韻其實格格不入。然而，這些又的確是吸引他的所在。因為蓬勃的生命力，沒規沒矩的，逐漸將他前二十年生活中的條條框框一筆勾銷。後來，他聽說了「大蘿蔔」這個詞。這本是外地人用來貶損南京人的，用來形容南京人的呆和不世故。然而，南京人就有自己樂觀的理解。他逐漸有些了解了。「大蘿蔔」，也就是葷素咸宜的意思。這個城市的俗與雅是和諧的共生體。因為毫無造作，水乳交融。

南京人對蘿蔔本就有感情。小韓跟他說這城市的民諺，叫做「吃辣蘿蔔喝熱茶，氣得大夫滿街爬」。可見這是關乎民生的一種果蔬，是這城市強健的根基。他想要體驗，小韓就帶他去了鼓樓附近的「白下池」。解放前就已經開張的澡堂子，現在居然還有很好的生意。他進去，看到四處白花花的人體，有些尷尬。然而，人臉上都是怡然從容的表情。他在霧氣繚繞的大池中匆匆洗了一回，裹了毛巾，將自己安置在竹製的躺椅上，就有一個鬚髮皆白的老先生過來，要給他敲腳。他一驚，想這老人老得可以做自己祖父，捧起年輕人的腳，好像成心要自己大不敬。情急中他有些生硬地拒絕了。小韓就在旁邊笑。遠遠卻走來一個年輕人，肘上搭著毛巾。小韓招呼了一下，年輕人再過來，挎著籃子，裡面是一只白瓷茶壺，先給他們斟上。然後從籃裡掂出兩顆「心裡美」蘿蔔，用個刮刀嘶嘶地去了皮，麻利利地在中間開了幾刀。好像在掌心開出了一朵花，碧綠的瓣，通紅的蕊子。他咬上一口，沁甜沁甜，再學小韓呷上一口熱茶。覺得有薄薄的汗透出來，喉頭酥酥地癢，彷彿有一股濁氣溫暖地升騰上來。突然，他暢然打了一個悠長的嗝。小韓也呼應了一個。好像如釋重負似的，整個人都鬆快了。

他跟她說這些。她定定地看他，輕輕說，你像個南京人了。他並不很懂她的話，只是覺得心裡快意，覺得自己離她又近了些。

她說南京的好東西，不是照本宣科的。寫成字的，未必是好東西。就給他講故事，有一本關於南京的小說，叫做《儒林外史》，裡頭講的是知識分子的腌臢事。可有一節寫到兩個挑糞的平民，賣完了糞，收拾了活計，就到永寧泉茶社吃一壺水，然後回到雨花台來看落日。裡頭的主人公就發感嘆：「真乃菜傭酒保，都有六朝煙水氣。」

他就問她，你看我有沒有「煙水氣」。她左看一下，右看一下，說，煙水氣就沒有，未到火候，好在還沒有香菸和酒水氣。

她著魔似的，與他說這些。到週末的時候，她帶他上了長途汽車，帶他去遊歷。在車上，她往往一言不發，表現出堅執的冷漠。偶爾和他對視一下，也是內容簡潔的，沒什麼含義。

這一天，他們旅途勞頓，終點是一個峽谷，中間生長著闊大的樹林。這是完全沒有城市的形狀的。松柏蔽日，他們走過一條狹長的徑。他想，他們會到哪裡去呢。

她帶他來這荒野。這是與這城市絕緣的一隅，有著史前的繁茂與蒼涼。他也是愛的。他告訴她，在他生長的地方，有些山地與丘陵，但更多是平原，鋪蓋著細密的草。人時常覺得自己是至高的，伸出胳臂便與天相接。而在這裡，他自己就是草芥。而草芥裡，卻是看得到無窮的大，這是天道的循環。他口中念：「To see a World in a Grain of Sand, And a Heaven in a Wild Flower, Hold Infinite in the palm of your hand And Eternity in an hour.」她對他笑，說，這麼說來，威廉．布萊克也是懂禪的。一花一世界，一樹一菩提。他說，不是禪，是人。你我之間並不隔得太遠。她想一想，做人不能太過詩意。是，他說，我是個詩意的人。但你卻是晦澀的詩。她停一停，說，其實是我明白清楚，而你不通曉作中國的詩而已。

他說，有什麼不通曉，就像你要告訴我這自然的大和我們的小，就是我們都知道的。

她搖搖頭，牽他繼續前行。

突然，他們眼前開闊起來。這開闊太突然，幾乎是突兀。無緣故地出現一大塊空地。空地的中央，是幾塊縱然而立的巨石。

他驚呼，露出了二十歲青年該有的稚拙樣子。這石上面坑坑窪窪，粗糙如從地底生出，是很見滄桑的。然而十幾米高，幾十米長，峭拔而立，卻有著垂直的立面，幾乎是純然的矩形，邊緣有著銳利整齊的角。而前面一塊稍小的，竟還鑿著幾米見方陰颯颯的孔穴。他站過去，撫摸這石壁，興奮地擊打。這石的巋然令他無法想像這是人力所為，卻又因是唯物論者，自然不會相信鬼斧神工的鬼話，只好寄託天外來客了。

他脫口而出，這是中國的巨石陣。

她問他，什麼是巨石陣？

他想一想，問她，你讀過《黛絲姑娘》吧。他說這些，自己倏然覺得不祥。哈代挑選了索爾茲伯里平原上的這處古代遺址。那些分布於英倫的神祕的大石，如讖語，預言了宿命與結束。

她低一下頭，不以為意似地，說，祇怕你們的巨石陣，不及這塊石的小指頭。說著她張開雙臂，如同丈量的尺：我犯下導遊的職業病。給你說個數據。埃及金字塔的石塊夠大，最大不過五十多噸。

你面前這塊就最小的，已經有六千多噸。這後面大的一塊，有一萬六千噸開外了。

可是，這石頭這樣大，有什麼用呢。

他想，大多半與宏偉相關，是人拔起自身的小。法老陵墓是這樣，萬里長城也是這樣。

她說，這其實是一座碑。沒完成的碑。

他們站在這仰躺的碑身上，望著四周一界茫茫的綠，頭頂一片無垠的藍，不作聲了。曠古罕見的大材終於不能物盡其用，埋沒荒廢，卻有一種怡然。

南京的大，是忍受得住寂寞的。

在這闊大裡，他們感受到了一種壓逼，禁不住互執了雙手，覺得自己站在了宇宙蒼穹的核心。林寒澗肅，嵐氣襲衣。他們渺小如一粒塵，幾乎感覺不到自己。他說，我明白了，這就是南京的大。

她指指他的胸膛，說，南京的「大」字，是裝在心裡的。

這時候，他突然有了挫敗的感覺。他說，對這城市，我仍然是一個外人。她將他的手，握得緊了些。

突然，她勾下他的頭，捉住了他的唇。他幾乎沒有準備，就吻了她。他還沒有來得及體味，她已經離開他，含笑地看著他。

他心裡卻有些洶湧，他攬過她，暴力一樣，在她臉上的最柔韌處打開一個缺口。

她閉上眼睛。

終於，他輕輕地剝除她的衣服。他和她都打了一個寒戰。她那樣小，在他懷裡猶如嬰兒。如同一隻卵，在離開母體後一個圓潤的、完美的展開，卻對他有致命的吸引。他將自己的外衣墊在石上，將她放上去。他曲著膝，猶如膜拜。良久，他撫摸她，終於慢慢地進入她。她皺一皺眉。有颯颯的山風吹過來，他感覺著她內裡的熱和周身的冷。他們抱得又緊了一些。他們融為一體，成為一隻火熱的核。

在這明朝的皇帝的碑上，他們抑制著快樂，顫慄著舉行著幸福的儀式。他覺得她像神一樣，神一樣地，神一樣地緘默。他突然哭了，不知為什麼。她用舌拭去他的淚。那舌上的味蕾，輕柔地犁過他的臉，讓他感到難言的興奮。在他感到難以自控的一瞬，他抽身而出。他的男性痕跡凶狠地擊打、交纏在墨綠的苔上，氤氳起薄薄的霧氣。

他們平息下來。他們互視，笑了，為這近乎邪惡的愉悅與滿足而會心。

她突然說，我不是處女。看情形，你好像也不是童男。

他憂愁地笑一笑，我們不是到這裡來獻祭的。

她依然躺在他懷裡，他看到她頸窩裡細軟毛髮的一漩。夕陽由東向西，慢慢地走，光線一格格地在這大石上步進。大石猶如日晷。而他們是這日晷上不變的刻度。他們是這天地間的一個寂寞的靜止。

他們回到城裡來的時候，已經是薄暮時分。在鼓樓下了車，她並未與他分手。她說，我要去見一個人。你跟我來。

他已經有些習慣她信馬由韁的神祕舉動，就只管跟上。

他們穿過繁華的街市，進入巷陌。還有這樣清靜的所在。遠遠地，有些小朋友嬉笑打鬧著過來。

這是放學的時候。那些孩子，嘴裡也說著南京話，有一些魯莽。一個孩子只管向前跑，沒留神腳下，突然間絆倒了。他快步過去，扶起那孩子。孩子卻不領情，打開他的手，瞪他一眼，跑開去，融入他快樂的夥伴中去了。

她大聲地笑了。

她牽了他的手，進了那小學校去。這學校，看得出有些舊，也有些老。法國梧桐繁盛爛漫地生長著，泛著濃綠的光，多少遮蔽了它的破敗。內中卻有一幢軒昂的樓，高得不成比例了。他抬起頭，樓頂上豎著旗杆，上面有紅色的旗幟在飄揚。

他們走過這樓，看到後面是整潔而老舊的操場，跑道是細密的煤灰鋪成。一個年輕的體育老師吹著哨子，帶著一隊小學生在跑步。小學生擠擠挨挨的。一個男孩百無聊賴，揪了前面小姑娘的辮子。小姑娘回過頭，驚天動地地哭。

拐過操場，她停住。他說，這是一個教堂啊。

直覺告訴他，眼前的建築物，似乎是一間教堂。那屋頂與窗的樣式還在，白石灰的牆，已經斑駁，滲著水跡。巍峨的尖頂上豎著十字架。並不是，那是個煙囪。他甚至看到一個排風扇在轟隆隆地運轉。風挾裹了油膩的氣味傳出來，讓他有些反胃。

她說，原本是座教堂，現在是個食堂。

進到裡面去，真的有個小小的穹頂。裡面整齊地放著一些塑膠的桌椅。他想如果沒錯，那應該是耶穌像的位置，但是如今，掛了一張巨大的油畫仿製品。上面是一個親切的女老師，胸前戴著大紅花，被一群小學生簇擁著。可是，女老師美麗的臉上，卻被不知道誰在唇邊畫了濃密的鬍子。

她走到賣飯的窗口，拍打玻璃。

小窗被打開，傳來柔和的男人的聲音。她臉上是喜悅的神情，嘴裡喊著，忠叔。

叫忠叔的人給他們開了門，一邊將腰間白色的廚師圍裙、胳膊上的白套袖取下來，一邊招呼他們，進來進來。這是個眉清目爽的中年男人，穿著舊而乾淨的衣服。中山裝的領子磨得有些毛。他很白，白得過分，因此看不出老態。他只是對他們溫和地笑。笑的時候，眼角的魚尾紋積聚起來，才顯出了年紀。

這是廚房的後廚。這天是星期五，老師們大多都回家吃晚飯，所以清鍋冷灶。牆上掛著多年的油煙痕跡。陳設其實很潔淨，歸置得整整齊齊，擦得發亮。甚至牆上的廚具，由小到大地掛著，有種讓人悅目的鄭重其事。看得出，忠叔是個細心的男人。

忠叔並未在這裡停留，將他們讓進廚房左側的一間耳房。這房太小，天花很矮，他幾乎仰不起頭來。布局簡單，未免有些清寒，但是卻不勉強，處處是自律的作派。迎窗架著鋼絲床，上面鋪著白底藍格的床單和同色的被褥。被子疊得整齊到好像行軍。挨牆放了玄色的五斗櫥，也是看得出年月。櫥上方掛著一面鏡子，用紅漆寫了大得有些誇張的「喜」字，角上描著鴛鴦戲水。一對鳥一隻齊整，一隻只剩下了半個身子，成了個無頭鴛鴦。

忠叔給他們搬來兩把椅子，從櫥裡拿出兩只玻璃杯，抓上茶葉，去廚房沖了水。

她遙遙地喊，忠叔，別忙了。

忠叔應說，不忙。

進來時候，忠叔拿著個未開封的紙袋子，打開給她，說，囡囡，雲片糕，你最愛吃的。前陣回了趟家，小康結婚了。

她說，忠叔，你也快退休了吧。回去跟小康過麼？

忠叔說，還差兩年，回去也是單過。攪他們小兩口做什麼。老了，我也好個清靜。

她停停，仔細地看著忠叔，終於又問：忠叔，你還好麼？

忠叔哈哈一笑，好，怎個不好？

那，小康媽媽待你還好嗎？

忠叔叔躊躇一下，說，好，一個月一條「雨花」。對，你朋友抽菸嗎？說完又打開抽斗翻找。

她說，叔你別忙了，他不抽。現在誰還抽「雨花」，下次我從場子裡給你拿條「三個五」來。

忠叔說，丫頭，我抽不慣洋菸。那什麼，你那場子，還行吧。

她說，不經歷風雨，怎能見彩虹。

忠叔笑了，丫頭嘴學滑了，最近嚴打，能小心還是小心點。

他聽得有些糊塗，看看她，又看看忠叔，正好兩下目光對上。忠叔轉過頭，輕聲說，囡囡，小夥兒挺精神，談朋友了？

她笑笑不答。

忠叔說，可不是，囡囡也是大姑娘了。

她說，二十了，剛過生日。

忠叔聽了興奮起來，說，啊，二十了，囡囡的大生日，我真是老糊塗了。你等著，叔給你打梅花糕吃。先去熱個鍋。

說完就起身穿戴圍裙。她沒推辭，只是跟在後面說，忠叔，我那天看到爸爸了。

忠叔手停住了，半晌才說，孩子，你要長記性，你爸死了。

她咬了咬唇，沒有說話。可是突然又問，忠叔，他有個兒子，跟小康同學過的。

忠叔說，小孩子，別老問大人的事。

她有些激動，我不小了，我二十了。

忠叔嘆口氣，說，那什麼，他是對不住你們，可都過去了。他也算遭報應了。就這一個兒，聽說那孩子中學畢業去天津上技校。「八九」的時候跟同學在天安門過了一夜，就沒回來過。

她問，是不是叫秦川？

別問了。洗個手過來幫我和麵。叔給你補過個生日。

忠叔說完，就走出去了。她從口袋裡掏出一張照片，自己端詳一下，又拿給他看。照片泛著黃，挺老了。上面是個穿著白襯衫的年輕人，眉宇清俊，卻不見什麼朝氣，目光有些懶。

他問，這是誰？

她說，他，那天下雨，你見過的。你看像誰？

他看看，覺得有些熟，可是想不起是誰。只好搖搖頭。

她用手指斜斜遮住照片上的人，僅露出左半個臉。那剩下的一角眼睛，目光突然鋒利起來。他驚奇地應道：阿彪。

忠叔在廚房裡大聲地喚她：囡囡，過來幫忙。把我床底下的模具拿出來。她深深地看他一眼，將照片揣進口袋裡。

他沒曾想過，在忠叔這裡會吃到這樣的美味。這口福，有些出其不意。

忠叔端了一只銅盒。盒裡是喇叭形的凹槽，還冉冉地冒了熱氣。忠叔戴了線手套，將模具在涼水裡浸一浸。然後打開蓋子，用一根鐵簽一挑，一只色澤焦黃的梅花糕就出爐了。從上面看過去，五瓣的形狀，真的像極了一朵梅花，青紅絲便是點綴的花蕊。他咬了一口，一陣糯香，隨著熱氣漾進嘴裡。這香氣黏在牙齒縫裡，兜了一圈到了喉嚨口。再咬一口，有滑膩的餡兒流出來。這就是融化的紅豆沙了，甜得沁到心裡去。

他們兩個，吃一口，就對視一下。臉上是掩藏不住的歡喜，孩子似的。

忠叔沒有吃，看著他們吃，目光慈愛。

忠叔在一只酒杯裡澆了高粱酒，點燃。藍色的火苗，像極了大號的生日蠟燭。

忠叔說，我們囡囡又大一歲了。叔可不就老了。

接到小韓電話的時候，他們已經站在大鐘亭的門口。她在和他說忠叔的事。忠叔一人在南京獨居，家小在淮安鄉下。這中國的「戶口」，是個大問題。二十年了，也團聚不了。他問她，「戶口」是個什麼東西。她說，一時半會兒說不清。是個有中國特色的玩意兒，用來限制人口流動的。

她見他與小韓兩個在電話裡客氣。學期中，他為小韓介紹了一份給留學生輔導漢語的工作。小韓領了薪水，要請他喝酒。他讓小韓不要形式主義。但小韓說，形式主義也是中國特色，你要深入中國文化，就得入鄉隨俗。

臨了小韓加了句，別忘了帶你女朋友來。都知道你交了個中國的女朋友。

他對她說，去吧，上課老師教了我們一句新的，叫「恭敬不如從命」。

建安居。堂皇的名字，其實門面不大，是個學生家長開的。學生家長是個六合人，菜做得一色的鹹，味又厚，價錢也公道。中國學生外國學生都喜歡，都去那裡打牙祭。漸漸就做出了名堂。

這菜館臨著留學生公寓，地方好找。他推開門，看見小韓已經在裡面等著，是容光煥發的樣子。

他們坐下來。小韓說，你們來得太遲，肚子卻等不得。我自作主張點了幾個招牌菜。

說著菜陸續上來了，都是家常卻開胃的。水煮肉片，菠菜金銀蛋，紅燒栗子雞，再有一道咕嚕肉。小韓又要了一瓶「藍洋河」。因為肚子都有些餓，三個人簡短地打了招呼，就默默地吃起來。

突然間，她笑起來。因為笑得有些突兀，另兩個人就有些茫然地看她。

她夾起一塊雞，說，還是這麼鹹。

小韓也笑，說，原來是有經驗的吃家。你也在這讀書的吧，哪個系？

她放下了手裡的筷子，讀過，英文系。

小韓說，畢業了？

她停一停，抬起眼睛，我退學了。

小韓也停住了，猶豫了一下，終於問，你是程囡？

她淺淺地點一點頭。

這回輪到他迷惑了，他看著他們。問，你們認識？

小韓笑了，說不認識。

他用迷惑的眼睛看過去。小韓就吆喝開了，吃菜吃菜。

# 第四章
# 她及她的羅曼司

在他的印象裡，李博士是個對愛很有見地的人。

李博士說，中國人對愛這個詞，遠比西方人來得鄭重。所以，將漢語裡的「愛」字和「LOVE」這個詞等同起來是翻譯界最大的失敗。相對銘心刻骨一字一血的「我愛你」，「I love you」簡直輕描淡寫得不值一提。

所以，聽到李博士搞婚外戀的消息，他對「婚外戀」這種現象的質地立刻有了新的認識。

在他看來，李博士是個長得不錯的女人。三十大幾，是很多女人行將凋萎的年齡。李博士的面相卻在含蓄中有了怒放的意思。對於東方女人的美，他也受著西方媒體刻板印象的荼毒。認為劉玉玲就是美，那種五官線條疏淡，鳳目櫻唇的就是美。所以他起初那樣執意地認為她美，也並非是一個巧合。而李博士卻不是如此，臉上有種堅硬的輪廓，只這一點，就將他的東方審美觀顛覆了。這又不同於西方女人，因為這種堅硬，以象牙色的皮膚作底，不期然地溫潤了，透著玉器的光澤。

李在這群黑白學生中間，致力做中國文化的代言人。作派卻又不是中國的，是一種六〇年代的雅皮。保守但對激進寬容，是對上一代人生觀的折衷與調和。這讓學生感到親近，有他鄉遇故知的感覺。

李的丈夫，是個嚴肅的男人。聽說是水利局的一個副局長。他們與這位局長照過面。感恩節的時候，李博士在家裡開派對，邀請了學生參加。然而，開門時，這位局長卻是戴著圍裙的。局長從他們手中接過紅酒，說著感謝的話，對著房間裡遙遙地喊。李博士並沒有出來，他們看到這個女人，穿了絲質的睡衣，蜷在沙發裡。手裡拿著遙控器，並沒有看他們，眼睛只是盯著電視畫面，輕輕地說，坐。同時將腰柔軟地扭動了一下，為了讓自己坐得更舒適。一個動作，突如其來地，令身體泛起了波瀾。這幕，無知覺地性感，那些男孩子看在眼裡。後來，來自哥倫比亞的瑞德回憶起這件事，告訴他，那一瞬，感覺到自己勃起了。

局長則是忙進忙出，為他們斟茶倒水。他們都有些感動，看得出些微的女權，是支撐這家庭穩固的基礎。在他們高談闊論的時候，李博士起身，走到鋼琴跟前，坐定。猝然幾個音符，緊接著，洶湧的〈土耳其進行曲〉將低頻的人聲切斷。待房裡的人都噤住了聲。李博士站起身，點起一支綠「摩爾」，吸上一口，然後有些不耐地在鋼琴蓋子上敲一敲。

他和同學們都相信，李博士對愛的體驗，是建立在家庭生活的實質內容之上，經過歲月磨礪的。後來才知道李博士對愛的所指，潛移默化於他們之中。

老實說，他並未看出那個高大的黑色背影就是巴里安。他不是個多事的人。如果不是後者迅速地出了事，也許這一瞬就在他的記憶裡蒸發了。他更不會看出當時擁著巴里安的李博士，其實正在啜泣。

巴里安在同學中，談不上好人緣。有些倨傲。他的皮膚發亮地黑，有一個寬闊的鼻。長著這樣鼻子的人，多少會給人溫厚的印象。但是巴里安卻是個例外。當激動或者不安的時候，鼻翼會劇烈地翕合。彷彿大型的哺乳動物，如獅子。是一觸即發的野性的徵兆。說實話，他因為這些，有些懼怕這個來自非洲的同學。

巴里安的故鄉奈及利亞，是個軍管國家。巴里安的父親是外交部的高官。這做兒子的，也有一種封建領主的眼神。即使沒有在頭上插滿斑斕的羽毛，同學們還是順理成章地給了巴里安一個外號，「酋長」。

「酋長」對人的冷漠是一貫的。上課時，大塊頭勾勒出一個駑鈍的形象。巴里安回答不出問題的時候，會長期地，表情肅穆地緘默。按照通常的經驗，李博士一開始也自然將這緘默視為害羞，試圖因勢利導地鼓勵。但是，當師生二人的目光在空氣中相撞的時候，李博士退縮了過去，明白了這沉默的內質不是害羞，而是不屑。

李博士愛上了奈及利亞的黑人學生，是一起令人扼腕的事件。扼腕之處在於飛蛾撲火的姿態。沒有人看見他們的蜜月期。人們看到的是，當巴里安成為輿論的落水狗時，李博士不明所以地以殉難的姿態，向巴里安掙扎的方向縱身一跳。

李博士實在是個耀眼的女人。在普羅的中國人的成見中，女人的性魅力和學歷，是難堪的此消彼長。可說是「女子無才便是德」的理論在當代的舉一反三。高校裡也流傳著刻薄的笑話，說大學裡有三種人，男人，女人，女博士。李博士是一個例外，她的美麗毋庸置疑。一個美麗的女人，如果安於學問，會讓人覺得更為可憐可敬。即使這學問禁不起推敲。她是這所大學留學生部的寵兒，也是這所大學曝光率最高的女人。因為大學的外事活動，需要一個智慧與美貌並重的角色。甚至這座城市的外交事宜亦有賴於此。李的東方女人的風度恰是國際化的。在男人中周旋，並非是這女博士的強項，但是，反造就了一種寵辱不驚的風度。所以，這樣的女人，漸漸被這座城市的文化界甚至社交界發現，也就不奇怪了。李博士的先生，那位局長，也因此而與之相識，成為本市的一段佳話。

巴里安即將被遣送回原籍的時候，李博士在同丈夫轟轟烈烈地鬧離婚。一個標準女性，倏然墮落成了一個壞女人，甚至民族敗類，其間有許多匪夷所思之處。因為中國人的性情，總是細水長流的。

激烈與突變，更不在這座城市的血液裡頭。

再不好事的人也會遐想，男女之間，有什麼可以超越倫常與民族大義。那麼，只有性。人們在無盡的遐想中扼腕與憤慨，同時晦暗地笑。性，跨國情，婚外戀，外加暴力。一部成功三流小說的所有元素，在一個月裡，凝聚於高尚美貌的女博士身上。

他最後一次看見李博士，顏色陰暗地坐在講台後面。象牙色的皮膚上，如冰裂般地有了皺紋。他想，這個女人，已經被毀壞了。如同完美的藝術品，在朝夕之間被風化，被巴里安毀壞了。

這件事因為涉外，已經上了報紙的頭條，引起了激憤與討論。

他經過公寓大堂，那裡已經換了一個笑容可掬的門衛。他記得，那個老頭的眼鏡片後面，總是射出冷漠的光，彷彿昨天還坐在那裡，穿著洗得發白的卡其工人裝，戴著一個紅袖章。他似乎沒喜歡過這個老人，當他是一件冰冷的擺設。但是他想到老人正在醫院裡垂死，卻有些心痛。事故是一個偶然，門衛的盡責卻招來殺身之禍。

老人成為了一個標尺，捍衛民族道德的英雄，被人掛在嘴邊，稱頌與哀惋。她的女友在醫院做護士，說老人已經被轉到特護房。粉碎性的顱骨破裂，使他躺在醫院的無菌室內，插上了各種管子，頭上戴了一個玻璃罩，而腦組織則暴露在外面。她說，老人的家裡人，也是個校工，原來就是在留學生公寓打掃衛生的阿姨。阿姨被允許隔了無菌室的玻璃，遠遠地看她男人。不知為什麼，做妻子的始終沒有哭。他想一想，覺得這是個觸目驚心，卻又祥和得令人心痛的景象。

那個不願暴露姓名的女人，在事件發生了一週後，打了電話給電台。說良心過不去，說，我就是那個女人，我恨巴里安，他的手太狠。女人一遍遍地重複，巴里安的手太狠。我看著這個狗娘養的將門衛的血打出來。我看見他，看見他摁著將門衛的頭撞在門柱上。我看見門衛在地上抽搐。他不是人，是野獸。我和他睡過，我恨我自己。於是有聽眾打進來，說這個不要臉的女人，一起該千刀萬剮。李說，你們不要欺負一個外國學生。你們欺負他只是因為他是個外國人，長了黑色的皮。你們也不想想，他是黑非洲來的。都是友好的第三世界國家，亞非拉，是一家，相煎何太急。過失傷害，警方也說是過失傷害。你們聽見了沒有，他只是犯了錯，沒有犯罪。他沒有壞到那個地步，我以我的人格擔保，我以我的身體擔保。

李博士的聲音，有些抖動。大家想，這個女人，是不是有些瘋了。

就有人在男廁所的木製隔板看到了用鋼筆塗抹出的色情畫。畫得頗不賴，稱得上是技藝精湛。主角一男一女，那男的身體漆黑，看得出費了畫家不少的墨水。女的則是雪白的，體態豐腴，纖腰肥臀，乳則是誇張的大。女的嘴裡，還看出在高潮時發出「Yeah」的聲音。旁邊又有一種顏色，在女人身上寫下李，這顯然是另一人代表群眾的意會。

對於愛，巴里安沒有感觸。在暗淡的拘留所裡的第一天，李博士曾經打通關節來看望。李深情地看著這張黑色的沒有光澤的臉，說，我會救你出來。巴里安有些感激，也只是瞬間的事情。然而，當又一次提審，李博士請來律師問及巴里安與這個女人的關係。巴里安只是輕描淡寫地說，她很棒。心裡想的是，是的，她在床上的確很棒。

從拘留所裡出來，巴里安並沒有感覺到太多的不適，除了過於刺眼的陽光。沒有追究刑事責任，因為大使館的交涉，甚至沒有被學校處分。他想，他與巴里安的邂逅，原本無必要。他想，他也阻止不了什麼。但是，在離公寓不遠的地方，他們相遇。他說，酋長，遲點回去吧。巴里安看著這黃色的瘦長的人，倨傲地說，謝謝，我不知道我需要怕什麼。我不知道你們中國人在想什麼。然後大步流星地向公寓的方向走去。

他第一次如此純粹地被稱為中國人。

去公寓的途中有一條捷徑，是被稱作北秀村的居民區。熟悉的人都會穿過那條狹長的巷道。這一天，巴里安看到一些中國青年在巷口，臉上掛著莊嚴的神情。他們在等待，巴里安知道，他們等的是自己。巴里安心中驀然湧起神聖的感動，然而稍縱即逝。夕陽西斜，他們的影子被拉長在地上，如同一叢整齊的劍戟。

一個穿了白襯衫的青年，走近來，認真地說，可以和你談談麼？

巴里安問，你是誰？

青年從口袋裡拿出一個紅色塑膠皮的證件，我是《白下青年報》的記者徐淮信，我身邊這位是N大學生會主席邵家一，後面都是學生代表。我們等你很久了。事已至此，對你的所作所為，我們不作評價。現在，我們在發起社會募捐，為醫院裡被你打傷的劉成仁老人。我們不需要你在物質和精神上的賠償，只是希望你配合，在報紙上作一個書面的道歉，僅此而已。

巴里安清楚地聽到徐記者口氣中的克制，搔一搔頭，嘟起了厚厚的唇，嘴裡發出含混的聲音，因為他擋住我，誰也無法擋住我。

因為他擋住你，你就打他，把他往死裡打嗎？青年的隊伍裡發出義憤的聲音。

徐記者將聲音平息下去。學生代表對巴里安說，不僅僅因為被你打傷的人。你也是個青年，你應該體會得到青年人需要保衛的東西。

巴里安舔一舔嘴唇，問，你們要保護什麼？代表說，保衛我們的社會安定和民族尊嚴。巴里安想了想，說，還應當保護你們的女人。

這句話將學生代表激怒了。大家都沒有反應過來，就見到徐記者的拳頭已經擊打在了巴里安的寬闊的鼻子上，沒來得及收回來。暗紅色的鼻血流淌下來，開始快速地噴湧。人們想，這真是個新陳代謝旺盛的健壯黑人。巴里安眼睛遲鈍地眨巴一下，驀然驚醒，發出凶惡的光。巨大的手掌揪住徐記者的衣領，這個瘦小的年輕男人的身體幾乎懸空。

他心裡一驚，這其實是在他意料之中的。他覺得這件事在一板一眼地危險地進行著。他一直跟在巴里安身後，他覺得有一種責任，需要去扭轉。

他橫亙在他們之間，巴里安用英文說，走開，中國人。

他聽他這樣說，突然心中有了一種氣度，用結巴的中國話說，說，對，我是中國人，所以我不走開。

巴里安抹了一把人中上的血，順手塗在了手邊青石牆上。觸目驚心的紅。巴里安將手插在口袋裡。這個黑人突然間表現出和他龐大身軀不相稱的迅疾，推開了他，撲向了他身後的徐記者。他們都看見了這黑人手中瑞士軍刀的光芒。徐記者躲開了，他踉蹌了一下，企圖重新將自己插在兩者之間。他已不期於做一個調停者的角色，而是，而是出自一種本能。當巴里安慣性地襲來，像一列呼嘯而來的火車。他同時感覺到腹部柔軟而銳利的疼痛，看見那把軍刀正斜插在他肋下。他聽到一種蚊嚶一樣寂寞而嘈雜的聲響，躺下去。

年輕的、罪惡的巴里安，在一個月內，為這座城市造就了兩個英雄，終於萬劫不復。

劉成仁老人在深夜裡猝然故去。哀悼之餘，媒體與輿論的焦點發生位移，投注於這個來自蘇格蘭高地的華裔青年，希望為這座城市樹立起一個新的典型。徐記者甚至查訪到他祖籍南京的身世，洋洋灑灑地為他撰寫了一篇通訊〈現代奧德修斯的還鄉之旅〉。人們為他的無畏與良善唏噓。在他尚未脫離危險的時候，一些市民自發地守候在病房外面，為他祈禱。而劉成仁的老伴，那個訥於言語的清潔女工蔡阿姨。如同陪同丈夫最後的日子，蔡阿姨靜靜地將自己隱沒在人群中，手裡捧著一支紅色的保溫瓶，裡面是滾熱的當歸烏雞湯。老婦人在等著青年醒來，希望他可以一醒來就喝上熱的湯。

他在清寒的早晨睜開眼睛，看見了白色的牆壁和她的臉。她沒有說話，撫弄了一下他的額髮，同時將他的手放在自己腮旁。

他想，這是多麼奇異的醒來。

這時候，突然他聽到「喀擦」的一閃。她驚惶地轉過頭，然後是護士粗暴的呵斥聲。原來是報社的記者，知道他醒來，偷偷進來拍照。她很快地恢復了鎮定。但還是讓他捕捉到了慌張的一瞬。這一瞬讓他陌生，她年輕且無助，是屬於她這年紀的。然而，她以往並沒有過。

她很小口地餵他喝雞湯。蔡阿姨已經走了，甚至沒有進來看他一眼，從病房部的偏門走出去。這是這城市裡大多數人的性格，安靜地對你好，但是不願打攪人也不願被打擾。

他看出，她不想說話，然而，又似乎有很多話要說。她將自己擺成了一個肅然而木然的造型。他問她，她亦不答。他有些難過。

她說，這裡我來過，兩年前，就在隔壁。

她說，什麼都沒有變，外面的冬青樹，還有一個青蛙嘴的垃圾箱。你知道麼，夜裡的時候，遠處可以看到電信大樓上的射燈，光會射到窗戶裡，然後，都沒有變，一模一樣。

他說，兩年前？

她說，嗯，兩年前。

他靜靜地看她，忽然說道：我愛你。

沒頭沒腦的一句。

她抖動了一下。她給他掖了掖被角，拿起了床頭櫃上的空水壺。她對他說，別說話了，你身子還虛。

她走出門，有些熱的東西在眼底激盪了一下，沒有流下來。她終於沒有告訴他。兩年前，她曾在隔壁的病房裡，守著一個男人。那男人在醒來的時候，對她說：我愛你。

那一年，她十八歲，剛剛考上N大的英文系。泰勒四十二歲。

她與泰勒之間，無所謂緣分。

她與這個男人，本都是被動的人。她是天性使然，而泰勒是出於謹慎。這個城市，在九〇年代過半的時候，出現了太多的外國人。也許，這城市並不歡迎如此多的異邦面孔，然而，寬厚的天性又使它做出了歡迎的姿態。保守是內裡的，踏出了一隻腳，另一隻也就縮不回去。這一年的城市裡發生了很多事情。本土品牌的第一個連鎖超市，通向上海的第一條高速公路。一切的一切，開始有了速度和效率。

如泰勒年紀的外國男人，對效率已有了深刻的見解，對異性與性也是。他們不再流連於涉外酒店的大堂，並不僅僅因為那些端莊優雅的女人，有著令人望而生畏的價格。他們仍想要一些帶著戀愛質地的性。於是，他們口耳相傳，有一個叫做「英語角」的地方。這是這座古老城市中一道新的風景。

每到星期六夜幕降臨的時候，在鼓樓的西北角，聚集著一些年輕人，用英文交換著對個人生活與世界的看法。這裡是他們集體操練英文的場所，是一個名副其實的公眾空間。然而，又是性格磨練的地方。你要戰勝你的怯懦與羞愧。因為在天性中，這城市總有些與陌生人交流的障礙。九〇年代初期，中國出現了一個姓李的英語狂人，忠告所有中國人學英語的精髓在於厚臉皮。這其實是與這座城市的性情相悖的，所以，「英語角」能夠留存與發展，但是，始終無以壯大。大致的情形，是兩個人尷尬地對望一眼，開始斷斷續續地說話，聲音小得像接頭一樣。如果一方的英文不濟，或者雙方都是捉襟見肘，那麼這場交流則無異於酷刑了。然而，外國人，在這裡卻是受歡迎的。他們的到來，會在四周圍聚攏一圈人，人們的膽子也大了些，爭相和他們說話。一來一往，這些外國人，也好像是在舌戰群儒了。因南京人骨子裡其實是堅忍的，有著不服輸和遇強則強的特徵。所以，這種情形的熱鬧，是「英語角」的人都期盼的。然而，這些外國人，特別是外國男人，也並不是無私的艾德加·斯諾，花了自己的時間和精力，為中國的英語革命加上一把薪火。你會發現一個奇特的現象，就是這裡的外國人，大多只有兩種，英國人和美國人。實情自然不是如此，但是這樣的宣稱卻透露出功利的實質。他們顯然是知道英美人的道地英文是受歡迎的。他們也有他們的期盼。你稍稍留心，會看到他們，特別屆乎中年的男人，在應付著問答時，仍有一雙梭巡的眼睛。目標所在，是美麗的，但是膽怯的女孩。特別是天真可人的女大學生。她們往往在人群後，因為缺乏自信，欲言又止，終於退縮了。於是心中有數，當打發了眾人之後，他們來到她們身邊，搭訕。然後如期料的在她們眼中，看到受寵若驚的感動。事情便已成功了一半。因此，「英語角」，在很多人，特別是很多外國男人的印象裡，實在是個浪漫的地方。水墨色的古城做為背景，異國的女孩，邂逅與接近。隱隱然間，成就了許多好事。

她則是個例外，其實說起來，她真是「英語角」培養出的一員驍將。她的流利口語，是拜這裡所賜。但是，她有異乎尋常的清醒，這是這城市的女孩所少見的。這種清醒注定她無法成為羅曼司的女主角。她在女孩子中並不出眾，但也絕非無男人對她抱以青眼。然而，她有一種堅硬的氣勢，不卑不亢，竟令這些男人有些懼怕，不敢造次。卻又是一種吸引。也因與眾不同，他們仍忍不住接近她，與她說話。但也僅僅是這樣，說完就算，無以奢望。後來說起來，泰勒也去過「英語角」幾次，自然也是因為寂寞，但是幾次都是猝然離去。這男人是敏感的。泰勒在女孩子們的眼中看到了一顆向外的心，發出急切的聲音。泰勒不是喜歡急切的人。閱歷使然，急切是容易壞事情的根源。

泰勒比別的男人，對愛也許要得更多些。十年前做了鰥夫，這個癡情的男人，一度認為自己失去了愛的能力。雖則性的能力，還保持得很好。但是，也僅此而已。如同手邊的床頭燈，燈泡再亮，也還是需要一頂燈罩，才成其為燈。愛就是這頂燈罩，性的美感所在，也全倚賴它。起碼泰勒是這樣想的。

所以，「英語角」是他們毫無交集的插曲。偶爾提及，都有些會心，自覺地避開。忍不住想一下彼此是否其實是見過面的，甚至說上了幾句。想不出結果，也就罷了。

他們相識是在這一年的八月。這時候，泰勒已來到中國半年，過著表面閒散內裡緊張的生活。這是個沒什麼計畫的人，樁樁件件也是別人籌畫，所以這份工作，對泰勒而言，也是情非得已。中年的到來，加速了信馬由韁的心情。偶爾捏一下腹部鬆弛的皮膚，也會悵然。夜色降臨的時候，竟至是頹唐。也是因了外力的推動，才會不放棄。所以，來到南京這麼久，泰勒除了工作，是在公寓裡打發了大半的時光。讀讀書，塗上兩筆字畫。這古城的風光，竟是一日未曾去領略，出去走走看看。這實在不像個美國佬的性情。偶爾看到那風風火火的背包客，半趿著雙破舊的耐吉鞋，在豔陽下將皮膚曬成了火雞的顏色。這男人也會豔羨，然而自己，仍然是循規蹈矩。

泰勒是在頭天看了天氣預報，決定報那個一日遊的旅行團。早上起來，卻是暗沉的陰天。手伸出窗外探一探，並沒有落雨。

泰勒上了旅遊巴士，看到偌大的空間裡，也只是稀稀拉拉的遊客。或許是天色不好的緣故，臉色都青綠著。導遊是個年輕的女孩，穿著印有公司標誌的T恤衫和石磨藍的牛仔褲。T恤大了，人越發顯得瘦小。她的眉目清淡，如同她的表情。但卻不是這個年紀的女孩子慣有的因厭倦而致的不動聲色，而是冷漠的自持。她微微含著胸。泰勒想，這女孩發育得很晚。突然有了憐惜的心情。女孩拿著名單，一個個點過來。沒到的，她就皺皺眉頭；到的，她就面色清寒地打量一下。其實她對這個叫泰勒的美國人，一開始，也有了印象。其他旅客都是左一壺右一瓶。而這中年人並無出遊的樣子，什麼也沒帶，只是在胳膊上搭了件絲綢的玫紅色夾克。這種夾克，正在中國的中年男人中流行著。走在大街上，有風的時候，就將自己鼓蕩成了一面旗。

他們走的路線，是朝天宮、中山陵、總統府、梅園新村紀念館、玄武湖公園和秦淮風光帶。因為差不多省略了東郊，這一程未免有些避重就輕。天是陰颯颯的，而他們去的地方，前半又多是紀念場館。每個人都懷著一顆肅穆的心，亦步亦趨。泰勒聽到近旁的太太跟丈夫耳語，說，太悶了，這一上午，好像在趕著場子開追悼會。

這話是促狹的，大家都皮笑肉不笑了一下。導遊小姐倒是稱職的，介紹起風土掌故。她的英文書面而流利，泰勒想，這個女孩有個好記性。應時地拋出幾個笑話，也是書面而得體的。泰勒就想起在西安遊歷的時候，有個男導遊，別的說不出什麼，專講葷段子。小到男女床幃，大到針砭時政，稱得上是縱橫捭闔。女孩子顯見是吃力了。這笑話不知是背了幾番的，認認真真講出來，聲音是壯的，心裡露著怯。講完一個，泰勒也為她捏把汗。

這女孩的盡責，還在於吃飯的鐘點，將遊客們帶到與旅行社有裙帶關係的餐廳去。然而，她自己是不和他們吃的，遠遠地站在碑林外的一角，就著礦泉水啃麵包。泰勒便也知道了她的樸素與自律。

下午時候，到了夫子廟，天色好起來，出了太陽。團友們在陽光底下逛了一程，心情也好了，多了交流。旅遊車司機師傅是個活泛的小夥兒，略略懂些英文，和一個紐西蘭來的老先生牛頭馬嘴地聊上兩句，竟還有了相見恨晚的意思。老先生就問小夥那導遊的女孩是不是女朋友。小夥兒哈哈一樂，女孩卻變了臉，轉過頭去。這一轉未免煞風景，彼此都覺得有些僵。

到了叫「西市」的地方，是自由活動時間。大家就喜洋洋地散開去。泰勒自顧自地逛了一會兒，買了一隻水色很好的假玉鐲，打算拿回去作紙鎮。

從「香君故居」轉到「烏衣巷」，正是西斜時。一間很小的鋪頭，門口叮呤噹啷地墜著些民俗的掛件，濃紅重綠地攪成一片喜慶。泰勒走近去，見那女孩出來。手裡正捧著一只虎臉的荷包，眼睛專注地看，臉上也有了些笑意。泰勒不忍擾她，卻被她看見。女孩笑得更開了些，分享喜悅似的，露出了兩顆小虎牙，嘴裡說，還有十分鐘，碼頭見，我們遊船去。

看著秦淮河漆亮的水，泰勒有些躊躇。然而那船是花枝招展，船工笑起來也是雪白的牙。上了船，為那河裡漾起的味道又是一震，屏住了呼吸。船工導遊司機為了證明這「秦淮泛舟」的節目是物超所值，則一律擺出怡然的姿態，或許是久入鮑魚之肆。這時是夜色初降，霓虹燈將兩岸古新建築的輪廓披金戴銀地勾出來，的確也有槳聲燈影，算旅行社沒有食言。然而良辰美景奈何水。那腐臭的氣息，在這盛夏的季節裡，迭宕漾起，卻真真是讓人消受不了。團友們終於怨言四起。紐西蘭的老先生又開了口，說，要不，導遊小姐給我們唱首歌，來個精神轉移法。飽了耳福，口鼻之苦我們也就不計了。

這是個自討沒趣的不情之請，大家都有些慌。然而女孩遲鈍一下，微微一笑，卻張了口。有聲音淺淺怯怯地流動出來，開始是含混的。她抱歉地笑，似乎對歌詞沒有把握。突然聲音響亮些了，就辨得出，是那支叫做〈昔日重現〉的英文歌。她顯見不是唱歌的能手，但聲線裡帶著柔軟的銳利，因為認真，有些不必要地字正腔圓。這聲音在泰勒心頭碰撞了一下。其實是俗濫的歌，卻是提醒大家緬懷今日的。泰勒不自主地跟著和上去。是極好的男中音，將這銳利中和了，也為她認真的聲音鋪墊了寬厚的背景，讓她在每一個段落從容地落定。女孩自然體會到了，感激地看一眼這中年人。

陽光正低矮地鋪進來，船艙裡的人周身籠上了濃重的醬色，每個人心裡都發著舊。外面只聽得見船槳擊打水面的聲音。這女孩的歌聲住了，大家愣一愣神，才鼓起掌來。有人就說，既然到了中國來，其實更想聽一支中國風味的歌曲，不知道導遊小姐可會成全。這回女孩並沒有為難的顏色，想一想，說，好。她清一清嗓子，起了頭。這歌的旋律，比剛才的又婉轉了些，甚而有些暗淡。卻因了她的認真，形成一種靜好的面目，恰如其分了。但泰勒在這靜好裡，聽出有些愁。細細地聽了歌詞，又是一驚。原來是李清照的詞。

一種相思，兩處閒愁。此情無計可消除，才下眉頭，卻上心頭。做為一個中國通，泰勒對中國的詩詞是有見地的。這詞裡有些傷處。柳永的傷，是唱給天下人的，所謂凡飲水處皆吟柳詞。而李清照卻是唱給自己，一逕傷到心底裡去。唱歌的人，站在暗影子裡，倚著窗，因為有夫子廟闌珊闊大的背景，越發顯出單薄。泰勒闔上眼睛，聽她唱著，想這女孩必是有些心事的，便覺得無緣故的痛楚。

一曲又終，船裡安靜下來，剛才的熱鬧滌淨了。眾人各自臉上，也掛著心事。半晌，紐西蘭的老先生緩緩地拍掌，說這首歌曲，簡直是Magic。似乎被催眠，前面的大半生，在眼前過了一遭，不消幾分鐘的功夫。女孩笑一笑，坐下來。眾人望著她，有些刮目相看的意思。她卻不自然起來，將身體略側過去，躲避著視線。終於，拿出剛才買的虎臉荷包，用手細細捋那虎臉上的鬍鬚。不再有言語。泰勒想，愛這樣東西的人，總也有顆單純良善的心。天已黑透了，船裡亮起了一盞淺金色的宮燈，裡面是個電燈泡，光暈投下來，恰將她包圍住。這時候，女孩已恢復了肅然的神情，甚至有些冷漠。看得見素淨的臉上，有淺淺的斑。

船靠了文德橋，這裡是遊船的終點。船夫拋出一條纜繩，就有人接過，利落落地拴在了碼頭上。因為船舷和河岸有些高差，遊客們也自然要費些氣力。船夫一個個將他們拉上去。到了泰勒，照例伸出手，卻見這中年男人，搖一搖花白的頭，一腳蹬在船舷上，猛然一使勁，便躍上了岸。在眾人的喝采中，穩穩地站住。

後來，泰勒講起這一齣，說自己不是愛出風頭的人，是老夫聊發少年狂，老天看不過眼，所以給了一個教訓。這教訓來得迅猛，立竿見影。站住沒有幾秒鐘，他就覺得下腹疼痛難忍，先以為是岔了氣，勉強走了幾步，豆大的汗流下來。人搖晃了幾下，終於矮了下去。

這時，他感到突然有了倚靠，是那個女孩。他的身體不自主地成了她的負荷。她吃力地擔住了他，同時大聲地向前面的人求救。

一時間，泰勒覺得有些窘。這個年紀的男人，雲淡風清之下，是最顧及風度的。對他而言，這風度已成為習慣，突然失去了，所有的倉促也寫在了臉上。

惶惶然，他感到自己被七手八腳地攙扶上了一輛「摩的」，半躺下來，看見頭上破舊的頂篷。有一星光從頂篷的破洞落下來，晃了眼睛。車開動了。泰勒感到一隻溫潤的手抓著自己的手，那隻手的手心滲出薄薄的汗。偶然間，這男人在疼痛的間歇，睜了一下眼睛，看到飛馳而過的景物裡，有那麼一點昏黃的暗影。

鼓樓醫院。泰勒想自己一把年紀，在這個中國醫院裡，失去了一段痛苦的闌尾，稍稍有一些滑稽。如同年老的修士陡然間沒了童貞，總有些痛定思痛。

醒過來的時候，一個中國女孩帶著自持的表情，在對他微笑。這令人有些意外。泰勒想起正是這女孩將自己送進醫院。在陽光底下，女孩瓷白的皮膚通透起來。而鼻翼兩旁有一些斑，並不明顯的，是瓷上經年的沉澱。女孩清寡的韻致，與她昨晚奮勇的行為，有了出入。女孩又對他笑了一下，這回臉上的表情，有了些生氣。

泰勒動了動嘴唇，沒有任何思想準備地聽到自己說了那句話。

他說，我愛你。

這突兀無比的話，被這中年男人就著笑敷衍下去。沒想女孩卻抬起頭，臉上滿是認真，問他：真的嗎？

泰勒也笑了。

泰勒感到手術刀口疼痛了一下，他知道，有東西打動了自己。或許是愛情。

對於自己的應邀而至，她有過種種猜測。其中包含了對於泰勒魅力的度量。其實這男人面目已有些模糊，然而她至今仍然回憶得起那一刻面對自己的笑容。這笑容，帶動了嘴角上方的法令紋。這紋路是極年輕時就有了。這曲折的兩筆，使這美國男人的面相有些發苦。這時候，卻舒展開來，加深了歡喜。

在柔軟的燈光底下，她神情莊嚴，手指在這紋路上勾勒，如同兩道軌，殊途同歸於高聳的鼻。這男人重濁的鼻息，挾裹了她，帶著雄性的、溫熱的力。她只是覺得有些頭暈。手裡的威士忌，在她的腦海裡畫出一道琥珀色的弧。

這男人輕輕地，將她從沙發上抱起，她睜開眼睛，看清晰了。

她突然覺得，這是一張父親的臉。這一霎，竟有了難言的興奮。她幾乎為這興奮而羞愧。然而，這羞愧，陡然間，又被更濃郁的興奮覆蓋了。

清晨，溫潤的陽光，穿透綴著蕾絲的紗幔，鋪蓋進來。她醒了，看到白床單上的一點紅，倏然記起昨夜陌生的銳痛。她有些沮喪，瞬間而已。一叢盎然而天真的百合，隱隱流瀉出熨貼的氣息。在她身側，泰勒安靜地呼吸。這中年男人身上金色的絨毛，籠罩為了奇異的光暈。

男人的法蘭絨睡袍，搭在椅背上。她起身，將自己悄悄地包裹進去，心底有一些暖。拉開窗簾，外頭，是綿延漫長的珞珈路，生長著成蔭的法國梧桐。她置身的地方，曾經是國民黨高官的宅邸，如今成為專家樓。這些她並不知道。只看到眼前的景致，開闊而疏朗，是被整飭後的寧靜。她想她的家，陰潮的、可以濾出水的空氣。偶爾看見幾隻鼠，倉皇地從洗手池上跳下來，在排水道的盡頭遁去。她想，那是一種多麼讓人意志消磨的生活。

紅木書架裡擺著縮略本的二十四史。桌上放著徽墨與紙鎮，筆筒裡插著幾枝毛筆。她取出一枝，是湘妃竹的筆桿，柔韌溫存的羊毫。她將筆尖掃過自己的臉頰，她躺回到床上，羞澀地看著這具中年的依然健壯的男體，倏然產生一種依戀。

即使是後來，泰勒對於生活有種種的迴避，對她坦然依舊。舉案齊眉，她便也是他的紅袖。除了愛之外，也有應景的因素。泰勒自問多次，是愛她的。愛，包含愛裡的性。

其實關於中國文學的啟蒙，對這男人而言，也正是關於東方的性的啟蒙。那時，泰勒還是個二十歲不到的小夥兒。在法國讀書的時候，偶然看到木刻本的《金瓶梅》，嘆為觀止，為著中國人的想像力與創造力。中國人的性，之所以吸引，大概在於含蓄與分寸。寬襟大衫中若隱若現的一抹酥胸，是遠比豐乳肥臀要禁得起推敲的。在泰勒眼中，將性寫得好的，西方只一個勞倫斯。然而因為太想寫性，難免其意太顯，不留餘地，所以失之東隅。在泰勒看來，中國字都是謎，而謎裡都是性。他感興趣的，則是這謎一樣的國度中的文學與性。

曾經有一個瑞典的漢學教授，教他一句「玉人何處教吹簫」，說這詩中其實說的是性，裡面有一句淫猥的暗示。茫茫然間，他被點破，真有大駭之感。這教授笑學生見的世面少，說以性寫性，是性詩的下品。就說中國詩的古風今傳，薪火相接，就連毛偉人的詩中，也臥虎藏龍。那時候，正是法國鬧毛熱的當頭，這位中國領袖，也成了街談巷議的偶像。泰勒也趕過時髦，狠狠地惡補過幾句毛詩。然而，這偉人的詩歌，除了鏗鏗鏘鏘之外，似乎沒給他留下太多印象。自恃這浮光掠影的了解，他未免年少氣盛，懷疑教授有附會的嫌疑。而教授只引了一句就將他打倒了：天生一個仙人洞，無限風光在險峰。

泰勒傻眼之餘，未免心跳耳熱。覺得這詩中的風光，畢生總要領略一次，才不會抱憾。當然他現在意識到，年少時的宏願，未免荒唐。後來閱歷增長，對中國文化的興趣卻是與日俱增。他逐漸體悟，中國的美，在於寫意。比如中國畫裡，遠山近樹，都在方寸之間。西洋畫裡的散點透視，講究一個「實」字，是要對著自然的模擬。中國畫卻要極盡一個「虛」，空對空的，用空填滿了。這也竟影響了他對女人的觀念。他的亡妻，是個美麗的挪威女人。北歐的氣候，養就了這女子的冷漠，卻是讓他愛的。因為這冷漠造就的距離，符合了對「虛」的審美。儘管這「虛」有些平板直白，卻令這男人對冷的東西日益產生熱的欲望。眼前的她，瘦弱如一張紙，在泰勒看來，卻是上好的熟宣，盡人潑墨揮毫。每次做愛，他都覺得自己是穿透了她，不是遊刃有餘，而是力透紙背。然而，這紙卻又豐厚如海綿，讓他在繾綣之間無法水到渠成，總有些曲折。

泰勒想這小女人，簡直就是精靈。自己是船，她便是水。自己是火，她仍是水，是以不變應萬變。新意卻沒有枯竭，讓他越發地愛。

有一回，他從牆上取下雲錦掛毯，讓她躺在上面。她裸了身體，只著一件旗袍。任他解開盤扣，解開一個，他的欲望就膨脹一點，像在剝除一隻繭。他聽得見她的肉體，在綢緞中輕輕滑動。泰勒說，這雲錦，號稱寸錦寸金，你的身體也是。區區一個她，裝下了這男人偌大的欲望。

這個叫泰勒的男人，給了她許多始料未及。她回想起與這男人的第一次，仍有淡淡的罪惡。並非因為泰勒是個外國人，更並非因大她一倍的年紀，而是，而是在纏綿中，泰勒所表現出的風度。其中的體貼、對她身體的無微不至，隱隱然間，令她想起了「父愛」這個詞。儘管這個詞的內涵，對她而言，是陌生又陌生的。

除開做愛，她覺得這中年男人，舉手投足間，對她都是言傳身教。這卻又讓她欣喜和感恩。有時，她也希望受到魯莽與即興的待遇。然而，似乎沒有過。他們每次的愛，有著優柔而華美的鋪墊。泰勒為她沐浴，焚上一爐梵香，音樂卻是一曲〈梁祝〉。泰勒自己倒上一點伏特加，不是高腳杯，用的是銅製的爵。此舉在她看來，有些矯情，自覺自己也成了形式主義的一環，未免心裡有些屈。然而她看得出，泰勒對她是真的愛的。

微醺的泰勒，渾身有些紅，令她想起初生的嬰兒。這身體發著熱，連她一併灼燒。突然間，這男人低下頭，吻她。沿著她的頸，一路密密地、細細地吻下來。她驟然感到一陣徹心的涼。原來男人將攙了冰的酒滴在她身上，用舌舐她。味蕾感覺得到她最細微的顫慄。舌尖的涼與周身的熱。他們在冰與火的交纏間，潮起潮落。

待冷靜下來。泰勒燃起菸斗，自己不抽，放在她嘴邊。她接過來。這菸的味道清凜，由咽喉流動下去，卻驟然粗暴，衝擊。她心口發堵，想起剛才種種，終於問，我們這是愛麼。

泰勒說，愛，是絕望的愛。她有些惱。泰勒微微地笑，看煙裊裊地從口中游出來。我是說這城市的品性。泰勒說，這城市是叫人亡國的。亡的是男人的國，卻成就了許多女人的聲名。我碰巧是個男人，或者有一日，亡了我，卻成就了你。

這是一句玩笑話，她卻陡然覺得有些淒涼。

有這麼幾回，夜很深的時候。她起了床來，卻看見泰勒穿著睡衣，一個人在書房裡，神情肅穆，看上去是在工作。這倒是讓她放心，覺得這男人除了琴棋書畫外，還需有些生計，維持油鹽醬醋茶。只是見她進來，泰勒總是將筆記本電腦迅速地合上。然後摘下眼鏡，擁著她回了睡房去。她看到電腦熒屏上似乎是些斑駁陸離的曲線圖，一晃而過。

其實很長一段時間，對於泰勒的底細，她並不知，卻也不想知道。大約是一個官辦的科研機構請來的專家。至於是什麼研究機構，研究的是什麼，她竟然從未問過。後來她受了盤問，照實了回答，沒有一個人是信的。旁人看來，也許因為這男人太風雅，在她二十歲的年紀，成就了鏡花水月，她自己是不忍心打破的。更不忍心跳進水裡撈上一把，撈上了泥沙來，是很煞風景的事。

對她的事情，周圍的人隱約知道一些。那時女大學生談老外男友，也是個風尚，同居的，卻還是少數。只是因了她的冷，大家覺得她的事情，都是無可無不可。特別是她同宿舍的室友，偶爾見了她，談起近況，也是打打馬虎眼，大家抱著兼愛非攻、相安無事的原則。

然而，校方的態度卻有些不自然。八九年以後，中國大學生天之驕子的地位，開始有了管束。於是學校裡找了她，跟她談，但看她淡漠的神情，領導們都覺得自己是小題大作。後來知道泰勒是政府為了建設資訊庫請來的高級工程師，是個頗得罪不起的人物，就放任她自流了。又得知這男人早年加入了「法共」，其實是個又紅又專的人，更是含沙射影地恭維了她幾句，說得她好像是出塞的王昭君，跟泰勒的交往是為了搞好中美關係，安邦定國的。

因為這個，她覺得和泰勒之間，突然落了俗。

相當長的一段時間裡，母親對她與泰勒的交往，毫無察覺。

依然是因了她寡淡的性情。一個戀愛中的女人，所有關於心理與生理變化的細枝末節，在她身上不著痕跡。

所以，當有一日，兩個穿著藍色便裝的男人出現在家裡的時候。她母親望了她一眼，默然轉動輪椅將自己退進了裡屋。

男人們企圖阻攔，說我們是來調查一些情況，您不必迴避。

門被重重地關上了。

餘下的時間裡，男人們看著這個瘦削的女孩，有些不忍。出於職業的本能，他們想到了「人不可貌相」這句老話。男人們都是見過世面的人，但是，這做女兒的過於鎮定的神氣，還是讓他們驚異了。他們想，她和這事件，一定有些什麼。

泰勒的間諜身分，在一次意外中水落石出。他自行設計了七個原始密電碼，分別對應於中古五音與兩個變音，按五度相生率編成密碼集，同時也是曲譜。泰勒送出的諜報向來是曲詞並茂，平仄之間，盡見機心。一曲被截獲的〈菩薩蠻〉暴露了玄機。嘈嘈切切的古箏曲裡，破譯軟體畫出了令人匪夷所思的曲線圖。曲線圖中，每個音高的曲率，詞中每字的筆畫，隱藏著一套嚴謹的公式。一年多的時間裡，泰勒送出了五十七首這樣的曲詞。

破譯處主任是個通音律的先生，將這些曲詞細細聽過，竟支支都是極品。不禁感嘆，替泰勒不值。對於一個間諜來說，這樣做未免太過繁複，有炫技之嫌。他的風致為自己製造了陷阱。

當告訴她這些時，男人們企圖冷漠地看她的反應。看她辯白，看她推託，看她在沉默中露出馬腳。然而，她聽完後，站起身來，去廚房倒了一杯水，從窗台的小瓶裡倒出幾粒藥丸，敲了敲裡屋的門，說，吃藥了。

裡面沒有動靜，突然有瓷器粉碎的聲音，沉重地打擊在門上。

她退回來，重新坐下，他們有些期待地看她。

她說，我要見他一面。

得到的回答是否定的。

這時候，門被猝然打開。輪椅從滿地的玻璃渣上輾過去，一條金魚青綠色的內臟，在地上畫出一道骯髒的弧。

男人們看著這中年婦人觸目驚心的表情，臉頰的一邊無規律地抖動著。婦人將一個硬殼子的筆記本擲到男人面前，同時用清楚的聲音說，她是個賣貨，但她是清白的。

這是一本日記，記載了她與這個間諜之間無辜的點點滴滴。她對愛情的不能免俗救了她。

她是無辜的。學校以勸退的方式開除了她，還她一個放棄的姿態。

她終於沒有再見到泰勒。

當有天晚上，在泛藍的日光燈底下，她看到手裡的驗孕試紙上清晰的一線。忽然有些安慰，她想，這男人用這種方式實現了對她的不離不棄。

第五章

# 無情最是台城柳

她腹部的弧度，終於無所遁形。做母親的，冷眼之間，有絕望冉冉而上。母親不動聲色地看一眼大衣櫥上的照相，將雙手絞纏在一起。

那女童隨父親從鎮江駕船而來。天地間有一絲風。一九二三年的南京，被一種虛浮的平和包裹著。船上載著藥材。女童踮起腳，吃力地打開紅木藥櫃的抽屜，濃烈而清冽的氣息遊動出來，慢慢將船艙充盈了。

父親，有著藥鋪老闆一貫的清雋模樣。因為他的俊美，這清雋更為不露聲色。他兀自站在船頭，吹著一支簫。簫聲裡總有些怨，在江面上打著旋，向東南的方向漾去。這青年，其實是帶著家當奔赴前程去的，但也總是有些離愁。江畔近了，影影綽綽地可以看到一個闊大的碼頭，這是這座城市浮現給他最初的輪廓。這陌生的城市裡，有他舅父苦心經營的事業，等待他去繼承。

南京「齊仁堂」藥鋪重新開張的時候，一個美國記者拍下了一張照片。這照片現在還留存著，曾擺在「豐泰」照相館的閣樓上。照片上的青年男子，穿著簇新的馬褂，漿得挺硬的領子，無端使得他的脖子僵直地引著。這叫他的歡喜顯得有些不自在。他的右手，牽著個很小的女孩子，打扮是一團錦簇的樣子。眼神卻冷漠著，不是這年紀的小孩子通常因在生人前的驚懼，表現出的畏縮。而是，生性裡的冷。

這女孩，是她的外祖母。

母親用絨布輕輕地擦拭這張泛黃的照片，掃了她一眼，將恨意在心底沉沉地壓制下去，終於一面有些自暴自棄地想，這是血裡帶來的。

草長鶯飛。這詞裡經年的蓬勃意味，適用於一樁兢兢業業發展中的事業，卻也貼切於一個少女的成長。因為中間悄然的、物潤無聲的節奏，有了飛躍的結果。到了這一年，「齊仁堂」的生意在葉楚生的經營之下，已身居江南四大藥局之首。當初的青年已過中年，依然清雋，而氣度沉實，少年時的浮華氣是一絲不見了。眼神裡帶了一點狠，這「狠」是沒有對象的，做為一個生意人，卻是放之四海而皆準。

隔著一道簾幕，在後廂房的暗影子裡。做女兒的注視著父親的一舉一動，深深地嘆了口氣，心裡想，這是個沒錯處的男人。她走回到窗台前面，活動了一下手指，繼續繡那幅〈韓熙載夜宴圖〉。在她看來，父親的固執迂腐與品味相關，認為傳世的就是好東西。其實，這是讓人想入非非的一幅畫，內裡是浮猥的氣息。袒著胸膛的男子，寬袍大袖，明是個在脂粉堆裡摸爬滾打的物件。聽見外面的女學生放學的聲音，她忽而站起來，又坐下去。在這起落之間，臉上暈起了一些紅。這少女的皮膚是透明的白，是許久不見陽光的緣故。一襲旗袍雖是家常的款式，做工卻是上乘，低調的精緻。頭髮是不要燙的，她枕頭底下也壓著一本《良友》畫報，明知最時新的款式，是丹鳳朝陽。到了自己，卻只是齊頸剪得乾淨，耳際留成簡單不過的新月式。對於衣裝，她有自己的用心，不想因這些外物湮沒了自己。她是不鳴不放，在人眼裡，卻全是她自己。倒是合了她的名字：毓芝。是鍾靈造化的產物。父親培養她，是淑女名媛的路數。她在鏡裡端詳自己，鼻梁上淺淺的斑，多少令她有些惱，卻也由它去了。

這時候，有極近的腳步聲，毓芝其實有些慌，她知道是芥川來了。

父親交遊甚廣，卻知己寥然。因他的友好原則，生硬而單純，只一個「棋」字。在他看來，棋如人，人如棋。棋風如同性情，棋局便是人生。他的生意過往亦如此，最好的生意夥伴，都是念棋在茲。城南「華裕堂」的杜老闆，因為悔了一次棋，二人竟至絕交。在旁人看來未免態度極端，他也並不抱憾。

芥川三十出頭，生得高大，面相成熟。舉手投足，做為一個商人，這日本人就未免有些孩子氣。論其出處，是歷代長居本所小泉町的世家。靠近隅田川的本所原是日本江戶時代騷客彙集之地，所以，書卷氣他是不會缺的。寫得一手好俳句，中國的詩詞歌賦，不算精深，也都能吟會頌。他在這南京城裡，算是個頗風雅的外籍人。因他不似老舊的日本人，拘於禮數。這與這城市的性子是投合的。有淵源，不在意，便是格調。然而在商界，這份散漫卻是大忌。古往今來，年輕人在業界初試啼聲，頗需要處心積慮，小心翼翼地站穩腳跟。他卻由於漫不經心，大剌剌地幾筆生意敗了北。這份情形，自不見容於人。何況他還是個外國人，就漸被同行看輕，被戲稱為「倭商」。

「倭商」芥川的舅父，與華東區的藥業總會會長，是大學同學加連襟。所以會長修書一封，要葉楚生扶一扶這個東洋阿斗，是不足為怪的。只是骨格清奇的葉老闆，不吃這套，本已卻之不恭。這時候，北方傳來一些消息。說奉系的張大帥歿了後，大勢已去的清廷改頭換面，叫了滿洲國，正在日本人的手裡。出於商人的敏感，對政治一向缺乏洞見的葉楚生，也隱隱感到一些不安。索性將鋪面交給夥計打理，抱病在家。

毓芝初見芥川，是因為這日本人登門造訪。看這人在和服外面罩著一件雙排扣大駁領的西裝，施施然地走進來。見了她父親，倒沒忘了除下頭上的呢帽行禮，只是一團亂髮，竟似頂了一個鳥窩。

芥川半躬著腰，將書信恭恭敬敬地遞上去。依他的為人，已屬難得。葉楚生盤膝坐在燈底下，打著棋譜，頭並沒有抬。芥川「晚生」、「前輩」了半天，他也似半句沒有聽見。芥川倒不氣餒，只是原地站著。為了成就事業，這回他是下了尾生抱柱的決心。見這清瘦長者眉頭時而舒展，時而緊蹙。便也知這人在心裡是同自己較著勁兒。他禁不住抬起頭，觀了棋局。心說倒真是旁觀者清，老先生將自己繞進去了。於是斗了膽，輕聲道：送佛歸殿。葉楚生自然是聽見了這後生的話，心裡一醒，眼也亮了，拈起一子，厲聲道：黃口小兒，沒規矩。芥川卻見他執了黑子打了一記軟封。芥川便知道自己並沒有說錯。

葉楚生衝著棋桌對面一指。芥川猶豫了一下。葉楚生不說話，只管收拾了棋局，收拾乾淨了。在右上的星位開了局，便袖了手，半瞇了眼睛。芥川便也明白了。

弈者無聲。

毓芝看得入神，沒留神後面的丫頭掀起了簾子。丫頭是個眼醒的人，看出老爺是對這青年人刮目相看了，便也準備以禮相待，急急地泡了茶。看見了毓芝，有些意外。毓芝臉飛紅一下。丫頭便也笑了，說，小姐，您這是垂簾聽政。毓芝有些惱，打她一下，說，仔細你的嘴。越發沒大沒小。教你識幾個字，全用在了歪處。丫頭嘻笑著，說，奴才卻知道歪打也能正著。奴才嘴賤手低，不配侍奉這上好的龍井。還是小姐來，也好在近處看個究竟。毓芝一路罵她，手卻接過了茶。

毓芝就這麼走到兩人跟前，只道：爹，茶。芥川抬頭一望，手卻不禁一抖，棋子落到棋盤上。毓芝沒多言語，放下茶便走回去。拉開廂房的簾子，回首正瞧見父親深深地看她一眼。

芥川撿起剛才抖落的棋子。

葉楚生按住他的手，說，落子無悔。

這時候是一九三六年的初秋。葉楚生的生意沒有更好，但也沒有壞下去。只是他感到有些事情在潛移默化中行進。

一年下來，芥川已是個不錯的幫手，不出他意料。這年輕人是聰慧的，先前是太不羈，好像沒有舵的船，在水裡打著轉，徒被人看笑話。如今有葉楚生關照，稍加點撥，便上了航道。再加上為人勤勉肯學，幾番過往，在行內漸漸有了名堂。

只是行內似乎情況並不如前。先是藥業總會在年初散了場。又傳聞會長已在政界另謀了高就。原本葉楚生在會裡也只掛了名，故而並沒太多牽連。但是其他幾個老闆卻似乎被動了根基，有一兩個竟至破了產。據說是北方的藥材通路，已經被日本人封鎖了。中間商便將一些貴價藥囤積居奇。又有一批說是從俄羅斯陸路走私來的假蟲草被查獲。假作真時真亦假，擾得市面大亂。時間長了，葉楚生有些奇怪，為別人，也為自己。為別人歸根結柢是為世道，世道亂了。為自己卻是奇怪在這亂世裡，他還可以這樣循規蹈矩。葉楚生的生意，南來北往，在這當口裡有條不紊。外面就有些議論。他不理睬，只當自己在業界德高望重，旁人都忧著幾分，也讓著幾分罷了。

直到有一日，底下人來報。說一批東北採買的高麗參和麝香，在瀋陽被扣了。採單的人說，不放貨的是日本人。說這些是限制藥品，沒有機密函，不能放行。葉楚生有些茫茫然，說什麼機密函。底下人說，就是藥品通行證。葉老闆就更加不知所云。做了幾十年生意，只葉楚生一個名字，就該通行無阻，哪裡要什麼通行證。他便有些惱：你們一個兩個，怎麼做事的，算他們不識我葉楚生，「齊仁堂」的名號，也可以不認嗎。底下人說，該想的通融辦法都想了，他們不放也無奈何。這條線原本是芥川幫著跑的，他走了大半年沒碰到故事。說起來，您老該問的倒是芥川。

這時候，芥川正在廣東採貨。待回了南京，葉楚生已經有些急火攻心。這批貨裡，原本有訂給戰備區陳師長的十六枝高麗天字參，現在就算清出存貨，也不過九枝。葉楚生自忖與軍界素無瓜葛，拋開陳師長的權勢不論，單是無誠信的名聲，他是萬不要的。以他葉楚生的清高，要他找同業出讓，亦是忌諱。倒是老對手，「益和堂」榮老闆自己上了門來，說雪中送炭，援手他七枝。參自是上好的，榮老闆開出的卻也是天價。幾次三番，葉楚生正想拍板，卻見芥川急急進得門來，口中連連說，師父且慢。榮老闆見這青年人阻了自己，自是不悅，說你一個年輕人，口中道師父，卻不是徒弟的作派。我和你師父談生意，由得你插嘴嗎？芥川嘿嘿一笑，談生意沒我插嘴的份，趁火打劫卻不能不管。你這七枝參的價錢，夠我平日裡買三十枝有餘。榮老闆便也冷笑，果然初生牛犢，如此便也罷了，你好生買它三十枝孝敬你師父吧。說完拂袖而去。

芥川道，師父，恕學生來遲。

葉楚生一時六神無主，說，芥川，想師父我平日怎樣對你，你要如此給我難堪。

芥川並不解釋，只道，師父，請給學生三日。

三日之後，「齊仁堂」的老闆葉楚生看見自己的貨物如期而至。

葉楚生召來芥川，肅然道：這麼說來，你就是那張通行證了。

芥川一躬身：替師傅分憂解難是分內事。

葉楚生卻背過身去，語氣清冷：那麼，有沒有替日本人做的份內事？

芥川不語。許久，方輕聲道：師父，您不是也曾教訓徒兒，在商言商，莫論國事。

葉楚生轉身，眼鋒犀利：是，我是說過。我一個生意人，只想盡生意人的本分。可是，我的徒弟卻是神通廣大，瓜田李下。我兩耳不聞身外事，卻也知道日本人在華夏的作為。若非「九・一八」東北三省淪陷，我葉楚生在自己國家的地盤上做生意，何須要看日本人的臉色。如今，要我跟著日本人占便宜，我是更加不要。

葉楚生仰面長嘆：樹欲靜而風不止。日人欺我華族，風聲鶴唳。外侮當前，必是不共戴天之勢。你既是日本人，我當沒你這個徒弟，好自為之吧。

芥川沉默半晌，終於說，一日為師，終身為父。眼下風雲變化，師父日後若遇舛境，定要記得徒兒。

葉楚生扶起他，說，芥川，我們師徒緣起弈術，今日緣盡。來，再下一局。

這盤棋，芥川是下得小心翼翼，葉楚生卻是凌厲。心潮暗湧之下，做師父的胡亂推翻了棋盤，對芥川擺了擺手，輕聲說，罷了，你去吧。

芥川深深一拜，欲言又止。

葉楚生倚門而望，芥川漸行漸遠。一時間，葉老闆只覺自己老意叢生。

葉毓芝看得清楚，兩眼含淚。就在這時候，她下了決心，要和自己的命運賭一把。

這城市女人骨子裡的烈，是造成葉楚生對女兒多年教育毀於一旦的根源。這份烈，不見得個個都卯足了勁，要血濺桃花扇。只是平日裡寵辱不驚的風流態度，就是極危險的洶湧暗潮。「女學生」這個群體的出現，讓葉楚生領略了什麼叫做由頂至踵的不安分。毓芝在中學畢業考取得全校榜首之後，被阻止了升讀大學，在葉老闆看來，是亡羊補牢的明智之舉。對這一點，葉毓芝沒有抗爭過，卻也並非啞忍。她是覺得自己讀夠了。在潛意識裡，女大學生或許太多。人多了，便是俗。而流俗恰是毓芝最不耐的事情。此後，葉楚生並沒有繼續壓抑女兒的交遊。後來他想起來，覺得那個叫做趙海納的女孩，就是這個時候趁虛而入的。

趙海納並不叫趙海納。她原本有個閨秀氣濃重的名字，叫淑嫻。趙淑嫻是城東琉璃廠趙老闆的女兒，也是葉毓芝中學的同班同學。改名叫海納是進了大學之後的事情。意思自然是世易時移，女人也要有海納百川的氣魄。葉楚生初見這個女孩在家中出現，便深不以為然。無奈這女孩除名字突兀，並無其他錯處，也算知書達禮。

趙海納漸漸成為毓芝與外界交流的管道。自然，這管道也因為年輕女孩的喜好有所取捨。正月的時候，海納給毓芝帶來一張報紙，上面有一則話劇的預告。《大雷雨》。趙海納有些不平地指著上面的照片，說，你看上海那邊，現在是什麼人都捧。這人稱得上是國色天香嗎？毓芝接過來看一眼，照片上的女人面目模糊，的確不怎麼好看。並且輪廓硬朗，有些男相。預告的內容也是寫得肉麻誇張，什麼表現性的苦悶，肉的煩惱，心的寂寞，靈的追求。描寫少婦思春，如火如荼，刻畫專制暴君，可歌可泣。

主演：新星、紅星、巨星——藍蘋女士

大概是出於女人的本能，兩個人對著這幅劇照極盡揶揄。她們並不知道，這個叫藍蘋的演員，三十年後，會成為中國政治舞台上權傾朝野的女人。

作了許多的鋪墊後，葉毓芝影影綽綽地將自己的決定告訴了趙海納。趙海納沉吟良久，其實因心裡也覺得老同學有些瘋了，所以需要些時間讓自己先平靜下來。平靜了一會兒，便又心生敬意。對葉毓芝說，追求幸福，何罪之有。娜拉的故事，你總讀過。她這樣說，毓芝反而沒底氣了，沒想過要將自己的私人生活上綱上線，便說，那都是外國人的事情。趙海納便說，你沒有讀過胡博士的一齣新劇，叫做《終身大事》。那說的可是我們自己的事，最可恨的便是這樣的父母。毓芝便覺得她說的不靠譜，自己的父親沒什麼可恨，也沒干涉過什麼。前路幸福與否，也是未知。她想做的事，其實是依照本能。趙海納又沉吟半晌，說，總之一句話，對得起自己。

葉毓芝與芥川的開始，是心照不宣的意外。那天醒過來，毓芝覺得腳下發飄，知道事情不好了。這一日，偏是葉家祭祖的日子。毓芝當然知道父親的脾氣，於是匆匆在藥匣子裡找出一顆「烏雞白鳳丸」，囫圇吃了下去。

棲霞寺的普寧法師，與父親算是三界外的朋友。所以將祭拜選在遠郊。到了地方，毓芝已有些心虛氣短，腰際痠脹。一五一十地行過祭拜大禮，再起身來，身下一晃，竟跌坐下去。丫頭緊著過來還是沒能扶住。毓芝臉色煞白地擺一擺手，自己站起來。

這些被芥川看在眼裡，也有些心痛。卻聽見葉楚生背過身去，聲音清晰地說，成何體統，只怪我葉家沒有孝子賢孫。

回到家裡，毓芝已是委屈得不行。想說卻又說不得，只是一味地哭。她想起自己第一次遇到這女兒的事情，是十四歲那年。早上發現身下一灘血，她清清楚楚地認為自己快要死了。收拾乾淨了，仍舊去上學。然而到了晚上回來，卻沒有死，只是麻藍的學生袍子後頭有一片殷紅的紫。奶媽看見了是大呼小叫。毓芝心裡一面厭惡這個鄉下女人，一面在心裡覺得恥辱。就在這個時候，她第一次覺得，自己要有個母親多麼好。

母親是沒有的，這一日卻月月來襲，且來得苦痛。其實並不是個大毛病，女孩兒家也是常有。藥局家的小姐，旁人看來更是近水樓台。偏毓芝是個悶葫蘆，自己一年年瞞下來。葉楚生的一雙利目，在自家女兒身上障了眼，只覺得身虛體弱是做閨秀的本分。給她吃了些「王不留行」之類調養的補藥，其他便算了。毓芝唯一告訴的人，是同學趙淑嫻，也便是後來脫胎換骨的趙海納。淑嫻是個經事早的孩子，自然明白底裡。她給毓芝配了些「烏雞白鳳丸」，便這麼月月吃著。毓芝問過她有沒有根治的辦法。淑嫻開始掩著嘴不肯說，後來給纏得沒辦法了，說日後行了男女之事，生下孩子，便自然好了。毓芝說不出話了。

而這一日祭祖回來，卻是分外的痛。豆大的冷汗流下來，喝上一口水都作嘔。毓芝心裡怨著，卻不知該怨誰。只是躺在床上，心裡想著快些捱過去。這時候丫頭進來，手裡拎著一個紙包。說是有人送來一副藥，交代今明兩日煎給小姐喝。毓芝問是誰，丫頭便說是極熟的人，只是不讓說。

丫頭去煎藥，毓芝把了藥方看。方名是「澤蘭湯」，配的是澤蘭四錢，香附四錢，續斷四錢，紅花六分，當歸三錢，柏子仁三錢，赤芍三錢，牛膝兩錢，延胡索兩錢半。對症是「疏肝解鬱，活血調經」。毓芝看得臉紅，心裡卻是一暖。

一副藥下去，一個時辰的功夫，毓芝便覺好了。也就知道了送藥人的貼心，一面胡亂猜測著，一面迷迷糊糊睡過去。

早上，聽見外面有人說話。後來毓芝見丫頭掀了簾子進來，手裡捧著一支瓶。問是什麼，丫頭說，米酒。送藥人說這方子最好要甜酒作引，昨晚疏忽了，今日補上。

毓芝站起身就往外走，恰見芥川在門口回轉了身。兩人一愣，都停住了。芥川終於說，小姐，可好些了？毓芝回了禮，輕聲道：好些了，多謝先生有心。

芥川一尷尬，便露出了孩子相。毓芝打量之下，卻覺得他已大不同前。頭髮梳得整整齊齊，一襲藏青長袍，越發襯得體態修長。臉龐清矍，一見之下，竟頗有葉楚生當年的風度。毓芝想起他初來時頭上頂著鳥窩，不著四六的樣子，忍不住笑了。芥川搓一搓手，說，小姐這麼一笑，更教我不安了，不知有什麼錯處。毓芝說，先生沒有錯，是我想得多了。說罷抬了頭。四目交投，都覺出眼光裡的熱。

葉楚生有生意人的精，或是這幾年情事魯鈍，事關男女，心卻木了。所以，這一對小兒女，在眼皮子底下暗渡了陳倉，卻渾然不覺。芥川是好詩的人，與毓芝書信往來，少不得風雅之辭。往往還抄錄了日人的俳句。下一回見面，她聽芥川將這些精巧的音節讀成音樂，心裡也愛得很。有一回，葉楚生在她房裡看到一本《源氏物語》，打開來，扉頁上一行日本字。「春已歸去，櫻花梭巡而開遲。」是江戶俳人與謝蕪村的句。葉楚生便問毓芝這是什麼。毓芝不假思索，順口溜出了日語。葉楚生一愣，毓芝趕忙說是趙海納最近的所學，因好為人師的脾性，所以傳授給她。葉楚生竟然也就放過去。

他們是快樂的，無緣由。也不在意終點，只是覺得是順理成章的快樂。這快樂有些祕密的意思，然而卻又坦白。所謂祕密，只不過是想讓這快樂更純粹些。毓芝了解父親對芥川的好感與日俱增，甚至想過，倘若芥川真的向父親提出婚約，父親一樣會爽口答應。只是事情就沿著無可無不可的軌跡走到現在，卻要戛然而止。

毓芝想，是下決心的時候了。

毓芝抽出一張短箋，想一想，畫下一棵樹與一株梅。寫了「子時風兼雨，五更雲渡月」十個字。毓芝將信箋摺好，封上交給了丫頭。

這時候的毓芝，心裡其實有些悲壯。詩畫成謎，是她與芥川平日玩笑的遊戲，這時候竟似要決定命運了。

一九三七年的春還有些寒意。毓芝一個人坐在「梅木閣」裡，手裡撚著一枚早熟的銀杏。這裡是晦暗的庫房。空氣中流淌著陳舊的中藥味，間或可聞見清凜潮濕的霉氣。茫茫然間，毓芝抬起手邊的藥鍘，撿了一束半夏切下去。「卡」地發出脆響，先將自己嚇了一跳。迎著門有一個掛鐘，擺動之間，將這女孩的等待引得左牽右絆。煤氣燈「撲」地一聲，氣泄了，火焰如豆。庫房光線暗沉，蒙了一層醬色，牆上掛著「分戥」，擱在桌角的「刨凳」、「拍桶」，依窗擺著一隻「焙櫃」都被模糊輪廓，成了些奇形怪狀。

這時候，燈火的光暈裡頭，映出一個巨大的人形。毓芝緊張了一下，然後看見芥川走進來。芥川的眼睛亮一亮，收斂了，是個憂心忡忡的模樣。

小姐。芥川說。

毓芝沒言語，走上前，捉住他的手。這一捉，芥川竟是顫抖了一下，手僵在這女孩的掌中。毓芝說，這裡沒有小姐，只有我。

芥川更懇切地說，小姐……

這一回，毓芝猛然將他的手拉過來，放在自己胸口。芥川氣短了，他的手感到有一股熱力在綿軟中噴薄而出。這熱力吸引著他，讓他不管不顧。

糾纏之間，他們碰了桌上的藥篩子。篩裡鋪著川貝，簌簌地響著滾著，淅淅瀝瀝如珍珠灑落。落到地上，擊起極細微的塵，籠了他們一身。

終於，如意料中被刺痛。痛楚之餘，她沒忘記端詳他。他的臉有些扭曲，因為快樂，也因為緊張與罪感。這張臉在微弱的光裡變了形，陌生起來。燈火騰地閃動一下，滅了。在黑暗中，她忽然醒覺，女人在這時，多半迷醉。然而，她醒覺，想推開他。但是推不動。他深深地楔入她，在溫熱中膨大了。她更痛，卻無法自拔。她終於抓緊了他的脊背，深深地走下十道血紅的軌。

這時候，她的視力已適應了黑暗。藥櫃上，鐫著「辟邪」的頭。這神獸魔一樣的眼睛，看著她，看著他們。她感到了前所未有的恐懼。那眼睛膨脹鼓突出來。她在男人的撞擊中突兀地彈動，而乳房在劇烈地顫抖。這些都讓她羞恥，如同一場罪惡的獻祭。

她感到自己的內裡充盈地被炙熱鞭打了一下。他的身體如弓弦繃緊，忽然疲軟。一線月光，從頭頂的天窗中垂下來，如同他們的手掌一樣綿長無力。他們看著對方，初時的幸福感漸漸淡去，彼此覺出尷尬。她看到他胸前，稀疏糾結的毛髮，突然有些噁心。在黑暗中，他們難以辨識對方的表情。但是，沉默中，都聽到心跳聲弛緩下去，沉沒下去。

風月千秋樹，雲雨一剪梅。是短箋的謎底。

毓芝抹了額頭薄薄滲出的汗，心裡想著，結束了。要開始了。

這個月的痛沒有來，甚至什麼也沒來。「齊仁堂」的小姐葉毓芝，站在窗前，得逞似地微笑。她沒再見到芥川，卻覺得芥川如影隨形。

毓芝看著父親裹著棉袍，在堂屋裡打棋譜。眼神有些濁。失去了芥川的葉楚生，覺出了難過。這難過是屬於一個老人的。不是威風八面後落寞地老去，而是老之將至的前奏。

這一年的四月十八日是國民政府定都南京十週年的好日子，恰逢上葉楚生五十歲壽辰。政府自然知道如何熱鬧，各種展覽會、博覽會應運而生，要的是普天同慶的氣勢。葉楚生的大生日在這熱鬧裡頭安安靜靜地過去了。其實他心裡萬幸，這份清靜拜「新生活運動」所賜。兩年前，蔣委員長提出新運「三化」。其中所謂「生活生產化」規定「年未滿六十歲者，不得設宴祝壽」。首都公民，自然是當仁不讓。葉老闆不想人叨擾，心裡想著，壽宴越鋪張，壽星公越老邁。然而，在建都紀念期間，開始了轟轟烈烈的滅蠅運動。委員長手諭市長，成立了「首都松毛蟲防除協會」。全南京的市民如火如荼地和小蟲子較起了真。生日當天，葉楚生看著滅蠅隊忙到家裡來，下人們心情熱烈得好像過節。心中覺得滑稽，自己還未及幾個小蟲受重視，於是生出「人不如螻蟻」的感喟。

此時，這個國家的抗日氣氛日益濃重。西安事變的和平解決，抗日民主統一戰線初步形成。渙散的中國人似乎突然有了一個盼頭。各種各樣的演說與會議，為這座城市的上空籠上了熱烈的氣場。做為當地的知名人士，葉楚生應邀出席過一些場合。然而他的出世態度，在這些場合顯得不合時宜。他在心裡說，歸根結柢，我只是一個生意人。然而在別人眼中，他是一個冷漠陰鷙的老頭兒，如此而已。

「齊仁堂」的生意如其他藥局開始遭遇障礙，不言而喻。

葉楚生回想起芥川在時齊仁堂於生意場上的虛假繁榮，有些不是滋味。東北的藥材通路被日本人壟斷。一切努力變得無可無不可。市面上這會兒人人自危，老相識成了冷面孔。底下人在上海談成了一批牛黃，落了訂金。提貨的時候，那邊卻要葉楚生親自來一趟。說非常時期，恐怕這批貨的去向不清楚。對方是個小輩，葉楚生有些窩火。但想起吃了日本人的那一塹，也就忍了。

幾年沒有來，上海似乎比以往更亂。一眼望過去，西洋人少了，東洋人多了。葉楚生嘆了口氣。在哈迪遜大樓底下，一張紙飄過來，「啪」地一聲貼在他臉上。揭下來，是一張傳單，上面寫著「抵制日貨」。幾個學生走過來，突然一轉身，遠遠拋出一個東西，閃著火光。然後就聽見有日本女人鬼喊鬼叫，原來是土製的燃燒彈。葉楚生有些慌亂。叫了輛人力車，到了虹口公園附近，車伕卻繞過去。葉楚生心裡奇怪，一問，原來日本的駐滬陸戰隊，正在這一帶演習巷戰。車伕說，簡直沒完沒了。一陣兒在華北，一陣兒在青島，成日舞刀弄槍，現在要到政府眼皮子底下來了。正說著，遠處霹靂啪啦地傳來些槍聲，車伕倉皇間加快了步子。葉楚生頓時覺得還是南京好，首都，到底是太平些。又想，這些日本人，在人家的地盤上揎拳捋袖，也是欺人太甚。

從上海回來，葉楚生疲累至極。毓芝見了也覺得心疼，見父親不言不語，就問他有什麼心事。葉楚生禁不住長嘆，說，我最大的心事，就是你。為人父母，實在脫不了俗。若能為你招到個好人家，萬事大吉。這份產業也就隨他去了。

毓芝有些辛酸，知道其實父親是重香火的。之所以這麼多年孤家寡人，是怕自己受委屈。

就在這時候，葉楚生說，芥川這孩子，要不是個日本人，就好了。

這話說得突兀，毓芝心裡一驚，一股熱氣攻心，止不住乾嘔了一下。

父親看她一眼，仍然自顧自地說，可惜，他是個日本人。

毓芝忍住一波波從胃裡泛上來的難受。走到後廚，在罈子裡拈出一粒父親煮酒的青梅，發狠似地嚼，嚥下去。

毓芝將手放在肚子上，小心翼翼地。心裡響著父親的話，可惜，他是個日本人。有滴溫暖的水落在手上，又是一滴。她抬起手，揩了揩眼角。水滴順著手腕流下來，是冰涼的了。

週末的時候，趙海納來了。多時不見，海納其實是更颯爽了些。頭髮剪短了。原來是個圓圓臉，不知道怎麼就瘦下來了。這女孩子，不知前陣子在忙些什麼，造訪老友像發表演說一樣。神態亦大不同，較以往振奮了許多。

海納說：外面震天響了。你還在家裡做隱士，當真躲進小樓成一統了麼。

毓芝說：不做隱士怎麼辦，難不成跟你上街遊行去。

海納吐一吐舌頭：我不是不想帶你去，就你那個阿爹，我卻擔待不起。

毓芝嘆一口氣，低下頭：我爹是覺得外面太亂了。

海納在閨房裡來回地走，突然放大聲音說：亂又未必不好。所謂亂世出英雄。家國存亡之際，一個青年人，總要看看外面的世界。

毓芝越聽越沮喪，勸海納不要再說些紙上談兵的話了。

海納想了一會兒，說，這樣好了。你跟我去看一齣戲，就知道外面的時局了。這部電影現在是街談巷議，不得不看的。

毓芝還想推託，海納已經在她衣櫥裡翻找，催促她趕緊換了衣服，趕八點那一場。

兩個人走到廳堂裡。毓芝跟在海納後面，牽著她的手，有些膽寒。海納大大方方地跟葉楚生說，伯父。告訴您一件喜事，我就要訂婚了。我想約毓芝陪我去綢緞莊挑幾副料子做衣服，請您恩准。

葉楚生正倚著八仙桌打盹兒，睜開眼睛，說，好事情。訂了婚，將來就要有女孩兒家的樣了。去罷去罷。

海納一蹲身，行了個萬福禮，說，伯父，到時請您老喝喜酒。

出了門來，毓芝還在瞠目結舌，問海納幾時訂的婚。

海納推她一把，說，快走快走，兵不厭詐。

從新都大戲院裡出來，天已經黑透了。兩人走在中山路上，都沉默著，想是還沉浸在剛才的電影裡頭。

被稱作「民國子午線」的大馬路上，這會兒走著許多像她們這樣的年輕人。這條馬路，承載了他們豐盛的回憶，或者說，這路本身就是他們記憶的一部分。一九二九年六月一日的奉安大典，是整個南京不會忘卻的大事。為了將國父的棺木從下關火車站，穿過擁擠嘈雜的城區，隆重莊嚴地運往中山陵，市政當局果斷地將成片的舊房子拆除了。氣勢開闊的中山大道，專為迎櫬設計。工程之浩大，全然改變了古都的風貌。這條路，至今仍是南京城建史上舉足輕重的一筆。

這些年輕人，在這條寬闊漫長的路上，來回地走，走過了不知多少歲月。馬路兩旁的行道樹也在成長。此刻，高大的懸鈴木已經用枝葉將街道籠住，路燈光篩過去，細碎地鋪到路面上。夜風吹過來，光斑影影綽綽地動，像一些顏色暗沉的蝶。

海納手裡絞著一片梧桐葉子，終於決定和毓芝討論這部叫做《十字街頭》的電影。海納攏一攏頭髮，說，如果有個像趙丹這樣的年輕人，願意帶我走，不消說去北方抗日，就算是赴湯蹈火，我也願意。

毓芝抬一抬眼睛，心想這話說在激情之餘，未免幼稚。在這電影裡，她首先看到的是絕望和痛苦。而這些痛苦是如此地市井與現實。愛情，只是一個殼，內裡毫無浪漫可言。她由衷地說：不是想走就可以走得掉的。

海納狠狠地猶豫了一下，終於說，你和那個人，與其如此，為什麼不和他一走了之？

毓芝茫然地看她一眼，搖搖頭。

海納說，那麼，你所說的爭取，究竟是什麼？

毓芝仍然不吭聲。

海納深深嘆一口氣，說，我就知道，憑你的膽量，也就是說說罷了。葉毓芝，你一個新時代的女性，就要給腐朽的家庭作陪葬了。

這時候，她聽到毓芝輕得無法再輕的聲音：

日本人，真的這樣壞麼？

趙海納睜大了眼睛，激憤地說：若中國人都還像你這麼想，離亡國就不遠了。

她們沿著中山路，從新街口走到鼓樓，沒有再說話。

穿過石婆婆巷，到了中央大學女生宿舍門口。看到緊閉的大門，海納才頓悟，已過了熄燈時間，進不去了。

海納一面抱怨著，一面握起拳頭在鐵柵欄門上捶了一記。海納突兀的舉止，時常令毓芝想起她家裡的暴發戶出身，就有些瞧她不起。門房燈突然亮起，兩人逃開了幾步，返身看了看宿舍大樓，黑黢黢地佇在那裡，拱形的門廊好像些巨大的偷窺的眼睛。她們心裡都有些怕，只是想逃離。她們並沒有料到，幾個月後，這幢大樓在日軍的一次轟炸中倒塌，永遠地消失了。

海納是自作主張在毓芝家裡留宿的，她很清楚這麼晚，若回了自己家會是什麼後果。她們在老傭人的掩護下，安全地進了後廂房。讓丫頭隨便弄了點東西吃。海納已是呵欠連天了。

毓芝讓底下人去客房整理。海納卻說不用不用，要和她擠一張床。毓芝便說自己不慣和人同睡。海納死磨爛纏，終於說什麼現在不習慣，以後也要習慣，不如先演習一下云云。毓芝見她說得越發不堪，拗她不過，就讓丫頭再拿一套新的被臥去。

海納脫剩一件小衣，又除去小衣擦身。毓芝不小心看見了，笑說，趙海納你真是不知羞，學外國人戴驢蒙眼兒。趙海納一挺胸，正了正身前渾圓的兩捧。說，葉毓芝，瞧你說話的粗勁兒，還有點大家閨秀的矜持嗎？告訴你，這是巴黎今年春季的新款，是託同學在上海買的。

葉毓芝禁不住伸出手，在那東西的蕾絲邊上摸一下，又趕緊彈開：可是，這東西戴得舒服嗎？

海納大笑：有人動心了。也罷，我說舒服不算數，有人自己戴了才知道。不過我不知道有人要戴多大的，讓我來幫她量一量。

說罷，便伸手在毓芝胸前胡亂抓起來。毓芝一路笑著，推讓著，打她的手。沒留神自己跌坐到床上。趙海納人來瘋，撲將上去，仍在她身上亂抓。然而，這手順著腰眼兒，漸漸卻緩慢了下來。兩個人屏住呼吸，卻都感受到了某種綿軟而熾烈的氣息，不由己地游動出來。手仍在動作著，魯莽中有了怯意。在靠近腹部的地方，突然，停住了。

毓芝身子顫慄了一下，順手扯過被子，遮住自己。

海納也愣住了：葉毓芝……

兩個人的目光撞在一起，僵在一處，好像在角力。終於，毓芝先軟下去，她站起身，將旗袍扣子解開，襯衣解開，露出寶藍色的肚兜。海納看見，毓芝將纏在腹部的白綾子一層一層地扯下來。沒了束縛，那輪廓趙海納看得更為清楚，然而，仍舊愣在那裡。

毓芝突然笑了。她拉過海納僵硬的手，放在自己肚子上，輕輕地說，你總是說我不爭取，這就是我的爭取。

趙海納徹夜未眠，當她終於想到問起這胎兒的父親，已經是第二天的黎明。毓芝在她身邊睡得很踏實。她沒有叫醒她，而是穿好了衣服，匆匆地離開了葉家。

毓芝向父親攤牌，恰逢一個不太好的時機。但是她已無可選擇。南京這時候早已入夏，七月流火，衣衫漸薄。她無法對自己茁壯的隆起視而不見。

她亦明白，繼續絞纏，便等於扼殺。

葉楚生回到書房的時候，見一個著白裙的女人跪著，先是一驚。女人聽到聲音，回過頭來，竟是毓芝。毓芝將頭回轉去，說，爹。

對於女兒近來的深居簡出，葉楚生不是沒有感覺。然而因為生意上的煩亂，連父女間的問安亦無規矩。葉楚生只是覺得女兒性格疏冷清寒，在這亂世裡卻是安全的保證。

這一日，他去見了一個至交。寒暄之後，至交引見了自己的兒子。是個很英武的年輕人，剛剛從黃埔軍校畢業，舉手投足嚴整有禮。葉楚生沒想到的是，至交會將話題引到自家女兒身上。原來，這年輕人與毓芝中學同校，是長幾屆的學長。做父親的，並不知道女兒在三年級的時候，已被一干校眾評為校花，為很多男生傾慕。這個學長便是其中之一。這年輕人，也是個有骨氣的孩子，雖知兩家的過往，但是不願借助父輩的力量成其好事。畢業後上了軍校，如今雖不算衣錦還鄉，也是學有所成。聽到毓芝尚未出閣，也感天遂人願，就將意思與家裡說了。這位至交只說了一句話，老兄，犬子與令愛，且不論兩小無猜，還算得門當戶對。

葉楚生心裡一動，頓覺自己的心結鬆快了一些。他看著面前的少年軍官，豁然開朗。治世亂世，軍人的身分，於家於國，都令人安心。雖自己在政治上無為，但這層道理還是懂的。這樣一來，他直有醒悟恨晚之感。

至交見他有歡喜的神色，知道事情成了一半，但還是說：現在的年輕人，提倡自由戀愛，不作興讓我們這些老頭子專制。過兩天，一起吃頓飯，彼此見見。就約在「綠柳居」吧。

葉楚生點頭稱是。

葉毓芝緩緩回轉身來，已顯臃腫的身形乍現，對葉楚生不啻一記猛鞭。歷來處變不驚的葉老闆，身體晃動了一下，腳底一個踉蹌，終於沒站穩，跌坐下去。

毓芝趕忙站起，要攙起父親，葉楚生眼露驚恐，喉頭顫抖，卻發不出完整的聲音。

毓芝說，父親，你不要說話。等我來說。

孩子是芥川的。我沒受逼迫，是我想要這個孩子。我們葉家，要後繼有人。

葉楚生愣一愣，一個耳光扇向毓芝，手木在空中，竟至號啕。

毓芝捂住臉，語氣平靜：父親，你哭也為你自己哭，不要為我，我是個不肖女，不值一哭。但是，這個孩子，我要生下來。

葉楚生病倒了。在病中，他卻平靜下來。這就是葉老闆，永遠有一顆亡羊補牢的心。無論如何，不應讓芥川知道。絕不。

這時候，芥川已經來到了中國東北。京都大學醫學院的畢業生，做為隨軍醫生為天皇效力，是他的不二選擇。在其舅父的指示下，加入軍界組織「櫻會」。

芥川一身戎裝，似乎需要忘卻了很多事情。儘管後來，他看到了很多，他甚至用相機將他們拍攝下來。他心裡隱隱有些與他效忠的心相左的東西。但是，在當時，他承受的是在思想上背叛的苦痛。為了緩和這種苦痛，他不得不用加倍的效忠來證明自己。唯獨不能證明與釋然的，便是在南京的那段，雖然他無法知道與他相關的事情的全部。日後他想起，仍然在心裡打了一個寒噤。

七月六日當天，芥川所在的軍部收到了來自豐台的增援令。第二日，在北平西南盧溝橋，八年中日戰爭的第一槍打響了。

七月十八日蔣介石在廬山發表四點聲明。七月十九日，全國各報頭條刊載了蔣介石身著軍裝在廬山發表談話的照片，並刊登了廬山談話的消息。照片上的蔣委員長，情緒激昂，高舉拳頭。

一份《申報》從葉楚生手上滑落下來，他從未為時局如此不安。

一切只是為了一個胎兒。尚未出世，便有兩種血，本應撞擊，已然融合。孽果。

葉楚生終於決心將毓芝送出南京，是半個月之後。

葉老闆決定下來，雷厲風行。吩咐去喚沈媽來。

沈媽是毓芝的奶媽，餘姚人。餘姚是個古鎮。在浙東，南枕四明山，西連上虞，北毗慈溪。這沈媽家裡在靠慈溪這處叫橋頭鎮的地方，在當地也是殷實人家，有一爿家業，做的是茶葉的營生。毓芝小時候跟她住過，並不會陌生。餘姚小歸小，算是人傑地靈，出過王陽明和黃宗羲，不缺詩書氣，於毓芝的性情也得宜。況這沈媽在老僕裡面，也算可靠，讓她帶毓芝回家鄉，該是放心的。

葉楚生將意思跟毓芝說了，毓芝沉默不語，終於聽到父親說，明天就走。

毓芝撫摸了一下肚子，緩緩應道，這孩子是葉家的子孫，為什麼要跑到外面去生。

葉老闆終於聽不得，拍案而起，你說得好，是葉家子孫，還是日本人的種？

毓芝咬一咬嘴唇，是葉家子孫，也是日本人的種。橫豎要生，我就在這裡生，難不成要將我趕出去。

做父親的擺擺手，再也說不出話來。

沈媽正趕到門口，在外面聽得周詳，沒敢進去，一面就在心裡念起了阿彌陀佛。

隨著盧溝橋事變向縱深發展，天津失陷，北平告急，戰爭箭在弦上。對於大多數的南京人來說，盧溝橋事變最初不過是一場發生在報紙上的戰爭。報紙上用許多篇幅報導著發生在北方的戰事。而對南京人而言，意識到戰局逼近、和平破滅，直至八月上海對日作戰打響。八月九日，因日本海空戰隊軍曹大山勇夫而起的「虹橋機場事件」，松滬警備司令張治中將軍作迅速進入戰爭狀態的準備。八月十一日晚，南京統帥部電示，將全軍進至上海附近。一夜之間，吳淞、江灣、真如、大場、南翔等上海外圍重鎮以及上海市區，立即布滿了軍隊。松滬警備司令部也從蘇州移到上海南翔。八月十三日下午四時，停泊在吳淞口外的日軍軍艦突然向閘北一帶用重炮猛轟。頃刻間，閘北一帶破舊的民房一片片地倒塌，硝煙帶來的是一堆堆的瓦礫，「八·一三」淞滬戰爭序幕由此拉開。

是上海周圍的河灣港汊，促使蔣委員長下決心選擇淞滬為中日軍隊決戰戰場。這是天時地利上的考慮，一旦打起來，日軍的裝備精良，攻勢再凌厲，畢竟是遠人弩末。戰爭打響，中國軍隊卻可能得到最好的後援。況且幾里之外，就是中國的空軍基地。在上海作戰，起碼抵擋迢迢而來的日本空軍，應不在話下。

最初的戰況還算順利。報紙和號外的最新消息，上海方面是捷報頻傳，南京城裡的氣氛由惶然走向高昂。

八月十五日這一天，日本飛機開始了對首都的轟炸。

當空襲警報拉響的時候，葉楚生剛剛過了逸仙橋，在去往中央醫院的路上。就在這時，尖利的警報聲響起來了。幾分鐘後，路上行人疏散，在兵士引導下迅速鑽進防空洞，機動車輛停在馬路兩邊濃密的樹蔭下。一切幾乎可稱得上井然有序。這座城市為日本飛機的光顧作足了準備。一年前，滿天飛的防空宣傳廣告，鋼筋水泥的大炸彈模型便已提醒了老百姓們嚴陣以待。引而不發的砲手、憲兵與急救衛隊，在漫長的養兵千日後甚至有些摩拳擦掌。防空洞幽微的燈光裡，在周圍人嘈嘈切切的議論中，葉楚生閉上了眼睛想，戰爭開始了，但是一切似乎還不太可怕。

然而，這一切只是一個開始。四十年後，一位叫廷伯利的澳洲學者撰文道：自一九三七年八月十五日日機首次轟炸南京，到同年十月十三日的兩個月中，日機對中國六十一座城市實施了轟炸，大部分空襲都以無防備的城市為對象，特別是有意識地以大學等文化教育設施為破壞目標。其中首都南京罹禍尤巨。日本軍方曾公布如下數字，從戰爭開始到南京攻陷，日本海軍飛機襲擊南京五十多次，出動飛機超過八百架，投彈一百六十多噸。一九三七年八月十五日至二十六日，中央大學遭日機三次襲擊。第一次為八月十五日下午，敵機的機關槍掃射圖書館及實驗學校各一次；第二次為十九日下午，在大學本部投兩百五十公斤炸彈七枚；第三次為二十六日深夜。

趙海納就是在八月十九日這天目睹了驚心動魄的一幕。空襲前夕，她還待在圖書館裡。這時候是暑假，學生多半放假回家了。五大名校聯考的閱卷工作，此時已近尾聲。海納和其他幾個南京的同學，留在學校做清點和書記。一長兩短的汽笛聲響起，她還有些發懵，這聲音是熟悉的。前段時間的演習，已經令耳膜疲憊至麻木。一個校工扯著她的袖子往外跑，她才聽見有飛機低沉的吼聲。

他們剛剛跑到圖書館門口，看見炸彈接連落下，近在咫尺。校工將海納撲倒在地。轟地一聲，海納感到身下的混凝土地面顫慄了一下，又一下。高處響起玻璃斷裂、破碎的聲音，刺刀一樣劃破巨響，高頻而持久。十分鐘後，周圍回復平靜。海納未及喘息，發覺有些黏滯的液體流到她的手背上。驚恐中她想要動彈。校工的身體從她身上滾落下來，滿臉是血。她在倉皇間哭著向前爬了幾步，看到更多紅白的漿汁正從這男人頭顱的裂縫中，汩汩地流出來。

這時候，轟鳴聲又響起了。海納木然地坐在屍體邊上，她的耳朵已聽不見任何的聲音。遠處有一顆炸彈落下來。她只是看到自己住過的女生宿舍，在默然地抖動，像個泥沼中失足的人，似乎掙扎了一下，然後慢慢地一點一點地坍塌下去。就在這個時候，她突然想起了那個夜晚，和葉毓芝牽手回望的一霎。

毓芝抬起頭，望望黑漆漆的天。看到鼓樓方向，有探照燈高強的光束，將夜幕割裂成了無規則的形狀。此時的南京城是安靜的，戒嚴後的燈火管制一視同仁。就連秦淮河畔那些浮猥的光亮，也在無奈何間黯然下去。

毓芝安然撫摸了腹部的突起。沒有了束縛，這突起在圓潤而康健地成長，讓她欣慰。這小東西動了一下，連同她衣服的褶皺都是一緊。她笑了，做為一個沒有經驗的母親，她從心底覺出自己的無能與溫存。她能做的，是給這小東西織一件小斗篷，在斗篷上繡上游龍戲鳳。她其實有一些預感，這孩子將來的天地，要比她大些，會走得比她遠些。只是怎麼大，怎麼遠，是她猜測不到，也不想猜的。

在這個昂揚又緊張的秋天，關於「齊仁堂」私生子的謠言，與葉家小姐的腹部一道膨脹，終於在小範圍內爆破，在南京城裡流傳開來。按理，在跌宕起伏的戰事中，風月的話題，無足掛齒。至多是杯水風波，聊作茶餘飯後的談資，隔天便也隨著茶飯排泄出去。這許是大世代的好處。人總是小的，轟轟烈烈也罷，營營苟苟也好，一囫圇便也淹沒掉了。也有淹不掉的，就是所謂偉人。這些人腳底拋出了一支錨，將自己釘在了人海裡，自然也站在了歲月的風口浪尖上，供人評說個夠。說好說壞，身前身後，也就由它去了。

葉小姐不是偉人，然而卻在一九三七年的秋天，被人們與中日戰爭這樣的大事件相提並論。並沒有別的原因，只是因為傳說她肚裡的孽種，是個日本人撒下的。人們在說這件事的時候，心情很複雜。有些怒其不爭，也有些哀其不幸。又因為事關風流，自然口氣曖昧。又有好事的人，打聽到葉小姐在金陵的閨秀裡，算是一等一的絕色。曖昧中竟至有了激憤。

當城裡傳得有些規模了，葉老闆還蒙在鼓裡。他本是個隨遇而安的人，這半年多發生的事，竟讓他有了得過且過的心了。父女兩個，同在屋簷下，現在是見面不相識。他心裡痛得緊，有種種後悔，怪過自己往日驕縱，怪過自己引狼入室，甚至怪過自己因噎廢食不再娶，讓女兒少了一個管教的人。想這些的時候，他便再也不是當年意氣風發的葉老闆，只是一個年邁的、痛未定而先思痛的老父親。

這天清晨，葉老闆出得門來，看到大門上被人貼了一張小報，上面赫然用毛筆寫了「叛國」兩個大字。那字底下，印著關於自家女兒的醜事。密密麻麻地如千針萬芒，刺到眼睛裡來。他手裡發著抖，將報紙撕得粉碎。扶住牆，踉踉蹌蹌往後廂房走去。

走到門口，葉楚生看見女兒正坐在窗前，迎著陽光在看一件小斗篷。看了又看，嘆口氣，拿起把錐子，將斗篷上一道線一一挑了。又用紗綳綳好，一針一線地縫起來。縫了幾下，又將斗篷放在自己的肚子上比劃，嘴上也笑了。葉楚生看得出了神，他是好久沒見女兒笑過了。

他也嘆一口氣，苦笑一下，終於沒有進去。只是將手裡的報紙團成一團，扔了。

葉老闆就這麼著走出了家門。底下人照常跟他問了好。他們不知道，他們掌櫃的，以後不會再回來。

十一月一日，國民政府發表了遷都宣言，遷往重慶。並電告前線將士，以示政府抗戰到底的決心。淞滬戰場大勢已去。面對日軍的強大攻勢，國軍節節後退，已現潰退之狀。閘北方面，在一萬多人次日軍的攻擊下，謝晉元團頑強地堅守了四天四夜，終於奉命撤出四行倉庫。至此，上海市區實際上已完全落入日人之手。戰勢失控，對首都打擊尤甚，人心惶恐，一片紊亂。空襲頻仍，襲擊目標由軍事設施發展至普通民居，無數平民百姓被炸死，各大醫院傷患不絕。南京城市上空籠上了灰色的陰霾，人們在無望中消沉下去。

趙海納在一個雨夜來向毓芝道別。中央大學西遷入川，將移址重慶。海納說，我跟你說過，我想走，這回是真的要走了。

毓芝拉過她的手，說，走得好。

海納盯著毓芝的肚子，終於問，那些，說孩子的爸爸，是真的？

毓芝默然點頭。

海納抽回了手。再看毓芝，彷彿在看一個怪物。表情上的微妙過渡，是恨鐵不成鋼到厭棄的過程。這厭惡中包括她自己，自己的鼓勵，竟然將無知的好友推向了萬劫不復。

她最後一句話說的是：葉毓芝，你好自為之。

上海失陷後，戰勢急轉，國軍在淞滬戰場全線身退。日軍兼向吳福線和乍嘉線急進，蘇州與嘉興告急。十一月十九日，吳福線既設陣地和乍嘉線先後失守，首都進入臨戰前危急態勢。街巷貼滿鼓舞士氣的標語，各地軍隊緊急調往南京周邊，安排布防，臨時工事占據了道路和要衝。首都南京在匆促間裝備而成巨大的軍事堡壘。各色番號的部隊熙來攘往。滿眼的廢墟瓦礫提醒著人們這座城市的岌岌可危。十一月二十七日，蔣委員長巡視南京城防工事，嘆惜道：「南京孤城不能守，然不能不守也。」守則守矣，形勢愈下。連續的轟炸，市內的防空體系已經名存實亡。周邊城市和據點相繼失防，前途渺渺。

衛戍司令長官唐生智誓要取義成仁，鼓舞士氣。然局勢變化，軍心亦然。守防兵士對即將到來的戰鬥，漸露疲態。軍令牽制之下，頻繁地調防，戰鬥仍然進行得激烈，頽勢已現端倪。日本人在抗擊中出出進進，不得而入，與國軍形成了拉鋸的態勢。保衛戰進入了生死攸關的階段。

十二月十二日，日軍突破南京城池防線，由城南的缺口如潮衝入。刀戈相見的激烈巷戰此起彼伏。槍聲爆炸聲終日不絕。遠處鍾山上火炮轟鳴，突而火光沖天，南京的民諺說，「紫金焚則金陵滅。」城破如山倒。

傍晚，挹江門城樓上架起機槍，滿布鐵絲網，這裡已成禁區，阻止潰退下來的國軍部隊靠近江邊。所有前線部隊，必須依突圍計畫從正面衝出。江邊碼頭只留供衛戍司令長官部的人員過江。然而，潰退下來的士兵此時已經失控，源源不斷地湧向江岸。他們無可選擇，江邊碼頭已是唯一退路。

「齊仁堂」的葉老闆，就在這個時候出了事。葉楚生親自坐鎮齊仁堂，已一月有餘。他沒有再回家去。生意其實沒什麼可做的了，到處都在封鎖，都在搜查。

黃昏的時候，幾個日本兵闖進「齊仁堂」。一個軍官說了一番話，口氣還算客氣。後面的翻譯說是收到密令，查出「齊仁堂」曾經賣出一批雲南白藥給共產黨。

對於共產黨這個黨派，其實葉楚生並無確切的認識。知道的，是蔣委員長曾有「攘外必先安內」的手令，有關於此。又或者，「七．七事變」的時候，共產黨曾發出「抗日救國」的通告，自然又不可見容於日人。如此可知，這個黨派的處境，此時是艱難的了。

至於雲南白藥，葉楚生回憶，確乎曾經為一個戴禮帽的中年男子訂過貨。還記得那男子謙和有禮，自言是寧波人，但是說得一口好南京話。

這麼說來，他就應該是共產黨組織裡的人了。

日本人在帳簿上翻來覆去，不得要領。終於拿出一張照片，讓葉楚生辨認。葉楚生抬起眼睛看一眼，的確是他，只不過表情更嚴肅些。葉楚生沉默不語。

軍官收回照片，說，有人是想保你的，就看你自己有沒有保自己的心了。軍官說出一個名字，正是前藥業總會會長。

葉楚生覺得事情無必要地複雜了。

這時候，一邊的翻譯自說自話，葉老闆，皇軍已掌握了證據，你以前和日本人素有來往。皇軍相信，你是識時務的人。

葉楚生心裡一動。但也只是一動而已。他說：我沒什麼可說的了。

走出「齊仁堂」的時候，葉楚生看見外面火光閃動，他想，這座城市的劫難來了。

葉楚生被日本人扣留的消息傳來，葉府上下，人心渙散。

就在這時候，棲霞寺普寧法師，親自帶了弟子來，接葉府的人去寺裡暫避。其實，棲霞寺裡又何嘗不是惶惶恍恍。廟裡共有四個監院，如今只剩下普寧一個當家。其他的都已不知去向。

毓芝最後走出來，普寧見她此時的體態形容，心裡也是一沉。但只是雙手合十，垂目行禮。葉府一行人驅車來到，見寺院掩映在冬日斜陽裡，四周楓紅層層，顏色未改，都感到有些安心。只是寺門口新立起一座石碑，上書鮮紅的六個大字：棲霞寺安全區。問起，普寧嘆一口氣，說是無奈之舉，近日來避難的人驟然增多。只盼佛門淨土，日本人能手下留情。立起這塊石碑，也是效仿附近「江南水泥廠」國際安全區的做法，不知管不管用。普寧法師有著出家人的良善和天真。此後，因為不受國際保護，棲霞寺的安全區並未成為南京人在苦海中的諾亞方舟，多次受到過日本人的劫掠。然而，在一九三七至三八年最艱難的那幾個月裡，這座千年古剎，為南京城保存的性命，仍達至兩萬。

葉家人走入寺院，昔日清淨地此時人頭熙攘。空地上不消說坐滿了人，連同半坡的千佛岩洞中，也是擠擠挨挨。毓芝看到一方很小的岩洞中蹲著個老人，他的身邊趴著他的兩頭山羊。老人袖著手，抬了一下頭，面相麻木，如同身後五官模糊的佛像。毓芝還看到一個男子，在與同伴說話的時候，眼神一凜，令他剎那間的面目，幾乎稱得上軒昂。這軒昂也很快淹沒在灰撲撲的背景裡了。發覺毓芝看他，他臉上有一線緊張，一瞬而已。毓芝並不知道，這男人就是當年國民黨第二旅中校參謀主任魯耀湘。這位守城軍官，晚年在寫自傳的時候，突然憶起那個帶著身孕的少婦，近乎逼視的目光。毓芝無心的一瞥，在當時幾乎令他羞慚難當。南京失守後來不及撤退，他帶著三個士兵，從馬群搭一個農夫的馬車躲過日軍搜索，藏進了棲霞寺。五十年後，棲霞寺整修放生池，從淤泥中挖出了一把長槍、一柄刺刀、三枚手榴彈與數十發子彈。年屆耄耋的魯耀湘獲悉趕來，捧著這些布滿鐵鏽的武器失聲痛哭。這正是他在那次逃生中，匆忙丟棄的。

葉毓芝在棲霞寺度過了她最後的清靜日子。

葉楚生半個月沒有消息。毓芝並沒有料到，她對自己生死未卜的父親會這樣思念。這思念夾雜著懺悔與自虐，令她近乎失常。在她過去的十八年，她從未意識到過，「相依為命」這個詞的重量。

當她捧著腹部，站在窗口，透過窗櫺格子，看見一個六七歲的女孩跪在地上，將寺廟裡布施的饅頭，揪成小塊，塞進病中的父親嘴裡。毓芝將自己的唇咬出了血。

她知道，有一個人可以救父親。

這念頭甫一出現，便像火一樣將她的身體燎開了，灼得她寢食不安。她想，不能再等了。幾天觀察後，她在外面的人群中找到了一個車伕。她找這人的原因，是他的可靠與貪婪。她將自己的積蓄幾乎都給了他，請他將自己送到城裡去。車伕答應了，在一個凌晨，他們離開了這座地處郊野的寺廟。

然而，快入城的時候，車伕改變了主意。他說，如果就此送了命，給我再多的錢都是狗屁。他說，不遠了，你沿著這條路一直走，就快到了。毓芝在無奈與恐慌中下了車。天色還很黑，四周圍幢幢的暗影催促著毓芝走得更快，她幾乎是跑起來，或者說，一味地想要跑起來。

當她進入城市的時候，天剛剛亮起，有些曙光在她臉頰上抹了溫潤的紅。她瞇起眼睛，辨別了一下方向。到處是民房的殘垣，在地平線上散發出焦糊的氣味。不遠的地方，突然傳來爆破的聲響。一些人在硝煙中奔跑過來了。

這些人臉上是漠然的神色，混著遠處尖銳的嘯聲，成了這城市新的背景，讓毓芝感到陌生。這座城市慌慌張張，不再淡定。

毓芝在這陌生裡，終於也慌了神。她手裡攥著芥川給的地址，束手無策。

此時，腹部墜得她心裡發緊。

又有些嘈雜的人聲近了。毓芝躲到一堵殘牆的角落裡，看見幾個穿著草黃軍裝的日本兵，扭著一個年輕的女人。女人掙扎著，一個兵給了她一記耳光。女人挺起胸，似乎向他啐了一口。日本兵扼住她的頸子，刷地將她的上衣撕開了，一個乳房跳了出來。這一跳晃了那些男人的眼睛。女人一掙，竟逃開了，向毓芝的方向跑了過來。

女人在奔跑中，經過了毓芝藏身的地方，慌亂地張望了一下，正撞上毓芝的眼睛。一瞬間倉皇的對視，更快地跑去。

日本人的腳步急急地跟上來，槍聲響起，毓芝看見女人身體遙遙地晃動了幾下，倒下了。毓芝捂住自己的嘴巴，慢慢地，慢慢地沿著牆根移動，想要退到身旁灶台後面，這時候，她觸碰到一個毛茸茸的東西，一頂淺紅色的童帽。她輕輕地撩開，是一個小女孩腐爛的臉，上面爬滿了蛆。毓芝短暫地乾嘔一下，終於歇斯底里地尖叫。

士兵們從廢墟中拖出這個衣著體面的大肚子女人，有些驚奇，但沒有猶豫。毓芝的衣服被飛快地剝光了，她的細皮嫩肉激起了他們的食慾。他們把她放在灶台上，一個高個子趴上了她的身，輕噬她的乳頭，毓芝顫抖了一下。其他人對這種遊戲不耐煩，發出不滿的聲音，高個兒便更凶狠地咬下去。毓芝大叫了一聲，她叫的是芥川的名字。不經意間，她用日語大聲地叫喊著芥川的名字。他們遲疑了一下。聽著這個支那女人用日文喊著一個本國男人的名字。高個子對著毓芝說了句什麼。毓芝茫然。又說了一句，依舊茫然。於是他們放心了，這個芥川，大概是一個享受過這女人的同胞。

這是一些雄性的獸。漸漸地，毓芝不再叫喊，似乎也不再痛楚。在這些獸的凌掠中，她變成了一張稀薄的紙，被粗暴地揉皺，打開，再揉皺。她知道，她知道的，她就快要被撕毀了。

最後走近他的，是一個很年輕的士兵。這少年長著一雙晶亮的眼睛，他在同伴們的鼓勵下慢慢褪下褲子。她默默地看著他，看著他胯下羞澀的、蛹一樣的東西。心裡想，他還是個孩子。一個同伴譏笑著，抬起穿了皮靴的腳，狠踢了一下這孩子光裸的屁股，當作鼓勵。孩子突然回過頭，對那夥嘶喊了一句什麼。他小心翼翼地觸碰了一下她的乳，旋即彈開了。她在心裡說，快來吧，快結束吧。

然而，他無法做到。

他有些懊惱，在男人們嘲笑中，用力地用手指捅了一下她的下體，有些黏液流淌出來。毓芝木然地眨了一下眼睛，想，快結束吧。

倏地，她感到身體被填充了，出其不意。她昂起頭，看見那孩子，表情堅硬，正將一隻死老鼠塞進她的私處。她感覺一陣惡心，忽然間令人抽搐的快感，只一瞬就被羞恥淹沒了。擠壓之下，她絞痛。她昂起頭，看著兩腿之間，冒出了鼠尖削僵硬的頭，殷紅的。她在恐怖之餘，清晰地發出了呼喊。

士兵們被這場景刺激得興奮異常，有些將已繫好的褲子重新褪下來。這時候，有尖利的集合哨聲響起。士兵們匆促地結束了這場娛樂。他們臨走的時候，儀式一樣，沒忘記在毓芝的肉身上惡狠狠擰上一把或踹上一腳。已經跑出了很遠，那個年輕的日本兵，回過頭向毓芝望一眼，笑了。笑容純真無邪。

毓芝在自己逐漸微弱的呼喊裡虛脫，感覺腹中氣流翻滾。下身猛地一沉，有尿意襲來。在鈍痛之後，她已失去知覺的身體突然復甦。有東西緩慢、有力地穿越了她，湧向那個受盡磨難的通道。骯髒的鼠被擠壓出來了。那壓迫感還在膨脹、膨脹。

毓芝不自覺地使了一下勁兒，周體輕盈。有東西脫身而落。

那出來的東西，是一個嬰兒。一個女嬰。

毓芝遲鈍了一下，明白了。她發瘋一樣地想：是孩子，我的孩子。她為這個孩子的到來作足了準備，設想了各種非常的狀況。然而，她的降生，還是令她幾乎癲狂。她努力讓自己冷靜下來，回憶著對生育的一知半解。然後摸到身旁一塊銳利的瓦片，割斷了臍帶。

她看見了。這女嬰，皺著眉頭，一隻眼睛已經微微張開。毓芝端詳她，用發著抖的手指，梳理她沾著血跡的繁盛胎毛。她想：我的孩子。

然而，這孩子的緘默讓她驟然間害怕起來。她顫慄著，拍打下去，嬰兒如同一塊無知覺的死肉。絕望之下，她在孩子大腿上猛咬下去。小東西咳嗽了一下，「啊」地一聲哭了，驚天動地。同時間，她的母親，滿意地流下淚水。

這個叫毓芝的年輕女人，掙扎著將自己撕裂成碎絮的衣服，草草裹成一個捲，將女嬰放進去。停一停，拉斷了頸上的紅絲線，將一枚金色的掛飾放在女嬰的胸口。做完這一切，耗盡了她最後一絲求生的氣力，終於把這孩子抱緊在自己懷裡，閉上了眼睛。她又突然想起什麼，倏然張大眼睛，摸索著，找到旗袍的大襟上一塊還算乾淨的地方。手指，蘸了下體已冷卻黏滯的血，艱難地寫了些字在上面。

這是第一次，她痛恨自己名字筆畫的繁複。她無聲地嘆息，重又將眼睛闔上了。

# 第六章

# 基督保祐著城池

這年南京的冬天，冷得很早。城南的老房子頂上，早蓋了一層霜。

那個叫做切爾的神父，低著頭，縮了頸子，在瑟索的寒風中躑躅而行。也就是這個時候，神父聽到嬰兒的哭聲。隱約的，如同一隻初生的貓。他停下來，屏息辨識，然而這聲音，又被風吞沒了。神父揉了揉太陽穴，想，也許是自己的幻覺。最近這城市有太多不祥的聲音了。正想著，遠處傳來一陣密集的槍響，又將風聲割裂開來，呼嘯而逝。

神父搖了搖頭，繼續趕路。

這時候，那哭聲又猝然響起來。這一回，是不屈不撓的。神父猶豫了一下，終於折回頭去，心裡一邊說著，不要斷掉，不要斷。

這聲音是善解人意的，沒有斷，高亢地引領了他。

神父在太平南路一間民房的瓦礫堆上，發現了女嬰。民房被炸去了一半，另一半在灰撲撲的背景裡，沒著沒落的立著。頻仍的戰事鍛鍊了神父，他從年輕就開始學會處變不驚。但是眼前的一幕，還是讓他感到震動。一個很小的嬰兒，趴在赤裸的年輕女人懷裡，緊緊地含著女人的乳頭。這女人應該已經死去多時了，切爾仍然看得出，她生前有多麼美麗。女人的眼睛緊緊地閉著，面目平和。肌膚還閃著光澤，並未因生命的殆盡而暗淡下去。烏亮的頭髮散開，纏繞盤桓在瓦礫堆上。多麼美的女人，這完美的身體，激發了神父一些聯想，猝不及防。他被自己嚇了一跳，喝止了罪惡的念頭。女人的兩腿間，有暗紅的血流動的痕，像一條綿長飽滿的水蛭。同樣沾滿了血的，是一隻僵硬的鼠。這些是關於受難的暗示。他想，這女人生前是個高貴的人，死去還保持著養尊處優的儀態。嬰兒突然彈動了一下，吐出了乳頭。神父愣了愣神，再次聽到哭聲。這哭聲是救命的。這嬰兒在徒勞地吮吸母體之餘可以這樣嘹亮地哭，是個奇蹟。切爾由衷地說：感謝主。

路上寥寥的慌亂的行人，看著一個外國神父，抱著初生的嬰兒在路上急急地走。神父神情莊重，頭髮被風吹著，凌亂地垂在額頭上，看上去有些滑稽。要知道，神父是個熱愛體面的人。他並沒有騰出手去梳理，只是將孩子抱得更緊了些。嬰兒發出高亢的哭聲，神父低下頭，貼了貼孩子的臉。這讓人心中都湧出些感動。但只也是一瞬，他們為了各自的事情，奔走開了。

這時候的國際安全區，擠滿了人。

到處是驚懼和祈望的眼睛。這座城市，幾乎在無準備的情況下，跌入了深淵。深淵的底，卻無法預見。這座城市，如同一個從夢魘中醒來的人，發覺四周仍是黑暗，只有別無選擇地再睡過去。

聖約瑟公會教堂，燈是徹夜地亮著。

切爾沒有做父親的經驗，但是他看著女嬰，仍是覺得愛。優柔的光，打在孩子的臉上。切爾見她無意識地舒展了一下臂膀，打了一個呵欠，又睡過去。眉宇間的嬌憨，幾乎令這個年輕神父流淚。他想，這女孩長大後會是個美人。這想法鼓舞了他，令他在忘形之間生出使命感。他在心裡說，這個民族在經歷苦難，但是這樣美的孩子，應該在他的保護下有個美好的將來。她應該忘記她不幸的出生，永遠忘記。

但是，孩子醒過來了，震天動地地啼哭。切爾從遐想中猛然回過了神，同時開始慌亂了手腳。他將嬰兒抱起，試圖將自己長大的臂膀圈成一個搖籃。一邊搖，一邊絞盡腦汁地回憶，唱起年幼時母親哄他睡覺的歌謠。然而，嬰兒在這溫存卻不知所云的歌聲裡，哭得更為激烈了。切爾終於對自己失去了信心，他用棉袍裹了孩子，去找這個難民所的負責人，貝理亞神父。年長的貝理亞驚奇地看著切爾懷中的小東西，禁不住好奇地伸出手，摸了摸她的小臉。但是，聽完切爾有些絮叨地講述了事情的緣由，這長者皺一皺眉頭，聲音低沉地說：我們的職責，是幫助，不是事無巨細。你不見得是個稱職的媽媽。

聽了這話，切爾一陣臉紅。突然間，他受到了啟發，興奮地對貝理亞鞠一躬，說，謝謝，我知道該如何去做了。

貝理亞看著這個青年人邁著活潑的步子走遠，又皺了眉頭，輕輕地說，她或許是餓了。

程雲和看著切爾向自己走來，心裡一驚。剎那的慌亂之後，她努力地使自己鎮定了。她甚至微笑了一下，得體地問候這年輕神父。然而，切爾倒有些不自在似的。這印證了雲和的想法。她在心裡鼓勵了切爾，說吧，遲早都是要說的。她甚至在心裡迅速地盤算若干個下一步，否認、狡辯、甚至耍賴……誰能夠拒絕一個可憐女人的耍賴。

然而，切爾用很輕的聲音說，我，我想要請求您的幫助。

雲和詫異了一下，同時感到心中的勇敢洩了氣。她盡量不動聲色地問，是，什麼事？

切爾將手中的棉袍打開。雲和就這樣看到小小的嬰孩。這顯然是個初生的女嬰，有些皮膚還赤紅地打著褶皺。胎毛茂盛地覆蓋在頭上，將來會是一頭好頭髮。雲和想。憑她做婦人的經驗，預見出這孩子日後會是一個美人。在她猜想著孩子的來歷的時候，切爾開口了。

切爾低了頭，漲紅了臉，對她說，我是說，能不能請您給她餵點兒奶。

切爾的頭更低了，我的意思是，如果您不樂意的話……

瞬間，雲和明白了。神父仍然不知道她的身分。他的為難，並不是因為她是個妓女。他只是不知道，該如何向一個年輕的母親求助。

雲和將自己的兒子放在一邊，向切爾伸出了手。

在她撩開大襟的一霎，切爾轉過頭去。

女嬰吸得她的乳頭幾乎有些發疼。這孩子是餓壞了。她又開始端詳，甚至有些叵測地希望在這嬰兒的臉上發現異國人的痕跡。

神父的背影，只是肅然立著。

在雲和的眼睛裡，漸漸融進禮拜堂黝黑色的磚牆裡去了。

一群鴿子飛起來，在天空中打了一個旋，末了停在五色的玻璃彩窗上，咕咕嘰嘰地逗著嘴。彩窗上有個模糊的男人的臉。雲和知道，那是他們的神。

有時候，因為閒得發慌，雲和也會思考一些前所未想的東西。比如，她不明白，這年輕洋人，不遠萬里地來，為了什麼。他是神的使者，要幫他們的神拯救眾生。然而，如果中國的眾生都要外國的神來打救，那中國的神，顏面又在哪裡。

這原本不是雲和可以想得通的，她是個一五一十的人，將世俗當邏輯。換句話說，她的哲學本來就是一齣戲。講不圓的東西，她是不愛的。這自然與她風塵的出身相關。十五歲被賣到秦淮河的花船上，雲和就立下一個誓，要讓自己的人生圓滿些、通順些。她自認為是個有頭腦的人，雖然身居下九流，卻有力爭上游的決心。所以，贏得陳旅長的心，在她看來沒有一絲僥倖，是水到渠成。只是因為天殺的日本人，她才被一腳從自己經營的溫柔鄉裡踢了出來。這陳旅長對她發了兒女情長的誓，卻又誓了師，說要與黨國共存亡。她知道了男人是個什麼東西，卻也明白愛國沒有錯。於是，私底下她吃了一個月齋，求了一個月的菩薩，結果十二月十三號這一天，總統府還是給人占了。在隆隆的炮聲裡頭，雲和眼見一個薄胎釉花瓶從博古架上震落下來，摔成了粉。她心裡一陣疼，她想，這麼說來，中國的神還真是不頂用。

終了雲和沒亂了分寸，要旅長安排了自己的後路，當作「寶眷」送到這個掛美國旗的教堂裡來。一同進來的還有她為這老男人生下未滿月的小冤孽。雲和是有主意的，她看著秦淮河兩岸的風月場，成了東洋鬼子的俱樂部。便也預見了國際安全區的不安全。果然，日本人闖進安全區，最感興趣的兩種人，是中國的傷兵和妓女。而恰好這兩種人，也是聖約瑟教堂本著中立或神聖的立場，執意拒絕的。所以，這一個多星期，雲和是過得束手束尾。做為昔日「香君閣」的紅牌，她心裡罵著娘，為自己的知名度戰戰兢兢。生怕被揭了老底，被「交涉」出去。

現在，是一場虛驚。

女嬰咳嗽了一下，嗆了奶。雲和拍了拍孩子的背，揉揉胸脯，將乳頭換個舒服的姿勢塞進孩子嘴裡。不過，這回又被吐了出來。看來，這小東西是吃飽了。

切爾仍背對著她。一瞬間，雲和突然有了荒唐的盼望。一個女人在這神聖的地方，哺乳初生的嬰兒。這時候，年輕神父突然轉過身來，四目交接。

切爾仍背對著她，像塊木頭。

雲和嘆一口氣，整了衣衫，將孩子用棉袍重新裹上，輕輕喚了切爾，還給他。

切爾轉了身，歡喜地搓搓手，接過孩子。眼睛亮一亮，低下頭，用鼻尖碰碰有了血色的小臉。嬰兒格格地笑起來。

雲和見他忘我的樣子，也笑了。同時有些可惜。這年輕的洋和尚，皈依了宗教，不然，該是個多麼好的男人。

切爾嘴裡一疊聲地說「謝謝」，並沒有多看她一眼。

你以後打算拿她怎麼辦？

在切爾抱著孩子，轉身要離開的時候，雲和鼓足勇氣，問了這一句。這是極體貼又最讓神父為難的一個問題。切爾回首，臉上掛著愁容。

這男人是一廂情願地善良，辦法是沒有多少的。雲和心裡有了底。

你若是不嫌棄，就將孩子暫時交給我照料。

雲和說得水靜風停，卻幾乎讓切爾感激涕零。他想，感謝主，這女人有一副菩薩心腸。

雲和微笑，她有自己的盤算。她看出這孩子對切爾的重要。有了這孩子，她在這裡的安全就有了保證。

小屋裡熱得炙人，但雲和還是往爐膛裡，又加了一勺炭。她打算給嬰兒洗上一個澡。餵奶的時候，孩子身上腥重的胎氣，熏得她有些作嘔。

雲和打開棉袍，拈起小指頭，要將包裹嬰兒的破爛剝下來。動作著，卻突然停住了，她的手指有數，撚出來這碎片是上好的絲絨。碎片拼接起來，她又是一驚，一眼看出這是獅王府「裕福記」老許師父的手筆。老許是南京城裡身價最高的裁縫師傅，祖上與江寧織造有些淵源。這些年只有幾個固定的女客，都是叫得出名字的。自然也是閨秀貴婦之流。她程雲和倒也有過一件，那是陳旅長用槍頂在老許腦袋上給做的。衣服出來是好看，她卻穿出了不情不願，再也沒下次了。她拎起衣服抖一抖，抖出一件海寧綢的褻衣。小衣上大塊黑紅色的血跡，還有些深深淺淺的斑。雲和臉一紅。她遠遠地，也聞得見是男人身上流出來的腌臢東西。

雲和心裡罵著千刀萬剮不要臉，想不知又是誰家的好女兒給禍害了。這些畜生身子底下，女人真是沒貴賤的。

雲和回一回神，將這些一件件撿起來，準備擱在火盆裡燒掉。金屬的光澤一閃而落，在地上發出微弱的聲響。撿起來，是一隻小雀，在背脊上穿了孔，連著殘斷的紅繩。也就是在這個時候，她看到了「葉毓芝」這個名字。這一閃念，在雲和是風馳電掣。

關於名媛葉毓芝的傳聞，在南京城裡甚囂塵上。雲和知道她老子就是惹了日本人官非的「齊仁堂」老闆葉楚生。她與這葉楚生，不單是認識。這個聲名顯赫的鰥夫，為人清奇，但也還有七情六慾。一次宴請，醉酒之後，竟然也著了朋友的道。上了「香君閣」。媽媽見是葉老闆，自不敢怠慢，點名要雲和伺候，奉為上賓。那一晚，葉楚生實在地領略了女人的好處。醒過來卻引以為恥，慨然而去。雲和在心裡冷笑，想這老男人迂腐得令人憐。可下半身不由己，倒真是解風月的。

女嬰的到來，叫雲和明白了什麼叫做狹路相逢。這應該就是葉老闆見不得人的外孫女了。因為葉府下人的一個口風，金枝玉葉的葉小姐，成為全城人的公共痰盂。只聽說葉楚生無地自容，將女兒送去國外，圖個眼不見為淨，息事寧人。如今看來，並不屬實。

雲和有些悵惋。對於葉小姐的下場——雲和想到的就是「下場」這個詞——她倒沒太多唏噓之處。這時節城裡死了太多人，將人心都磨糙了。再尊貴，也是一人一條命，多不出一分，少不了一釐。她想的是葉小姐和那個東洋人上窮碧落，又想起國恨家難。眼前這個小女嬰，比起自己的冤孽兒子，真又是十倍百倍的冤孽了。

小女孩在澡盆裡頭伸胳臂伸腿兒，沒半點不自在。雲和撩起一捧水，淋在她身上，就聽她歡得格格笑。笑得雲和心裡疼起來。雲和拿毛巾給她擦乾淨，摟在懷裡。小東西就往她懷裡拱。雲和一驚，想這小東西命是硬，不要伺候，知道為自己討生活。雲和敞開大襟，捧出一雙好奶，盡著她吃。小東西口勁大，吸得她肉緊，卻又是一陣一陣的暖。

見她吃得差不多了。雲和也將自己兒子抱過來，左右開弓。想尋常人家要有這麼一雙兒女，倒也真是造化。這時候，就見小女嬰停止了吮吸，摸摸索索，一條腿就朝兒子蹬過去。那邊沒動靜，她便索性橫過身子，不依不饒又是幾腳。兒子震天響地哭了，卻沒有還擊。雲和一邊笑兒子窩囊，一面在女嬰屁股上拍一巴掌，說你個小貨，我是沒看走眼，還真是個小姐脾性。

第二天，雲和是在一陣槍聲中醒來的。雖然在遠處，卻不是疏疏落落幾個鼓點。

當槍聲緊成一片，兩個孩子一前一後地號啕起來。雲和一邊哄，一邊辨出聲音從江東傳過來。一陣緊似一陣。

切爾身邊是個灰頭土臉的年輕牧師。是邁皐橋國際安全區的副執事邁可。

邁可來找切爾借消毒劑和繃帶。邁可樣子生得憂愁，這陣子，又多了些老相和苦相。

邁可說，上帝，昨天日本人又從安全區帶走了五百多人。安全區連個像樣的大門都沒有，開著車就衝進來了。

雲和遠遠地看著他們說著自己不懂的話，情緒激動。她知道外面很不太平。自己在這裡有一口薄粥稀湯，是大幸了。可是，總覺得有些不妥貼。

這時候她聽見貝理亞在身後輕輕地說：他們在江邊祕密處決你們的士兵。神父的中文突然間變得生硬：無線電裡說，上萬人已經死去了。

雲和將懷裡的孩子抱得更緊了些。

接近中午的時候，槍聲漸漸平息下去。

聖約瑟公會教堂響起了清冷的鐘聲，一波一波地隨著風散播開去，將這傷痕纍纍的城充實、填滿。然後微弱下來，寂寥得讓人心裡發空。

這一日的最後幾記冷槍之後，年輕的傳教士切爾下了一個決心，要將這一切記錄下來。很多年後，當年老的切爾讀到美國醫生羅伯特·威爾遜的日記稱這苦難中的城市為「當代但丁的煉獄」。他想，煉獄是罪的熔爐，而三七年的南京，罪惡當道，是魔鬼的樂園。

切爾坐在輪椅上，膝頭蓋著厚厚的羊毛毯子。他的旁邊，坐著個棕色頭髮的年輕姑娘，他兄長的孫女。她是位年輕的紀錄片導演，有著很多年輕人的雄心與浮躁。她在收集二戰時期有關亞洲兩個重要交戰國的資料，不得要領。她意識到她的叔祖是一座寶藏，但又為他的老邁與衰退的記憶力擔心。切爾的膝蓋上，攤著一些照片，看得出年代久遠，在午後的陽光底下似乎更為晦暗。

切爾不時將老花眼鏡撥起來，將照片湊得很近地辨認，然後喃喃而語。他的聲音很小，女孩不得不幫他調整一下夾在領口上的錄音筆。然而，當他意識到這一點，似乎出於對耳朵裡助聽器的不信任，又格外地放大聲量，矯枉過正。這時候，女孩聽見他聲音宏亮地指著眼前的照片告訴她。

這是在山西路一帶，那時候在南京的西方人稱為「巴伐利亞廣場」。切爾在這個廣場附近拍了這張照片。浮在水面上的男人，很年輕。這個年輕人，站在齊臀的池塘裡。兩個日本兵伏在沙袋上，向他開槍。第一槍中在肩上，年輕人抖動一下，沒有倒下去。第二槍打在大腿上，當他還未作反應的時候，第三槍打響了。這回打在他的腦殼上，他俯身倒了下去。當切爾走到近前拍攝的時候，兩個日本兵衝過來，搶他的相機。在抗拒的時候，他看到另一個士兵揚起手裡的刺刀，向著池塘裡年輕的屍體扎了一下。刀刃上乾結的暗紅色被更新鮮的血覆蓋了。

這張照片在鼓樓醫院的病房裡拍攝，躺在床上的老婦已年過六旬。那天清晨，她在三牌樓火車站，被一個排的日本士兵強姦了十多次。人們在一個遺棄的柏油桶裡發現了她，將她送到魏特琳女士負責的安全區。她的下身割裂，被塞進了一支玻璃瓶。手術後，她再沒發出任何聲音，甚至沒有哭。三天後，離開了人世。

這一張，這個面目呆滯的男人，是彩霞街「馮記水產店」的掌櫃楊金生。這條街的名字很美，不是麼？楊金生聽信了有關短暫和平的謠言，帶著家裡人——他十二歲的女兒和七十歲的母親——離開安全區，回到了這條街。當天，這個年輕鰥夫的鋪頭裡，闖進了三個日本兵。他們用刺刀頂著他的脖子，當著他的面姦污了他的女兒和母親。而後，他們將他和他的母親驅趕到鄰居的家裡，剝光了他的衣服，強迫他趴在自己母親身上，學著他們的樣，侮辱了這個年老的女人。在拍下這張照片的夜裡，楊金生拖著傷腿，爬上醫院的樓頂，跳了下去。

姑娘看著切爾，心裡有些發緊。這個白透了頭髮的老人，兩個月前中過一次風。但他現在，保持著驚人的記憶。那些細節，好像只是發生在昨天的某個片段。當他看到一張照片，上面有一個抱著嬰孩的中國女人，渾濁的眼光閃動了一下，停止了講述。年輕的姑娘卻為這一瞬的停頓而激動。她在心裡斷定，這女人於叔祖有著不平常的意義。待她鼓起勇氣要問時，切爾闔上了眼睛說，我累了。

這女人就是五十多年前的程雲和。

切爾為雲和拍這張照片的時候，雲和正襟危坐，表情嚴肅。當鎂光燈閃起時，她其實有些眼暈。但是她懂得一個見過世面的女人應該如何處變不驚。她只是將懷裡的孩子抱得更緊了一些。

切爾其實是想試一下手中的蔡司相機，他從一個匆匆回國的倫敦商人手裡買下了它。那一年的南京，任何東西都便宜得不像話。懂得還價的話，一元二角錢可以買下一台台式電風扇。而切爾不止一次在路上，被人拉住，兜售一些模樣稀奇的老玩意兒。這些東西大多來歷不明。一個法國人跟他炫耀在朝天宮買到手的明代花瓶，只花了一塊錢。唯一的例外，是食品，貴得驚人。一隻母雞要兩元錢，也就是說，抵得上兩支明代花瓶。

切爾對這台新買的舊相機心存疑惑，邀請雲和幫她試一試。但按下快門的一瞬，他覺出了這中國女人的美。也是這一瞬，他覺得嘴裡突然有些發乾。他在心裡說，主，你的僕人是為美麗而感動。

這張照片記錄了那個動盪的夜晚。

一九三七年的平安夜，聖約瑟公會教堂，南京。

沒有聖誕樹，沒有燭光，沒有火雞與龍舌蘭酒。國際安全委員會送來了一張祝福卡，祝每個人新年快樂。邁可從城北趕過來，給他們送了一隻燻鵝。這鵝不怎麼新鮮，開了膛，味道已經有些哈了。但是，這天下午奇異的寧靜，讓每個人心中感恩。

邁可用他渾厚的男中音哼起Jesus Saves the World。曲由心生。

也在這天下午，雲和發現了那頂頭盔。頭盔落在禮拜堂後面的草地上，鑲著青天白日徽。帽帶斷了，沾了血跡。地上也有。

雲和心裡哆嗦了一下。

她順著血跡一路尋到廚房裡，看到蜷縮在煤堆上的年輕男子。

男人張了張泛白的嘴唇，終於發出聲音：大姊……雲和聽出了他的江北口音。以往在風月場上，雲和最怕人聽出她的江北口音，這些年總算磨掉了。現在自己聽來，卻是揪心。

男人的臉是青灰的，雲和看到了他的傷腿，知道他是流了太多的血。

一個念頭飛快地在雲和心中掠過，要不要告訴神父？這裡是士兵的禁區。貝理亞是神父，不是上帝本人。

雲和想到自己的處境，猶豫間，那男人的喘息粗重了。

雲和心裡一橫，罷了。

她將男人的胳膊搭自己肩膀上，使盡力氣將他的身體撐起來。男人已虛弱地沒了主心骨，實實在在地趴在她肩上，像只麵口袋。

她半拖半拽，向自己的房間挪著步子。她就在這時候，聽見了邁可的男中音。她知道這些男人在聚會，為他們的神的生日。切爾曾邀請她。她說對這西方的節日不感興趣，心裡想的是，她沒法當著一群清心寡慾的男人的面奶孩子。此刻，這歌聲安靜祥和，讓她不覺間鬆懈了力氣。肩頭的臂膀滑落，男人受傷的腿磕到了地，忍不住呻吟。這一回，她屈下腰將那身體一聳，幾乎是將那男人背在身上。她對他說，忍一下，就到了。

雲和到末了都不知道這男人的名字，只記得他的番號，繡在臂章上。藍色「88師」的字樣，被血洇成了紫紅。他身上不止一處傷口。袖上的血是從左胸流過來的。雲和將他軍服解開，五六寸的口子，是刀傷。雲和嘆了一口氣。這男人年輕著呢，胸前剛剛有一些肌肉的輪廓，還是個半大孩子吧。娘老子要看見了，不知該怎麼心疼。雲和燒了炭火，打了熱水給他擦洗，擦到了傷口的邊緣，他就抖一下，只是不出聲。雲和知道他是疼的。心想，年輕歸年輕，是條漢子。大腿根上血流了一片，又黏了皮肉。雲和不敢給他脫下來，知道生拉硬扯疼得緊。就從針線籮裡翻出小剪子，一點一點沿著傷口將褲腿鉸下來。裡面的軍褲衩也給血浸透了。這回，雲和將這年輕人的裡外褲子沿著襠整個剪開了，終於看見了傷口。是槍傷，幸好沒傷到筋骨，擦了皮肉過去。也看見了他男人的東西，不禁想，怕是八成沒嘗過女人的滋味呢。只為了打東洋鬼子，救不轉，白走世上一遭了。雲和將血擦乾淨，拿了雲南白藥給他敷上。想一想，打開自己的包袱，拿出隨身帶的一套陳旅長的家常衣服，中衣小褲。她看著嘆一聲，這衣服就是個念想，這回倒算是物盡其用。年輕人嘴裡的呻吟小了，任她擺布似的。成套衣服穿上了，淨頭淨臉，也是個體面的人。

雲和見他臉色白得緊，叫了也不應答。就想，怕是幾日沒吃東西了，虛的。這幾日裡裡外外地不太平，聖約瑟上下也鬧饑荒。屋裡什麼也沒有，除了些玉米粥和下午切爾送來的幾塊燻鵝。

雲和熱了玉米粥，餵他。粥在舌頭上晃盪了一下，沿著嘴角流下來。雲和嘆息，有些喪氣，想，這樣的傷，該是十八吊爐火的老母雞湯才補得回的。這時候，偏偏兩個孩子緊跟著哭起來。雲和嘴上罵著肚皮通海的小牲畜，撩開大襟給他們餵奶。男孩子吃了幾口卻不吃了。雲和心裡有些窩火，揉了揉剛剛被吸得發脹的乳頭，忽然有了主意。

雲和拿了一只碗，一手奶孩子，一手揉捏另一隻乳房，將奶水擠到碗裡。就這樣居然擠了雪白的大半碗。雲和也奇怪著，自己吃都吃不飽，奶卻是充盈得很，天生要貼補這兩個小冤孽。

雲和將這碗奶，偎了爐火烤到溫熱。想一想，又加了點紅糖進去。然後將男人的頭擱在自己膝上，拿了勺餵他。看他一口一口將奶水嚥下去。雲和心裡有些疼，想，都說有奶便是娘。他娘老子不知哪去了，我就是他的娘了。這樣想著，雲和莫名地有些高興，也不知是為了什麼。

大半碗奶餵下去，年輕人的呼吸均勻了。輕輕咳嗽了兩聲，靠著雲和睡著了。見他額上起了薄薄的汗，雲和用手給擦掉了。她也摸出額頭上還沒有長年戴軍帽的印子，該是當兵不久的。她聽切爾說過，這回守城沒守住，跑不掉的中國士兵，換了衣服，混在了安全區的人堆裡。日本人抓人去槍斃，見了男人們，第一個動作就是摸額頭上的軍帽印子。那整日戴禮帽的，戴氈帽的，就都成了替死鬼。

雲和愣愣地看著地上沾了血的軍服，思忖這是個禍害。便拿了片包袱皮包嚴實了，擱到暗處去。想一想，卻又取下那印了番號的臂章，在燈光底下搓洗。搓好了，便搭在爐火上烤。爐氣將這塊布掀得抖動起來，像是一面小小的旗幟。

夜色深下去。由不得自己，雲和想起了陳旅長，心裡空得很。這時候，她聽見了邁可唱起另一首歌，遙遙地傳過來。她什麼都聽不懂。聽懂的，是這旋律裡的低沉哀傷。鬼使神差地，她在行李中找出自己的琵琶，調了弦。過了這些粗日子，早沒了指甲，就又翻出一副賽璐珞假指甲戴上，彈起一支〈昭君怨〉。彈了一段，自己覺得太悲，就又換了一首。她是什麼都記得。就這一曲，當年絕倒了秦淮兩岸。多少權貴千金一擲，就為了她程雲和的一曲〈夕陽簫鼓〉。這琵琶亦是矜貴，面板是上好的蘭考桐木，象牙山口紫檀背，是個年老恩客的贈與。這客風雅，說「琵琶幽怨語，弦冷暗年華」，這家傳的琴，在家裡閒著，不如奉送佳人是正相宜。一同贈了一本樂譜，沈肇州編的《瀛洲古調》。

荒了幾個月，雲和沒料到自己依然得心應手，也有些欲罷不能。到了一首〈春江花月夜〉，已是渾然忘我。

那年輕人，就是在這聲音裡醒過來的。他已記不清自己是怎麼到這裡來的。睜開眼，看見一個女人在燈下彈琵琶，女人在光暈裡撥弄琴弦，出來的是古聲古調，好聽得跟夢似的。屏著氣息，等她彈完了，他才敢翻一下身。大腿根撕扯似地疼，不禁呻吟了一下。雲和這才發現他醒了。他卻也發覺自己裡裡外外都換了一個乾淨。不禁鬧了一個大紅臉，結結巴巴地問雲和：大姊，你……你給我換的衣服？雲和見他醒來，正有些驚喜，這麼著，卻被他的羞慚弄得不自在，說，你一個大小夥子，倒像個姑娘。我什麼沒見過，生過孩子的人了。

他們都在這時候，聽見了外面驚天動地的打門聲。

貝理亞神父和其他人走出去，聽見外面有很蠻橫的聲音，交替地用糟糕的中文與英文叫他們開門。

是日本人。

貝理亞想了一想，吩咐將門打開。

一個軍官走進來，後門跟著幾個東張西望的士兵。

軍官站定，行了一個軍禮。靴跟發出一聲鈍響。貝理亞正待問他。他倒是先開了口，用發音俏皮而蹩腳的英文說，神父，聖誕快樂。

貝理亞冷冷地說，希望我們快樂，就請離開這裡。

軍官呵呵乾笑了一聲，說，如果您合作，我們會盡快離開。

神父看著後面荷槍實彈的士兵，已經蠢蠢欲動，眼睛開始在院子裡梭巡。厲聲道，請問閣下，知道這裡受美國政府保護嗎？

軍官說：尊敬的神父。我當然知道這裡受美國政府保護，但不代表這裡可以保護大日本帝國的敵人。那好，言歸正傳，我們接到線報，有一些受到處決的中國戰俘，似乎躲到了這個神聖的地方。

貝理亞聲音變得很嚴厲了：荒謬，我不需要重申中立的立場，這裡沒有任何士兵出現，在你們到來之前。

軍官說，那麼，如果神父您不介意，可否給我們短時間進行搜查，來證明您的話。

站在一旁的切爾忍無可忍，大聲地說，如果我們拒絕你們的提議呢。這裡是天主教堂，不是這城市其他任何一個地方，可以叫你們為所欲為。

軍官說，我們不是提議，是執行命令前的禮貌通知。我是日本皇軍的陸軍少佐渡邊治，我會為我的言行負責。

神父深陷的眼睛射出的憤怒，與渡邊少佐寒冷的目光短兵相接。僵持了幾秒鐘，神父說，如果你們堅持，那麼請便，但是如果情況和你們設想的有出入，請對美國政府和國際安全委員會做出解釋和道歉。

少佐繃了一下粗短的蘿蔔腿，令自己站得更直些，然後用日語說了一個字：搜。

幾個士兵無功而返。少佐有些焦躁。

最後兩個士兵向後院走去，那裡是雲和的房間。

切爾攔住了他們：不要進去，那裡住著一位尊貴而不幸的中國夫人。我們受他家人的委託提供保護，請不要打攪她。

士兵們沒有停下步子。

雲和在裡面看得清楚。沒容自己多想，她理了理頭髮，抱起了孩子，打開了門。一留神發現是切爾送來的小東西，咬一咬牙，放下，換上了自己的兒子。

雲和就這樣走了出來，臉上是慵懶不耐又克制得宜的神情，是所有高門大戶的女眷遇到緊急情形時的風度。

渡邊少佐在雲和的眼睛裡看到了凜然與不屑，他在猜測著雲和的來歷的時候，氣勢先泄去了一半。這美麗的女人讓他有些畏懼。儘管在這城市裡，他已享用了很多美麗的女人。然而，出身寒微的少佐，有一種來源於階級成見的謙卑。對於上等的支那人，他不願輕易招惹。他想整理出一番客氣的話說給雲和聽，然而他的中文此時不靈光了。

所有的人都聽見他大聲地叫一個人，是他的翻譯。

那個擔當翻譯的高個子男人應聲而至。雲和遠遠看到了這男人，眼神慌了一下。男人自然也看到了她。幾乎同時間，他想起了和她一起度過的那個夜晚。那時候他剛剛從日本留學回來，正處在人生的低潮，鬱鬱寡歡。雲和也清楚地記得他，因為這男人一晚上，什麼都沒有做。她甚至記得，他只是趴在她身上哭泣，說自己懷才不遇。他跟她說他破碎的家庭，說他失意的愛情，說他被這個國家棄之若敝屣。這個年輕的文謅謅的人，讓雲和有些困惑與無措。有一瞬，她甚至還可憐過他。到頭來，她還是想盡她的本分，她脫光了自己，將他擁在懷裡。然而，他卻不行。後來，他們就這樣擁著，到了天亮。他離開的時候，對雲和說，還想和她見面。雲和也有些悵然，見不見是由不得她自己的。後來，她聽姊妹們說過他被攔在門外的情形。聽過也就罷了。

現在，他就在眼前，是日本人的翻譯。

翻譯一邊聽著渡邊說話，點頭應承，一邊將眼睛睃向雲和，臉上掠過不易察覺的微妙神情。翻譯似乎並不很急於傳達渡邊的意見。他笑一笑，嘴裡說得是：程小姐，好久不見？

雲和微微屈膝，道：先生近來可好？

在場的人聽不聽得懂的，都聽出了他們的寒暄。他們是認識的。瞬間，翻譯在雲和眼中讀到了一絲討好與哀求，儘管稍縱即逝，還是讓他受用。切爾注意到他的稱呼是「程小姐」。而渡邊眼裡閃過警惕的光，他陰颯颯地問，你們認識？

翻譯說，何止認識。

雲和見翻譯與渡邊說著什麼。兩人臉上都泛起了曖昧的笑。再打量自己，渡邊用的是饒有興味的眼神。

雲和明白不過，在心裡苦笑了一下。

渡邊在一剎那恢復了趾高氣揚。他操著一口爛英文說出了讓貝理亞神父震驚的話：神父，這就是你們保護的高貴的夫人，一個人盡可夫的著名妓女。中國有個詞叫做「金屋藏嬌」，不知道神父您怎麼看？

神父抑制著身體的抖動，說，畜生。

那就問問萬能的上帝吧，他也許知道秦淮河邊有個叫程雲和的風流女人，不過還沒來得及告訴您。渡邊說得自己興奮起來，他盯著雲和，目光是直統統地。他再看她，帶著一種仰慕的心情。這女人不是一個簡單的花姑娘，而是一個名妓。她的知名度本身已讓這男人饞得下身發硬。而她此刻樸素與高尚的面目，更加激發了他的征服慾。這是出於一個掠奪者奇特的仰慕。就像他仰慕支那人的其他東西，珍玩字畫、名勝古蹟。對於這些東西，他只贊成兩種處理方式，攫取或毀壞。

切爾有些失神，他望著雲和，小心翼翼地問：這是真的？

雲和目光僵硬，看著翻譯，沒有說話。

翻譯迎著雲和的目光，說：渡邊少佐久仰程小姐的大名，想請小姐往舍下一敘。

渡邊自己用英文表達了同樣的意思，措辭更為委婉，他說的是，希望能夠邀請雲和與他度過一個浪漫的聖誕前夜。

貝理亞神父並沒有弄清楚事情的狀況，但他本能地說，休想。

渡邊說：你們所謂中立的立場，包括保護一個妓女？

貝理亞不動聲色：別忘了，喇合也是妓女。在我眼裡，現在只有一個初生嬰兒的母親。

渡邊不耐煩地皺了眉頭：好吧，那我就連這母親的嬰兒一併邀請。他使了一個眼色，一個士兵迅速地走到雲和面前，要搶走她懷中的孩子。推搡間，嬰兒震天響地哭起來。

渡邊說，程小姐，我給你足夠的時間考慮我的邀約。我們可以順便繼續搜查的工作。

雲和咬了咬嘴唇，聲音乾脆：不必了，我跟你走。

渡邊有些意外，不自覺地拍了下巴掌：爽快。

雲和轉身，對切爾說道：神父，可否請您去房間將我的琵琶取來，就擱在了桌上。渡邊少佐或許愛聽。

切爾有些不解地看她，還是去了。不多時，拿著琵琶回來。為人單純的切爾，此刻臉上是克制之下極複雜的神情。在暗夜的燈光裡頭，這神情只為雲和領會。雲和有些放心。她接過琵琶，緊一緊弦，挑起指頭，輕輕觸碰了一下。聲若金石。她對渡邊淺笑，風情萬種。

貝理亞終於閉上了眼睛，表情苦痛，倏然，他用發音清晰的中文說：商女不知亡國恨。

這句話，渡邊好像聽懂了，他哈哈大笑起來，稱讚神父的幽默。

雲和從士兵手中要過嬰孩，走到切爾跟前，微微躬身，說，麻煩您幫忙照料我的孩子。

雲和將「孩子」說得很重，眼鋒向著房間的方向銳利地一掃。

翻譯在她耳邊輕輕地說，我保證你可以活著回來，

雲和沒有看他，兀自向門口的方向走去。

他們離開的時候，不知是誰起的頭，士兵們唱起了荒腔走板的聖誕歌。貝理亞神父額上暴出青筋，暗暗揑緊了拳頭。

切爾拉住了他的袖子。

雲和走在最前面，走遠了。在黑色的鐘樓底下，她的身形格外的小。

她並沒有回一下頭。

房間裡的年輕人，什麼都聽見了，然而他動彈不得。在與走進房間的切爾目光交接的一霎，他心裡想的是，我為什麼沒有死。

雲和是在三天之後回來的，在所有人度過了這個灰撲撲的聖誕之後。

這幾天裡，切爾覺得自己有理由厭惡她，因為她的欺騙。然而，他看見她的時候，眼睛卻亮了一下。雲和對他疲憊地笑了。

這時候，雲和的形象依然齊整。這個清晨，在軍用摩托的突突聲響過一陣之後，雲和攙著一個士兵的手，從車上走下來，有著萬方的儀態。切爾心中有不適掠過。他想，她始終保持著逢場作戲的本能。

然而，雲和對他疲憊地笑了。

切爾說，那個男人，我是說，那個士兵，我們委託安全委員會的朋友，送去了中央醫院。

雲和說：我也會走。

切爾說：並沒有人讓你離開。

雲和淡淡地笑了：有些妓女，也是要臉的。

切爾抱著兩個孩子，走向雲和的房間。他費了很大的勁兒，弄到了一些奶粉，為了度過這艱難的幾天。然而，孩子們吃得並不好，他們嘔奶，拉出醬狀的焦黃的東西，整天價地哭。讓切爾時常膽戰心驚。

切爾敲了敲門，沒有人應。房間黑著，門也是掩著的。切爾猶豫一下，決定進去將奶粉先擱下。這樣也好，不知為什麼，他覺得自己已難於面對雲和。

切爾推開門，看見了雲和。一道光柱從天窗上傾泄下來。雲和赤裸著，站在光柱裡，面前放著一盆水。在切爾發著愣的時候，雲和迅速轉過身體，扯過一件大襟衫子披上。然而，切爾還是看清楚了她胸乳上青紫色的傷痕。

猝不及防，這些傷痕在切爾的心頭凶狠地鞭打了一下。

雲和收拾齊整，回轉了身，對著他微笑。還是那個水靜風停的程雲和。

切爾哭了。在一瞬間，他突然失控，淚水流淌下來，不自覺地。

他面對這個女人，實心實意地哭。

雲和看見年輕的神父在暗影子裡，一動不動。當意識到他在流淚，她身體裡漾起一陣疼，幾乎讓她支撐不住。與這疼相比，這幾天所承受的，都不值一提。然而，她對他說：沒事了，都過去了。

他沒辦法想像她的苦難，她的若無其事，讓他更痛。切爾心裡出現了一些更洶湧的東西。

切爾終於感到了自己的失態，他在眼睛上使勁擦了一下，對她抱歉，他說自己做為一個神職人員，不應該這樣不堅強。

切爾說，我能幫助你什麼？

雲和想一想，說：神父，告訴我，怎樣為一個孩子贖罪？

切爾說：為他施洗。

雲和抱起床上的小女嬰，說，神父，我能看到你為她施洗麼，明天？

切爾張了張嘴巴，想說什麼。然而，他最後說的是：可以。

洗禮堂。在搖曳的燭光裡，每個人都神情肅穆。切爾手捧玻璃盂，貝理亞垂首，喃喃祈福。貝理亞伸出大拇指，在盂中點了聖水，在嬰孩的額上畫十字聖號。女嬰抖動了一下，突然睜開了眼睛。她號啕起來，一腳蹬在切爾的手肘上，玻璃盂打翻在地。水花四濺。

遠遠觀望的雲和，倏地站起，然後，緩緩地坐了下去。

對於雲和的離去，沒有人感到十分的意外。但是，她帶走了那個女嬰。以後在中國的四年裡，切爾沒有放棄過尋找，最終徒勞。他的鍥而不捨，成為慣性，每當看到婦人懷中有模樣可人的嬰孩，他都會湊過去看個究竟。他的行為突兀，幾乎讓人覺得不可理喻。直到有一天，有人善意地提醒他，已過去了很多時日，這女嬰應該長大了。

## 第七章

# 雅可或著褲的雲

母親想像著六十年前的那個夜晚，自己被包在襁褓裡，帶出了聖約瑟教堂的情形。

一切不幸的根源，都包藏在血管中東奔西突的液體裡，衍生，流傳。

母親想，這女嬰為什麼要活下來。不能夠活下來，如果她不活下來，不幸與罪會戛然而止。母親詛咒著自己，一面在心裡默念：要停止。

母親將輪椅推到了她屋裡，無聲息地看著床上那個氣息勻靜的形狀。

她在黑暗裡安然沉睡，對腹中膨脹的罪惡，毫無知覺。母親看著她，聽著彼此的呼吸交纏在一起。她的泰然，對這個年老的人形成了一種壓力。母親終於不耐了。這時候，擺鐘「噹」的一聲，倏然間地，如痛定思痛的人破釜沉舟的一個決心。母親想，要停止。

她自然不知道母親心中綿長陰伏的過程。只是在睡夢中，她感到下腹部遲頓地一痛。她掙扎，睜開眼，以為在夢魘中醒來。她看到母親的生鐵熨斗正沉重地沿著身體鼓脹的輪廓滑落。同時，有些液體在體下洶湧地流動，銳痛也猝不及防地來了。她扭過了頭，驚恐地看見母親。

母親抽動著左邊的臉，在撥打急救電話。

母親說，忍著，就快好了。

一個早產的女性胎兒，與她脫離。她感覺自己並沒有預想中那麼絕望。母親對著甦醒的女兒，說：記住，我救了你。

她虛弱地看了母親一眼，說，我記住了。

現在，她坐在他床邊，跟他說這些，輕聲慢語。眼神游離著，內裡一種堅執的光，還是對他造成了打擊。這些，對她而言，日積月累地纏繞脹大成一個繭，硬化為了一只核。這核帶著銳利的角，腐敗的味被她誕出來。他說服著自己，說是不怕為她分擔。然而，這些事情，如尖利的矛，已然將他單純稀薄的閱歷刺得千瘡百孔。他知道自己有些不鎮定。

他們在清晨的陽光裡，緊緊抓住彼此的手，都覺出了對方的用力。他們無法分辨，他們之間，誰更需要誰。

以後，她沒有再對他提起那個美國男人。

意外的是，他的同房馬汀會來醫院探望。馬汀一如既往地快樂，進來的時候，做一個鬼臉。很用力，擠得臉上酒刺紅脹，好似一顆大草莓。馬汀摸摸他的頭，說，戰士，你如今在留學生部紅得發紫。女孩子說起你的時候調兒都變了。你聽著，傑西卡說，哦，上帝，那個勇敢的人，他還好嗎？這胖大的男人，捏起嗓子學起樓下那個害羞的冰島小姑娘，聲音顫抖，活像一隻求偶未遂的知更鳥。他禁不住哈哈大笑：別糟踐人了，老流氓。

她就是這個時候出去的，提著熱水瓶。馬汀回轉了身，目光筆直地盯著她，說，身材不錯。小子，聽著，我也喜歡冷若冰霜的妞，因為她們在床上很熱。

他其實看出她有些不快。馬汀的沒心沒肺的確惹人惱。

他沉默了一陣兒，不知道說什麼。倒是馬汀，跟他提起了巴里安。巴里安現在在拘留所裡，準備引渡回原籍。馬汀似乎有些同情他。馬汀有一點好，評價對事不對人，不太在意成見。這時候，你往往會看到這個痞子發言中成熟的一面，立場客觀且高屋建瓴。

馬汀對這件事又有真知灼見。他說在性的問題上，巴里安的問題在於失去了度。他說，Jeremy，你記著。中國的話裡，這叫「過猶不及」，對女人也是如此。我對你說過，中國女人是難纏的。

他想一想，終於向馬汀問起難纏的中國女人，李博士。

馬汀猶豫了一下，對他說，她自殺了。

他心裡一緊。雖然，他覺得自己對此不應該太意外，但是，心裡還是緊了一下。

馬汀說，她留了一封遺書，從北大樓的天台上跳下來，落到了樓下的紫藤架上。感謝上帝，沒有摔死，現在還在搶救。

李博士成為他與馬汀這次對話的休止符。馬汀起身告辭，說，等你回來，就會知道了。

他回來，被意想不到的東西包裹了。這東西叫做榮譽。校方與學院各自為他開了一次表彰大會。如果不是他的中文還不夠靈光，「大學生聯會」甚至要為他在各高校安排一次巡迴演講。外面各種採訪更是絡繹不絕。他雖然是個隨和的人，也覺得自己成為了一隻提線木偶，要做的事情，只是抖擻精神，在該笑的時候笑一下。或者，將自己的事跡，如果可以稱之為「事跡」的話，像背書一樣，有口無心地說上幾遍。誤差率盡量小於百分之一。在這個形式主義昌盛的國家，得到虛榮，不是一件困難的事情。然而，維持這份虛榮，需要毅力和耐心。

在他終於失去耐心的時候，校方放他回去上課了。他滿心輕鬆地回到課堂上，這是出事以來他上的第一堂中文課。當看到一個中年男人拎著講義夾走進課堂，他才倏然想起，李博士不在了。

平心而論，這男人的課比李博士上得更有趣些。李博士畢竟是一個女人，在見識上有著女人的信馬由韁與武斷。這男老師則是一種類似於卡片抽屜的類型，知識體系完善而有序。面對好奇的學生，很少會有應答不暇的時候。

他在這天的傍晚，打通了李博士家的電話。是家裡的保母接的，對他說，阿姨在醫院裡，叔叔也在。他問起醫院的地址，保母猶豫了一下，告訴了他。

他推開病房的時候，看見了李博士的丈夫。男人形容蒼老，已無法令他聯想起那次聚會裡為他們忙前忙後的、嚴肅卻風度親和的中國官員。這男人抬起頭看著他，眼神渙散，手緊緊握著的，是床上那人的手。

床上的人。他走近去，驚奇這閉了雙眼的女人，依然美麗。因為面目平和，沒有焦慮，皮膚舒展出了細膩的光暈。身體上插滿了各種輸液管，有液體安靜地流動，猶如灌木的根鬚，滋生蔓延，生機無限。受難，已經在臉上了無痕跡。這女人，此時存活得純粹而簡單，幻為一株雌性的植物。

男人看著他，眼光渾濁，說，她不會再醒過來了。

他不知如何安慰男人。對於這年長的同性，他還是個孩子。他的早熟與男人的脆弱，將他們心理的落差抹平。他在這男人的眼睛裡，看到了豐厚的閱歷之外，一些血淋淋的東西。這東西在和平的背景之下是美好的，但是此時凶險得驚心動魄。

這東西叫做「愛」。

婊子養的黑鬼，真想宰了他。男人說過這句話，將手裡的那隻手握得更緊了一些。

他這才注意到，李博士的另一隻袖管，是空蕩蕩的。她在奮身一躍的時候，跌斷了胳膊。他走過去，將綹成一團的袖子捋齊、展開，像是撫平一片發皺的葉子。

他回到公寓，看見她在等他。

馬汀不在。她倚在床上，在翻看一本紅封皮的英文書。他其實很少看見她如此散漫的姿態。有一種風情流溢出來，似乎原本是不屬於她的，但此時與她的身體水乳交融，讓他動心。

他坐下來，吻她的頭髮，髮絲撩得他癢酥酥的。她忽然坐起，合上手裡的書，是*Rape of Nanjing*，擺在他的書架上，已有半年。這本書，他沒仔細看過。開學的時候，學校發給留學生人手一冊。其實，他在中學時候，就知道這本書與這個鬥士一般的華人女作家。然而，這是本紅顏色的書。在內心裡，他其實有些懼怕紅色的東西。紅色，太激烈，不計後果。

他寧願這本書是黑色的。他願意相信，其中的文字是對這城市的傷痛，冷靜的沉澱。這座城市溫潤的表皮下，其實積聚著一些恨，積聚的方式叫做反省。對於博大而狂熱的東西，他向來心生畏懼。譬如戰爭，無論成敗，過程都讓人意志消磨，內裡是黯然的恐怖。他想，戰爭是一種蠱，永遠無法真正結束。這本書，與另外一些書一樣，在他看來，都是遍體鱗傷的爬行者在與歷史的磨礪糾纏中落下的腐肉，殘忍得觸目。

她並不知道他在想什麼，她將這本書塞進包裡，說，借給我看。

這天晚上，他見到雅可，在倉庫裡。

秦淮河畔有個紡織品廠遺棄的倉庫，改建成了小劇場，演出著面目全非的奧尼爾劇作。她又一次帶他來了陌生的地方。的確，她的信馬由韁，時常讓他感到困惑。空闊的天花板上垂下的幃幕，盤旋錯綜的管道，連同鏽跡斑斑的消防栓。每一處細節，似乎都在新與舊之間舉棋不定。這是他最初接觸到中國的小劇場話劇。他坐在觀眾席上，感受著一種令他困惑的力量。這力量並非來自藝術，而是因為在散漫無序中迸發出的熱度。其實是鬧劇，後來他回憶起，他又的確是被鬧劇式的表演深深感動了。

這更像是一種致敬遊戲，五分鐘，走馬燈一樣的。似乎匆匆梳理了奧尼爾的戲劇人生。每部劇作只演五分鐘。錯亂的情節與對話，也在五分鐘後戛然而止。

《大神布朗》。

幕啟的時候，他看到台上多了一把椅子。只開了一盞頂燈，昏暗得很。椅子下方一團似是而非的白。白色開始微弱地蠕動，是一個人。那人緩緩地站起，辨不清相貌，因為戴了一副面具。當燈光亮起一些的時候，他看出了那面具的粗陋。演員沉默著，只一瞬，猛然晃動了自己的身體，像是被人劇烈地推搡。陳舊的白袍鋪張開來，掀起了小小的氣流。身後垂掛著骯髒的酒紅色的絲絨，輕微地抖動。

突然，這人迅速地跳到椅子上，攤開手掌，向著剛才站著的地方，發出極其宏亮而清晰的聲音：

他幾乎被嚇了一跳。短暫的停歇後，這嘹亮的聲音倏然激動得失去自制：布朗愛的不是她，是污辱是一種信仰，為了保全自己，魔鬼也得有信仰。可是，布朗先生，偉大的布朗沒有信仰。

我。因為我才能掌握得到愛情的力量。因為我就是愛情。

他終於明白，這台上有一個被省略的緘默角色，和這演員演著對手戲。他當時還未讀過奧尼爾，他不知道，這個人就是布朗。

他只是有些感興趣了。

然而這時候，台上的人卻高舉了拳頭，大聲疾呼：什麼也沒有了，就剩下人的最後這個姿態。憑著這個姿態，他贏了。

在歇斯底里的笑聲中，幕落。

他並不知道這齣戲表達了什麼，因為過於錯落與簡潔。只是，其中有種滑稽的傷感，讓他體會到了一種打擊。在接下來的時間裡，他一直在想這副面具底下，是怎樣的一張臉。

她告訴他演員的名字，馮雅可。

在回來的路上，她說，這個小劇場在城市裡有著奇特的聲名。它的創辦人是「八九」後被革職的一個教授。教授後來下海從商，用撈來的第一桶金買下了這個倉庫，演他自己想看的東西。這個劇場有著民間和民主的樸素面目，只有在這座城市裡，才可以斂聲屏氣地生存。教授又被稱為「教父」。「教父」用另一些錢養了年輕的無業遊民，是劇場的演員。他突然問她，雅可也是嗎？她說，雅可不是，雅可只是玩票而已。她看他一眼又說，雅可曾是這些人中間演技最差勁的一個，排梅特林克《群盲》，有一場要親嘴的戲，雅可沒碰著人家自己先發起抖來。她本不是雅可要親的人。為了克服他的心理障礙，挺身而出，把初吻獻出去了。

她說得雲淡風清，好像在談論一隻小狗。

這時候，他隱隱已有感覺。在這城市的盛大氣象裡，存有一種沒落而綿延的東西。這東西的灰黯與悠長漸漸伸出了觸角，沿著城池的最邊緣的角落，靜靜地生長，繁衍。或許，是見不到光的，並非因為懼怕。而是，為了保持安穩的局面。因為，一旦與光狹路相逢，這觸鬚便會熱烈地生長，變得崢嶸與凶猛。

實際上這種退避三舍，恰是對這城市容納姿態的某種迎合與感恩，是存處之道。這是他無法想像的。他依稀記得，父親曾拿給他看的一部故事集，題目很宏大，叫做*Tales of the World*，背景其實是千多年前的古中國。這書中強調了一種精神，叫做Cultivated Tolerance。裡面有作派奇異的人物，貴族與平民，在這些故事裡，他們的怪誕具有了某種表演的性質。他難以理解，為何關乎隱忍。他們被寬容與驕縱，甚至獲取了他人的喜愛，被稱為賢者與名士。他們的表演是不合時宜的，且不夠含蓄，有著等待謝幕的急切與隨意。

小劇場讓他感到似曾相識，當雅可在舞台上出現，這種感覺漸漸濃烈，接著又有了不安。大約形成了一種威脅。他是太現實的人，而這有些破落的舞台告訴他，現實的意義只在於隨時被瓦解。他感到，雅可或許是不同的。多年後，甚至在雅可離開之後，他才明白，這「不同」，是這城市肌膚上烙印一樣的東西，平日蟄伏於厚實的表皮之下，只有淺淺的痕。然而，一旦遭遇烈火，便無所遁形。深一些，再深一些，顯出了瘀血一樣的底色。

再看到雅可時，是兩個星期之後。

在漢口西路上的「貓空」茶吧。

他和她面對面坐著，他看著她。陽光被玻璃窗濾過，溫暖得像些絨毛，拂過他們身上。他覺得心裡有些適意的酥癢。

這時候，他看到她的眼睛亮一亮。她說，雅可。

他轉過身，看見一個瘦長的青年，遠遠地走過來。青年留著齊頸的長髮，髮梢散漫地窩在海藍色的套頭毛衣裡。青年的聲音渾厚，說：真巧。

然而，他卻些微地失望了。沒了妝的雅可長著一張平淡的臉。輪廓優柔，五官寫意，好像被稀釋後的墨水輕描在宣紙上，模糊地洇開來。

她一改平日的矜持，變得有些絮叨，對著雅可噓寒問暖。

雅可指指手裡的提包，說，我來交貨。

她默許地點了頭，看著青年遠遠地走開。

雅可再出現的時候，手裡是一個托盤。

托盤裡是兩杯茶。

雅可將茶擺在他們面前，彈了彈杯子，發出悅耳的脆響。雅可對他笑一笑，說，這是我的貨。

她捧起那只杯，眼裡是別樣的驚喜，對他說：這裡的杯子都是雅可手工做的。

然而，這杯與他剛才用過的琉璃杯子，有著很大的不同，因為沒有了流麗的線條。初看只是燒過一道的陶坯，還有煙火燻燒的痕跡。外面卻上了一層釉。杯身就很清雅了，將粗礪囚禁在裡面，讓你知道這好是怎樣脫胎而來。

這杯子的別致，使他聯想起很多藝術家的處境。他唐突地問：靠做這個，能賺到錢麼？

雅可寬容地對他笑，他卻看出來這寬容是以不屑作底的：要賺錢，何必做這個。

她接過話去，告訴他，X地有座規模很大的影視基地——水滸城。裡頭的陶俑，十有八九是雅可在陶藝系的一班同學做的。是他們教授接的活兒。那是賺錢的，一隻俑，手工費是兩萬塊。

他知道雅可是沒有做了，然而又不甘心，說，也算是藝術吧，商業藝術。

雅可笑：泥水匠的活兒罷了。

雅可的話很少。

晚上，她在櫥櫃裡翻找，舉著一件裁剪空闊的麻布衣服，迎著光線，看得出是粗針大線。

她說，那一年，在藝術學院的陶藝雙年展上，她看到了這件衣服，掛在角落裡，如同破敗的一面旗。而做為展品的，是衣服上綴飾的碩大鈕扣，白陶製成，上面鐫著纍纍的魚骨。

她駐足很久，為這些不合時宜的扣子。

後面有男聲出現：這是賣的。

她沒有回頭，問價錢。

男人說，一千。

她轉過身去，發現聲音沉實的男人，其實是個男孩，長相優柔。

男孩用溫柔渾厚的聲音說，值這個錢。這種扣子，世上只有七粒，限量版。

她要離開。

男孩輕輕拉住了她的袖子：我需要這些錢，我要去買粉。

說得不疾不徐。她驚異地看這張臉，無辜，誠懇。

這件衣服，以五百塊成交，他們預支了彼此的友誼。

後來她知道雅可騙了她。雅可一個人去了錫山，挖來大包黏土，燒成不計其數的半陶扣子。自製模具，印上了纍纍魚骨。

雅可說，我是假作真時真亦假。

雅可的媽媽是老一輩的文藝青年，因為迷戀一個更老也更文藝的俄國詩人——馬雅可夫斯基。於是給兒子取名雅可。

雅可說，我是個單相思加意淫的產物。

然而關於雅可的身世，她深信不疑。並非因為悲情，而是慘淡得荒誕。基本上，這是個關於拋棄的俗套故事，或者，是數個。雅可說，我是個遺腹子。事實上，雅可的父親在他媽媽懷孕時去了南美，沒有再回來。不知所終。雅可說根據民法通則第二十三條：公民下落不明滿四年，利害關係人可以向人民法院申請宣告死亡。人間蒸發二十年，死了五次了。

雅可說，所以，我是個遺腹子。

雅可的媽媽在他十八歲的時候，對雅可說，兒子，我要為自己活一回。

理論上，為了追尋馬雅可夫斯基，這個浪漫主義者用了最現實主義的手段，與一個在俄羅斯倒賣服裝的東北佬結了婚，去了莫斯科，沒有再露面。

雅可說，你看，我墮落，社會都原諒。

這麼說，有點兒想當然。雅可第一次吸粉被人告發。學院沒有原諒，順理成章地開除了他。

這是半年以後了，發生了一些事情，成為他性質未卜的記憶。這些記憶是個開始，他們與雅可，不知誰更依賴誰。當彼此發現了這種依賴，都暗暗吃驚。事實上，雅可是他接觸到的第一個道地的南京男孩。在這個雄性的集合裡，雅可的性情卻又集大成。這是一種危險。南京的男孩，多少都有些不肯定。這並非指不合世俗或冥頑，僅是眼神，便不如女性來得篤定和確鑿。這種狀況，會延續到他們成年，無以擺脫。尋覓六朝的煙影，要在南京男人的眼睛裡找，不是女人。他記得第一次看到雅可的眼神，似曾相識，後來想起，是李博士無望的先生在病床前向他沒著沒落的一瞥。

無論如何，他迎來在中國度過的第一個夏季，在南京。

這城市做為長江沿岸著名的三大火爐之一，十分稱職。每每到了七月，南京人都對即將到來的酷暑抱有敬畏的心理。所謂吳牛喘月，大概也不及於此。南京的地勢奇特，紫金山脈三面環抱，形成了簸箕狀的結構。柔和濕潤的海洋性氣候無可奈何，不得其門而入。這便也罷了，在這樣的封閉地形裡，長江裡的水分不屈不撓地蒸發了，散逸到全城的空氣裡頭，和空氣交融成了黏滯的熱流。這樣，南京城就成了一個大籠屜。人好像籠屜裡的包子，熱騰騰地被蒸熟。這個比方不雅，卻是事實。就是這樣炎熱的天氣，鞭策著人的新陳代謝，催生了一些熟男熟女，也催生了性與欲望。老輩人有一種說法，如果頭年夏天是大暑年，第二年的春天南京城的生育率就特別地高。然而，這時節降生的孩子，往往素質並不好，身體孱弱得像秋貓子。他們父母的燕好，是被酷暑天折騰得心神無主，隨意為之，多半不是養精蓄銳的果實。

這年南京夏天的炎熱，發生在他身上的作用，竟是讓他有些思鄉。離開格拉斯哥近一年，似乎沒怎麼想念。甚至聖誕節，他都沒有回去，連自己也有些過意不去。但是這個夏天，他腳踩著被陽光融化了的柏油馬路，牛津鞋底在黏膩的路面上發出叭答叭答的聲響。而眼前氤氳的熱汽，將遠處的景物擊打得沉浮不定。汗也不是淋漓地流下來，而是一點點艱難地向外滲透，無法痛痛快快。他嘆了一口氣，終於想起蘇格蘭夏天那些或晴或陰的，氣溫絕少超過三十攝氏度的日子。如果天氣明朗，他父親帶著他去謝麗阿姨農場後面的高爾夫球場去打球。高球起源蘇格蘭，幾乎男女老少都能打上幾桿。他不太感興趣，感興趣的是一望無際的球場，綠色的草地。他習慣的夏天，該是綠色的。而眼下的顏色，卻是水淋淋的灰黃。下了一場雨，將地表的熱量升騰起來，其實是抱薪救火。整個南京城裡，這時候濕熱得莫名。

他因為要完成一個給外籍學生的文化功課，老師布置去當地的博物館。她有事要忙，動員了雅可陪他。雅可說，好，正好去看望那些個瓶瓶罐罐。

博物館很偏僻，他們花了不少時間在路上。兩個人沒什麼話，倒是計程車司機囉囉嗦嗦。說這鬼天氣，人都窩著不想出來，出車兜了半天，沒生意做。沒生意做就算了，還在後宰門被個省電視台的記者截下來採訪，說是做改革開放二十週年的專題。記者問，覺得生活比二十年前有沒什麼變化。他就說，有是有的，二十年前的三大件，叫三輪轉，是手錶、縫紉機、自行車。當年積攢工業券，就為了一塊像樣的梅花表，到底三樣都置辦齊了。現在呢，又有了新三大件，叫「三子」，車子、房子和票子，自己只占一樣，車子，還是公家的，想想都是傷心事。然後一路又分析起中國「菜籃子工程」的利與弊。到末了付車錢，司機攥著一把找零，緊著回頭對他說，聽說中國要申辦奧運，不知道成不成。成了就好了，外國人都來了，就有生意做了。小兄弟，你說是不是？

他點點頭，心裡有些高興。這個道地的老南京，看不出自己是個「外國人」了。

博物館的大門，其實有些敗落。用亂得沒有規矩的石頭堆砌的院牆，像是朝夕間信手搭起來。牆頭長著幾叢狗尾巴草。敗落之餘，有些煙火氣，和周遭的環境搭了調。牆裡面卻是宏大的，甚至堂皇，又讓人意外。有一個寬闊的廣場，豎著兩支華表。廣場中央是青銅的雕塑，站在高聳的花崗岩底座上，他心裡驚了一下，這是一隻神化的獸，像是長著翅膀的獅子，卻生了一顆龍的頭。這獸的表情是大型動物的雍容自持，不怒而威。

雅可也不催他，只管自己望著天。他問這獸的來歷，雅可說，這叫「辟邪」，是南京的Logo，城徽上就有。他就問雅可，這獸有什麼本事？雅可說，叫辟邪，自然是懲惡揚善。他覺得這個答案很籠統，就問有無其他，雅可就說，還有，它很貪吃，是個大胃王，而且只吃不拉。

他皺一皺眉，覺得雅可的話褻瀆。雅可自顧自地走去買門票了。

館裡的冷氣開得很足，陳列也頗為亮敞。他依照老師的吩咐找到那幾個藏品，作了紀錄。這裡的東西，明清的居多，所以在樣式上大半有些爭奇鬥豔。鬥彩的八吉祥紋大盤、綠釉粉彩雙風穿花瓶，更是斑斕得讓人眼花撩亂。平心而論，看過大英博物館的東方館，再看其他，也都是曾經滄海。何況，他還有許多的中國字不認識，這裡的英文說明，又有些似是而非，瀏覽下來，未免缺乏耐心。在陶器館裡，他看到雅可。雅可屈著膝，眼睛盯著一只陶器，在拍紙簿上塗畫。見他過來，雅可抬頭看一看，說，這裡的瓶瓶罐罐，我閉上眼睛也畫得出它們的五臟六腑，可就是仿不好。不是火候，也不是原料的問題。我仿過一只加砂陶，成分用了電子配比，做出來人人都說像，可我就是覺得不像。後來我有點明白了，你看這個紅陶的垂弧紋背壺，是大汶口後期的東西，你正面對著它，對，就是這裡，看它的曲線，是不是像個女人，可是你站在我這個角度，線條突然就硬了，就變成了男的了。這就是我做不好的原因，這個壺是隨意做出來的，仿不好的就是這個「隨意」。可隨意，才是性感的。

他第一次聽到雅可說這樣多的話，幾乎到了滔滔不絕的地步。他產生了興味，雅可卻戛然而止，將手插在牛仔褲口袋裡，晃晃當當地走開了。

從博物院裡出來，已經是黃昏。雅可仍然不言語，和他一前一後地走，走到街口的地方，亮起了紅燈。雅可沒事人似地，昂然地穿了馬路過去。他站在斑馬線的這一頭，越過車水馬龍，看見雅可在街對面的小賣部買了一包菸，點著了，斜斜地叼在嘴上，等他。

因為白天漸長，太陽在老城頭上欲走還留。光焰不怎麼濃烈了。天還是熱，卻也比正午時候熱得爽氣些。他卻是流了一頭一臉的汗，頭髮打成了綹，貼在額上，有些狼狽相。雅可一逕向他們來時相反的方向走，他問去哪裡。雅可撣了撣菸灰，回一下頭，說，避暑山莊。

這樣走了十分鐘，他們在一個巨大的城門前停下來。

他猶疑地抬起頭，看見青灰的石梁上鐫著幾個通紅的大字：「中華門」。

他不知道，這掩在茂密藤蘿裡的，是中國最大的古城堡，連接太祖朱元璋「高築牆」的十三城門中至雄至偉的一個，三道甕城由四道拱門貫通。「甕城」，聽來叵測的名字，是「甕中捉鱉」的意思。幾道門內原有上下啟動的千斤閘和雙扇木門，藏兵洞二十七個，可藏三千精兵。兩側各有坡道，供策馬登城。若遇強攻，誘敵入城，關起各道城門，便可將敵軍截為三段，分而殲之。冷兵器時代的大手筆，三七年卻洞開在日本人的砲火裡，殘了。如今是荒煙蔓草，斷垣亂石。

這城堡就這麼一直荒著，沒人理會。雅可倒是輕車熟路，拾階上下，一路輾轉，像是回了家。

他們走進甕城，走進冰涼的藏兵洞。洞很大，說話，彼此的聲音空曠得發悸。頭頂的青磚沁著水。一滴落下來，掉進他頸子裡，他打了個寒戰。早些年南京沒有空調，酷暑難當。夜半時分，若走在街巷裡，到處看得見迎著穿堂風一路擺開的竹床，床上是半裸的或老或少的肉體。也有愛體面的老南京們，是不惜遠的，捲了蓆子來到藏兵洞裡納涼。這幾年人去了，這洞又寂寞下來了。

他的手，在長著青苔的牆上爬行。牆是經年的濕，仍是布滿斑駁的風化痕跡。雅可突然開口，問他記不記得在博物館裡，那支汝窯的瓷瓶。雅可說，我就是那支瓶。你注意到那支瓶上的裂痕了麼，瓶口開端，淺淺地曲折地一路走下來。可是它還是完整的。我就是那支瓶。

腳下石板的縫隙，有寒意流瀉出來。

借著昏暗的光，雅可將一些白色的粉末填在菸捲裡。

瞬間，雅可手裡燃起幽藍的火焰。雅可點起一支菸，菸的味道清凜苦澀。他知道，菸裡攙了什麼。

菸忽然滅了。雅可說，走吧，這裡氧氣太薄了。

走出去的時候，他垂著頭，雅可認真地看看他，嘴角翹了一下，說，我知道你的事情，你倒不像個英雄。他抬起臉，等著一個解釋。雅可將那包菸塞在他手裡。大紅的菸殼上，是一頭燙金的「辟邪」圖案。

陽光終於黯淡，整個城堡籠在昏黃的光裡頭。他看雅可也是昏黃的。四周的景也是昏黃的。城下，一條昏黃的河流自西向東地流過去。這是他來南京的第一日，特意去看的——秦淮河。只是，此情此境，他已全然認不出了。

他接到她電話的時候，是午夜兩點。

她的沉默後面，是極力克制的呼吸聲，真正平靜下來了，他聽到她說，生意完了。

垃圾山龐大的不祥的影子裡，是覆著石棉瓦的庫房。待他趕到的時候，門已經被卸了下來，斜斜倚在一堆混亂的桌椅上。而窗戶上打了封條。庫房像是笨重的盲障人，無聲無語地矗著。空氣中還是淡淡的腐敗味道。她一個人站在門口，在冷冷的燈光盡頭，影子拖得很長。

看見他，她返身走進去。裡面是一片狼藉了，洗劫過似的。撞球檯還在，在空闊的房子裡頭，越發大而無當。她靠過來，拎起一支球桿，撫摸了一下，又一下。突然間發了狠，凶猛地抽打在球檯的邊緣上。球桿斷了，一端飛出去，從牆上彈到地面，擊起一陣煙塵。沒著沒落地蹦了幾蹦，滾落在他腳邊。

他過去抱住她肩膀。

沒有任何徵兆地，警方在夜裡一點突襲了這個賭博窩點，大獲全勝。次日的報紙花了一個版面報導，用誇張的語氣稱之為「南京的拉斯維加」，涉案者多達兩百多人，沒收了近三十萬的賭資。在九〇年代中的那個年頭，在這個「黃、賭、毒」如過街老鼠的文明城市，這的確是一樁駭人聽聞的事件。她哥哥做為撞球室的法人，進了局子。因為一切發生得突然，於是有了一些傳聞。說是業內的火拼，又有說是沒有打點好秦淮一帶的地頭蛇所以被暗算。終於又有官方的版本流傳出來，說是來自一個好市民的舉報。

他看到她又拿出那張照片端詳良久。

她發現他在看，非常快地將照片夾回書頁裡。

然而，他還是看到了藏在一堆頭髮裡的陰晦的眼睛。

他終於問，是他？

她眼睛暗了一下，突然抬起灼灼地看他。許久後，她說，和我出去一趟。

還是那個小學校，她的步伐似乎遲緩下來。教堂改建的食堂，矗在眼前了。正是午飯的時候，有些老師大概是吃完了，走出來，從他們身邊經過。一個臉上帶著怨艾的顏色，說，簡直是豬食，不是心疼這些飯菜票，寧願頓頓去吃「麥當勞」。說這話的是個時髦的女老師，和這小學校是格格不入的樣子。另一個老師就說，小蔡，你要是看不過，倒不如去和校長說，也算是為民請願。叫小蔡的就撣一撣靴子，說，我才不冒傻氣去做壞人。這新來的師傅，米飯煮得像金剛砂，祇怕是校長的親戚，要不早被炒魷魚了。

食堂裡其實沒什麼人了。她依然是走到小窗格，看到一個女師傅在洗鍋，動作粗魯，刮得鍋底呼哧呼哧地響。手邊散亂地摞著些碗碟。她抬起手，小心地敲一敲玻璃。女師傅斜過眼睛，瞥她一眼，不耐煩地說，都幾點了還來。賣光了，想吃自己回家做去。嫌三道四，就給這幾個錢，我怕也做不長。

她倒有些怯，說，師傅，我不是來打飯的。我來找個人，陳師傅在嗎？

女人手停住了，胖大的身形也橫過來。問她，陳師傅，陳國忠師傅？

她點一點頭。

女人說：走了，回老家去了。

女人不理會她意外的神色，說，走了，回去享清福，輕省了，留下個爛攤子我接手。

旁邊一個做白案的小師傅聽不下去，鄧姨，做人憑良心，人家陳師傅留下的可不是爛攤子……

女人終於又有些忿忿地，說，就給我這幾個錢，也只配招呼這麼個爛攤子，祇怕我也做不長……這一老一少鬥著嘴，正讓他們茫茫然。女人打住，掃她一眼，問，那誰，你是陳師傅什麼人？她回過神說，姪女。

女人口裡重複，姪女……突然想起什麼，說，你等一下。說完，用圍裙狠狠擦一擦手，就往後廚的耳房走過去。出來的時候，師傅手上舉著一張紙條，是香菸殼上撕下來的。她接過來，看上面寫著六合的一個地址。

女人說，陳師傅臨走交代給我，說是他南京家裡的人來，就把這個地址給他。你們也是奇怪，他走了竟然不知道。

正說著，女人突然嗅一嗅鼻子，喊起來，糊了糊了，跟你說過多少遍，多放點水，多放水。說完心急火燎地朝灶台走過去，掀開鍋蓋，「嘩啦」就是一大勺。小師傅探一探頭，說，你上次說的是發麵饅頭，這是蒸餃……

女師傅聽著就炸了，直起喉嚨，開始問候這青年人的祖宗八代。他們愣愣地對看一眼，逃出來了。

第二日，他們在長途汽車上顛顛簸簸。上了長江大橋，他透過車窗，看見橋下氾濫的渾黃的水，有些眼暈，也有些傷感。江上走過幾隻運貨的汽船，捲起了渾濁的浪花。「突突突」地響，是發動機的聲音。不是船的，是一輛疾馳的大卡車。車廂裡載著一群鵝，幾頭豬，互相不耐地擠壓著，跟著卡車的行進晃晃當當。有的拚命從車斗的網眼中伸出腦袋，眼光瑟縮地向四周看一看，有一瞬間，幾乎與他的目光撞上。

車走了一路，她睡了一路，靠在他的肩膀上。她懷裡抱著一個紙包，包裡裝著幾條香菸，一條

「中華」，一條紅「南京」。另一條菸，她帶了他穿了很多街巷才買到，是個不時髦但是好聽的牌子，「雨花」。

待他們走進這個叫「程橋」的江北小鎮，是下午時分，太陽已偏西。這鎮眼見是小而秀的。樹木蔥蘢，四面環著水，在斜陽裡頭漾起一波波的金色。他們站在水邊，雖然有心事，因為眼前的景，卻在對方的眉目間看到些歡樂的意思。

一群麻鴨游近了，簇擁著他們。遠處有一隻漁舟蕩過來，靠了岸，他們迎上去，問「郭渡」怎麼走。船上的人除了草帽，看上去是個三十來歲的漢子，身形魁梧，臉膛黧黑，眉目倒十分清秀。這人說了一句，又停住，說我就在「郭渡」住，你們等一等，我帶你們過去。

他見她愣住了，盯著漢子，嘴唇動一動，脫口而出：陳少康。

漢子也愣住，細細地辨識這個叫出自己名字的陌生女孩。她撩起頭髮，指著額頭上一道淺淺的疤痕：小康哥，我是囡囡。

只一瞬，漢子的眼裡就寫滿了喜悅：囡囡。

說完也感嘆，囡囡長成大姑娘，哥都不認識了。走走，咱們回家去。

這邊就過來一輛農用車，漢子招呼他們上車。

這個叫小康的漢子，就是忠叔的兒子。他們坐在農用車的後座上。她小了十歲似的，跟他說她還不懂事的時候，小康跟著忠叔來到南京，她如何欺負這個老實八交的青年人。而她在外面野，又如何不慎跌進工地備用的水泥管道裡，磕破了頭，小康又如何不畏艱險將她營救出來。

都是些小事，被她說得像豐功偉績。小康瞇了眼睛，搖一搖頭，一臉「滴水之恩，何足掛齒」的樣子。

她問起忠叔可好。小康輕輕地說，還好。眼光卻有些游移，被他看見。她卻是一逕說，我就說，年紀大了，就不要做了。說著從包裡掏出菸，說，往後抽抽菸，喝喝酒，神仙也沒的比。

小康將車停了，嘴裡輕輕地說，囡囡，這菸，爸抽不得了。

她看著小康嚴肅起來，一時有些慌。小康說，囡囡，待會兒見了我爸，該怎麼樣還怎麼的。日子不多了，也還是得過，要過，就給他好好過。

她手裡的菸掉到地上。小康的聲量低下去，爸得了肺癌，已經是晚期了。

他看到她的臉煞白的，就暗暗握住了她的手。她終於鎮定下來，說，還能撐多久，能治麼。要錢，我們想辦法。

小康搖搖頭，不是錢的事。我把承包的服裝廠盤出去，就是要給爸治病。醫生要我們回家，說治起來，恐怕走得更快。我不甘心，簽字讓他們開了刀。全面擴散了，直接給縫上了。我們只是對爸說，手術成功了，要回家調養。現在每天給他吃中藥，好歹能撐到過年吧。

小康哥……

小康用手給她擦了淚，說，囡囡大姑娘了，不作興這樣，得經事了。

他們走進一幢紅磚小樓，這是小康結婚時蓋的。房裡還貼著大紅的喜字，已經有些褪色。陳設都是新的，這時候卻因為太新而讓這裡的空氣變得有些冷和硬。進了廂房，遠遠地，他們都聽見劇烈失控的咳嗽聲。小康示意他們過去。

在燈底下，忠叔不是年前他們見到的樣子了。原來白皙的臉色，現在是黑黃的。人瘦得很，眼睛卻很亮。見到他們，從床上坐起來，笑著伸開手臂。她走過去，忠叔用手臂環住她，擁抱了一下。忠叔使了使力氣，她卻感受到這擁抱其實是虛弱的。忠叔也抱了抱他，跟著卻對她眨了眨眼睛，說，沒換？

她愣一愣，也跟著笑了。

忠叔就說，我們囡囡是好孩子，不像現在的年輕人。有感情了，哪能說換就換。

她就促狹地看他一眼，說，女子如衣服，他不換我倒是真，有私心的。跟我來和您套近乎。

他就跟著她的話頭，嗯，想吃你打的梅花糕。

忠叔哈哈地笑起來。笑著笑著，卻又咳上了，人也有些氣喘。她趕忙過去拍起忠叔的背，嘴上說，您要趕緊好起來。不然他吃不上梅花糕，就不要我了。

忠叔的咳嗽平息下來，將她拉到床邊坐下，細細地看她：誰會不要我們囡囡，這眉眼，和媽媽當年一模一樣。

說到這裡，兩個人都有些沉默。她有些惶然地回頭看他一眼。他也看到了忠叔嘴角的鮮紅色。

忠叔頓一頓，終於開了口，囡囡，叔都知道，沒有幾天了。

她和他心裡都是一緊。忠叔笑一笑，瘦黑的臉上，一些紋路波動起來，有了一些生氣，說，有些話，我走之前，你不問，我還是要對你說。不然我不放心，你也不甘心。

忠叔披上一件衣服，有些吃力從直起腰。在枕頭邊上翻檢，拿出一張報紙給她。她看到，這一版的頭條，正是關於賭場的事情。

你是聰明的囡，知道是誰做的。「八九」以後，這孩子回不了家，到過我這裡避風頭。後來，他瞞著我去了你們那裡，是他不道地。可是叔知道了裝聾作啞，是我不道地。叔給你賠不是。

忠叔的聲音顫抖了：放過他，不是為了他，是為你們身上的血。

人是難得糊塗，我是糊塗了一輩子。有真糊塗，也有裝糊塗。你爸爸……

話到這裡，這一老一少，都感到了對方的手顫動了一下。忠叔吸一口氣，沒再說下去，輕輕放開她的手，這麼將頭歪向一邊去。

這時候，一個上了年紀的女人走進來，手裡端了一碗中藥。女人是乾淨爽利的樣子，眉宇間卻盛著心事。

忠叔喝了藥，直勾勾地看著女人的背影，說，我這一病，最苦的就是你嬸子。當年帶了小康嫁給我，也沒過過一天好日子。現在老了，老伴老伴，老來作伴，只可惜是作不長了。

後來，她與忠叔又說了一些話。說的是什麼，他並沒有聽懂，只是看著她的神情越發肅穆。在臨走的時候，忠叔捉實了他的手，說，叔看得出，你是個好小夥子，人老實。人要老實，可不能糊塗，才能帶著自己的女人過好日子。

路上的時候，她又翻出那張照片，如同他第一次看見這張照片。她依然用手遮住那半邊臉。在巴士微弱的燈底下，那剩餘的一隻眼睛，方才懶懶地散著光，忽而凝聚，逼視著他。如同曾經的那個長髮男子，逼視著他。

回來的日子，在焦灼與等待中度過。她的哥哥，還在拘留所裡。人人似乎都是等候發落的心情。

他和她去探過一次拘留所。隔著玻璃窗，看到這個面目孱弱的男人，紅腫著眼睛，嘴角有一些新鮮的傷口。這是受到了獄霸的欺侮。她知道這個哥哥，其實是不能夠吃苦的人。多少年來，做妹妹的從未得到過一絲保護。然而這時候，哥哥嘴裡卻還是說了一些安慰的話。這使得她感到有些心痛，覺得這男人還不至於一無是處。於是她說，放心，我會把你弄出來。

這樣的安撫，究竟是脆弱的。聚眾賭博一旦被追究刑事責任，將處以三年以下的徒刑。她對哥哥說，她已經自作主張，將西市的古董店抵押出去，希望足夠繳交罰金。

他們去店裡清點貨物，點來點去，其實都是些不值錢的東西。多少年來，店裡都在做著買空賣空的勾當。這裡其實是賭場的烽火台。她拿出一本名冊給他看，上面記錄著所有的賭客的來往。這個賭場實行的是會員制度，需要嚴謹的入會手續。每一個新人，亦需要一個資深會員的帶入，這與國外的地下俱樂部如出一轍。而一切，都在這個小小的古董店裡完成。會費高昂，會員們因為與賭場有深重的利益糾葛，出賣的事情，是不會做的。他又一次驚訝的是，這些都是她的主意，甚至連做哥哥的都不很清楚其中的運作。她說，誰也信不過，我要給將來留一個底。

這個下午，她都在清點帳目。他回憶起去年秋天，她坐在同樣的位置，翹著手指頭，在計算器上點點戳戳。炎熱是一樣的，那天的陽光澄明，眼下卻是焦躁黯淡。他不覺嘆一口氣。

玻璃櫃檯上此刻擺了琳琅的小物件，都是方才清理出來。他無聊，撿起一個泛著青的緬玉筆筒，透著光看過去，倒是剔透得很。算好了一回數目，她皺一皺眉頭，合上了本子。她看他一眼，告訴他，這玉是假的，古舊的沁色原是做過「熗綠」。見他茫然，她就解釋道，就是鉻鹽水裡浸上一兩日，然後在表面塗上一層樹脂。這一道，又叫「入膠」。他見她內行起來，有些無措。她倒淡淡地笑了：我是沒做過偽造的營生，不過沒吃過豬肉也見過豬跑，在這街上混了，多少是知道一點的。你看，這上頭的細紋，叫做「蠅腳」，只這一條就知是個假。假玉就像有的人一樣，永遠焐不熟。

她幾乎來了興致。又要跟他說如何給銅器作舊，上包漿，做鏽綠。她在東西裡翻檢，找出一枚金屬的掛飾，看一看。他卻認出來，這正是他差點貿然買下的那件假古董。

她只是說，這一件，其實並不知道是什麼來歷。好像是她哥哥從家裡蒐羅來的。

他又將這鳥身的小獸放在手心裡，感受到了牠昂揚的氣勢。莫名其妙的，這小東西對他造成了吸引，與真假無關。

她頭腦裡也泛起了一些回憶，見他看得入神，就說，你留著吧。

入夜了。她與他牽著手，默不作聲地走在太平南路上。她停住步子，將馬尾散開，取下纏頭髮的紅絲線，問他要了掛飾，從脊背上的小孔穿過去。細密地繞過一道，又一道。

也是這時候，這座城市寧靜的省委大院裡。一個很老的老太太腿上蓋著毛毯，坐在陽台上打瞌睡。其實並沒有睡著，因為有些掛心的東西。終於，一個中年人走近來，耳語，趙老，你交代的事辦妥了，他們明天就放人。

老太太森嚴的面相舒展了一下，看一眼遠方，心說，楚楚，我欠你的，又還了一次。

老人在警衛員的攙扶下走回房間去。房內的陳設簡單素樸。牆上的草書中堂，倒是有著奪人的氣勢，上面寫著：「海納百川，有容乃大；壁立千仞，無欲則剛。」

# 第八章

# 布拉吉與中山裝

朱雀，此時安靜地掛在他的頸項上。斑斑銅綠，沒有蒙蔽了獸的眼睛。時光荏苒。這雙眼睛曾和一個小女嬰的利目對視，是許多年前了。

女孩把玩著金色的小雀。這是她不離身的東西，從記事開始就跟著，到這上大學的年紀。於她的性情而言，有著安定心神的作用。

她在等人。遠處走來男人的身影，她便站起來，遙遙地看。看一看，又坐下去，心裡有些抱怨，嘆上一口氣。這年月，全中國的男子都是一個打扮。子丑寅卯，一件中山裝，非藍即灰地在眼前來來往往。加上這些大學男生的臉色總有些暗沉，簡直千人一面了。

等人本是她不耐的事情，偏在她最不耐的時候，身旁「噹噹」地一串響。一個年輕人不住地打著車鈴，一面笑盈盈地看她。

看看都幾點了？女孩沒抬頭，將手裡的書「啪」地拍到自行車龍頭上。

男孩子撿起已經捲了邊的書，搖搖頭，說，這可扔不得。偉大的精神食糧，我們系裡多少師兄弟都張著嘴巴嗷嗷待哺呢。知道嗎，上次的讀書會，你是很出了一回風頭。我當家屬的也跟著沾光。

女孩奪過書，嘴上不買帳，厚臉皮，誰稀罕你做家屬。言而無信，不知其可。

男孩搔一搔頭，說，聽不懂，這就是做了中文系家屬的惡果。兵遇到秀才。好了，別惱了，剛才待在實驗室裡，結果老出不來。全小組的人都在，我不能臨陣脫逃吧。毛主席教導我們：逝者如斯夫，不捨晝夜。

女孩不禁扁扁嘴說，文盲。這是孔子說的。毛主席也是借用。

楚楚……

女孩皺起眉頭，跟你說過多少遍，大庭廣眾的，不要叫我楚楚。好好，程憶楚同志。小生這廂跟你賠禮了。這男孩抬起腿跨下車來，當真一抱拳，向女孩躬起身。你就油嘴滑舌吧。女孩噗哧一聲笑了，才慢慢地站起身，這是和解的表示。陸一緯，你記著，下不為例。

程憶楚坐在自行車後座上，有些乏。想靠在陸一緯的背上，又在乎路上人的眼睛。一緯跟她說句話，她也心不在焉著。

其實，和其他女孩一樣，楚楚心裡隱隱也有虛榮。她清楚，在這大街上，她和男友是讓人賞心悅目的。一緯高大英挺，是撐得起中山裝的身架子。此刻，他以有些高昂的姿態，興沖沖地蹬著自行車。這興沖沖或許是因為戀愛，或許是因為青年人原本的蓬勃，越發將他勾勒得颯爽。

他們其實是去赴一場舞會。於他們而言，這場合又有特別的意義，因為他們正是在學校的舞會上相識。這是這座城市的年輕人中剛剛形成的風尚。即使事業與學習是進步的需要，青年人茶餘飯後的精力總要有地方消耗。這種娛樂也是應運而生。而所謂舞會，其實又是派對式的，不是此時祖國建設要求的全民皆兵。在大學裡頭，先是幾個上海人和僑生起了頭，做了先行者。他們是一個小圈子。一是因為時尚感覺的敏銳，再是因為政治觸覺的遲鈍，這些人敢於先行且不憚成為先烈。而本地學生，卻觀望著，躍躍欲試而不越舞池一步。這兩種人，在舞會中和平共處。一緯是前一種，而楚楚是後一類。

那天，楚楚站在舞會的暗影子裡頭，看著別人舞蹈。看了一會兒，心下暗暗地笑。這舞會，藝高的不多，多半是憑著膽大上陣。所以，對作壁上觀的人，這舞會的觀賞性是喜劇的。大多人拍子不在點兒上。或者是女的踩了男的腳，或者是男的兩隻手不知往哪裡擺，又或者是兩對人不期然地撞上。大家動作都是機械的，幾個會跳的，也都縮手縮腳起來。

中間休息的時候，一緯其實有些沮喪。因為家庭的緣故，跳舞對他原本算不得技能，如同本能。而這時僵硬造作的氣氛，簡直讓他沒了呼吸。音樂再響起，他沒有上場，左顧右盼。他就是在這個時候看見楚楚的。

他看見一個陌生的女孩。他不由多看幾眼，並非因這女孩特別美，而是感到女孩與這裡有些隔。隔在哪裡，又說不出。相較一般的南京女孩，她的身量算小，卻不是小鳥依人的樣子。疏淡的眉目裡頭，倒有些深沉的東西，甚至可說是冷峻，也是少見的。這些都讓他有些探索的興味。女孩衣著未見特別，淺藍色的布拉吉，也跟著不同尋常起來。

這時節，滿大街都是穿布拉吉的女孩。蘇聯和中國的友好邦交正似蜜月，口號也是甜蜜的：蘇聯的今天就是我們的明天。具體到工業器材，抽象到詩歌、電影、建築，一切關於蘇聯的舶來品，都帶著熱望和憧憬，被填充進了建國伊始荒涼稀疏的大背景中去。即使滲透於中國人的日常，也都恰如其分得不可思議。援華的蘇聯女專家們也未曾料想，自己會成為了中國的時尚風向標。這種圓領短袖，式樣寬鬆的連衫褶皺裙，正在花樣的少女少婦中如火如荼地流行著。社會主義的國際陣容，終於有了直觀而美的體現。

其實，依楚楚的審美，布拉吉闊大的樣式並不符合東方人的體形。她終於不能免俗地穿上，因為已經母親的手改造過。只是小的改造，揚長避短而已。

一緯當然不懂這些，他只是覺得這衣服因女孩的氣息生動起來了。

楚楚看到這個青年人向自己走過來。她其實早注意到他，不過沒有太好的印象。這青年的裝束帶著某種刻意。頭髮梳得很亮，微微曲捲。同樣是藏青的中山裝，他的卻是毛料，熨得精確妥貼，無非是家境優越的暗示。在楚楚的成見裡，這些是畫蛇添足，令人口味黏膩。不論他講究的衣著，他倒算得是個好看的男人。

青年就這樣對楚楚伸出了手去。楚楚有心毀他的自信，手卻背叛，不忍似地接受了邀請。

接下去他們的表現讓所有人瞠目。意外的包括他們自己。

一緯邁出幾步後覺出了這女孩的不凡。音樂響起來，是〈亞歷山德拉〉。這首歌輕快靈動，美則美妙，無奈變幻多，節奏不好把握。一緯穩妥起見，小心翼翼跳著四步，女孩跟得自如圓潤。驚喜之餘，他有了花樣，加入小幅度的旋轉。女孩依然默契得無可挑剔。兩人對視微笑了一下，這時候響起了副歌部分，他感到女孩的手一使力，牽引了他一下。一緯明明白白地看見女孩腳下錯綜起來，跳起了狐步。一緯暗暗心驚，知是棋逢對手，不甘示弱地，走起流暢的Feather Step。這時候他們開始引起矚目。音樂換作了〈燈光〉，心領神會，順理成章地跳起探戈。一回首一頓足，一個迴轉，他都感受著她的柔韌與敏銳。因為內裡有挑戰的心，到後來，兩個人在場上竟有些比試的意思。他的毛料中山裝裡微微滲出薄汗，而她藍色的布拉吉也由律動到翻飛。在Staccato的一瞬間靜止，隱隱然間，卻似乎有種殺氣正從她嬌小的身體裡爆發出來。他未及體味，這時候有掌聲響起來了，是喝采。他們這才發現，場上此時只是他們兩個。其他人都自覺做了觀眾。相視一笑，她又恢復了安靜自制的模樣。當她流露去意的時候，他卻又對她伸出了手。她猶豫了一下，將手放在他肩膀上了。這一曲是舒緩的

〈在烏克蘭遼闊的原野上〉，他們跳著慢三，都覺出惺惺相惜之間，氣氛有些纏綿了。他笑盈盈地看她。她回他一個笑。

此時，一緯心裡有莫名的幸福感，但也覺出這女孩的舞姿裡面，有一種媚惑，似乎是不屬於她的。他的閱歷尚淺，並不知道，這就是所謂的風塵氣。

日後，雲和是很後悔的。自己一個清晰縝密的人，何以會在不恰當的時候，教了楚楚那幾支舞。開始只因母女間的玩笑。廣播裡整天價地放著各種革命歌曲，早飯放的是〈東方紅〉、午飯前〈草原上升起不落的太陽〉、晚飯則是〈瀏陽河〉。循環往復，幾乎有了報時的功用。一日黃昏，雲和從屋外進來，手裡抱著一顆凍白菜，音樂忽而響起，不自覺地和了節奏走上幾步，偏偏就給楚楚瞧見。那一瞬，做女兒的覺得漸入中年的母親，出其不意的曼妙。就纏著她再走幾步。雲和不肯了，聲音近乎有些嚴厲，說這麼小的孩子，腦袋裡都不知道在想些什麼。楚楚就一扁嘴，受了莫大委屈的模樣。這正觸了雲和的軟肋，心裡不忍，說，好了小祖宗，來一次好了。就又走了一回。年輕孩子的欲望，是打開了閘門的洪水。有了一次，跟著後來就是死磨爛纏，一次又一次。每次音樂響起來，楚楚就牽起母親的手，翩翩地要跟著走。這樣幾番下來，雲和乾脆教起來。三步、四步，然後是複雜的倫巴探戈恰恰恰。知無不教，教無不盡。女孩是聰明的，技藝增長得是突飛猛進。又是教學相長。後來，廣播音樂一響，母女倆就搭著夥兒跳，功課一樣，彼此都有些忘形。楚楚開始是很崇拜的，但久了也不禁有些詫異。一個毛紡廠的女工人，竟然還有這樣的本領，這真是人不可以貌相。

然而這時候，楚楚得意之餘，是感謝母親的，自覺爭了一口氣。

一曲終了，有人大喊一緯的名字。他應聲過去，對方無非是些不見鹹淡的恭維話，並暗示他將要抱得美人歸，所以應該請客。一緯敷衍了一番，再回頭找那女孩，竟遍尋不見。彷彿過了十二點鐘的辛德瑞拉，消失得無蹤跡。

一緯有著僑生常有的樸素的戀愛觀，這一點表現於他對一見鍾情的篤信。對祖國如此，對女性亦是。他迅速打聽到了這個女孩是本校中文系同級的學生，叫程憶楚。只這個名字已令人牽掛。以下他便開始研究中國歷史上追求才女的橋段，希望派上用場。無非是借書還書，鴻雁傳書之類，或者安排巧合與邂逅，實在是慎而又重。沒曾想這女孩比他想像得要隨和許多，只是一個紙條，便大方地出來見他。愛情問題上，楚楚有些男子氣概，沒有一般讀太多書的女孩經常的瞻前顧後。對於知識，她亦是經世致用的行動派，所謂革命加愛情。男女之間的繁文縟節，既然必然指向成與不成的終點，又何必拖泥帶水。何況，這男孩天真的派頭，的確令人心動。

他們的交往順利，第一印象是重要的。建立在舞會上的相互欣賞成為感情發展的基石。儘管後來因為一緯理科的背景，在很多時候體現出了對楚楚所長領域的無知。楚楚也只能原諒。因為戀愛中的一緯並不好勝，他明白做為一個草包的好處。這一種單向崇拜的愛情關係，被一緯總結為女才男貌。

一緯為了證明自己不是空具好皮囊，又為了將這崇拜擴大化，欣然在他們物理系組織了一個定期的讀書會。邀請去讀書會上做導讀的，自然是楚楚。楚楚覺出他的「叵測」居心，很有炫耀的嫌疑，也並不點穿。讀書會的氛圍熱烈，竟至在校內小有名氣，有許多外系的同學加入。前陣子，講的是《牛虻》。一緯的頭髮是自然捲，眉目有些深，很有些異邦人的樣子。就有人叫他「牛虻」，居然就叫得系知校聞了。卻沒有人趁熱打鐵給楚楚起個外號叫「瓊瑪」，儘管她自己是擔心了一下。倒不完全因為她是個才女，叫人心生敬畏，而是她有種凜然的神氣，令人造次不得。

他們保留下來的另一項娛樂，自然是舞會。

這一天他們要去的是新街口的工人文化宮。這裡有一個青年人的聯誼舞會，是省團委主辦。一緯因為是僑生代表，所以獲得兩張贈票。換言之，這決定了參加舞會的青年，都非等閒之輩。

還未到文化宮門口，遠遠就聽見裡面響著喧天的鑼鼓，大概又有喜事要歡慶。這些年，全國人民的情緒都高昂著，到處是招展的紅旗，街道掛滿了鼓舞人心的標語。兩個人就看到一隊戴了大紅花的解放軍戰士，正在簇擁下由大門裡往外走。人們揮舞著紙旗，展開的橫幅上寫著，「熱烈慶祝南京軍區四十八師援朝將士勝利歸來」，後面用紅油漆刷著喜不自勝的驚嘆號。隊伍裡，一個年輕戰士拄著拐，臉色紅通通的，抬起胳膊想要振臂一呼，然而剩下的一條腿難以支撐平衡。他不願放棄，一清嗓子，吼出來：解放區的天，是藍藍的天……這一句唱得大家都有些發愣。一緯聽到這裡，自告奮勇，替他起了一個頭：雄赳赳、氣昂昂，跨過鴨綠江……跟著，十個，五十個，一百個聲音呼應上來。整齊、有力、激昂。楚楚的情緒也受到感染，加入進去。兩個人的胸腔裡，都被一種火熱的東西撞擊著。他們唱著，心裡想著，我們真是趕上了好時候。

他們目送了隊伍遠去，這才走進文化宮。文化宮建了沒幾年，是一座樣式質樸的蘇式建築，內裡寬闊明亮。迎著門的是四個金燦燦的大字，劉伯承市長題寫的「工人之家」。四周圍貼著幾幅市裡勞模的大幅照片。他們穿過一道走廊，盡頭是這裡的跳舞廳。遠遠地看見水利學院的一群學生，遙遙地招呼他們。七嘴八舌地喊著「牛虻」。這是幾個本地學生，在南京的方言裡，聲母n、l是分不清的。這諢號聽起來便與「流氓」無異。楚楚隱隱有些不快。一緯卻是樂呵呵地應著，為自己的知名度陶陶然。

程憶楚就是在這次舞會上，第一次看到了那個白俄女人。

這次舞會並沒有給楚楚留下鮮明的回憶。原本因這舞會的規格，她有思想準備，並不是那種民間的性質，所以其實心裡是重視的。但究竟還是意外。這舞廳有著闊大的穹頂，迎面有個圓形的地台，四周垂掛了厚重的紫色的絲絨窗簾。橡木地板新打了蠟，發射著暗沉沉的棕褐的光。這都是新的。依牆散散地擺著黑色的皮沙發是有年頭的，卻又覆蓋了慘白的麻質沙發巾，上面印著「工人文化宮」的字樣。式樣簡潔的白玉蘭吊燈於穹頂開放，在牆壁上打下淨冷旖旎的暈。

楚楚站在這光暈裡，意會到其中低調的奢華，倏然有一種不自然與不自在。一緯卻沒知覺，興高采烈地將她引見給自己的熟人們。一個是僑委會的主任，四十多歲的男人，面相清雋，臉上是那種久經鍛鍊的中規中矩的笑容。簇擁他的一些僑生，也都和一緯熟絡。楚楚發覺，一緯在這些人中間是融洽的，有種奇異的和諧。男孩子們也與他一樣穿著毛料中山裝，留著略略黏膩而規整的髮型，有的戴著格紋的鴨舌帽。而女孩們雖然和她一樣穿著布拉吉，卻在樣貌上有額外的心思，留著齊眉的捲燙過的劉海，又或者別致的樣式稀罕的髮夾，低頭翹首，都有鋒芒閃過。每個人也因此有了個性。他們都是在裝束與審美上有主意的孩子，這又讓楚楚有了奇特的歸屬感。他們臉上都掛著淺淺的友愛的笑，也是讓楚楚喜歡的。

而楚楚也注意到，舞廳遠遠的另一邊，聚攏著一些年輕人，因為著裝自成體系。無論男女，他們都穿著或新或舊寬鬆的軍裝。身形魁梧的，自然有一種奪人的氣質。軍裝始終是陽剛的，女孩子穿著便有些勉強，又沒有腰身，像從父輩那裡借來的衣服。但這些都被神情彌補了，她們臉上的矜持莊嚴，並不該是這個年紀的。楚楚不知所以，一緯便說，這些人大多來自軍區大院，是革幹的孩子，有一些是認識的，但並不算是朋友。其中一個看見一緯，點一點頭，眼神便游移到同伴中間去。一緯說，都不熟，他們不怎麼好玩。

舞會的音樂響起，兩撥人便成了開了局的一盤棋，活起來了。楚楚開初是興奮的，她也看出這棋局令人激賞之處，且進且退間，車馬士卒，都是好身手。彷彿冥冥中有隻運籌帷幄的手，時出妙著。中山裝布拉吉綠軍裝，相映成趣，全是翩然的。論本領，她與一緯，在其中並無特別的出色，只是不得不失而已。幾支音樂過後，她便有些倦，也左顧右盼起來。就是這個時候，和那雙眼睛撞上了。

楚楚發現有人在看她，待捉住那雙眼睛，便有些心驚。這是雙什麼樣的眼睛啊。她想。這樣深陷下去，黑洞一樣，以至目光也是瞬息間便熄滅了。但就是這樣，楚楚還是感到被這目光銳利地敲打了一記。楚楚抖動一下，將一緯的手握得更實了些。

這是個外國女人。楚楚看過去，她卻已經站到舞廳的角落裡。這女人穿著半舊的卡其列寧裝，這時節普通不過的裝束。她偶爾抬起頭，楚楚便看清楚她的五官，是上了年紀的一個人。很白皙，但是臉色晦暗。深目高鼻，嘴角卻已經有了紋路，這使得她整個的面相有些發苦。她的頭髮是那種些微發黃的亞麻色，密實地盤到頭頂上，露出瓷白的頸。此時，這城市並不缺少白種的女人。這樣的形象，令楚楚自然地聯想到蘇聯的女專家，或者活躍在大學理科院系的教授。但是女人在這裡的出現，是有些突兀的。她一直垂著臉，手裡在忙碌著什麼。楚楚分辨出來，她是在擦拭木製的牆裙。擦了一會兒，她便停下來，戴上一副套袖。又遠遠地看著這些跳舞的年輕人，然後又垂下頭去擦，甚至腰也深深彎下去。但有這麼一瞬間，楚楚看見她的手指頭在膝蓋上彈動，彷彿在跟著音樂打拍子。

在這女人拎了水桶出去的時候，門打開了，一縷陽光恰恰照射在她的側臉上，是一個優美而生動的輪廓。那一剎那，楚楚心裡顫動了一下，想這女人年輕的時候，一定是個美人。

楚楚終於抑制不了好奇心，向一緯打聽她。一緯也並不知道，問其他人。一個僑生告訴他們，這個白俄女人叫娜塔莎，是文化宮裡的清潔工人。再問她的來歷，並沒有人答腔，臉上都是難以捉摸的笑。

楚楚回到家，看到母親坐在燈底下，在整理一些票證。母親戴著老花鏡，手中撥拉著算盤，正算計那一毛幾分的流水帳，時不時在個小簿子上寫上幾筆。年前國家開始實行糧食定量供應，這些票證就成了比人民幣金貴的東西。卻也鍛鍊了程雲和做為主婦的新才能。她在錢財不算是精細的人，對局勢缺乏預見，無論國計還是民生。當年用大半的積蓄換了一堆擦屁股都嫌硬的金圓券，成為她個人理財史上的最大敗筆。

看見楚楚進來，雲和站起身，手裡忙著將那花花綠綠的糧票布票們一張張沓齊，壓平，用個牛皮紙信封裝起來，又拿根線繞上幾匝，才放進一個鋁飯盒裡。跟著嘴裡念念叨叨，做飯，做飯。就這樣一路念叨著往廚房走過去。楚楚感到母親這兩年有些見老了，老在神態上，再就是變囉嗦了。以前母親實在是個有主意又言簡意賅的人。雲和在廚房裡不知道自顧自說著什麼，一忽兒又探出頭來，對楚楚說，碗櫥裡涼著一碗綠豆湯。楚楚將湯盛出來，一面喝湯一面倚著門，笑盈盈地看母親。雲和發現了，有些不耐煩地揮揮手，出去出去，煙燻火燎的，出去看書去。

吃過飯，母親照例繡著那塊顏色明麗的新疆毛毯，這是她從街道領來的活兒，貼補家用。掛鐘這時候「噹」地響了一聲，母親抬眼看了看，手卻沒停。楚楚想幫她一起做，雲和就變得很焦躁，說一個讀書人，做這些針頭線腦的算怎麼回事。有時候，雲和會讓楚楚幫她紉一紉針。楚楚很樂意，這讓她覺得自己和母親是真正親密的。而某些時候，卻又覺得並不是這樣。因為她們的親密，似乎並非自然的表達，而是來自於某種奇異的驅動。楚楚甚至記得，在她很小的時候，母親與她交談，會突如其來地鄭重。這時候的母親，帶著令人迷惑的神情，這神情幾乎稱得上是謙恭。

想不通的還有名字。楚楚不滿自己這樣的家庭，本應該十分進步，為什麼要取個小資產階級情調濃重的名字。鄰居衛家的孩子，叫衛向紅和衛向東。而自己哥哥叫國忠，也算是應時的。問起母親，只說是六合老家一個私塾先生給起的。後來她念了大學，讀到李嘉佑一首〈白田西憶楚州使君弟〉，有恍然之感。心下怪那私塾先生是個不思進取只知道掉書袋的老儒生，殃及了自己。而自己姓程哥哥姓陳，據說是跟父母的分別。對於這個姓陳的父親，母親輕描淡寫的很。問起來，說是抗戰的時候給日本人打死了。問是什麼人，母親便說，我們是勞動人民家庭，自然是個勞動人民。又問是做什麼的勞動人民，母親就每每敷衍過去。

鐘又打了幾下，母親終於有些沉不住氣，說，怎麼還不回來。這時候門卻響了，進來一個清瘦的青年。青年進來後拿了一塊毛巾又走出去，就聽見他在院子裡，在自己的衣服上撲撲打打。正是南京的梧桐樹最繁盛的季節，樹上的刺毛滿街紛飛。飛到人眼睛裡，便癢得不行，弄不好會紅腫發炎。就算落在衣服上，也是煩心的。青年又將衣服在院子裡使勁抖一抖，這才重又進了門。楚楚走上去接過他的衣服。雲和起身去熱湯菜，青年攔住她，說，在廠裡吃過了。

雲和說，不是說下午回來的嗎？弄到現在。

青年接過楚楚遞過來的熱毛巾，擦一擦臉，也不說話，只是笑。

楚楚就說，媽，哥這叫覺悟。社會主義建設，要只爭朝夕。

雲和也笑，說，咱們家裡現在有了個文化人，媽就笨嘴拙舌了。國忠你以後可得向著媽。

青年問楚楚，功課好嗎？

楚楚心裡笑，都上了大學，哥哥回家來還是這麼問，還當自己是小丫頭。嘴上卻說，好，好得很。哥，這回有什麼獎勵？

國忠在褲兜裡摸摸索索，摸出來個玩意兒。是對黃銅的髮夾。國忠說，廠裡的人給了幾個子彈殼，沒事的時候銼了銼。

楚楚捧在手裡看，卻看出這是慢功夫熬出來的細緻活。只那上面鑲著小銅牛的花紋，粗眉大眼，憨態可掬。而那牛嘴上又暗藏機關，和那副鼻環聯絡著。按下去，便是髮夾的開口處。哥哥實在是個慧巧的人，只是難為了他的一雙大手。

雲和也拿過來看，點一點頭說，嗯，做得好，正配你妹妹的牛脾氣。

楚楚便說，屬相的事人人躲不過。我就是個牛脾氣，哥哥就是俯首甘為孺子牛。果真是境界不同。

一家三口就都笑起來。哥哥也笑，只是笑得不出聲，連那喜色也是安靜的。

對這個哥哥，楚楚很敬愛。一面又依賴。母親說，因為楚楚讓這哥哥早從娘胎裡出來半個時辰，所以做哥哥的凡事就都要讓著她。

說是龍鳳胎，兩人的長相和脾性的確是大不同的。

有時候，楚楚覺得哥哥比自己更像一個讀書人，大概是因為他的寡言與沉靜。哥哥的書原本讀得就很不錯。但是初中畢業的時候，母親卻讓他去機械廠做了學徒，一面要楚楚繼續讀高中。只說依家裡的情況，男孩子應該多擔待些。就這一點，楚楚是很覺得對不住哥哥。哥哥倒沒半句怨言，捲了鋪蓋就走了。每次回來，照樣疼楚楚疼得緊。考大學那陣兒，哥哥倒回來得更少。廠裡週末加班的人有加餐，經常見哥哥天擦黑的時候急火火地回家來，捧著一只搪瓷茶缸。打開蓋子，還冒著熱汽。裡面或是紅糖芝麻餡的包子，或是食堂師傅手打的梅花糕。楚楚就知道，是哥哥給自己省下來的。哥哥要她趁熱吃，她也要哥哥和她一起吃。哥哥拗不過她的犟脾氣，就淺淺地咬一口，然後瞇起眼睛看著她吃。這些糕餅，在那年月，的確是稀罕的。特別是熱騰騰的梅花糕，上面盤繞著青紅絲。咬一口下去，江米殼子裡頭，是烤得流淌的紅豆沙，甜掉眉毛。哥哥知道楚楚喜歡吃，甚至還去跟食堂的師傅偷師，又自製了一套模具。

楚楚將那髮夾夾在頭髮上，嘴裡一疊聲地問，好看嗎？國忠認真地看一看，鄭重地說，好看。說完又讓她取下來，從工人裝裡找出一把小銼子，將那牛頭接口的地方細細地銼。只說邊兒還有些毛，容易絞了頭髮。

雲和在旁邊看著，突然間也有些辛酸。恍惚間，眼前是二十年前的自己。懷抱了一雙小兒女，跌跌撞撞地走在人頭湧動的揚子江邊上，引著頸子，望江那邊開過來的救命的渡船。她擦一擦眼睛，為了讓自己看得更清晰些。是的，好在，現在他們都長大了。

週一，楚楚和輔導員談了話，接受了一個光榮的任務。楚楚是沉得住氣的人，但這個任務還是讓她心裡有些澎湃。軍代表要回到母校了。

關於這個軍代表，在青年人中間是個很傳奇的人物。出身資產階級，抗戰中毅然背棄了家庭，在四川加入了革命隊伍。以學生身分從事共產黨的地下工作近十年，後來由組織調回延安，見到了多年為她下達任務的杜同志。兩個人結成連理，在革命道路上琴瑟龢同，直至杜同志在抗美援朝戰場上犧牲。

因為報紙的宣傳，趙代表成為一種偶像式的存在，受人仰慕。負責接待工作的學生，自然要求又紅又專。對於自己的入選，楚楚並不覺得僥倖，但在自信之餘免不了還是有些惶恐。在她短暫的少女的閱歷中，這是第一次和所謂的大人物打交道。她竭力使自己成長為一個寵辱不驚的人，然而心中的不踏實，卻是真的。

她告訴母親這些，只是想找個人分擔這種不踏實。雲和聽了，卻淡淡地說，我們楚楚有出息了。說完起身找出件月白色的的確良襯衫，拿出燙斗熨起來。又問楚楚這軍代表哪一天來。楚楚心裡隱隱有些不滿足，覺得這麼大的事，母親未免太過心平氣和。熨完衣服，雲和在裝了票證的飯盒裡翻找了一會兒，取出一沓布票，出了門去。回來的時候，楚楚見母親手中拿了一塊藏青色的薄呢料。楚楚想，突然捨得買這麼好的衣料，不知要派什麼用場。雲和說，還趕得及給你做條裙子，見這樣的人物，我們也要體面些，不能失禮。

遠遠看見校門口懸掛著「熱烈歡迎趙海納同志重返母校」的橫幅。趙代表倏然意識到她離開這裡，已經整整二十年。

還好，都還在。兩旁的法國梧桐又壯大了些，陽光在蔥蘢間投下一些影，讓她想到白駒過隙這個詞。北大樓，大禮堂，也都還在，只是舊了。牆上藤蘿鋪展，依著磚石蜿蜒而上，穿過這些年堅硬的生活，觸動了她心底柔軟的一塊。

塔樓上紅顏色的五角星，閃著熠熠的光，這是新的。

那個驚心動魄的白天，她也記得。以往的女生宿舍樓沒有了，毀於多年前的那場轟炸。現在是一片空曠的草地。那也是舊的了，她想。

當她在簇擁間走進禮堂，一些青年人站在兩排，鼓掌向她致意。她站在台上，接受著校長的讚譽之辭。又在掌聲中，一個女孩走向她，向她獻上一束鮮花。這時候，她愣住了。這個短髮齊耳，穿著月白襯衫的女孩，讓她眼前一陣恍惚。

她鎮定了一下，女孩含笑望著她。沒有錯。二十年前，是二十多年前那個和她穿著淺藍竹布的學生裝，攜手走在寧海路上的女孩；總和她彆彆扭扭卻又不離不棄，那個與她性情南轅北轍最後不知所終的朋友。回來後，她找過她，她聽聞了有關她的各種各樣的傳說，雖然都是同一個黯淡的收場。

她在記憶裡搜尋，在這孩子的五官裡一一落實。是的，是她。然而二十年過去了。不可能，這並不是她。

她忽而又想起了那些傳聞，想起她們分別時的那一幕。她恍然，這一幕在她腦海裡形成一種煎熬。她努力克制著，因為接下來，她還需要向青年校友們作一個報告，關乎她光榮的革命生涯。然而，她終於心不在焉了。她下意識地在台下的人群中尋找女孩的身影，眼光遊離。所有的人都感覺出這女首長心神的不尋常。他們想，她回來母校，實在是太激動了。

報告結束後，她向校長打聽獻花的女學生。校長說，她叫程憶楚，是負責接待工作的學生代表。

趙海納在女孩的引領下參觀了建國後重新建設的校園。做為昔日的國立中央大學，排場還在。因為顏色舊，又樸實了許多。這樣走了一圈下來，楚楚也感覺到首長似乎在打量自己，有一些不好意思，便更加做出落落大方的樣子。這時候，她聽到首長問，家裡還有些什麼人。便說，還有母親和哥哥，都是工人階級。趙海納心裡動了動，覺出了一點底，笑了，嘴上說，好，好。楚楚有些高興，想這個面目嚴肅的女首長，還是個親和的人。

燈光底下，趙海納看著中學時候的畢業合影，心裡有些感慨和傷懷。她想像著和失散的好友即將相見的情形。她幾乎先被這情形所感動。二十年了。這些年，她並沒有一些朋友，承受著一個革命者的寂寞。唯一與自己相知的是丈夫，卻也不在了。她是牽掛著這個朋友的。她還記得臨行的時候，這朋友挺著大肚子，對她說著勇敢而天真的話。她每每想起這些，都會有些心痛。回來後，她找過她。然而竟連個尋找的起點都找不到，聽到的是家破人亡的故事。赫赫的「齊仁堂」沒有了許多年了，等不到解放後的公私合營。葉老闆楚生無子嗣，出事後小姐也失了蹤。帳房回來捲了家底跑路。江南最大的藥局，抵當出去，消失得乾乾淨淨。似乎全是朝夕間的事。

幾天後，派下去調查的人回了話。說這個程姓女孩的母親，並不姓葉，也姓程，叫程雲和，是棉紡二廠的紡織女工。這結果令趙海納失望，然而又覺得程雲和這個名字有些熟，卻回憶不到什麼。她不是輕易放棄的人，終於決定自己去弄個究竟。

程雲和打開門，見這陌生女人走進來。女人的裝束有些男性化，穿了肩膀寬闊的列寧裝，衣服最上面的風紀扣扣得很嚴實。雲和迅速判斷出這是一位女幹部，是個有身分的同志。對於叫做「同志」的一類人，她有些本能的敬畏。雖則連她自己也並不清楚，這敬畏是來自於什麼。

雲和看出女人的到來和楚楚有關，在臉上調整出一個冷熱得宜的笑容，一邊慇懃地讓座。

趙海納望著這中年女人含笑的臉，遲鈍了一下，突然暗暗心驚，想這還真是造化弄人。

趙海納吩咐隨從的人在外面等，坐下來。問雲和，你是程憶楚的母親？

雲和點點頭。

趙海納說，我姓趙，你可能不知道我，我卻認識你，程雲和。

雲和萬沒有想到會有這樣一個開場。

趙海納停一停，讓自己的聲音放得平穩些：我聽了她的名字，憶楚，便知道個大概。這取名字的是個有心的人，沒想到竟是你。

雲和手心裡有了汗，卻是平心靜氣地問，你怎麼會認識我？

海納冷笑了一下，我怎麼會不認識你，當年你是何等人物。我們也算有些淵源。因為我父親要收你進我們家，鬧得天翻地覆，我母親險些尋死。你的照片就鑲在他老人家的懷表裡。我是不想攪進家裡那灘子渾水，封建餘孽，也是咎由自取。不過我們算是有緣分，所謂狹路相逢，相見恨晚啊。

雲和看著面前這位儀態威嚴的女幹部，想她革命多年，並沒有擺脫掉一口學生腔調。這讓雲和心頭放鬆了一下。她也回想起來，所謂淵源，不過是一個趙老闆。她當年裙下之臣中無關緊要的一個，竟然還為了她要死要活過，她其實是全然不知的。但她也記起來，這個老邁的客人，曾經和她說過體己話，為自己有一個激進的女兒長吁短嘆。

這女兒現時就在眼前了，居高臨下地對自己說話。

雲和想，這麼說，這趙代表不是為家庭恩怨而來，在小事情上服一服軟，並不算吃虧。於是說，趙代表，我程雲和說話不避忌，往日若有對您不住的地方，給您賠不是了。放在今天，我是政府改造的對象。我覺悟得早，痛改前非，這些年，我一直是自力更生，沒做過半點對不起政府和人民的事情。就算是有罪，我也自覺自願地贖罪。我現在也是工人階級，咱們是同志。我想趙代表您，是個寬宏的人。大人不記小人過，不會再計算那些舊社會的事。

這話說得不卑不亢，趙海納心裡暗暗嘆服，想這個程雲和果然不簡單，難怪老父親當年被她迷得五馬六道。口氣也和緩了些：不瞞你，我這次來，是為了程憶楚。憶楚，她自己怕是還不知道這名字的來歷，不知道自己還有這麼個外公。我是葉毓芝的好友。我看見這孩子的模樣，想她母親還活著。現在看來，怕也是凶多吉少了。

她抬起頭，看著雲和的眼睛，想從那裡得到印證。

雲和心裡動了動，起身去了裡屋。回來時，手裡捧著一塊已經發了黑的碎衣料。趙海納接過來，看這碎片上歪歪斜斜地用血寫著「葉毓芝」三個字，經了年月，已變成了骯髒的暗褐色。

趙海納捧在手裡，鼻子一酸，眼淚簌簌地落下來。她乾脆將這碎片蒙在臉上，痛哭失聲了。

雲和在旁邊看著，也有些不忍。她絞了一把熱毛巾，遞給趙海納，卻被推開了。

趙海納直愣愣地看著她，說，我要帶這孩子走。

雲和的手在空中停住了。

趙海納用指頭揩了一下眼角的淚水，更加堅定地說，我要帶她走。這孩子這些年，一定吃了不少的苦頭，我要替她爹娘償還她。我不知道當年她是怎麼跟了你，我只問你一句話，你要什麼條件。

雲和後退了一下，不確定地問，你說什麼，要帶她走？

趙海納點了點頭。

一剎那間，雲和後悔萬分，她知道剛才拿出的衣料證實了這女幹部的猜想。她本可以矢口否認的。現在，來不及了。雲和盡量讓自己鎮定下來，很慢地說，你不能帶她走。

趙海納嘴角露出了難以琢磨的笑，問她，為什麼？

雲和說，因為，她並不認識你。她從來不知道你是誰。

趙海納口氣終於很冷淡了，這不用你來操心。程雲和，依你的身分，我是給足你面子了。

雲和克制著情緒，將毛巾在臉盆裡淘一淘。一邊說，趙代表，我想知道，你怎麼跟楚楚介紹自己。那應該從頭說起，你想讓楚楚知道些什麼，她是個日本人的孽種嗎。還是讓她知道她現在的媽媽養她的錢是靠睡男人得來的。

趙海納愣一愣，程雲和，你威脅我。現在是新社會，你還是頑固狡猾得很。

雲和說，楚楚不是小孩子了，就算你不說，她難道不會問？

趙海納說，我是她親生母親的朋友，就憑這一點，我就可以帶她走。而你，你憑什麼？

雲和回轉身，嘴裡輕輕地重複，我憑什麼？她手上的毛巾又落進臉盆裡，濺起些水花。雲和快步走進裡屋，拿出一堆捆扎破爛的棉絮，看得出曾是嬰兒襁褓的形狀，扔在趙海納面前。我憑什麼？憑她生下來吃的第一口是我的奶，憑我抱著她踩著砲灰和死人走了十三里地，憑我為了護她的小命先被日本鬼子蹧蹋後被還鄉團作踐。

你說，我憑什麼。雲和有些發抖，眼裡閃的淚都是顫動的。剎那間，雲和的眼睛露出了凶狠的光來，像一頭護犢的母狼。趙海納有些害怕，但是，她仍然說，我知道，你這些年，為她吃了很多苦，你要什麼我盡量滿足。

誰也不能，誰也不能帶走楚楚。雲和的目光一路逼視過來。

程，程大姊。我明白，明白你的心情。海納無措了。我，我們都是女人。我聽說，你至少還有個兒子，看我無兒無女的份上。你看我是無兒無女……

雲和「撲通」一聲跪在了趙海納跟前，再沒言語。

在這時候，國忠闖進了門，恰看到母親跪在地上。雲和虛弱地看他一眼，說，孩子，你出去。

海納驚惶地看這青年攥緊了拳頭，一面要扶起雲和。雲和不起，在緘默間揚起眼睛看著海納。這女人淚痕密布的臉鞭一樣在海納心頭擊打了一下。

海納終於站起身，感到身體一陣軟弱。她讓自己站得直一些，克制地說，大姊，那我先走了。這不是一時三刻能決定的事，我給你時間考慮。

第二天黃昏，程雲和出現在省委大院門口。她明白夜長夢多的道理。趙海納遠遠地看到她，愣了一下，但還是加快了步子走過來。

兩個女人對望一眼，彼此覺得尷尬。因為都在對方臉上看出了疲憊。經過了一個晚上的輾轉，她們也終於都平靜下來。雖然，這平靜是在焦灼的折磨過後，但畢竟還是平靜了。

在海納想要打破僵局的時候，雲和開了口，趙同志……

然而，她艱難地動了動嘴唇，並沒有繼續說下去。海納知道，這個心思縝密的人，在擔心她的每一句話可能造成的後果。

大姊。海納說，還是我先說，你看我說得可好……楚楚，還是跟著你過。你是她的媽媽。我，請你認下我這個姊妹。我們一起照顧她。

雲和猛然間抬起了頭，不相信似的。

海納微微頷首，用更清晰的聲音說，你，是楚楚家的恩人。這些年，你帶著她，吃了不少苦。

雲和聽了這句話，心裡一抖。她竭力讓自己繼續不動聲色下去。

雲和木呆呆地看著海納。突然，有些激動地握住了海納的手，卻又倏然彈開。她將手在衣襟上使勁擦一擦，小心地又伸出去。海納的手心已滿是雲和手裡的汗了。她握住雲和的手，說，其實，就算你不來，我也正打算去找你。有什麼困難，要告訴我。

海納對警衛員使了個眼色。警衛員從包裡取出一個信封。海納接過來，塞到雲和手裡，說，這些錢，請你收下。

雲和的手被火燎了似的縮回去。海納聽到她的聲音變得戒備：謝謝你。我們一家人，過得很好。

雲和轉過身去，匆匆地走了。望著她的背影，海納有些發怔，但也並沒再說什麼。

晚上，警衛員見海納在燈光裡散著神，終於鼓足勇氣說，首長，怪我多一句嘴。如果您要楚楚的撫養權，就跟徐部長說一聲……這個程雲和，再怎麼樣，也只是個小市民。

海納用眼光阻止他說下去。

海納嘆一口氣，說，我的不容易，你們都看得到。她不容易，或許只有她自己曉得。

楚楚自然不知道母親與趙代表之間關於自己的協議。

楚楚感覺到的是哥哥對自己的態度近來有了變化，似乎是突然間的。以往哥哥回家來，楚楚就會摟著他的脖子問寒問暖。而現在，國忠臉上溫和地笑，卻將她的手輕輕撥開了。國忠仍然是遷就她的。而現在的遷就，也與以往不同，似乎內裡有某種客氣的成分。這讓她有些不解，因為她聯想到，自她記事開始，母親對她的種種。

國忠習慣性地伸出手，想摸摸她的頭，卻究竟沒伸出去，他輕輕地說，楚楚大了，哥哥不能再當你是小丫頭。

學校裡似乎也在起著變化。楚楚並不清楚是什麼，但可以感覺到一些在醞釀中的、漸趨熱烈的氣氛。而這種感覺，多半是來自一緯。

這天，楚楚和同學吃了午飯，從南苑回來。在經過主樓的時候，看見了一緯。一緯站在樓前的平台上，是慷慨激昂的樣子。四周圍了一圈人。因為站得遠，楚楚並沒有聽見他在說什麼。但是他說上幾句，便有聽眾叫好，有的將飯盒敲得很響。旁邊的女同學就拉了一下楚楚的衣角，說，看，你家陸一緯最近出盡了鋒頭。

一緯的性情並沒有變，變的是他的生活。演講是內容之一，然後是社交，他現在更多地和他的僑生朋友們在一起。楚楚也知道，他與那個僑辦主任走得越發接近，因為他總是將這個人掛在嘴邊上。而他現在談及的話題，也不再是文學和藝術，更不是他的專業，經常說到的字眼，是「鳴放」這個詞。

一緯也並不覺得自己冷落了楚楚。因為他的性情仍然是熱情的。他以與楚楚更多地分享他從事的工作來表達愛慕。他最近在整理一些資料，關於他與那些僑生的人生過往，關於他們的父輩。他將它們當故事講給她聽。她開始是有些興趣的，那些帶有著異域風情的，勵志式的個人奮鬥史。但是，這些漸漸讓她有些倦怠。並且，她在這些故事裡，聽到了一種聲音，就是對自己的出生國強烈的愛與認同感。

晚上。宿舍裡並沒有其他人，一緯在燈光底下奮筆疾書。楚楚站在門口，看著一緯，很久沒進去。她心中響起一支旋律，那是舞會的旋律。他們很多時沒有跳過舞了。那是個天真的，歡快的一緯，與眼前這個投入的激昂的一緯，楚楚並拿不準哪一個更好一些。她閉上眼睛，讓那些舞曲的聲音，在心裡靜靜地流淌過去，有些過濾和沉澱下來。那是最好的，屬於她和一緯的好時候。

楚楚。一緯叫她。她才醒過神來。

媽媽炒了年糕，讓我給你送來。楚楚去櫥子裡取出一只搪瓷碗，將飯盒裡的年糕倒出來。又掏出一支小瓶兒，將一些麻油淋在年糕上。香氣四溢。一緯嗅了嗅鼻子，說，我真幸福，有老婆疼。楚楚說，我哪有這個手藝，都說是我媽炒的了。一緯說，有丈母娘疼就更好了。楚楚捶了他一記，皮厚，誰是你丈母娘。

一緯就說，怎麼不是？祖國我都回歸了，大不了當你們家的上門女婿。

雲和對一緯的好，楚楚看得到。楚楚知道這疼愛裡，有憐惜的成分。一緯隻身一個人回了中國，已有三年。

一緯回國，是受到叔父的影響。叔父是馬來當地的僑領，五二年加入了回國觀光團，參加了國慶觀禮。站在天安門觀禮台上，老先生是熱淚盈眶。陸先生回國第二年就病逝了。他的愛國心卻感動了侄子。一緯不顧家裡人挽留，一路顛簸，從香港轉道踏上祖國的土地。他告訴楚楚，過了海關的時候，遠遠望見羅湖橋頭的五星旗。都說男兒淚不輕彈，也不知道自己怎麼了，就是想哭。

楚楚靜靜坐著，看一緯狼吞虎嚥。

慢點兒吃。都是你的。楚楚皺皺眉頭。

丈母娘的手藝就是不同凡響。一緯抹抹嘴巴。

楚楚頓一頓，終於說，丈母娘問你最近怎麼沒去看她。你都在忙些什麼？

一緯將桌上一疊紙放在她面前。

楚楚拿過來，掃了一眼，抬頭的標題是，「三十二個華僑青年的心裡話」。

這是說給誰聽的心裡話？

還有誰，當然是說給黨聽。我們是響應黨的號召，黨給了我們機會說我們的心裡話。這就是黨的偉大英明。

說到這裡，一緯有些興奮了。

初夏的夜晚，有風緩緩地吹過。一緯放下筆，伸了一個懶腰，閉上眼睛。風在窗口周轉了一下，安靜地進來。因為黃昏時候下過一場雨，這風裡便混合了新鮮的泥土氣息；樓下一樹開了花的廣玉蘭，甜絲絲的味道；還有淡淡的花露水味，混著少女的溫熱與清澈飄過來。一緯睜開眼，見楚楚已經靠在他床頭上睡著了。因為沉睡，神情也鬆弛了，她略顯嚴肅的輪廓變得溫潤。而昏黃的燈光為她的臉龐籠上一層絨毛，幾乎令她的樣貌變得聖潔。在一緯眼中，楚楚前所未有地美。他欣賞著，忍不住伸出手撫摸了一下她的臉。輕輕地，從她的嘴角滑過。楚楚並沒有醒，只是眉毛聳動了一下，而呼吸卻比剛才濃重了些，帶動了胸部的起伏。楚楚今天穿了一件府綢的襯衫，因為質地輕薄，將這渾然的起伏更為精緻地勾勒出來。那豐軟的，少女的起伏，讓一緯有些氣短。他猶豫了一下，終於吻上去，他捉住楚楚的唇。那唇的柔潤，更強烈地刺激了他。他的舌暴力地將這唇打開一個缺口。楚楚張開眼睛，有些驚詫地要叫出來。然而她的嘴與舌都被一緯攻占了。兩個人都感到一股熱力在他們的摩擦間升騰出來。楚楚也有些迷茫，只覺得這年輕男人的力量將她席捲。她情不自禁地將舌與一緯絞纏在一起，有些苦澀的菸葉的味道。一緯將自己與楚楚貼得更緊了些，他的眉頭滲出薄薄的汗，急促地喘息著，手在這柔軟的身體上爬行，突然伸進了楚楚的府綢襯衫裡去。當楚楚感覺到一隻手握住了自己，不禁顫慄了一下。人卻也清醒了。

她一把推開他，陸一緯，你在幹什麼？

一緯漲紅著臉，不說話。

楚楚將襯衫扯扯平，理一理頭髮，一面不放心地上下摸弄。

一緯輕輕地嘟囔，楚楚，我們戀愛都多長時間了？

楚楚正色道，愛人之間也應該相互尊重，我們並沒有結婚。陸一緯，你滿口黨啊黨，頭腦裡還是這些資產階級的東西，這裡可是社會主義中國。

一緯聽得有些喪氣，卻禁不住訕笑，社會主義的中國，就不要做這個事情，就不要生孩子了？

楚楚有些羞憤了：強詞奪理！陸一緯，沒想到你思想這麼骯髒。

一緯也有些變色，程憶楚，你本是一種人，卻要扮演另外一種人。

楚楚慌得掩上他的嘴巴，說，一緯，你怎麼像小孩一樣，說話沒輕重呢。

我怕什麼，毛主席都說現在是百花齊放。我這個花骨朵，就是正含苞欲放，等著吐露馨香呢。

楚楚看他做個鬼臉，也被逗笑了。兩個人都鬆弛下來，她心裡，卻隱隱有些不安的東西，不知道是什麼。

楚楚站起身來，說，不早了，我回家去了。

早上，楚楚在喧天的鑼鼓聲裡醒過來。她蓬著頭髮出來，揉揉眼睛，見母親正朝窗口張望。她看一看，居委會的劉老太太正顛著小腳，拿個破臉盆一路敲打著小跑過去，後面跟著些一路囂叫的小孩子。楚楚知道，他們又在趕麻雀。

前年開始的「除四害」運動如火如荼，已經搞到了全民皆兵的階段。麻雀又是首當其衝，在城裡，到處是牠們驚惶失措的影子。這些鳥據說是吃了太多的穀物，一夜之間成了公敵。為了抓麻雀，學生停課，工人上街，教授上房，農民上山，軍隊甚至出動了槍砲。而中國人的眾志成城，在對付麻雀方面，也得到了體現。每個人手裡都拿著武器——彈弓、掃帚和真槍實彈。南京城裡，設了七百多個投藥點，一百多個射擊區埋伏了大批神槍手，還有三十輛摩托車四處巡邏。而民間的智慧更是了得，採用的是心理戰術。敲鑼打鼓，聲東擊西。而小孩子們用鏡子反射太陽光晃花了麻雀們的眼睛，叫牠們杯弓蛇影，疲於奔命，最後累得不行，撲拉拉地從天空上掉下來。屍橫遍地，要用卡車來裝，再浩浩蕩蕩地遊行到中山路上去。

噹噹的敲打聲漸漸遠了。雲和嘆一口氣，回過頭看見楚楚，說，昨天怎麼這麼晚回？一緯也不來了，你們鬧彆扭了？楚楚並沒有回答她，只說，大清早的吵死了，覺都睡不安生。雲和便也說，幾隻鳥，犯得上趕盡殺絕麼。楚楚笑一笑，說，媽，這話在家裡說罷了。給劉老太太聽見，又該說您思想落後了。

劉老太太在除四害運動中，確乎是一個楷模。快七十歲的人了，抓老鼠，挖蠅蛹，樣樣都走在了前頭，也真是令人佩服。去年更是做為市裡的愛國衛生模範見了報。照片上的老太太威風凜凜地攥著兩大把老鼠尾巴，舉得高高的，都是她的戰果。

楚楚走到外面刷牙，見鄰居衛家的孩子拿著蒼蠅拍在院子裡拍拍打打。便說，向紅，怎麼沒和他們去趕麻雀。向紅停下手，見是楚楚，扁一扁嘴說，他們不要我跟去。楚楚有些納悶，怎麼了，嫌你哭鼻子拖後腿？小姑娘哼了一聲，才不是，還不是因為你。

我？這一來楚楚更加詫異了。

向紅結結巴巴說了半天，楚楚總算明白了。原來，向紅的學校號召小學生除四害，還開了誓師大會。任務有定量，蒼蠅蛹要裝滿兩個火柴盒。小區裡的同學們相約去挖蠅蛹。蒼蠅下籽喜潮暖髒臭，最理想的地方，自然是廁所旁的糞坑。向紅是個愛乾淨的小姑娘，別的同學挖得熱火朝天的時候，她卻打了退堂鼓。可又要交定額，一個人在院子裡愁得抹眼淚。

楚楚心裡同情，同她一起犯愁。一低頭見地上落滿了「毛毛狗」，靈機一動有了主意。「毛毛狗」每年春天楊樹發芽前生出來，有個棕褐色的頭兒，下面綴著一串毛茸茸的碎絮。把下面的絮子摘了，那頭兒活脫脫就是蠅蛹的模樣。楚楚和向紅就瘋撿了一堆，又在上面點綴了幾個真的蠅蛹，放在火柴盒裡交了差。向紅被評為了衛生標兵，有些得意忘形，就將自己的祕訣告訴了幾個知己。結果下次就被人揭發出來，丟了大醜，以至於到了眾叛親離的地步。

楚楚見她如今的處境，也不安起來，好像自己成了教唆犯。

小姑娘卻大度地一揮手，說，楚楚姊，這事不怪你，你也是為了我。不過，我媽讓我不要和你多說話。說你們家都是落後分子，就你哥還像回事。

這一年的夏天，來得似乎比往常更快。

多年後，楚楚回憶起這個夏天裡發生的意外，這是一個開首。

楚楚自然不曾料到，會在家裡見到趙海納。

門推開的時候，楚楚看見一身便裝的中年女人，從椅子上緩緩站起，向她點頭微笑。楚楚的心跳停止了一下。

趙首長。

海納含笑著走過來，說，是我，不過現在稱呼要改了。

雲和從廚房裡出來，嘴裡說，快洗手吃飯。在家裡叫什麼趙首長，這是你淑嫻阿姨。

為了楚楚的回來，她們達成了默契，私下排演了許多次。最初的緊張，也因為重複與疲累而稀釋了。

一切，終於有了一個舉重若輕的開始。

海納摸了摸女孩的頭，說，楚楚，多虧你，我才找到了我的老姊姊。離開南京的時候，我才十九歲，這麼多年過來了，有二十年了。家裡人死的死，散的散。活著的，恐怕也不認我了。那天看到你的眉眼，我就在想，這女娃兒，怎麼會和我的老姊姊長得這麼像。

海納說到這裡，眼睛倏然就紅了。雲和便知道她是動了真情。

其實，楚楚從未覺得自己和母親的面貌相像。在她很小的時候，就感覺母親的眉目間有一種柔媚，是她所沒有的，曾經讓她深以為憾。見到海納眼中瑩瑩的淚光，她猶豫了一下，還是決定問清楚。

可是，趙首……阿姨，你家裡不是資本家麼？都說你是背叛了家庭投身革命的，怎麼會有我媽媽這麼個姊姊。

海納被她問得一愣，雲和接上來：怎麼就不能有這麼個姊姊。你這樣說，是要看輕媽媽不是。媽媽打小就在你淑嫻姨家幫傭。多好的名字，偏要改，我勸了多少回都不願聽的。

大姊，快別說那個了，那不是為了革命麼。海納應了一句，轉過頭看著楚楚：你媽媽看著我長大，情同姊妹。在家裡，我也就只聽她一個人的話。

海納在心裡暗暗佩服雲和。

為了這次相見，她們作足了準備。這會兒，她們幾乎形成了戰友一樣的關係，攻守同盟。

好了，當年我是丫頭，你是小姐，好得也不爽利。現在好了，都是無產階級了，真正是親人了。雲和說著，一面深深地看海納一眼。大家都笑了。

楚楚是真的高興起來。

她細細地端詳海納，又有些小心翼翼。雖然她還是有些不確信，這樣一個偶像式的人物，竟和自己家裡有著如此的淵源。想到這裡，一時間，她不禁對自己的母親也有了敬意。

這一頓飯，吃得是愉快的。兩個年長的女人，都知道是一場戲，可演到後來，真的連自己都感動起來。海納真的好久沒有過如此溫暖又平凡的家庭生活了。在楚楚的要求下，她講著離開南京後的事情，些許無關革命的，只適合與家人分享的種種。雲和靜靜地聽，當楚楚變得有些糾纏的時候，才打斷了她們，說，好了，讓姨吃飯吧。海納端起碗，雲和夾了一筷子菜給她，說，多吃點，那時候你最喜歡吃的就是松鼠魚。海納心裡一驚，隨即明白，這應該是父親講給雲和聽的。這麼多年，這個素未謀面的女人，竟然記得她生活的細節。

一時間，海納產生了幻覺，以為自己的生活中真的曾經有這樣一個老姊姊。

她真是個好女人。看著燈影搖曳中的雲和，海納想。這種想法幾乎令她有些自慚。這女人曾有著專屬令男人動心的美貌。雖然歲月侵襲，生活粗礪，這美已非關風情，卻為她平添了一種家常親切的風度。而她又是聰慧的，周到與熨貼，分寸拿捏得宜，全都恰到好處。海納突然明白了當年父親的鍾情。

在海納快要離開的時候，她幾乎已為這種家庭的暖意所包裹了。但是警衛員卻提醒她時間不早了。

雲和起身送海納。楚楚也要去。雲和說，在家看著門，你哥今天小夜班，要回來拿東西。媽和姨聊幾句。

海納和雲和就這麼走到路燈底下，一路無語。

海納終於說，大姊，謝謝你。好久沒吃上家裡的飯了。

雲和說，客氣什麼，想吃就再來。卻又接上一句，首長，我們都是為了楚楚。

這句話讓海納的心頭猛然間籠上一種失望。不知為什麼。

她說，是，我們都為了楚楚。

雲和頓一頓，說，首長，其實你這次來，除了見楚楚，是不是還有別的事。

海納猶豫了一下，暗暗感嘆她的世故，便說，其實，也不是什麼了不得的事。大姊，楚楚最近是不是在和一個叫陸一緯的年輕人戀愛。

雲和說，是，組織上這個也要關心麼？

海納聲音低沉下去，最近，市裡的僑委會主任周維明，在我們那裡掛了號。這個人，好像對黨和國家有些不太好的言論，聽說，陸一緯和他走得很近。

楚楚醞釀了很久，還是不知如何向一緯開口。

因為她的性情，她實在不想干涉他些什麼。

其實，她與一緯，經過那個春天的夜晚，似乎都有些不自在。他們仍然是親密的，但是這種親密，卻有了相敬如賓的感覺。

當她終於將這些意思完整地表達出來，如釋重負。

一緯倒是不以為然地笑了。

什麼是不大好的言論。周主任只不過代我們說出了心裡話。黨的偉大之處就是不會諱疾忌醫。知無不言，言無不盡。

楚楚見他這樣說，未免也覺得他剛愎自用，於是問，我倒想知道，你們都說了些什麼心裡話。

一緯說，我們僑生，懷著一腔熱血回國。黨卻要反覆考驗我們的忠誠。我總以為，我們應該和你們這些年輕人一樣，但其實卻不一樣。不准參軍，不准報考軍事院校，不准報考二機部至七機部所屬院校，不准報考普通高校的保密系，不准到保密、機要部門工作。我們既然回來了，就不會胳膊肘往外拐。大丈夫以誠信立天下。

楚楚說，新中國剛剛成立，內憂外患。多少反動勢力虎視眈眈，防微杜漸也是必須。若沒有國家，你在哪裡立天下。

一緯側過臉去：你始終是個女流之輩。

楚楚聽他這麼說，有些氣不過，好，我是個女流之輩，你還是不要同我一般見識了。

一緯的天真，曾經是很吸引楚楚的。而現在，楚楚卻因此焦慮。她不是個對形勢敏感的人，但是，她明白海納的出現，是在一種攸關的情形之下。一切，是出於對他的愛。是這愛驅使她去做，儘管做得笨拙。

楚楚沒有回家去。從一緯的宿舍出來，她繞著鼓樓走了一圈。紅色的鼓樓在燈光裡頭，紅得有些發殘。陳舊的紅，在這個大時代蓬勃鮮亮的紅裡，有一種格格不入。但又因為它在市中心的位置，尤為顯得突兀。

楚楚在大鐘亭的台階上坐下來，聽見身邊蚊子嚶嚶的聲響。在這靜寂的黃昏，這聲音是落寞的。為了防蚊蟲的滋擾，楚楚將裙子扯下來，裹住了自己。她突然有了奇怪的想法，覺得自己好像被做成了一隻繭。唯有頭露在外面，這頭是清醒的，然而身體卻是溫熱混沌的。這混沌帶給她一種安全感。她這樣坐著，直到天黑透了。她站起身的時候，有一顆流星「唰」地從東北的方向落下來，猝不及防。

直到「右派」這個詞的出現，楚楚一家人還是平靜的。或者因為他們都是與世無爭的性格，這平靜裡便帶有了懵懂的性質。他們心平氣和地在家裡談論，如同談論糧食計畫，醬醋油鹽。

這一天黃昏的時候，當雲和在收音機裡聽到「周維明」這名字的時候，身體本能地顫抖了一下。僑委會主任周維明被列為市裡幾個最大的右派之一。

一個宏亮而軒昂的聲音說，周維明為反黨反社會主義的資產階級敵對勢力張目。他的狂妄的反黨言行是一系列的，涉及到對中共中央的領導、國家制度、社會主義建設、國際問題以及人民新聞事業等各個方面。

雲和快速地纏著手中的毛線團。突然間，線「啪」地一聲斷了。

雲和走出去，恰看見隔壁衛家的女人劉玉華下了班回來。兩人匆匆打了個招呼。雲和突然記起，劉玉華是在水利所的食堂做事的。雲和回轉了身問道：向紅媽，你們機關裡也在反右嗎？劉玉華愣一下，是因為意外。其實她對這女鄰居，不知底裡，平日裡是有些隔膜的。總感覺她的客氣之下，內裡有些輕慢。現在她帶著求教的口氣向自己發問，而且是這樣一件「大事」。於是有些自得地說，有！

雲和虛心地問，那麼，這些右派分子，究竟是怎麼選出來的？

這其中的學問可大了，主要是看他們的反動言論。劉玉華努力地回憶著今天在食堂裡聽到的議論，說，我們機關裡開了會，選出了幾個右派。一個是所裡的會計，因為家庭出身是地主，被人寫了大字報，說是「地主階級孝子賢孫」，嘴不老實，經常有攻擊社會主義的言論。另一個是廠裡的資方人員，工程師，五十多歲，業務上很好。可就是愛喝酒，喝了酒就找人吟詩作對。有人就說，有次同事恭維他技術高，他就回敬人家一句「夕陽無限好，只是近黃昏。」然後說老了，不行了。大字報就說他哪裡是說自己，分明就是含沙射影我們的偉大領袖。再有一個技工是個資本家的兒子，平時作風不好，搞過男女關係。言行也很惡劣……

對於劉玉華的滔滔不絕，雲和漸有些聽不進去。她的擔心，更濃重了。

劉玉華抻了抻身上的襯衫，使勁揪掉了一根線頭，同時作了一個總結：我看這右派，是可大可小，人本本分分，少點毛病，總是沒錯的。那個季工程師，家裡其實很困難。這戴上了帽子，一百五十五塊的工資就再也沒有了，每月只能拿二十八塊生活費，可怎麼過。

大學裡面的大字報，開始是零星的幾張，終於排山倒海起來。

整風運動之後，楚楚系裡的教授，總支書記，然後是物理系一名化驗員，接連戴上了右派帽子。

一切無意外地進行著。這個夏天最熱的時候，終於到了一緯。

一緯的攻擊性反黨言論，正是他對楚楚說過的那些話。

楚楚發瘋一樣地找一緯，沒有人說見到他。有些和他要好的人，被問到的時候，都有些躲閃。終於找到的時候，一緯坐在圖書館古蹟部後面的小樹林裡頭，正對著「江南師範大學堂」的石碑發著呆。

一緯說，我沒有錯。

兩個人站在夏夜乾澀的風中，聽到林子裡的白楊樹，發出嗚嗚的聲響。一隻蟬，大概是熱得躁了，尖利地叫了一聲。然後四周圍，復又寧靜下去了。

報紙上陸續出現了周維明的名字。用了「清算」、「極狂妄極反動極卑鄙的反黨分子」這樣色彩濃烈的字眼。

楚楚腦海裡出現了那個男人的形象，瘦長的輪廓，臉相清矍。

揉成了團的稿紙，在一緯的桌子上、地上散亂著。風吹過來，紙團窸窸窣窣地滾動，好像一些痛苦蜷縮著的人，掙扎地走了幾步，又停下來。

一緯苦笑了一下：他們要我寫檢查，我不知道我有什麼可檢查的，我寫了。他們又要我揭發他，揭發他什麼，既然大字報上說我和他一個鼻孔出氣。我揭發他，不是背信棄義？

一緯將手指深深地插進頭髮裡，深深地犁進去。楚楚將他的頭攬過來，抵住自己的下巴。手被一緯的鬍渣扎得一抖。她撫摸這男人的臉，感覺著這臉上的粗糙與溫暖。一緯的不修邊幅，讓她有些心疼。她知道的。

秋很深了。外面的法國梧桐，還在往下掉葉子。他們看著一片葉子，悠揚地緩慢地下落。儘管那葉子是焦黃色的，已有些腐敗，卻是說不出的靜美。當這葉子經過他們的窗戶，她低下頭，吻了一緯。唇卻又被那鬍渣扎了一下，倏然分開。兩個人愣一愣，都笑了。

五八年的春節，好像來得靜悄悄的。又似乎被人遺忘了。大概前一年，有熱烈得多的東西，擊打著人們的心。整風、反右，大躍進口號的提出，哪一樣都比這個傳統的節日要來得激動人心。年二十九的時候，雲和早早地就出門去了。臨走對楚楚說，一緯今天要回來了吧，去學校找他來家吃年夜飯。

楚楚聽了，心裡一動。一緯去了溧水東屏湖水庫工地參加右派義務勞動，差不多有兩個月了。這段時間，她與一緯的聯絡，幾乎是半地下的狀態。她偷偷去看了他。一緯說，還是這裡好。在學校嘗盡過街老鼠的滋味。這裡好，有吃有睡，還有湖光山色可以看。楚楚說，唉，嘴還犯貧。團委老師跟我談了話，叫我跟你保持距離，你好靜下心來反省錯誤。

一緯說，那你又來？

楚楚使勁拍他手心，我不遠萬里，是來幫助你。

一緯卻倒吸一口涼氣。楚楚看見，那手上密布著一層水泡，有的已經化了膿。

楚楚眼睛紅了。一緯趕忙哄她，還說來幫助我，瞧你自個兒的覺悟。別擔心我。說完做出個雄壯的姿勢，嘴裡說，鋼鐵就是這樣煉成的！

一緯就要回來了。楚楚在心裡重複了母親的話，同時感激地看著她的背影走遠了。

雲和站在凜冽的風裡頭，儘管穿得不少，還是有些冷。她朝手心哈了一口氣，搓一搓，遙遙地望那前面排隊的人。前些天聽向紅媽說，春節開始要憑票供應副食品了。

年關逼近，大家都想著在這政策實施前搶購些東西。她以為自己起得夠早，可其實在哪兒都已經排成了一條長龍。豬肉，蛋，紅白糖，糕點，樣樣都得排。

雲和又向前望一望，心裡也抱怨這隊行進得太緩慢，但又暗下決心，這隊，說什麼也要排下來。楚楚最喜歡吃的就是油炸帶魚。

突然，前面喧譁起來。雲和懶得抬眼睛，看情形，八成是有不守規矩的插了隊，有了糾紛。然而，卻有人議論紛紛，竊竊地笑。她於是也好奇地看過去，就看見一個女人罵罵咧咧地走過來，是給眾人趕出來的。這女人的身形很大，穿著有些骯髒的藍色卡其裝，手裡拎著一隻籃子。待她再走近了，雲和吃一驚，看出她並不是中國人的樣子，眼窩深深地陷進去，亞麻色的頭髮參差著，胡亂地用個夾子別上了。女人眼光散著，經過了雲和，突然就與雲和的目光對上。這眼睛是很深的灰色，並且，對視之間，雲和突然感覺是熟悉的。那女人似乎也愣一愣，但是並沒有停下腳步，而是昂然地大步走遠了。

大年夜。

一緯安靜地坐著。因為過年，楚楚叫他又穿上那件毛料中山裝。可現在他似乎對這衣服已有些不自在，不停地整那高聳的領子。回來時候頭髮寸把長，也剪掉了，依照楚楚的建議，剪了個平頭。楚楚說，以前資產階級的髮型應該改一改，趁著過年洗心革面。

雲和就覺得他的樣子有些生，想，不過兩個月，這孩子真是瘦得多了。到底是個讀書人，這苦吃的。一緯見雲和微笑地打量自己，也有些束手束腳，沒了以往意氣風發的樣子。楚楚坐在他身旁，也被帶得拘謹起來。

雲和說，咱們先吃咱們的，國忠又要加班。他這個勞模，真不是白當的。

一緯接過雲和搛過來的一塊紅燒肉，先是蜻蜓點水地吃了幾口。後來大概覺得好吃，就大口吃起來。

雲和見他狼吞虎嚥不顧人的樣子，心裡也笑了。對楚楚說，給一緯拿點酒，過年得喝一點。

一緯推讓說，酒不能喝。醉了就不好了。

雲和說，這孩子，爺們兒哪能不喝酒。

幾杯酒下肚，人暖了，話也多了。一緯就有些恢復了活泛的樣子。

說著說著，就說到了在工地上的事。一緯就說，他這次其實是開了眼界，因為遇到了一些奇人。這右派裡頭，還真是藏龍臥虎的。

雲和與楚楚就都有些驚異。

一緯說，上個月，隊上要搞個什麼文藝演出，大概是要教育關懷，暖暖人心，二來分散大家的注意力，免得不幹活坐著亂想。別的演不了，只有唱點兒革命歌曲，到末了大合唱〈社會主義好〉。快唱到高潮，台下一個高個子突然站了起來大聲喊：「不對，不對，這裡是個切分音，全唱錯了！」大家一看，是個叫程實的，來以前是省藝術學院的講師。他看台上的人愣住了，一不做，二不休，走上台去給人家示範糾正。台下的「右派」們笑成一團，有的小聲罵他：「吃多了，神經病，自身難保了，還去管那些。」管隊的生氣了，就凶他：「姓程的，你跟我滾下來，少搗亂！」程實不依不饒，說：「同志，這是藝術，切分音要唱準，不能馬虎。」他大概不知這位「同志」連「切分音」那三個字也認不得，更不用說是什麼意思了。「同志」立即迎頭痛罵：「你這個傢伙就是反動成性，社會主義好，就是好，哪個敢拿去切呀，分呀？堅決給予打擊！」

雲和聽完笑得不行，說，這可真是兵遇到秀才啊。

三個人正笑著，門響了，是國忠回來了。

雲和站起身，給他盛飯。一面說，又這樣晚回來，幸好一緯在這裡，要不大過年的，連個當家的男人也沒有。

國忠就說，好好，那我就讓位給一緯好了。

楚楚將他按在椅子上，說，誰也搶不走我哥的位子，誰搶我跟誰急。

國忠也笑了，說還是我老妹子公道。哥有東西犒勞你。

說完，掏出一個報紙包，打開來。裡面用荷葉裹著，香味溢出來，原來是黃醬滷鴨舌。楚楚歡呼一聲。國忠說，我師娘都知道我老妹喜歡吃這個，特地給你滷的。楚楚拿盤子將鴨舌盛出來，見這油浸浸的報紙原來是元旦那天的《人民日報》，上面有很大的社論標題，奪目的黑體是「趕英超美」四個字。

一緯將國忠的酒滿上，兩個人就你來我往地喝起來。喝到興處，一緯就要國忠教他划拳。楚楚和雲和就在旁邊笑，都看不出，一個書生，一個寡言的人，其實都是好酒量。

喝著喝著，一緯突然扶住國忠的肩膀，大著舌頭說，我，我對不起楚楚。

幾個人都靜下來。

楚楚卻覺得有滾熱的東西從胸口湧動出來，湧上了眼睛。

雲和使了一個眼色，讓國忠幫她將酒倒上。雲和站起身，對著一緯舉起了杯，說，來，一緯，阿姨和你喝一杯。

一緯搖搖晃晃地站起來。

孩子，雲和說，做人講個理。這個理就是良心，該做什麼事，都摸摸自己的心。安心就對了，沒有什麼對不起。

說完，雲和一飲而盡。

送一緯回去的時候，門外響起了喧天的砲仗聲。火光映紅了四個人的臉。在霹霹啪啪的火光裡頭，每個人似乎都看到了一點希望。到底，是新的一年了。

這一年的三月，二十一歲的一緯，成了「周維明反黨右派小集團」最年輕的成員和中堅分子。下午在「工」字樓二樓會議室開了會，表決宣讀了處分決定。最後要求被處分人員簽署同意意見。有言在先，如果不服從決定，將被開除公職學籍，自謀生路。面對厚厚一疊《右派分子陸一緯的政治結論》，一緯寫下了四個字：何患無辭。

對於雲和的到來，海納是不意外的。

雲和有些拘謹地坐在碩大的皮沙發上，接過服務員遞過來的一杯龍井。她打量著海納的辦公室的排場，心裡有了一些底。

雲和用很柔緩的口氣說，救救這孩子，他一個人在外面，沒有大人管，是不懂事。可是，不能就這麼斷送了。

海納望著她，苦笑了，我不是不管，我已經提醒過，是他自己一意孤行。「周維明反黨右派小集團」的批判呼聲很大。現在好多外圍的人，都被劃為「右派」或「中右」。何況像他這樣的，說過這麼多的話，白紙黑字，哪一條都是抹不去的。他不是個小孩子，他是黨外「二級處分」的標兵人物。

就沒有辦法了麼？

海納沉吟了一下，有，讓楚楚離開他。

雲和抬起手，不小心地碰到了身旁的一叢劍蘭，有些痛。她將這痛在心裡嚥了下去。她說，救救他，為了楚楚。

海納站起身，踱了幾步，輕輕地說，我也是為了楚楚。

楚楚說，我要和一緯結婚。

雲和一驚，喃喃地說，結婚？你們開得出介紹信來麼？你不要賭氣，淑嫻姨也是為了你好。還有兩天，一緯就要去北大荒監督勞動了。雲和戴著花鏡，在燈影子底下，織補一件毛領子的大氅。這是一件老貨，是當年陳旅長留下，也是雲和手裡這男人唯一的東西。多少年了，她都把它縫在被裡子裡頭。如今拆出來，毛色有點暗淡了，但畢竟還是半新的。都說東北冷，這南洋來的孩子，哪裡受得住。雲和想一想，一陣心疼。看著楚楚木呆呆的樣子，又怨恨他。多少年了，自己把楚楚捧在手心裡，到頭來給她苦吃的，還是個男人。

楚楚坐在窗前的暗影子裡，說，我要和一緯結婚，我們自己結。

楚楚抱著雲和收拾的包裹，出現在一緯面前。

一緯也在打理行裝，其實也沒幾件東西，只是被褥臉盆之類的。書卻是不少。

一緯對她笑一笑，刮一下她的鼻子，說，看你的樣子，又不是生離死別。那是個鍛鍊人的地方，等我回來了，更是一條好漢。

楚楚鼻子一酸，側過臉去，說，我來幫你收拾吧。

兩個人，就這麼悄聲無語地拾掇。《青年近衛軍》、《靜靜的頓河》都曾經是他們戀愛的話題。楚楚的眼睛停在一本書上頭，是那本李俍民譯的《牛虻》。書頁已經捲得不成樣子了，翻過去，紙也有些發脆。一緯見她手停下來，出了神，就將書拿過來，翻到末了的一頁，清一清嗓子，激情澎湃地朗誦：不管我活著，還是我死去，我都是一隻牛虻，快樂地飛來飛去。

一緯將「快樂」兩個字，念得那樣重。他伸開雙臂，做出一個翺翔的動作，向楚楚飛過來。楚楚笑了，一緯也覺出了這笑容的慘淡。胳膊也耷拉下來。

這麼多的書，帶得動麼？楚楚問。

黨委的金書記說，北大荒的冬天凍得很，得有小半年只能待在屋子和帳篷裡頭禦寒。他叫我不要荒度了時間。說完，一緯將一本《英漢大辭典》也放進去，好好學習，以後還是用得上的。

一緯埋著頭，只管一本一本地往箱子裡放。

楚楚說，我去給你打點水。

楚楚走出去，任眼淚無節制地流出來。她覺得痛快一些了。

一緯聽見門被輕輕關上的聲音。他回過頭來，人在原地呆住了。

楚楚抱著自己，用一種不容置疑的眼光看著他，然而，身體卻在發抖。

楚楚就這樣站在他面前，脫去了所有的衣服。

楚楚放下了雙臂，走向他。

這具少女的身體，此時如此坦白地向他打開了。每一個細節，一切隱祕與不隱祕的地方，都平等地打開了。她是如此地美，又如此渾然，美掩蓋了羞澀，渾然卻凸顯了勇敢。

這具少女的身體，卻讓一緯從腳底升起一股寒意。

這是一個陌生的楚楚。

楚楚走向她，將臉放在他胸前，說，一緯，我們結婚吧。

一緯感覺到濃重的哀愁，從這少女的體內流瀉出來，慢慢地，慢慢地滲透了他。他彷彿石化一般，他伸開胳臂，想要擁住楚楚。然而，他的手指觸到了楚楚的皮膚，卻倏然彈開了。

他終於什麼也沒有做。他只是不停地吻這少女的頭髮，喃喃地說，楚楚，楚楚……

一緯走的那天，天下起小雨。這小雨在前夜的暴雨之後，如同強弩之末，卻有一種臨近了結的平靜感。

這平靜感突然之間被打破，因為一個女人尖利的號啕聲。

一緯看過去，是何愛國的姊姊。一緯看見，這姊姊緊緊抱著他，肩膀聳動著。何愛國是金陵師大的學生，今年十八歲，大概是這車上年紀最小的，也送去參加監督勞動了。他也是做姊姊的唯一的親人。愛國臉上有種漠然堅硬的神氣，他輕輕地將姊姊推開，拎著行李，上了車。

月台上有些昏黃的光，有三三兩兩的人群。有一些悲傷的聲音，卻也有笑聲。一些青年人在燈光底下對著火，抽菸，談論著似乎是有趣的事情。終於，他們也安靜了下去，幾個人埋著頭，無聲息了。其中一個站起來，其他幾個人拍了拍他的肩膀，看他向火車的方向走過去了。

一緯已經放棄了翹首期盼。但他還是無目的地盯著檢票口的那堵殘舊的牆。有淺淺的水跡在牆上滲透下來，滋伸蔓延，如同綠色皮膚上的傷痕，深深地曲折地劃下來。

「一緯！」一緯聽見有人在叫自己的名字。他看見一個女人快步向他走過來，這是雲和，後面跟著楚楚的哥哥國忠。

一緯快步地下了車。同時眼光向後面張望。

雲和說，楚楚病了，她不能來了。

在一緯黯然下來之前，雲和將手中的旅行袋遞給他。說，看，桂花鴨，你最愛吃的。還有香肚，切個三四片，做飯的時候，放在飯上蒸。別攢著吃，吃完阿姨再給你寄。底下是床毛毯，國忠前天發的勞保。記得有太陽的時候，要拿出來曬一曬。毛毯裡有個熱水袋，別灌得太滿，太滿要爆的。

雲和一樣一樣數給他。到末了，將一疊錢和糧票硬是塞到他手裡，說，一個人，要會照顧自己。這一去，也不知要多久……

一緯什麼都沒有聽見，然而這最後一句話，讓他的心猛然沉了下去。

突然，他跪下來，將頭埋在雲和的懷裡，嗚咽起來。這哭聲沉悶地撞擊著雲和的胸口，讓她心裡一陣堵，憋得有些透不過氣。這哭聲裡有委屈，不解，甚至還有無望。雲和抬起手，輕輕地撫摸他的頭，一遍又一遍。柔軟的胎毛似的頭髮，將她的手指絞纏起來。

這時候，火車的汽笛聲響了。長嘯聲震得人耳鼓發麻。雲和心裡一動，手伸到旅行袋裡。但是終於只是將拉鏈又拉上了，說，好了，都齊全了。

火車開動了，一緯打開車窗，雲和與國忠的手，淹沒在月台上無數揮別的臂膀中了。

這些臂膀終於遠去了。

這時候，有人輕聲唱起了一支歌，漸漸的，有越來越多的聲音應和上去。是〈共青團員之歌〉。

終於，聲音愈加響亮，彙聚成了風一樣的旋律，在暗淡的天色中彌散開去：

再見吧，親愛的故鄉！
勝利的星在照耀著我們！
再見吧，媽媽：
別難過，別悲傷，
祝福我們一路平安吧……

一緯望著這個旅行袋，上面寫著「愛我南京」的字樣。他打開，將桂花鴨拿出來，想和對面的旅伴分食。他的手摸到了一個信封。

這是一個牛皮紙信封，一緯打開，赫然看見那隻金朱雀。

# 第九章

# 阿爾巴尼亞年代

雲和一早起來，在門上插一把艾草。她燒上煤餅爐子，想，今天怎麼著得讓孩子們吃上頓粽子。為了這個端午，雲和準備了很久。

一只罈子從櫥頂上捧下來。放得這麼高，防的是老鼠，前兩年的緊巴日子過下來，什麼都成了金貴東西。看著自己的收藏，雲和有些欣慰地嘆口氣。赤小豆，花生，栗子，火腿絲，甚至還有一小包金絲蜜棗。一人一月三十斤的糧食定量，這年月，想攢下糯米來是不夠的。這粒粒珍珠似的糧食，其實是舂去皮的大麥，雲和背著家裡去自由市場換來的。自由市場的白菜買到了九塊錢一棵。國忠廠裡的熟練工，一個月也就三四十塊。這麼著下來，真是「七級工八級工，不如地裡一溝蔥」。

鍋熱了，雲和從油瓶子裡取出支綁了棉花球的筷子，瓶口碼一下，在鍋裡走上一圈。以往雲和家裡的油老是不夠用，這是向紅媽教的一招，點到即止。雲和本以為自己是個會持家的人，這兩年才發現了不足。不過她貴在好學。如今下來，開春時候，也會跟著人家擼榆錢，攙了包穀麵做蒸菜；入秋也會借了平車拉上一車的紅薯，回來煮稀飯。分量上要是不公道，她也會喊一嗓子「欺負我們孤兒寡母」，坐在車把上不走人。而且，她又是後來居上的，這是因為性子裡的聰慧。雲和發明用炒米、豆腐、胡蘿蔔做出素板燒，味道好得叫鄰里鄰居的大姑娘小媳婦佩服得豎起大拇指。

雲和心裡明白得很，什麼味道好，是人的刁胃口給餓糊塗了。國忠楚楚從來沒叫過餓，雲和心裡便越發地疼。怎麼能不餓，這年月的人，個個都成了橡皮肚子，是越吃越餓。何況是長身體的姑娘小夥兒。

油滋滋地響，雲和就撒下蜜棗去煎。這還是老家的方法，講究。用油將蜜棗的鮮甜味給吊出來。臨了，她卻收起了一把棗，放回到紙包裡。

那天楚楚回來虛白著臉，拿出這包棗給雲和。雲和問哪來的也不說。這稀罕物，可是買不到的。晚上國忠回來，說碰到了楚楚的同事。楚楚下午在講台上暈過去了，是她給送到醫院去的。追問起來，原來是餓得貧血，又加上浮腫。棗是醫生開出來的，給她補血。楚楚一顆沒吃，原封交給了雲和。雲和坐到床邊上，望著楚楚，鼻子一酸，眼淚流下來了。楚楚抬起手，輕輕給母親拭去淚，微笑一下，也沒說話。楚楚的話是越來越少了。

這時候天擦黑了，傳達室看門的薛大爺，看著小程老師走遠了。這年輕的女老師，是半年前分配到這來的。聽說是個頂名牌的大學畢業的，功課又好，本來是要留校的。但是又聽說，她跟一個右派好，好得誰勸也分不開。所以，學校留不住，一般的中學又不敢要。後來，就到了機械廠的子弟小學來做老師。大爺每回看見她，都覺得可惜。這老師，看起來本本分分的，不像個和右派有瓜葛的人。人又禮貌得很，進出門都要和他打招呼。

程老師隔三岔五地問有沒有她的信。可是，也並沒有她一封信。大爺也不知道她在等誰的信。只是看她的氣色，實在不怎麼好，所以心裡也盼著能有人寫信給她。

楚楚回到家裡，聞到蘆葉的清香味道。見母親喜盈盈地捧了一盆粽子出來，一進門兒，就在楚楚頸子上掛了一串紅綠絲線的元寶粽。以往年年都掛，這兩年卻荒了。雲和從盆裡揀出幾顆，叫楚楚送到隔壁去，說老衛家這兩年，和咱們算是同舟共濟，可不能忘了人家。

楚楚回來，雲和正蹲在地上，拿棉油籽洗鍋。直起身，卻閃了腰。楚楚讓雲和坐下來，給她捶腰。雲和說：這口鍋可是功臣，這一家大小熬過來，可不是虧了它。楚楚讓她別動，說頭上有根白頭髮。這兩年，母親是又老了一些。雲和說，不拔了，年年拔，年年長，人不服老是不行。你們都長大了，媽就老了。

雲和指著地上的鍋，說，差一點，就進了小高爐了。我看劉老太是存心跟我過不去。該交的都交了，連冬天鏟雪的鐵鍬頭都交了，竟然還要我的鍋。

楚楚說，媽，說了一千遍了。您說，我向毛主席保證，我們家裡的鐵，只有這一口鍋了。

雲和將手裡的白頭髮繞成了環：可不是嗎，關鍵時候，還是得求毛主席。

這時候，無線電「滋滋拉拉」一陣響，一段調門高昂的山東快書傳出來：

「噹裡個啷，噹裡個啷，一輪紅日出東方，這地球是一半熱來一半涼，熱的是無產階級的半邊天，涼的是資本主義的那一方——嘿！美帝蘇修一個褲襠！一個壓，一個卡，一個要債一個囂張，沒有事兒——中國人民鐵脊梁！沒有事——咱有偉大的共產黨！」

又是一陣滋滋拉拉，無線電沒聲兒了。空氣裡格外地空和靜。母女兩個都不知該說些什麼。

這時候有人敲門。打開門，是向紅的爸爸。說，謝謝你，楚楚媽，這粽子真是好。孩子們是窮肚餓嗉，這回可是解饞了。雲和說，鄰里鄰居的，說什麼客氣話。向紅爸就說，國忠今天在廠裡加班，不回來了，讓我跟你說一聲。

雲和就有些失望，說，這孩子，這陣子說不回來，就不回來。也不言語一聲，我黃酒都溫上了。

向紅爸笑一笑說，是國忠這孩子來事，領導重用呢。他們車間新成立了攻堅小組。蘇修甩給我們的工程，我們爭一口氣，自己給它搞出來。

雲和說，那也得過節啊，前些年「趕英超美」，現在又替蘇修老毛子收拾爛攤子，幾時是個頭。

楚楚聽母親這樣說，暗暗拉她衣角。

雲和便醒悟，瞧我這話說的，都是婦人之見。

向紅爸是個眼醒的人，寬容地笑一笑說，哪裡有困難，哪裡就有我們工人階級，都是革命需要。

吃了飯，雲和在燈底下打毛線。打一會兒，就用巴掌比一下。這是向紅媽拿來的花樣子，其實是舊樣子，對雲和卻是新東西。

「阿爾巴尼亞針」，是這個貌似熱烈實則落魄的時代裡，難得的上進與用心。雖然這份用心是女人的，卻更看出了其中的緻密與清醒。

聽說這彎彎繞的針法，也叫「友誼針」。雲和知道，這阿爾巴尼亞是新中國的小兄弟，用國忠的話說，那叫情同手足。可雲和又想不通，這蘇聯老大哥也是手足，怎麼能說翻臉就翻臉，撕合同，撤專家，停項目，臨了又要中國人還債。向紅媽說，要我們還什麼？雞蛋。蘇修用篩子過雞蛋，小的不要，剩下的全倒進伏爾加河去了。這不是寒磣人麼？所以，這手足算起帳來，比外人還要狠。

雲和打了幾針，琢磨一下，嗤嗤拉拉地又拆掉了。心裡想著，真是萬事開頭難。

這件毛衣是打給楚楚的。雲和看一眼楚楚。女兒這兩年來是吃了苦楚的，樣貌上也讓人心疼。楚楚早就將辮子剪了，留了個運動頭。這並不適合她，她不是那種颯爽的類型。看上去，更像個虛弱的，憂心忡忡的男孩子。衣服也普通下去，舊得發白的卡其裝。雲和託人給她買了件海燕領的兩用衫，也不穿，說自己要為人師表。唯一的裝飾，是頭上牛頭的髮夾。那又是許多年前，國忠給她做的了。

楚楚出著神，突然發現母親看她。就迎著母親的眼睛，問：媽，你說一緯，怎麼就不給我回信呢。

雲和的手抖了一下，她扶一扶花鏡，嘴裡說，這花好看是好看，可我這一老，還真學不會了。楚楚，你幫媽看看，這樣子對不對。

楚楚咬一下唇，說，媽……

雲和想一想，嘆口氣說，北大荒那個地方，也真是讓人沒個盼頭。

楚楚站起身，走回房間去了。

第二天的清晨，雲和趕了個大早到郵局去。她敲一敲櫃檯的玻璃窗，郵局的小姑娘抬起頭，笑了。姑娘認識這阿姨，知道她又來給兒子寄東西。雲和揉揉眼睛，一筆一畫地在包裹上寫地址。這包裹裡，有熬了一夜剝出來的花生米，半斤雞血米，兩隻香肚。還有昨天包粽子扣下來的金絲蜜棗。

還有一封短信，末尾還是那幾個字：

孩子，謝謝你。我們都是為了楚楚好。

姑娘含笑看著她寫。

多少次了，雲和的手，還是有些發顫，她知道自己虧著心。但是她沒辦法，她用海納的話說服自己，也說服了一緯，都是為了楚楚好。

這天中午，楚楚端著個搪瓷茶缸去找國忠。其實，楚楚被分到這個工廠的子弟小學，兄妹兩個見面倒比平時多些，不過幾步路的功夫。

國忠還在車間忙活。車間裡其他人，都跟著師傅看技術比武去了。這算是一年來的盛事，都不想落下。國忠烏青著眼，在調試機器，這機器也是跟蘇聯人買的。中國人還沒學會用，他們不言語一聲就跑路了。機器轉不動，新項目就沒法上馬。為這個，國忠他們這個技術小組已經幾夜沒闔上眼了。

楚楚說，哥，歇歇吧。媽給你包了粽子。

國忠笑一笑，說，等五分鐘。

楚楚就到工作間裡尋出一個火油爐子，點上，把茶缸蹲在上頭熱。

國忠做完了，揚著兩隻大手，去機房後面沖水。拿個毛巾抹一抹，揭開茶缸就要拿粽子。楚楚輕輕打一下他的手，從口袋裡掏出一個小瓶子，拈出酒精棉花球，給哥哥擦手心。一邊擦一邊說，滿手上都是機油，吃下去不得病才怪。

國忠還是笑一下，沒話。

兄妹兩個就圍著茶缸，一個吃，一個看，都是安靜的。

這時候，一個人嚷嚷著就進來了。說，奶奶個熊，什麼名師出高徒，都是狗屁。

楚楚抬起頭，恰和這人的目光撞上。這人就搔一搔頭，一面說，呀，程老師在這啊。讓老師見笑了，俺們都是些粗人。

停一停又說，你哥在咱們這算是最知識的分子啦。

國忠就有些不自在，說，魏大砲，你……扯上我做什麼？

這人就裝著生氣了，說，兄弟，罵人不揭短，當著程老師的面，一點面子都不留啊。

國忠笑了，就說，叫你大砲不屈，嘴上沒個把門兒的。

楚楚也笑，打量一眼，也想起和這人是見過的。好像是在廠裡的聯誼會上，他嘻嘻哈哈的樣子，人見過便不會忘。

這魏大砲，大名叫魏勝利。魏師傅不是本地人，老家是山東菏澤。當年頂了父親的班來到這個廠子。按說成分好，技術不錯，算是個大工匠，從學徒工熬到了三十大幾，老工人了。性子直，敢說敢做。和國忠處得倒好。國忠的脾性，想處不好都難。

魏師傅嘴裡斜叼了根菸，扯過一個小馬扎，挨著兄妹倆坐下，瞅一眼說，國忠，說你有家底吧。這年月，還能吃上粽子。

國忠遞給他一隻，說，嘗嘗吧。

魏師傅嗅嗅鼻子，就用手推回去，說，不吃不吃，饞蟲勾上來，以後可怎麼辦？俺可不像你，有娘有老妹子疼。

說完就對楚楚擠擠眼睛。國忠看見楚楚皺起了眉頭，就岔開話頭，問他，誰贏了？

魏大砲的嗓門又大起來，二廠的彭大宇唄。就周師傅那寶貝徒弟孫小四兒，你又不是不知道，光說不練的把式，看得俺那叫一個急。什麼名師出高徒。輸就輸了吧，小白臉還有話說，我是馬失前蹄……你奶奶個熊。

這學得，把兄妹倆都逗笑了。

國忠吃完了粽子。楚楚站起身，說，哥，魏師傅，我先走了。

魏大砲也站起來，一鞠躬，很鄭重地說，程老師，常來坐。

國忠就打起哈哈，說，二五郎當。

楚楚離開了車間，老魏就湊過來，壓低了聲音問，你妹子的對象，有信兒了麼？

國忠搖搖頭。

老魏就忿忿地捏了拳頭，說，什麼屌人，算個爺們兒嗎。你妹子為他這樣守，真不值。

國忠看他一眼，說，這是我們的家事，管好自己吧。

一入了夏，南京的天氣就悶熱起來。又逢上了梅雨天，「雨打黃梅頭，四十五天無日頭。」陽光都是泛泛的，有也當無。潮氣大，隨便那麼一抓都好像是一把水。這氣息將人包籠起來，實在不怎麼好過。

楚楚留在辦公室裡改功課，聞得見周遭的濕霉氣。一滴水滴到功課簿子上，她抬起頭，看天花板上給隔夜的雨水泡出了曲曲折折的一道。而辦公室的那一頭，更多的水正沿著牆流下來，水流的形狀有些怪異，好像個身形窈窕的女人，曲線畢露。楚楚禁不住低頭看一眼自己，臉紅一下。出去找了拖把，將地拖乾淨，又拿了個臉盆，依牆根放著。水從高處落下，「噹」地一下敲在盆裡，分外地響，她心裡也跟著驚一下。

這時候，隔壁楊老師走進來，火急火燎地。說小程老師幸好你在這，我爸的哮喘又犯了。我得請個假，等會兒的音樂課請你代一代。都說你手風琴拉得好。

楚楚來不及推辭，楊老師就跑遠了。楚楚呆呆地看著她的背影。問人要了音樂室的鑰匙，打開門，看見桌上擺著兩架手風琴，一紅一黑。她就挑了個黑的。看看商標，天津產的「鸚鵡牌」。她想起來，一緯的手風琴也是這個牌子。是他手把手地教會了她。她試了幾個音，風力鼓動沉厚的聲音，緩緩地流淌出來。〈三套馬車〉的旋律，在音樂室裡迴盪了一下，戛然而止。

楊老師的班上是一年級的新生，是極小的孩子，還並沒有學會自律。楚楚走進教室的時候，正是歡騰成一片。孩子們看見陌生的老師走進來，有些好奇地看她，纖細的身形和手風琴的體積形成了對比。孩子們靜默下來，是因為這年輕老師臉上肅穆的表情。他們的年齡還不足以判斷出這肅穆與個性的關聯。一個紮了藍色蝴蝶結的小姑娘迅速地對靠著窗戶東張西望的胖男孩吼一聲，王學民你快坐好，老師生氣了。

小姑娘是班長。她迅速地整頓了班級紀律，然後清清嗓子，請大家起立，齊聲說，老師好。

楚楚笑一笑，招呼他們坐下。

打開楊老師留下的課本。楚楚調了鍵盤，說那我們今天就學這一首，〈勞動最光榮〉。彈起前奏，是無比歡快的旋律，讓她倏然覺得滑稽。她停頓了一下，攏一攏頭髮，說，我們學另外一首。

悠悠地起了一個前奏。

正當梨花開遍了天涯，

喀秋莎站在峻峭的岸上，
歌聲好像明媚的春光。
她在歌唱草原的雄鷹，
她在歌唱心愛的人兒，
喀秋莎愛情永遠屬於他。

楚楚的聲音，是有些沙啞的女中音。她輕輕吟唱，這歌聲與琴聲，對她的心事都是遮擋。同時，卻又是打擊。這聲音在教室裡彌散開，在空氣中凝聚成了人形。人形穿著中山裝與布拉吉，緩緩地旋轉、起舞。她終於抬起頭，看外面竟然出現了微弱的陽光，將景色勾勒得模糊，氤氳成了一片。她的手沒有停，她只是拉下去，唱下去。孩子們有些驚異地睜大眼睛。在這個身形單薄的年輕老師的歌聲裡，他們感受到一種力量，而這力量和他們平時所感受到的時代旋律，是不同的。

孩子們看見，在這張年輕平靜的臉上，有些和這個時代的日常隔膜的東西。沒有熱烈與奮發，他們不懂得，這其間消沉的意味。他們也不明白歌詞，但是這歌聲，卻是好聽的。猶如魔力一樣，讓他們微小的心靈震顫一下，又一下。

終於有同學問起這支歌的名字。

楚楚抬起眼睛，說：〈喀秋莎〉。

楊老師興師問罪，是在第二天中午。

說有家長反映，孩子回家唱黃色歌曲。楊老師語帶悲憤地說，我這麼信任你，你怎麼能教孩子唱這樣的歌。什麼「心上人」，什麼「愛情」。

楚楚說，「愛情」怎麼就是黃色歌曲？你沒有過愛情麼。

楊老師一時啞口。說，這歌是誰寫的，是「蘇修」的。「蘇修」的能是好東西麼？怨不得你要跟個右派好，你自己就是個「蘇修」。

楚楚愣一愣，已經不再聽得清這中年女人說些什麼。她看著這女人迅速翻動的嘴巴，咬了一下自己的唇。她緩緩舉起一個墨水瓶子，手一鬆，瓶子落在地上，剎那間粉碎。有些墨水落在她的白涼鞋上，血一樣。

楊老師「啊」地驚叫一聲，跳開了。說神經病啊你，自己思想不健康，還說不得啦。

楚楚走在路上。下午短暫地晴朗，又開始淅淅瀝瀝地下起了雨。楚楚想起，傘落到辦公室裡了。她並沒有停下步子。這一年，公交開闢了許多新線路。新的車站又是一個沒遮擋的地方。頭頂是棵樹冠碩大的法國梧桐。蔥蘢的葉子，綠得發暗，濕漉漉地滴著水。楚楚站定，抬頭，看樹葉的間隙裡其實還有些許陽光透射過來，將雨絲照成了毛絨絨的一綹。

這時候，「轟」地天上一個炸雷，雨勢猛然大了起來。梧桐葉被打得亂響，人們四散地逃開去。一隻麻雀落在地上，倉促地蹦一下，卻始終抬不起翅膀，蜷縮在馬路石階旁。在人們驚異的注視中，楚楚抬起胳膊，仰面讓雨水打下來。雨水流在臉上，滑落在她的頸子裡頭。她想，再大些吧。

這時候，雨卻突然住了。楚楚睜開眼睛，看見頭上是一頂傘。打傘的人手遙遙地舉著，身子在雨中淋著。她側過臉，看見是和哥哥同車間的老魏。她匆忙地將傘推過去。老魏卻又將傘推過來，是個很堅決的動作。老魏的面目還是笑的，臉上清晰的紋路，都成了雨水的軌跡。「程老師……」老魏喚她一聲。楚楚不再堅持，兩個人終於占據了傘的兩邊，都有些侷促。中間是空落落的一塊。

車來了，楚楚向老魏道謝，飛快地上了車。車開走的時候，又響過一聲雷，雨又大了一點。透過水跡密布的車窗，楚楚看見老魏並沒有在車站上逗留。他打著傘，緩緩地走遠了。

「這麼大的人了，還是不懂顧著自己。」雲和用毛巾給她擦著頭髮上的雨水，忍不住嘴裡埋怨。

楚楚笑一笑，說，有媽在呢。

雲和嘆一口氣，媽也不能跟你一輩子。

楚楚肩膀抖了一下，打了個噴嚏。

雲和用慢火熬了一碗薑湯，再走進來，見楚楚已經趴在桌上睡著了。雲和擱下碗，拿件衣服給她披上。見她手邊攤著一張信紙，就拿起來看。信紙上，只寫著「一緯」兩個字。雲和心頭一顫，再看就是下面筆畫撩亂地畫著兩個人，看得出是一男一女。因為那女人的裙子，飛揚起來了。

入暑的時候，海納來向雲和道別。說這次劉主席來了南京，點名要她陪同，去天津、濟南、合肥、上海、鄭州，同當地黨政軍幹部座談開展「四清」運動，協助地方上建立工作組。這一去大概是要大半年了。

雲和說，聽說國忠的廠子也在搞「社教」，抽調他去分廠。沒什麼事吧。

海納淡淡一笑，是好事。

見雲和不語，就說，年輕人，該去鍛鍊鍛鍊。國忠就是太老實。階級鬥爭，將來的主力，還是他們。

海納頓一頓，又問，楚楚最近怎麼樣？

雲和說，老樣子。有天早上一起來，眼睛直愣愣的，說要去北大荒，把我給嚇的。

海納說，嗯，那事，都還成？

雲和愣一下，嘴裡也有些含糊：還成。一緯也是個通人性的孩子，可長遠下去，也不是個辦法。

海納口氣硬了一些，說，不能由著她，到頭害了自己。也是大姑娘了，心思還那麼倔。陸一緯也走了幾年了。就沒遇見別的小夥子麼。

雲和說，想是沒有，下了班就回家來。放個假也是悶著，我很怕她憋出病來。

海納看一眼錶，說，我得走了。等我回來，咱姊倆好好商量商量這事。

國忠調去的分廠，新建起來不久，連食堂都沒有。楚楚放了暑假，倒得空許多。雲和就讓她給國忠送飯去。

楚楚找到了，卻疑心走錯了地方。四周圍一副破敗，磚瓦牆上掛著油毛氈披掛下來，一隻老鼠在腳底下倉皇地沿著地溝逃開了。不遠處，卻密集地排列了幾個青黑色的小高爐，還有煙燻火燎的痕跡。這不像新建起的廠，倒彷彿才倒閉下去的。其實這裡，是前幾年特批建造的一個煉鋼廠。眾志成城、大煉鋼鐵的盛大場面，已經看不到了。去年才又劃為機械廠的分廠。

意外的是，老魏也在。原來國忠的車間抽調了他們兩個人。

老魏似乎不怎麼打得起精神。看見楚楚，卻猛然站起來，拍了拍國忠的肩膀。國忠正埋頭看一本書。楚楚翻開，一看，是本《毛主席語錄》。

這書在後來被稱為「紅寶書」，在全國紅成了一片。在當時還是有些稀罕的，只限在軍內傳閱。後來提供給廠礦的積極分子學習。

國忠抬起頭，說，還真找來了。這兒是遠了點兒，到那邊兒就是江北了。

楚楚也笑，說，哥，難得看你這樣子。風聲雨聲讀書聲。

老魏的眼光有點散，說，這陣子，整天講這些道理，倒不如看著機器，還踏實些。

國忠說，老魏，組織上的安排，是信任咱們。

老魏背過臉說，我沒什麼理論高度。我倒寧願看著機器，我們是工人，機器就好比我們的女人。不摸不看，該要生鏽了。

楚楚皺一皺眉。三個人都沉默了。老魏也變得有些侷促，雖然還是站著，但站得很僵。楚楚便說，吃飯吧。

保溫筒裡，有一盒米飯，馬蘭頭炒雞蛋和醃西瓜皮。「馬蘭頭」是雲和在後院種的。這原是一種野菜，南京人吃野菜是吃出了名來。「南京人不識寶，一口米飯一口草」。可像雲和這樣將野菜做出了講究的，恐怕是不多。國忠也餓了，埋了頭扒飯。

老魏就走到一邊去，在一個綠軍挎裡翻了一會兒，掏出了玉米麵的窩頭。一桿蔥，再就是一鹹菜瓶子黑乎乎的醬。

老魏捏著蔥在醬裡蘸一蘸，咬下去，發出「卡吧」一聲脆響。楚楚不禁抬起頭。老魏頓覺得有些難堪，黧黑的臉上竟泛出些赤紅來。

楚楚便說，魏師傅，一起吃吧。

老魏就有些推讓。

國忠便說，是我們想嘗嘗你的大醬，你要是啬皮就算了。

老魏這才坐下來。國忠用筷子頭挑了一疙瘩醬，放進嘴裡。然後咂一下嘴，說，真是鮮，楚楚，你嘗嘗，老魏整天藏著寶。

老魏臉上舒展開，笑紋勾勒出歡喜。他說，那是。俺娘下大力氣了。多好的大豆，焖上一夜，用手舂出來，一直發到農曆四月二十八。俺們山東人，別的不論，一口大蔥一口醬，真是缺不得的。可是這南方的蔥，趕不上根頭髮絲。俺們那裡的，最細都有小拇指粗了。唉。

國忠就將碗裡的菜撥給他，說，試試我們江南的鹹菜，各有各的味兒。

老魏這回，就不推辭了。在嘴裡一品，是大喜過望的樣子，問，這是啥鹹菜。真好吃，脆生生的。

國忠就說，是我媽醃的西瓜皮，又去暑氣，還消渴。

老魏直點頭，說，天下當娘的，都是兒女心。日子再難，都想讓咱們可口。

又吃了馬蘭頭炒雞蛋。老魏問這是什麼菜，以前從來沒吃過。

國忠告訴他，是野菜，不過是家養的。老魏就說，俺娘以前也在屋後種過一畦野菜。不過前幾年，都荒了。俺那興吃鴨蛋。鴨子喜把蛋下在淺溪裡，俺小時候，就脫光了屁股下到水裡撈，大人就拿個耙犁，還趕不上俺撈得多。

這時候的老魏，笑得果真有些孩子相。他講起很多他幼時的舊聞，都生動趣怪得很，聽得國忠和楚楚很有興味。聊起來，其實老魏並不老，也就三十三歲。但面相上很老成，再加上人黑，就顯出年紀來了。

吃了飯，國忠送楚楚回去。到了廠門口，國忠說，下次送飯，讓媽多備一份。楚楚愣一愣，明白了，點點頭說，這個要和媽商量一下。

國忠說，老魏人想得開，家裡的情況其實不大好。他爸退下來兩年就得病死了。在這掙的錢，都寄回家還他爸的醫藥費。家裡就他一個，還有個老娘要養。老這樣吃飯，也不行。

楚楚回家，就和母親說了。

雲和沉吟一下，說，行，就照你哥說的做。也就添雙筷子。

以後中午，楚楚就和國忠老魏兩個一起吃飯。

老魏心裡感激，卻不會表達，只是每次都說好吃。楚楚這才發現，老魏，底裡其實帶著股子忠厚氣的。

這一天吃了飯，老魏坐定，從軍挎裡拿出一把摺扇。說，我給你們表演一段我們家鄉的評書，叫《義薄雲天》。只見他將個茶缸往地上一頓，「哐」地一聲，那就是「驚堂木」。

話說清朝末年，俺們山東濟南府況富街住著這麼個人，姓洪叫洪福劍，是個練武的。性情直爽，愛說實話，愛打抱不平。他交了個最好的朋友，住濟南府南關。這人是個秀才念書的，姓碧，叫碧雲天。這兩個人好啊……

老魏這一口山東話，孔武有力，加上他一招一式，鏗鏗鏘鏘，誇張得有點惹人發笑。可是國忠和楚楚卻漸漸聽進去了。原來說的是，姓洪的人，性格魯直，犯下事故，被流放三年。姓碧的朋友，怎麼幫他教助妻兒的事。故事其實是有些傳奇，禁不起邏輯的推敲，但內裡卻是感人的。這山東話說這古道熱腸的故事，有一股子爽勁兒，的確是恰如其分。聽的人都有些動容。

老魏一個故事說下來，竟然是滿頭大汗。國忠與楚楚就為他鼓掌。

老魏倒很不好意思，兩手一抱拳，說見笑見笑，現在口生了。說他是正經拜過師傅的。有個唱西河大鼓的姓吳的老藝人，流落到他們家鄉，從此住下來。隋唐演義、好漢秦瓊、程咬金、水滸，響馬傳無所不說，無所不能。孩子們都很佩服，就要拜他為師。他環顧四周，不言聲，最後指著牆根裡一個愣頭愣腦的黑臉孩子，說，我收下你了。

這孩子就是老魏。

後來，老魏問起師傅，放著那些個精靈的小子不收，為什麼單單就看中了他。師傅撚鬚而笑，說，那天可巧看見他站在河岸上喚鴨子。那震天動地一聲吼，中氣十足，知道是塊好材料。說書講究三言六式，說到底都是虛的。真正要撐場面，還就是那一嗓子。

以後，一吃完飯，擱下碗，老魏就給兄妹倆來上一段，成了固定的節目。老魏似乎也是說得越來越好。這分廠車間裡的工人，本來和他們是有些隔膜的，卻也三三兩兩的跑來聽。老魏人大方，不論聽眾多寡，都是聲如洪鐘。

有人就說，老魏，怎麼沒有革命的段子，全都是老封建的事情。

老魏就有點為難，過一會兒說，舊社會的階級鬥爭內容才多，都在這裡頭了。

有個陰雨天，楚楚進了廠裡。聽見老魏的聲音，叫她程老師。可是舉目四望，卻看不見一個人。突然就見靠西面圍牆的排水溝裡伸出了一個黑乎乎的人頭，正是老魏。

楚楚也有些驚異，說，魏師傅，你在那裡幹什麼？

老魏憨憨一笑，伸出手說，你看這是什麼。楚楚走進一看，竟是隻碩大的龍蝦，張牙舞爪的。這龍蝦囂張得很，揮舞了鉗子，尾巴一彈，就將一塊泥巴彈到了老魏的鼻子上。老魏就揚起袖口擦了擦。龍蝦卻又掙扎一下，將更多的泥彈到他臉上。

楚楚笑了，拿出自己的手絹遞給他。

老魏推讓一下，說俺用你的手絹，那不是李逵拿繡花針，作怪。

可這一推讓，卻已經將手絹弄髒了。老魏就只有接過來。

老魏邊擦邊說：這溝裡的泥，不知道是陳了多久，肥得很，底下都是龍蝦。俺挖了些滾地龍，你看，就這一小會兒，釣了這麼多。來事吧。

老魏的山東腔，最後卻用南京的土話作結，實在滑稽得很。

楚楚看老魏用了一根葦葉子，將大大小小的龍蝦，首尾穿成了一串，正匍匐在草叢裡，七手八腳。

老魏說，程老師，要麻煩你燒上一鍋水，咱們也吃吃野味。

老魏踩著石頭，從地溝裡上來。一腳沒踩穩，眼看要滑下去。楚楚慌得伸出手去拉了他一把。等老魏站穩了，兩個人的手卻還握在一起。倒是老魏先縮了回來，說，俺咋這沒成色，弄髒了你的手。

楚楚嘴裡說著沒事，臉卻紅了。

兩個人回來，是豐收的景狀，有些喜氣。國忠見了也大為驚異，說，老魏跟我說溝裡有龍蝦，我還不信，看來這回是教條主義了。

說著就幫老魏收拾龍蝦。老魏說，這小龍蝦的肝腦不能吃，上面有個泡子，專都是些髒東西。花椒大料，甜醬油是沒有的。好在有醋和鹽，蔥也有，因為老魏頓頓離不開。國忠就又跟隔壁車間借了些味精。楚楚洗出了一只鍋，就這麼夥在裡頭煮。煮到一半，老魏靈機一動，將大醬也加進去。轉了文火煨。

就這麼煨到了香氣出來。蝦也變得紅通通了。

趁熱剝開嘗一嘗，味道竟然極好，鮮掉眉毛。國忠說別有風味，這是大醬的功勞。

三個人你一口我一口，都成了小孩子。

吃不了的，楚楚帶了回家。雲和嘗一下，也讚說，這魏師傅，倒真是個會過日子的人。

這一天，廠裡沉悶的氣象有些喜洋洋的。原來是南京電影製片廠的暑期放映隊，要到這裡來放電影。放的是個新片子《早春二月》。

楚楚心下一動，她並不是個很愛電影的人。但是這齣電影裡的演員，孫道臨和謝芳，卻都是她極愛的。放映的時間有點晚，到了八點半，大概是想要廠裡的職工吃了飯消消停停地過來。

國忠說，晚上我不能陪你。總廠那邊有個專案會議，要加班討論，我得過去。大概今晚也回不去了。

楚楚有些失望，她知道，國忠是不放心讓她這麼遠一個人回家的。便說，嗯，那就以後再看吧。

老魏在一旁聽到，便說，程老師愛看，就看唄。俺跟她一塊兒看。看完了送她回去。

國忠笑笑說，什麼大不了的事，一齣戲嘛。你陪著她在旁邊打瞌睡，也是為難。

老魏就拍他一巴掌，說，你就會小瞧人。俺就不能欣賞欣賞高雅藝術？俺也喜歡謝芳，在《鐵道游擊隊》裡頭，那叫一個俊。討不到這樣的老婆，能多看兩眼也是好的。

楚楚禁不住笑出了聲，師傅，那個……是秦怡。

老魏也有些尷尬，說，差不多，都差不多。

三個人都笑了。國忠就用徵詢的目光看楚楚，楚楚低下頭，說，那麻煩魏師傅了。

晚上楚楚提早從家裡出來，到了廠裡差不多八點鐘。可是到了廠區的空地上，發現已經是人頭攢動。原來附近城郊的居民知道放電影，都跑過來湊熱鬧。早起趕了個晚集，楚楚心裡有點涼。

這時候，楚楚好像聽見有人喊她。可是場上喧騰得跟過節一樣，聲音一下就給淹沒了。她想，是老魏。就在人群裡頭找。天黑得緊，又不好意思拿手電筒照，挨著一排排找下來，找了半天都沒找見。眼看就開演了，心裡也發了急。

這時候，電影銀幕卻突然就亮起來。上面是「北京電影製片廠」幾個大字。場上響起些噓聲。只見幕布底下一個黑影，從座位上站了起來，不停地朝楚楚的方向揮手。楚楚仔細一看，正是老魏。老魏魁梧的身形，杵在那裡，惹起了眾怒。但是他不管，還是不屈不撓地揮下去。

楚楚笑了。老魏竟然占到了第一排的位置，也不知已經來了多久。

走到跟前，楚楚才發現，原來老魏只占上了一個位置。老魏站起來，不由分說就將楚楚讓到小馬扎上坐下。自己走到一邊去了。

這小馬扎，已經給老魏焐得滾熱。楚楚坐下，臉上也有些發燙。不容她細想，電影已經開始了。江南水色的背景下，蕭澗秋在去往芙蓉鎮的船上，臉上躊躇滿志。楚楚卻看出了他眉目間的意興闌珊。這神情是她熟悉不過的。

她並不想提醒自己，為什麼會喜歡孫道臨這個演員。

但是這清俊男人的面龐，卻與另一張臉在銀幕上重疊。同樣梳得過於齊整的頭髮，寬闊的額角，純淨而略略天真的眼神。甚至在焦慮下曾有過的徬徨與掙扎，都是一樣的。只是，那張臉更年輕一些。

然而，經過了這麼些年，還會年輕嗎？

楚楚感覺有一些熱的東西，在眼睛裡滾動。但是她克制住，她將眼光從銀幕上掃過去。恰迎上另一道目光，是老魏的。老魏並沒有在看電影，目光在她這裡。老魏埋下頭去。楚楚的餘光，瞥見老魏舉起手裡的菸，很使勁地啜了一口，卻再也沒抬起頭來。

這究竟是一個為愛而犧牲又為犧牲而愛的故事。

那些朦朧而潔淨的圖像，到最後，還是留不住。他走了，她也走了。謝芳嬌美的臉上，有一種堅強。她沒有慌，但她終於也走了。

楚楚想，為什麼她可以走。

電影最終是一個光明的尾巴。

散場了，人們三三兩兩地走掉了。楚楚站起來，拎著小馬扎，在人群裡找老魏。人稀少了。楚楚看見老魏坐在牆角裡一個廢棄的機床上，頭靠著模具架，已經睡著了。這時候，這男人的面相就更憨了一些，孩子一樣。

他的腳底下，橫七豎八地落著許多菸蒂。手上還夾著一根，也燒了一大半了。沒燃盡的菸，明亮地閃了一下，燒到了頭，也燒到了老魏的手。老魏受驚一樣全身抖動一下，醒了過來，一面倉皇地四處望。

楚楚忍不住笑了。

老魏看見了楚楚，趕緊從機床上跳下來，問：演完了？

楚楚看他茫然的樣子，心裡忍著笑，點點頭。

老魏便說，這戲是好，就是有點長。說話又文謅謅的。

楚楚笑說，你喜歡的是武戲，隋唐演義。

老魏便又問，他後來娶了那個寡婦沒有？其實這個寡婦不錯，人也傻，會過日子。小娃也懂事。那個女學生，就除了俊，還是個傻。

楚楚答說，他誰也沒娶。

老魏有點失望地說，哦。

兩個人都往廠車間走，去拿老魏的自行車。

老魏又掏出一支菸。點亮了，也不說話，一口一口緊著吸。

楚楚說，魏師傅，少抽些菸，對身體不好。

老魏抬頭看她一眼，又埋下頭去，菸抽得更用力了一些。

推了自行車，從廠區出來，老魏說，程老師，我送你回家去。

這時候其實已經夜涼了，外頭有點冷。楚楚只穿了一件的確良的連衫裙，風吹過來，禁不住抱一下膀子。

老魏將菸叼在嘴裡，把自己的工作服脫下來，抖一抖，抬手就要給楚楚披上。楚楚用手一擋。老魏有些強硬地裹在她身上，楞楞地說：凍著。

楚楚也不言語了，只好這麼披著跟他走。

走了幾步，老魏用手抹一抹後座，跨上了車子。回頭對楚楚說，程老師，上來吧。

楚楚側著坐穩了，用手抓緊了後座。老魏騎得並不快。楚楚知道是顧她，心裡也有些感激。

這時候，頭上是一輪上弦月，灑下些清白的光，將兩個人的身形，投下了長長的影。楚楚的影子，有些臃腫。那是和緩些的風，將老魏的工作服鼓蕩起來了。

這工作服裡有些溫暖重濁的汗酸氣，帶著些腥鹹。那是種強壯的、雄性動物的氣味。在這氣味的包裹之下，楚楚有些發暈，於是就使勁深呼吸了一下。清涼的風讓她清醒了一些。她想起，若干年前，她坐在另一個人的自行車後座上。她靠在那男人的背上，那男人的氣味是好聞的髮蠟味道，有薄荷葉的清爽。

楚楚看眼前的這個男人，有寬闊得多的背。用力蹬車的時候，肩胛上就有些肌肉的突起。他只穿了一件白色的汗背心，洗得發灰了，有幾處已經稀薄得有些透明。這是個沒人打理的男人。

這時候，遠處傳來蛙鳴。先是一兩聲，突然就連成了片，激越起來。老魏像受到了聲音的鼓舞，蹬得快了一些。

進了城南，街道狹窄了。前面的路不平，突然間磕碰，顛簸了一下。楚楚感覺自己從車後座上躍起來。匆忙間，楚楚抓住了什麼，才沒有落下來。她舒一口氣，卻發現正抓在前面那人的腰帶上，趕緊將手放下來。前面的人，身體也一抖，嘴裡說，坐穩。

終於騎到了武定門。墨藍的天色，是舒闊的背景。模糊的城垣輪廓下頭，兩個緘默的人，一架自行車吱呀作響，緣著秦淮河畔。

楚楚終於開口，說，魏師傅，不遠了。我自己回去吧。

老魏沒有說話，埋下頭蹬車。越過白鷺洲公園的時候，天上下起星星點點的雨。一個炸雷響起，天色倏然變得黑紅。老魏抬頭望一下，悶聲說，小暑一聲雷，這雨是小不得了。

話沒落音，豆大的雨點就落下來了。劈里啪啦地落在他們的臉上身上。這路上並沒有什麼遮擋，老魏只管向前，衝鋒陷陣一樣。雨點混著大風，槍彈似地打過來。

好不容易，看見一個廢棄的施工涼篷。他們急急地拋下車子，跑進去。衣服已經濕透了。老魏的工作服緊緊貼在身上，好像冰涼粗礪的皮膚。

楚楚瑟瑟地發著抖，倏然憶起，這正是若干時日前的暴雨天，為她遮雨的男人。

此時，他們都更為地狼狽。老魏低下頭，擰著褲腳。楚楚聽到他的解放鞋底，在泥地上踩出卜嘰卜嘰的聲音。

老魏轉過身去。一道閃電劃過，楚楚看見這男人正將汗背心脫下來。黧黑的肌肉虬結著，好像律動的岩石。接連而至的電閃，轟隆間，將小篷照得雪亮。老魏轉過頭，看見了楚楚。他使勁地擰乾了背心，團在一起，在身上抹一抹。他動一動嘴唇，輕輕說，別穿著濕衣服了，要感冒。

楚楚猶豫了一下，反而將衣服的領口裹得更緊了一些。這時候，她看見老魏露出了有些痛苦的表情。

老魏走近了一些，啞著嗓子說，別穿著了。

外面風捲狂沙，模糊成了一片。雨擊打著頂篷，將老魏的聲音淹沒了。楚楚向後退了一步。她說，魏師傅。

老魏的臉色發白。他的手指有些抖動。雨水從他的頭髮上流淌下來，他也沒有擦，只是又逼近了。楚楚聽到腳底「哐噹」一聲，踩到了一塊石棉瓦。她向後趔趄了一下。老魏伸出胳膊，扶住了她。然而，在她剛才的動作裡，工作服也滑了下來。楚楚的連衫裙被雨淋透，將身體的輪廓勾勒得清楚。

老魏的呼吸重濁了，猛然將她抱在懷裡。楚楚的身體僵硬了一下，開始掙扎。然而，老魏鐵一樣的臂膀箍住了她。她動彈不得。老魏一隻手在她身上開始摸索，爬行，嘴裡喃喃地說，楚楚，楚楚……

她聞到老魏嘴裡灼熱的菸味，有些作嘔。當這張嘴靠近她的時候，她扭動，猝然向老魏啐了一口。老魏愣了一下，紅了眼睛。他更緊地抱住她，騰出一隻手伸進她的裙子裡。楚楚終於哭了。這哭聲混著雨聲，變得喑啞無力。她曲起膝蓋，對著老魏的下身，狠狠地頂下去。老魏彎下腰，發出一聲沉悶的吼叫，那是受傷的獸的。但是很快，他挺起了身體，抓住楚楚的領口，狠狠地給了她一記耳光，將她推翻在了牆角裡一堆沙土上。

當事情結束了，雨竟然也停了。楚楚躺在沙土上，看著雨滴次第從涼篷上流下來，在地上擊起一道道水紋。

老魏已經穿上了濕透的工作服，楚楚抬起眼睛，看見他埋著頭，跪在自己面前。他說，楚楚……程老師……

楚楚重新又將眼睛閉上。在空虛與銳痛間，竟然也有這麼一瞬的充實。這男人，在幾分鐘前，幫她結束了過去的二十八年。

半晌，老魏似乎鼓足了勇氣，他說，俺，俺實在是喜歡你。俺知道俺配不上你，可俺想娶你，跟你過日子。你要是送俺下大獄，俺也認。你……你給俺句話。

楚楚輕輕地嘆口氣。一滴水從頂篷上落下，掉到她臉上。冰涼的，讓她全身一凜。她說，你走吧。

老魏依然是跪著，身體卻靠近了些。

楚楚將頭偏過去，咬住了嘴唇。她說，滾。

很久，她聽見老魏站起身，扶起自行車，輕手輕腳。然而，解放鞋在地上踩出遲鈍滑膩的聲響，緩慢地，漸漸輕遠。

楚楚吃力地站起身，聽到沙子從裙幅上簌簌落下。

她將已被撕裂的內褲扯下來，扔到了沙堆上。然後走出去。

清冷的風裡，有潮氣撲面。茫茫然間，她感到下身有些痛。彎下腰，恰看到腳下的一汪積水，在路燈底下閃著光。在這光裡，楚楚看見一張煞白的臉，沒有神情，女鬼一樣。她踏出一腳，將那張臉在水裡踩碎了。

終於走到了家門口。

臨近院子的時候，她看見一個人影子一閃，不見了。

老魏躲在巷子的這頭，又探出臉，看見楚楚走進家門。他放心地嘆一口氣。他籠起袖子，擦一擦眼睛，可是淚水卻不自制地更洶湧地流下來。他在心裡罵一聲娘。自他長大，就再也沒哭過。

楚楚進來的時候，母親正倚著門往外張望。看見她，雲和奔出來，小祖宗，你要嚇死我。看看都幾點了。

又向她身後掃過一眼，問，魏師傅呢，喊他進來喝口水。

楚楚對她虛弱地笑一下，沒答理，逕自往門裡走。

楚楚拿毛巾擦著頭髮，聽著母親輕聲地抱怨。然而，她看見母親忽然間盯住了她的臉，笑容慢慢凝結。母親將她拉到了燈光底下。楚楚意識到，抬起手遮擋一下。瘀紅的手印，像烙在了泛著青白的臉上。

雲和將楚楚的手使勁扯了下來，問，怎麼回事？

楚楚不說話，同時將頭低下去。雲和有些粗暴地搖動她的肩膀，問，怎麼回事？

這時候，楚楚又感到了痛。她皺一下眉頭，身體也屈了下去。雲和看見楚楚緊緊地捏住了裙幅。白色的裙子上，有一道淡紅色的印，已經被雨水洇開了。

雲和感到自己突然間說不出話來，好像被人掐住了喉嚨。她哆嗦著嘴唇，後退了一步。
楚楚緩緩地將裙子掀起來了。

瘦弱的大腿上，紫得發烏的血。有一道稍微新鮮的紅，蚯蚓似的，蜿蜿蜒蜒流下來，也已經乾了。

雲和伸出手去，想扶住桌子。扶了個空，她一下子跌坐在椅子上。

雨又下起來，淅淅瀝瀝了一夜。

雲和守了楚楚一夜。

從醫院回來，楚楚倒是很快睡著了。楚楚睡著的樣子，總比醒著時甜美些。雲和紅腫著眼睛，摸了摸她的臉，想她怎麼還能夠睡得著。

這麼想著，自己鼻子先酸了一下，胸口也悶得一陣疼。掛鐘「噹」地響了。她看看窗戶外頭，還是密密地黑成一片，沒有要亮起來的意思。

天亮了就好了。天亮了，國忠就回來了。

朦朦朧朧間，雲和聽見有人敲門。雲和這才發覺，自己已經趴在了楚楚的床頭，打了一半瞌睡。她急急地站起來應門，想，國忠總算回來了。這麼想著，淚水也在眼睛裡打了轉。

然而，門打開，卻是街道上的吳阿姨。

吳阿姨看見她一臉的倦容，也難捉摸。便說，國忠媽，有你的電話。

雲和想，自己哪來的電話。又一想楚楚，眼光往屋裡瞥，有些猶豫。

吳阿姨便壓低了聲音，很神祕地說，是你那個大首長親戚啊。
雲和一個激靈，醒了。
她心裡過電影似的走一遍，然後說，好，我這就過去。

雲和拿起電話。吳阿姨笑一笑，說你打你的，我去下街看看。便知趣地走出去。
雲和聽到那邊一陣響，然後是海納的聲音。
原來海納從鄭州回來，要在南京待上一天，明天一早就又要去江西。說是要過來看看她和楚楚。
大姊，你怎麼不說話，不歡迎？海納的口氣是輕鬆的。
雲和動了動嘴巴，出不了聲。她掙了一口氣，終於哭出了聲音來。
間間斷斷地，海納聽清楚了。半晌沒聲音。
我，我要去派出所。雲和的聲音，結巴起來。
糊塗！電話那邊的聲音，近乎斷喝。
又過了許久，海納的聲音，很冰冷地傳過來：在家裡等著，我現在就過來。我有話要問國忠。
接著卻又是一句，程雲和，你對得起誰？

雲和拖著步子回到家。
看見門口還掛著大鎖，鬆一口氣。屋裡黑著，楚楚還沒起來。
其實天已經大亮了。隔夜的水氣被暑熱蒸發開來，熱得人心裡發躁。
雲和洗了一把臉。看見鏡子裡的，已經是個上年紀的人。這些年，她也覺出自己有些老，又有些鈍了，也越來越沒主心骨了。

這時候，國忠回來了。雲和愣愣地看著兒子。國忠加了一夜班，倒還是一張笑臉。卻眼見著母親踉蹌著走過來，扶住自己的臂膀，虛了聲音，一面說，你妹妹，她……

國忠不明就裡，就要打開楚楚的門。雲和阻止他，說，還睡著。

然而國忠已經將門推開了。

床上空無一人，被子疊得整整齊齊。窗子是打開的。

雲和嘴唇顫抖著。國忠看見母親手扒著門框，身體一點一點地滑到了地上。

趙海納臉上沒有一絲表情。

她坐在副駕駛的位置上，一動不動地望著窗外。雲和靠在國忠身上，眼神散著，嘴裡發出不完整的聲音，但還辨得出，是「楚楚」兩個字。

吉普車已經在秦淮河畔上兜了兩圈。

公安局那裡，也已經交代下去。

陽光猛烈起來，路上的人和物都照得發了白。一個賣西瓜的小販，拖著車子，向著城南的方向。突然後面一輛自行車沒煞住，撞了個實。西瓜滾落下來，騎車的黑臉漢子下了車，幫小販撿西瓜。小販卻拽住了他。

黑臉漢子將頭上的草帽取下來。國忠猛然攥緊了拳頭。是老魏。

他說，停車，我看見老魏了。

司機減慢了速度，海納說，不要停。

她頓了一下，突然對司機說，掉頭，往火車站。

在火車站的候車室，他們看見了楚楚。

楚楚正隨著人流緩緩地向前走。他們喊她的名字，但是，聲音很快地淹沒在低頻的龐雜聲浪裡。國忠艱難地擠過人群，雲和與海納跟在後面。國忠將楚楚的胳膊抓住了。楚楚回過頭，臉上露出驚恐的神情。這時候，廣播裡在播報進站通知，提醒去哈爾濱的旅客盡快檢票上車。楚楚使勁掙扎了一下，這掙扎是很虛弱的。

人們開始竊竊私語。

雲和也擠過來了。楚楚幾乎是將身體架在了國忠的臂彎裡。她說，媽，讓我走，求你了，我要去找他。

雲和遲疑一下，終於說，你以為你這個樣子，男人還會要你麼？

這話是從牙齒縫裡迸出來的。楚楚愣一愣，頭低垂下去，終於撲倒在了母親的懷裡痛哭起來。雲和摟著她，抵受著她肩膀的顫慄，心裡發著痛。

突然，這顫慄停止了。所有的人，都看著楚楚蒼白著一張臉，手臂在空中一划，暈倒在地。

醫院裡。

醫生走出來，告訴他們，楚楚只是因為貧血和緊張過度而昏厥，需要休息。

國忠站在走廊的落地窗前，突然揚起拳頭，狠狠地捶在牆上。

海納拍拍他的肩膀，說，國忠，別激動，說說看，這個老魏是個什麼樣的人。

國忠盡力平靜下來。

海納聽了後，沉吟了一下，點點頭，轉身對雲和說，也未必是件壞事。

雲和不解地看著她。

海納一字一酌：眼下階級鬥爭的形勢，是越來越嚴峻了。楚楚應該有個依靠。這人的出身很好，又是工人階級。況且，一個閨女，遇到這樣的事……

三個人都沉默了。

國忠猛然回頭，像下了一個決心。他的聲音低沉但十分清晰：你們都在擔心楚楚沒有人要嗎？沒有人要，我要！

雲和好像不認識了自己的兒子。她喃喃地說，她，她是你妹妹。

是妹妹，不同爹，不同媽的妹妹。國忠的話像是泄了閘的洪水：為什麼楚楚不能跟我過，一起過了這麼多年，怎麼不能在一起過日子。

雲和站起身，一個耳光扇過去，說，你，這種混帳話，你是想亂了人倫麼？

國忠捂著臉，眼裡閃出了淚光。

媽，我擱下一句話。我也是工人階級。我不信，還會有人比我更疼楚楚。

雲和感到身體晃一晃，站穩了，可是手掌，還是震得生疼。

楚楚醒過來，終於回了家。

雲和打開門，看見地上一個牛皮紙信封。裡面裝著一沓錢，整的零的都有。還有一張紙條。上面寫著，這是我所有的家當。俺娘說，犯下了錯，就該扛。我走了。

楚楚接過來看一眼，撐起身子說，我要見老魏。

雲和驚異地看她，手裡將紙條撕得粉碎：你倒要見他。我恨他來了我不在，拿這掃帚疙瘩打殘了他也不屈。

楚楚說，他去自首了。

他們在雙塘派出所找到了老魏。他看見楚楚進來，慌得左右不是。本來人還鎮定，這下嘴裡結巴起來。

他低下了頭，說，同志，她，她是受害人。

楚楚走到他跟前，向他啐一口，丟人丟得還不夠嗎？快結婚的人了，鬧什麼鬧？你不要臉，我還要臉呢！

她又緊緊握著民警的手，說，同志，你看，按理家醜不外揚。都說酒壯慫人膽。他以為這麼鬧騰一下，就不用跟我結婚了。咱們戀愛了三年了，我肚子裡的孩子四個月了，你鬧什麼鬧？你當著丈母娘大舅子的面，說，我逼你了嗎，我逼你了嗎？

民警是個年輕小夥子，眼見這一齣，目瞪口呆。楚楚說完，嗚嗚地哭了起來。

老魏抬起眼睛，有點躲閃，他抖著嘴唇說，程老師，我……

楚楚一把揪住老魏的領子，拎起來，說，你叫我什麼，程老師……我們真夠生分的啊。你還想出什麼故事，回家去講。

民警臉上剛才還有些玩味的神情，終於不耐煩了，他合上了卷宗，說，好了，你們。家裡怎麼不是醋瓶碰醬缸，既然要結婚，就得想著好好過日子，互敬互讓。都這麼大的人了，還要我教嗎？回去吧，以後別到派出所鬧了，我們工作也忙。

楚楚嘴裡一萬個感激，將老魏扯了出來。

走出來一百來米。

國忠眼裡噴著火。雲和扯住他的袖口。國忠使了把力氣要掙開，雲和在他肘腕子上狠勁兒掐了一下。

楚楚放開了老魏，兀自一個人往前走。

這時候，已經是黃昏。太陽下去了，光還在，黃澄澄的。街道上的人，都好像鍍了層金。楚楚走著走著，卻站住，她看見那老城牆上的牆頭草，在微風底下齊刷刷地傾倒了一片。

老魏在她身後，「撲通」一聲跪下了。

楚楚沒有回頭，只是語氣清冷地說，起來吧，男兒膝下有黃金。

老魏並沒有起來。

但是他聽見楚楚的聲音，好像從很遠的地方飄過來。楚楚說，你準備好娶我了嗎？

楚楚的婚禮，十分簡樸，倒是合了時代的潮流。

最奢侈的家具，大概就是一張棕綳床。雲和拿出自己攢下的十七張工業券，不夠。國忠又發動了同事，集齊了二十五張，才將床搬了回來。雲和說，別的都能將就，床要睡得舒服才行。兩個人過日子，得有張好床。

其他的物什，單位說可以租借給他們。看著這些上面鑲著鐵皮標籤的家具，老魏搖頭，說，我不給組織添麻煩，自己解決。沒看出老魏一個夯實實的人，有一雙巧手。他和一班師兄弟去了城東，拉來了些水曲柳的木材。推拉鋸刨，打出了立櫃，飯桌、凳子。最花心思的，卻是一張寫字檯，精雕細琢。老魏說，楚楚是文化人，這是缺不得的。

原本老魏是和另一個老工人合住著集體宿舍一間房。廠裡給他騰了出來，作了婚房。一來二去，布置得也像了樣子。雲和看了一回，心裡不是滋味。楚楚十二歲起，她開始為她繡那床龍鳳被，結果前日拿出來，上面竟然被蛀了一個洞，偏偏在鳳頭上。她又是連著趕了一夜，才勉強補上，可金絲線卻對不上色了。

兩個人在第二年春天領了結婚證。楚楚聽了母親的話，去燙了一個頭。看上去不見成熟相，反而更襯出了小。雲和原想說些寬慰的話，看女兒的樣貌，心裡卻越發難過。老魏也理了個髮，從同事那裡借來一套中山裝。穿上，人是精神文氣了些。只是太過壯碩，衣服緊繃在了身上，倒有些拘謹。到了派出所，出示了介紹信，順順當當地將結婚證領來了。

下午去照結婚相。一前一後走進照相館。照相師傅看一眼老魏說，陪閨女來嗎？

一時間，兩個人尷尬得不得了。

師傅自知說錯了話，照相的時候就格外盡心，好言好語。兩個人就都自然了些。楚楚的西裝是毛料的，臉上往外透著汗。老魏從口袋裡拿出一塊手帕。楚楚接過來，正是自己的手帕，那天給他擦臉上的泥。他洗乾淨了，留到了現在。

師傅大約是要調節氣氛，看他們兩個一個中山裝，一個穿著西裝，就笑說兩個人是中西合璧。然而說出來，驀地意識到其中的政治不正確。趕緊又打了哈哈，說楚楚的襯衫是海燕領，兩人要在革命道路上，比翼齊飛。

這笨拙的笑話，其實他們都並沒有聽進去。兩個人頭往一處靠一靠，一張照片也就拍好了。

回來，楚楚看見雲和一個人躲在裡間，抹眼淚。她就拿出結婚證給母親看。楚楚指著上面的三面紅旗和向日葵，說，媽，你看，像不像張獎狀。你老說我上了大學就沒獎狀往家拿，這不是又得了一張。

雲和一聽，也笑了。點一下楚楚的額頭，說都要結婚了，還像個孩子。然後給楚楚看結婚證後面的小圖章，說這可比獎狀實惠，媽給你去領糖和雞蛋。

婚禮是在楚楚小學校的食堂裡辦的。男女兩邊都來了不少的人。老魏廠裡頭隨份子送了一面鏡子。鏡子右下角是荷花鴛鴦的圖案，上面用紅漆寫著一副對子：革命伴侶紅花並蒂相映美，階級戰友鴛鴦雙飛試比高。楚楚那邊說是「娘家」送禮要過日子些，就送了個八磅的大暖水壺和一支花瓶。人齊了，大家就都站起來唱〈東方紅〉與〈大海航行靠舵手〉。可到了末了，一個憨憨的聲音卻走了調。眾人一看，是新郎老魏。

主婚的是機械廠的團支部書記老邢。老邢性情嚴肅，但是，因為是個蘇州人，說話一口糯糯的吳音，不緊不慢，倒讓兩個新人放鬆了不少。只是到了後來，氣氛熱騰了些。有人就起鬨，讓兩人交代戀愛經過。說是不聲不響的，就好到一塊了。楚楚便低下了頭。就又有人說，這是新郎的地下工作做得好。老魏也支支吾吾，臉憋得通紅。

雲和在後面，也聽見有不明就裡的人，私下在議論。無非是說新娘子心氣再高，年紀也擺著，最後找了這麼個人，是下了氣了。

這時候，卻見老魏抬起頭來，說，俺不是個會說話的，俺說段山東快書，就說說俺媳婦：打竹板，竹板響，俺表一表憶楚俺新娘。她，為人善良心寬廣；她，工作奮發能力強……俺，打心底覺得配不上。只想一生一世對她好，想與她，革命路上相互幫。

老魏雄壯的聲音，在空盪盪的食堂裡頭分外地響。不知道為什麼，底下議論的人都有些慚愧。這漢子說著說著，聲音也越來越大，額上的青筋都暴了出來，到後來，近乎是在吼。

海納在食堂的後門外，看得清楚。她沒有進去。警衛員聽見她在暗影子裡深深地嘆了一口氣，然後緊了緊大衣的領子，說，走吧。

夜裡，楚楚躺在陌生的床上，環顧這十二平米的房間。想，這就是個家了。

老魏端了盆熱水來，說，洗洗腳吧。這一天下來，也乏了。楚楚謝過他，說已經洗過了。

老魏說，那好。就脫掉了襪子自己洗。楚楚見那一雙腳板泡在水裡，好像兩尾大黑魚。老魏就這麼任腳泡在水裡，不搓也不洗。眼光直愣愣地盯著牆上的鏡子，也不言語。就這麼過去了半個鐘頭。楚楚轉過頭說，水涼了吧？他才驚醒一般，拿起毛巾慌忙把腳擦了擦，出去倒水去了。

進來了，老魏找件衣服披上，坐在床頭。又從抽屜裡掏出一支菸，點上，抽了幾口。楚楚輕輕咳了一聲。他趕忙把菸熄了，然後仍舊這麼坐著。

楚楚說，睡吧。不早了，明天還要上班。同時將身體往床裡面讓了一讓。老魏「哦」了一聲，將燈滅了，上了床。人卻側著躺在床沿上，碩大的身形，幾乎懸了空。黑暗裡頭，兩個人呼吸的聲音，愈加清晰，堆疊起一個起伏的輪廓。

這時候，楚楚翻過身來，從後面抱住了老魏。

楚楚回門那天，雲和早早地就站在了街口等。

卻看見有人正在搬家。幾個男人張羅著，東西不多，家具也這麼幾樣。可是卻有一張梳妝檯，讓雲和多看了幾眼。這梳妝檯樣式厚重，黑色的胡桃木，腿柱粗大。雲和便一眼認出這是老貨，且是件俄式家具。這因為早年間見的世面，在一個奉系軍官的官邸裡看到過。

雲和在張望的當口，車上走下了一個女人。女人身形高大，以至於顯得壯碩。穿著件藍灰色的人民裝，底下是藏青的卡其褲子。然而，卻披著條色彩絢爛的披肩，上面繡著顏色豔異的紫紅牡丹，雖然已經發了舊，還是讓她整個人的輪廓在灰撲撲的背景裡驟然突兀起來。女人轉過臉，雲和看到一張皮肉鬆弛的異國人臉孔。她用南京話和車伕討論著什麼，似乎關於車資的問題。忽然聲音提高了。她的南京話也並不道地，有著嬌俏的小舌音，這與她嚴厲的灰眼睛多少有些不和諧。這時候一個男人走近來，小聲說著什麼，似乎是在勸說女人。男人也是深目高鼻，長著一張生牛肉色的臉。女人忽而轉了他們本族的語言，對男人近乎一聲斷喝。車伕看著他們倆的爭執，終於妥協了。

這時候，雲和沒留神，楚楚和老魏已站在了身後。楚楚輕聲說，媽，在看什麼。雲和回過神，恰迎著老魏的臉。老魏也跟著喊一聲「媽」，兩下裡都有些彆扭。雲和並沒有應，說，來啦，咱們回家去，給你們預備了多少好吃的。

走在路上，楚楚便說，那外國女人，很眼熟。雲和心裡一驚，她也有相似的感覺，便問楚楚在哪裡見過。楚楚搖搖頭。

回到家，雲和先讓楚楚含上一顆金橘。楚楚說，媽，怎麼這麼酸。

雲和笑道：酸就對了。好好品一品，這酸到最後，就是個「甜」字。這讓我們過好日子不要忘了本。

楚楚便也笑，說，媽，又是老家裡的規矩吧。

楚楚嚼著嚼著，突然說，我想起來了，是見過的。那年在文化宮的舞會上。

雲和便問，你在說什麼。

楚楚說，那外國女人，這麼多年了。那年和一緯一起見過。只是她胖得多，認不太出來了。

老魏聽到一緯，臉上沉一下，被雲和看在了眼裡。

# 第十章
# 東邊日出西邊雨

這年八月的清晨，暑氣還沒泛上來。雲和聽見大院裡傳來熱烈的吵鬧聲。事情是因為隔壁的向紅。向紅舉著她爺爺衛仁厚的牌位從屋裡跑了出來。她母親劉玉華跟了撵上去，跟她奪那牌位，說小妮子你發的是什麼瘋。

向紅聲音響亮地說，媽你怎麼聽不懂，這是「四舊」。全國都在破四舊，立四新，要造舊世界的反。

放屁，什麼「四舊」，這是你爺爺。劉玉華不鬆手。

向紅索性將牌位擲在地上，恨恨地踏上一隻腳，毛主席說要打倒一切牛鬼蛇神，四舊你們還死守著不放，將來要被掃進歷史的垃圾堆。

她臉上有嚴肅的天真。這時候的向紅，已經是個少女，風華正茂。雲和看見她剛剛發育的胸脯劇烈地起伏。而近乎憤怒的表情，卻讓人有些懼怕。

聽到毛主席，劉玉華怯怯地放開了手。向紅抄起堂屋門口的一把斧頭，幾下將牌位斬得粉碎。

楚楚回到家的時候，天已經擦黑了。

老魏正在家裡熬稀飯，聽到鑰匙一陣響，擦了把手，忙不迭地去開門。

楚楚一張木然的臉，眼皮抬一下，看看他。

楚楚的頭髮，七零八落地支在頭上。老魏愣住，問這是怎麼了。楚楚不言語，說想喝口水。這時候，聽到外頭爐子上有稀飯撲出來的聲音。

楚楚皺皺眉頭，說，怎麼又煮稀飯。

老魏叉著兩隻大手，不知所措，說，俺娘說，吃稀飯調養人。

楚楚說，你娘說，你娘說一萬句，不如革命小將這一剪刀。

說完，楚楚的眼睛便紅了。老魏知道她在外面受了委屈。

楚楚下了班，在街上經過了紅衛兵的檢查站，說頭髮不合革命要求，是資產階級髮型。將人拉過來，喀嚓喀嚓就是幾剪子。

老魏說，小將還真是火眼金睛。這頭髮，還是結婚時候燙的，是潛伏已久的資本主義。

楚楚不是頭一個。老魏廠裡的「吳美人」吳會計，那天過來上班，頭髮好像被狗啃過。窄腳褲管也給剪開了。女的褲腳要六寸三，她才五寸七。可人家更委屈，人家的頭髮是自來捲，爹媽給的。小將們不管，照樣給革命掉。

楚楚望著鏡子裡的自己，眼淚終於落下來。

老魏讓楚楚坐下來，圍條毛巾在她脖子上。然後拿把剪子給她修頭髮，細細地剪。半個小時過去，說，好了，能見人了。

將鏡子擱到楚楚面前，瞅瞅，咋樣，小兄弟。

是能見人了。齊頸的短髮，很整齊地覆蓋在頭上，額髮碎碎地垂著，是乖巧的樣子。楚楚看見鏡中一個面相憂鬱的男孩子，對著自己嘆口氣。

老魏說，人家說女人的見識是短在長頭髮上。我媳婦是頭髮短見識長了。

楚楚就笑了。

吃飯的時候，卻還是一副不安的樣子。

老魏勸她說，別當回事，小娃兒胡鬧罷了。

聽到這句話，楚楚卻變了臉色，說，他們不是什麼小孩子。

說完，擱下碗不再吃了。

楚楚在燈底下備課。

廠裡的子弟中學，已經停課了。學生們都上了街造反。

老魏走到外面的走道裡，點起一支菸，緩緩地吐一個煙圈。老實說，他也不知道自己還能幹點什麼。以前，到了晚上，跟廠裡那幫混小子一起喝酒打牌，現在不成了。畢竟是個結了婚的男人，楚楚也不喜歡。他也想過，那種文化人過的高層次的安靜的生活。他實在打不起精神來看書，瞌睡。他想，做女人的，起碼能打打毛線，也不用費腦筋，時間也就打發過去了。

夜裡，睡在床上，楚楚翻了個身。

老魏問她：睡不著？

嗯。

楚楚靠得近了一些。老魏將她攬在懷裡，兩個人就這麼默默地躺著。老魏漸漸覺得有些灼熱的東西在體內升騰。他們靠得更近了一些。密密的汗珠在兩個人的摩擦間清晰地交融。老魏喘息著，將楚楚抱起來，撫摸，使了一下力氣。楚楚突然睜開了眼睛，瞳仁在黑暗裡放出光芒。老魏又看見了那雙在雨夜中驚恐失措的眼睛，同時感到繃緊的肌肉如同斷弦的弓，倏然疲軟下去。他從楚楚身上滾落，痛苦地將膝蓋蜷起來。結婚一年多，他再也沒有成功過。

楚楚穿上衣服，將毛巾被搭在老魏光裸的身體上，說，睡吧。

雲和拿出了手帕，擦了擦汗。

陽光很猛烈。

她走在太平南路上。現在這路名改了，叫「反帝路」。連同改了路上店鋪的名字，三步一個「紅旗」，五步一個「工農兵」。這路還是熱鬧得很，熱火朝天的。其實比以往更熱鬧了些，紅成了一大片。一些年輕的學生喊著口號，是歌頌領袖的。

走到路盡頭，雲和卻停住了。

還是那棵樹，參天入雲。還是那座鐘樓，那天傳過來的悠悠的鐘聲，好像餘音未了。自從回到了南京，雲和在每個禮拜日，走到聖約瑟堂門口看一看，聽一聽這鐘聲。不進去，然後離開，再遙遙地回望一眼。

這是屬於她自己的一個祕密。

貝理亞神父和年輕的切爾，都已經不在了。就算在，也有了年紀，和她程雲和一樣。現在的神父，是個中國人，長著寬闊慈善的臉龐。有一次，雲和特意經過他身邊，他對雲和點頭微笑，好像彼此相識。

今天的聖約瑟，卻在門口熱鬧著。有許多圍觀的人。

還是那些穿著草綠軍裝的孩子們，正提著油漆桶，在教堂外的水泥牆上寫著通紅的大字。雲和望過去的時候，那孩子正深深地寫下最後一筆——戰無不勝，攻無不克的毛澤東思想萬歲！

這是個面目清秀的男孩子，長著細長入鬢的眉毛，卻表情嚴肅，目光如炬。他整理了一下臂膀上的紅袖章，意氣風發地對著夥伴們揮了一下手，喊一聲，毛主席萬歲！

立刻，便有如潮的同樣的聲響從教堂內外傳出來。

雲和看見了這位偉人的畫像，掛在了禮拜堂的門廊上。偉人笑得溫潤親和。而門廊下面則貼了用黑墨寫成的一副對聯：

棒打舊思想，炮轟黑教堂。

橫批是：「摧枯拉朽」。

待他們走遠了，雲和悄悄地進去。

這是她三十年後重新走進這座教堂。三十年，什麼都沒變。但現在，教堂的小水池邊上，燃著燒到盡頭的一團火，火焰裡面是《聖經》與十字架。《聖經》燒成了脆薄的灰色的紙片，風吹過，便飛起來，好像一些疲倦的蝴蝶。飛了幾步，停下來。雲和看見，停下的地方，躺著被砸碎的聖母瑪麗亞雕像，身首異處。笑容依然端莊凝重。

雲和回頭，看見幾個年輕的修女正望著她。身上的長袍滿是煙塵。她們的眼神裡還有驚懼，現在已流於木然。雲和張了張嘴巴。她們轉過身，快步離去，沒有一點聲音，消失在禮拜堂西面的小屋裡。那屋子，雲和曾經住過。

雲和走進禮拜堂，踩在遍地的金屬片上，五彩的玻璃，散發著豔異的光澤。撕壞的書頁沙沙作響。前方有一彎階梯，拾級而上是一個平台，那裡原來安放了一架巨大的管風琴。三十年前的平安夜，邁可用它彈奏過聖誕歌。現在它仍然安靜地矗立，龐大堂皇，但是，只剩下一個空殼。琴鍵與簧管散落在地上，悄無聲息。

在管風琴的一側，雲和看見神父的背影。神父低著頭，只能看見他花白的頭髮。他跪在那尊不算大的耶穌像前。耶穌骨瘦如柴，立在十字架上。目光裡的苦難，從未如此恰如其分。

雲和沒有打攪他，只是坐在後排的座椅上，直到天色暗淡。

楚楚走出學校門，看見國忠站在校門口，身後是不知何時豎起的巨幅宣傳畫。偉大領袖揮動巨手，身後是照亮全球的紅太陽。在他身下，是昂首闊步的世界人民。挎著鋼槍，一身短打的是反帝最前線的越南人民；白帽高鼻長下巴的是反修前哨的阿爾巴尼亞人民；大襟長裙的女人是反帝不反修的朝鮮人民；斜背白布頭，上書「美國佬滾出去」的是日本人民；黑皮膚，白牙齒的非洲人民，紅皮膚大鬍子的拉丁美洲人民……而中國人民與全世界的階級弟兄心心相印，白襯衫藍背帶褲手執鋼釺的工人老大哥，包頭巾大襟褂挎鐮刀的貧下中農，綠軍裝紅五星紅領章的解放軍戰士，綠軍裝紅袖章的紅衛兵戰士，人手一本《毛主席語錄》，緊貼胸前。

國忠站在著宣傳畫底下，身形格外地小。神色沉鬱，雙手插在褲兜裡，與這基調昂揚的背景，有些不稱。見到楚楚，他倒是笑了，說，媽叫你今天回家吃飯。我跟老魏說過了，他晚上加班。

楚楚點點頭。楚楚結婚以後，他們兄妹兩個，其實是更少見面了。國忠的溫和，依然是兄長的，但似乎也不及以往親熱了。

兩個人就這麼默默地走，經過了廠區的大字報欄。這大字報欄其實很簡陋，用竹竿與蘆席搭成。最近卻成了廠裡最重要的革命戰場，煙火瀰漫。兄妹兩個埋著頭，走過去。

國忠終於開口，輕聲問：你們孟校長還好吧？

楚楚心頭一顫。

國忠與她走得近了一些，說，別人怎麼揭發，咱們管不了。咱們自己……孟校長是個好人。

楚楚遠遠望見，紅衛兵正在廠外的圍牆上刷紅油漆，紅彤彤的一面牆上寫著「誓死捍衛文化大革命」。油漆還沒有乾，厚厚地從牆上流到地上，血一樣地。楚楚一陣暈眩，加快了步子。

這些紅衛兵是月初進廠來的。

前陣子批判「三家村」，群情激憤，但畢竟遙遠。小將們的到來，才讓人們意識到原來身邊危機四伏。滿以為，「反右」時候已經清清爽爽，原來還潛伏了這麼多「牛鬼蛇神」。

楚楚這間子弟小學，還算平靜。聽說臨近的中學，已經如火如荼。在這天的「早請示」之後，突然通知下午要開全校教職員工會議。在這個會議上，將要揪出一個隱藏很深的階級敵人。

會議在小禮堂進行。四周的牆上已貼滿白紙黑字的標語。「坦白從寬，抗拒從嚴」、「敵人不投降，就叫他滅亡」，筆跡磅礴，氣勢逼人。

下午兩點前，全校所有的教職員工都已坐得整整齊齊。自然沒有一個人遲到。會沒開始，座位安排已有了楚河漢界，靠邊坐的是一群「死老虎」。都是已經查出歷史問題的，幾個年紀大的老師、英語教師，還有幾個教美術的，多半是家庭出身的問題。這些人的問題都交代過了，等候發落。今天要揪出來的，是個未見光的，這會兒還潛伏在教師隊伍裡，坐在多數人之中。

小將的出現，令會場上騷動了一下，隨之鴉雀無聲。這些戴著紅袖章的，還是些半大的孩子，但是，臉上卻掛著些成人凝重的神情。有的老師迅速地認出來，其中有兩三個，是這所小學的畢業生。他們以這種方式回到了母校，鄭重其事地坐在了主席台上。一個男高音，一個女高音，立即帶領全場高呼：

「橫掃一切牛鬼蛇神！」

「無產階級專政萬歲！」

閃電般地，坐在後面的幾隻「死老虎」，被帶到了台前。在澎湃的革命口號的起伏裡，小將兩人揪一個，反剪雙手，將小學裡第一批牛鬼蛇神推上批鬥台，迅速地戴上了紙糊的高帽，頸掛木牌：老右派，大特務，三反分子，資本家。都是觸目驚心的身分。在同事們的注視下，身體被扭成了九十度。口號再次響起，推波助瀾一般。

這時候，一個男學生，大約是這夥紅衛兵的領袖，走到校長面前，鞠了一躬，微笑說，校長，您還認識我吧。我是六三班的畢業生袁福生。革命形勢大好，現在我叫袁衛東了。您也來說幾句吧。

孟校長愣一愣，大概在回憶這個學生。他躊躇一下，終於站起身，說，好，我說兩句：

「革命的同志們，紅衛兵小將們，活生生的事實擦亮了我們的眼睛，深刻地證明，偉大領袖毛主席親手發動的無產階級文化大革命，是完全必要的，是非常及時的，是無比正確的！」

「無產階級文化大革命勝利萬歲！」

「戰無不勝的毛澤東思想萬歲！」

男女高音帶領全場插入最合時宜的口號，打斷了校長的發言。袁衛東威嚴地揮了下手，全場寂靜。他的聲音突然間變得寒冷：

不要以為揪出幾個牛鬼蛇神，你們的學校，我的母校，就永遠通紅了。我們身邊還有許許多多潛伏得很深的階級敵人。他們是活老虎，時機一到，就要跳出來咬人。有問題的人要認清形勢，主動交代問題，不要負嵎頑抗。主動交代，尚可從寬，如果頑抗到底，只能是死路一條！

他掃視了一下台下，目光如同劍戟，在每個人的身上停留，盤桓。接著說：

現在，我們已經掌握了一個隱藏已久的階級敵人的材料，現在給他一個坦白從寬，重新做人的機會，希望他自己能夠站起來，交代罪行。否則，革命的鐵拳必將嚴懲，後果我就不多說了。給他十分鐘的時間。十分鐘後，革命群眾就不客氣了！

這十分鐘，如同長夜。每個人都埋著頭，在反省，或者在受煎熬。偶爾抬頭的，目光撞上紅衛兵小將的眼睛，都覺得意味深長，驚懼地又低下去。

大約過了五分鐘，站起來一個人，彎腰低著頭，囁嚅著說：「我有問題沒交代……五七年，我曾經虛報過出身……」大家看過去，是新分來的體育老師，老實巴交，平時說話也會臉紅。袁衛東一聲斷喝，立即沖上去兩個紅衛兵，將他以坐飛機的姿勢押出去了。袁衛東嘴邊露出一絲嘲意：「雖然我們今天要揪出的對象不是他，他能主動坦白，我們還是將他的問題按坦白從寬處理。」

他看了一下手錶，說：「現在還有三分鐘，這是最後的機會……」在剩下最後一分鐘的時間裡，又有一位老教師站了起來，同樣是弓腰低著頭，囁嚅著……同樣迅速地被押了出去。

混在教師隊伍中的那個階級敵人還是沒有出現。袁衛東將腰上的皮帶解下來，「啪」地一聲抽在主席台上，聲音近乎憤怒：任何人要蒙混過關都是不可能的，不要心存僥倖，否則，就是死不改悔的反革命……然後，他又看了一眼手錶，說，那好，再給五分鐘時間。

此時，空氣似乎不再流動。這難熬的分秒，幾近黏稠，凍結在了人們的心上。然而，五分鐘終於又過去，仍然沒有人站起來……

年輕的紅衛兵們，終於按捺不住。袁衛東呼啦一聲從座位上站起來：毛主席教導我們，「掃帚不到，灰塵照例不會自己跑掉。」看來，這個階級敵人是「不見棺材不落淚」了，好，那就由我來代革命群眾宣布。

他使了個眼色。他的同伴迅速走到台下，嚴陣以待。

所有人的目光，都凝聚在這個年輕男孩子身上，他清清喉嚨，堅硬地說：「這個混在革命教師隊伍中，隱藏極深的階級敵人，就是東方機械廠子弟小學現任校長孟書德。」

在眾人驚駭的注視中，孟校長緩緩地站起身，迎著袁衛東的眼睛，清晰地說：荒謬！

旁邊的女紅衛兵立即要衝過來，喊著，閉上你的狗嘴，你敢誣蔑偉大的無產階級文化大革命，誣蔑毛主席！

袁衛東攔住她，說，讓這個反黨反社會主義的黑線人物繼續發表反動言論，我們引蛇出洞。

孟校長扶了扶眼鏡：我孟書德，十六歲參加革命，四十多年的黨齡。我是反革命黑幫，那麼你，你是革命的。袁福生，我記得你。你並沒有畢業，你在期末大考作弊，是我簽的處分決定。

袁一時語塞，終於恨恨地從牙縫裡迸出話，你，你攻擊革命小將……迫害工人階級接班人。

袁衛東揚起手中的皮帶。人們看到皮帶在空中劃了一道優美的弧線，皮帶銅頭落在了校長的額頭上。人們看到一道血紅蚯蚓似地沿著光潔的額頭流下來，與小將手中的紅寶書交相輝映。

「一切反動派，你不打他就不倒。」

「紅衛兵造反精神萬歲！」

這群孩子激昂起來。兩個紅衛兵分兩邊抓住了校長的胳膊，將他的頭按下去，掛上了「資產階級黑幹將」的牌子，押到了操場上去。

外面的太陽正強，白茫茫地發著光。校長努力地揚起頭，眼睛卻睜不開。他的眼鏡已經被小將們扔到地上，用腳碾得粉碎。孩子們將校長驅趕到操場中央的乒乓球台上，鋪上一層爐渣，命令校長跪到上面。幾個孩子掄起皮帶，雨點般地落在校長身上。校長在抽打下盡量讓自己挺直一些。這激怒了紅衛兵們，他們中有個人將校長從乒乓球檯上踹下來，施加拳腳。這個走向老年的男人漸漸意識模糊。

一個孩子說，讓他清醒一下，立即就有人拿來濃鹽水，向他的傷口潑上去。校長的身體在眾目睽睽之下大幅度地抽搐。他的嘴角流著血，在滾動中掙扎了一下，口中發出含糊的一聲喊叫。圍觀的人都聽出來，是「毛主席萬歲！」

一個男孩大聲咆哮：陳雪梅，「革命不是請客吃飯！」你對反動黑幫手下留情，姑息養奸，你就是紅衛兵的叛徒。

叫陳雪梅的女孩，正躲在人群後面，用手捂著嘴巴，滿臉恐懼。在同伴們的怒目注視下，這個面龐清秀的女孩，怯生生地走過來。她顫抖著，閉起眼睛，將一把圖釘，一顆一顆地用力按進了校長的額頭。

袁衛東踢了踢腳下奄奄一息的身體。說，裝死狗，明天接著鬥。

兄妹兩個回到家，天已經擦黑了。楚楚見母親將書桌移到了堂屋正中，將一摞紅寶書疊得整整齊齊。書上壓著毛主席的半身石膏像，後面是領袖的大幅相片。牆上又貼了一個紅彤彤的「忠」字。然而，母親設的寶書台，卻與其他人家的不同。這才發現雲和在底下擺了一只碗，碗裡盛滿了米，插了三支香。

國忠說，媽，快把香撤下來。給人家看見，要說你搞「四舊」了。

雲和聽他這樣說，也吃了一驚。忙不迭地說，我只是想表誠心，從心底忠於毛主席。

國忠說，還是拿下來吧，又不是神龕香案。跟人家一樣就行了。

雲和嘆一口氣，說，我一個老太，能搞什麼。我就想請毛主席保祐我全家平平安安。

雲和手裡捧著碗，也不知怎麼好。香還裊裊地冒著煙。

國忠進去拿了碗筷，雲和才說，菜都涼了。你們等等，我把湯熱上。

一家人在燈底下默默地吃飯。國忠夾了一刀菜，說，媽，現在還有「美人肝」賣？

雲和就笑了。說，可不是？在「馬祥興」買的，叫我這好找。

國忠就說，不就在中山路北？

雲和將菜翻一翻，淋了些麻油進去：現在不是叫人民路了嗎？你媽我現在又糊塗，找不見那塊綠底灑金的招牌。轉了幾轉，才看到有個新牌子，「回民飯店」。什麼菜都沒了，居然還留著這一道，改叫「美味肝」了。

雲和見楚楚擎著手，不說話，也不動筷子。就問，和老魏還好麼？

楚楚點點頭。

雲和嘴裡「哎」地一聲，說你們看我這沒記性。就站起身，忙顛顛地往廚房走，出來手裡捧著一碗湯。

擱在楚楚面前，說，有點兒燙，趁熱喝。

楚楚便說，媽，不是煲了一鍋了麼，這又是什麼？

國忠說，還挺香，媽的手藝越來越來事，我也去盛一碗。

雲和的眼睛立起來，說，你一個大男人，喝這個做什麼？

楚楚將湯匙在這白生生的湯裡攪一攪，說，男人怎麼就不能喝？

這叫「開鬱種玉湯」，裡頭是白芍、伏苓和當歸。都是對女人好的東西。雲和說，看你現在，成天沒精打采，像個小老太太，要補一補。

楚楚喝一口，將碗推開了，說，太苦了，跟藥似的。

雲和口氣硬了些，說，媽叫你喝，你就要喝。

楚楚一驚，見母親已經軟下來：你和老魏也有快兩年了吧，家裡也沒多一口人。以前的事不提，現在看，老魏人是個厚道人。這孩子是單傳，人家不說，咱們不能當沒事人。這湯是補陰虛氣滯的，你要多喝，興許今年能懷上。

楚楚低下頭去。國忠打岔說，媽，現在說這些幹啥，楚楚還小。

雲和嘴裡就嘟囔，還小，三十的人了。

雲和沉默了，她也看出今天晚上，兄妹兩個有些異樣。原本楚楚的性情不熱乎，但總比國忠的話要多些。今天倒是國忠不著四六，沒話找話說。

雲和終於問，是不是單位裡出事了？

國忠想一想，說，楚楚他們學校的孟校長，今天被小將鬥了。要他們老師每人都寫篇揭發材料。

雲和說，孟校長，就是戴眼鏡高鼻梁的那個？文氣氣的，是個好人。

國忠說，誰說不是。年中有人貼楚楚的大字報，提起一緯的事。多虧孟校長給擋過去，說年輕人走彎路不怕，根正苗才紅。說咱們出身好，才選擇和工人階級結合的正確道路……要不年紀輕輕，給打進「死老虎」堆裡，可怎麼好？

雲和放下筷子，輕輕地問，每個人都得寫嗎？

楚楚點點頭。

雲和又舀上一碗湯，放在楚楚面前。說，該說的，就說兩句吧。

兄妹兩個聽母親這麼講，都猛然抬起眼睛。雲和的臉色有些難看，躲過兒女的目光，半晌，才緩緩開了口：你們都出去看看，街口的大字報欄，還有點兒空嗎？向紅媽跟我透信兒，居委會的劉老太太，說我不貼大字報，是階級立場有問題。嚇得我趕緊跟著人家貼。水泥廠的大老李，人家都說他作風不好，都貼他。我就也貼一張，貼他一見女人就望呆。

國忠看一眼母親，也竟不知道說什麼好。這大老李，是個鰥夫。十幾年的老鄰居了，從鹽倉橋搬來的。多少年家裡的煤餅，都是他幫忙給用板車運過來。

雲和聽著自己有些蒼老的聲音，連自個兒都覺得陌生。可是，她還是禁不住說下去。五十七號曹家，昨天下午給紅衛兵抄了。曹先生你們都認識，和和氣氣的一個人，昨天給打得不像個人樣子了。兄妹倆都曉得，這曹先生人緣是不錯的。在上海路後面開了間五金廠，解放前沒聽人蠱惑逃香港，解放後積極向黨靠攏，抗美援朝捐款買飛機，三反五反認真坦白；資本主義工商業改造，他又交出經營大半輩子的產業，算是個道地的紅色資本家。在鄰居的印象裡頭，這謝了頂的中年男人整天穿著洗發了毛的中山裝，見人客氣地打招呼，並不起眼的一個人。

雲和說，給打得不像個人樣子了，站都站不起來。說他裡通外國，投機革命，解放前養小老婆。這些有錢人，哪個解放前沒幾個小老婆。什麼都抄出來，金銀首飾，光曹師母旗袍抄出來三十多件。也作孽，要那麼多旗袍做什麼。可是大字報上說，還抄出了發報機和定時炸彈。曹師母給人捏了褲襠，說裡頭藏了變天帳。你們說，一個女人家，給人捏了褲襠，往後還怎麼活。這世道，毛主席不是說，人不犯我，我不犯人嗎？雲和突然站起來，放大了聲量，眼裡閃閃爍爍地。國忠趕緊哄她，說，媽，小聲點兒。

兩個人望著雲和，心裡都不是滋味。他們覺得這些年，母親是有些糊塗了，可又清醒得很。糊塗是說得出的，年紀大了，以往的精靈勁兒都在消耗著。可是怎麼個清醒，卻是說不明白。

誰也沒心思，這頓飯算囫圇地吃完了。

臨了，國忠拿了張報紙將湯渣裹了出去倒。雲和卻趕緊叫住他，抖開來，眼睛裡裡外外過一邊，才放他出去。國忠知道，她是要查看清楚報紙上頭有沒印著主席的寶像。

這一晚，楚楚住在娘家，徹夜沒能睡著。

第二天清早，她紅著眼睛，走進學校裡。口袋裡，是一封揭發材料。那種常見的印著語錄的材料紙，在抬頭上寫著，「凡是敵人反對的我們就要擁護」。楚楚寫，一九六六年的三月份，她去校長的辦公室，見到校長正在臨摹書法，校長告訴她，臨的是〈鄭文公碑〉，是北魏的鄭道昭紀念他父親的。鄭道昭是當時的光州刺史，這作品是封建反動官僚文人紀念拜祭封建主義陰魂的，是應該被人們踩在腳下的「封、資、修」毒草。

楚楚經過傳達室，見薛大爺遙遙地向操場的方向張望。見是她，便壓低聲音說，孟校長今天早上死了。

楚楚口袋裡的手一顫。

人剛剛抬走了。天曚曚亮，紅衛兵看他過了一夜，將息過來了，接著鬥他。一個女紅衛兵摘了他的手錶，用手絹包了塞到他嘴裡。誰知道他一揚脖子，吞下去了。活活給噎死了。可慘了，臉都給憋青了。

楚楚快步走到暗處，讓淚水不止盡地流下來。口袋裡那幾頁紙，已經被手心的汗濕透了。

雲和早上起來，見向紅媽站在樹影裡，手裡拎著掃帚把。

兩個人問了好。

向紅媽抬抬頭說，今年的桂花，開得晚，現在還一個勁兒往下掉。

雲和說，是啊。

這院子裡的桂花樹，是一株金桂，很老了。開了花，甜膩膩地香，味又濃厚，整條街都聞得到。院子裡的兩家人，到了這時節，都會鋪一張報紙在樹下面，接那剛剛謝落的遲桂花。向紅媽教會了雲和做桂花糖。看那星星點點的花朵漬在糖裡，由明黃變成深黃再變成醬褐色，便成了。打開瓶子，滿屋子都是醉人的味兒。平日吃藕粉時候擱上一勺，封得好，一直可以吃到過年十五，拌在餡子裡包元宵。住了這些年，成了傳統，連三年困難的時候，都沒停下。可是今年，卻都把這茬兒給忘了。

雲和撿起一粒桂花，在手指間輕輕地碾碎，問道，這陣兒怎麼不見向紅？

向紅媽便說，串聯去了。說要去北京看毛主席。

雲和說，這麼小的孩子，你放心？

向紅媽嘆一口氣：走了好，輕省。你聽不見這些天家裡鬧的。說她爸是「老保」，阻擋革命前進。爺倆在家裡，拍桌子打板凳的。我心裡那個怕。

楚楚斷續地知道了發生在母校的事情。校長，被鬥了。校長是個老革命，六三年南下任職，現在從漢口路的宅邸被趕出去。學校黨委要做的第一件事情，是收回他的防衛手槍。校長哈哈一笑：「手槍就在枕頭下面，拿去交掉，你們是怕我自殺。放心，我這個人從不絕望！」

大學裡兩個年輕的教師，各立山頭，組織了造反的隊伍。聲音，在南京城裡，如火如荼地響起來。

這時候的南京城已入深秋，面目肅殺。寬闊的馬路兩邊貼滿了大小字報，甚至貼到了路邊的梧桐樹上，貼了又貼，如同補丁上摞上了補丁。一些沒有貼牢的，被風吹落了，飛揚起來，啪地一聲打在了過往行人的身上。揭下來，定睛一看，這紙上寫著一個陌生的名字，被畫了一個鮮紅的交叉，前面是「資反」、「黑幫」一類的字眼。

但是，也在這馬路上，有一些更熱烈的東西。這就是忽然間興起的街頭辯論。辯論的地點，往往在馬路的安全島上，自行車道和汽車道中間隔著一條不太寬闊的水泥平台。多半在市中心，比如在新街口的位置。如同一些天然的擂台，從下午到晚間，聚集著一堆又一堆的人群，在昏暗的路燈下辯論著革命的問題。辯論的雙方，無外乎一派造反，一班保守。在辯論的初期，是勢均力敵。或者一時間誰占了上風，也會有政治見解一致的同伴來支援，形成了此消彼長的親密關係。也有時候，兩個辯論得不亦樂乎的人，忽然間惺惺相惜，便談論起與革命無關的事情，令人側目。但無論怎樣，天晚了，肚子餓了，便各自散場回家，這是不會變的。

然而，當進入冬季的時候，有一方的聲量，卻越來越微弱。保守派的名聲越來越臭，被人稱為「老保」，成了一個貶義詞。

對於海納的到來，雲和是缺乏思想準備的。

冬至，雲和照例起了早，去市場上買豆腐。這一天的夜頂長。「吃了冬至麵，一天長一線」，過了冬至就好了。

老南京人講究過冬至。「冬至大似年」，是陰極之至，陽氣始生。而豆腐呢，是吃它一個「金氣」，用來克殺陰氣。所謂「青菜豆腐保平安」。往年冬至，雲和還要去買些紙錢，依「燒包」的老例，燒給兩個人，一個是死鬼陳旅長，一個是楚楚的親阿媽。今年，卻也免了。雲和一路在心裡念「阿彌陀佛」，請他們兩個不要怪罪。說要是今年給人貼了大字報，來年想燒也不成了。

雲和就這麼一路念叨著，見海納正等在家門口。

海納裹在一件軍大衣裡，弓著背，看見雲和，暗中將身體挺挺直。

幾個月不見，海納瘦多了。在燈底下，眼睛虛腫著，竟沒了往日英氣果敢的神采。說起話來，聲音還是宏亮的，可是，卻有些沙。海納從來不是拐彎抹角的人，可這次打坐進了屋裡，就只是寒暄。雲和終於站起身，說，看你，要來跟我說一聲，我多買些菜。今天過冬至呢。

海納沉默了一下，說，老姊姊，其實我今天來，就想吃一餐你做的飯，想吃你做的松鼠魚。

雲和聽見海納說這個話，本是孩子氣的，可臉上卻是鄭重其事。

海納對警衛員說了一句什麼，雲和看見這個年輕人從草編口袋裡掏出一尾黃魚來。這魚其實有些乾瘦，看上去也不怎麼新鮮。原本不是上黃魚的季節，要尋到這樣的魚，也並不容易。

雲和將這條魚拎進廚房，過上清水。然後和上糯米粉，打九層糕。這是「冬至」裡的一道甜食，用糯米捏成各種象徵吉福祿壽的動物。今年也是化繁為簡，不過家裡的兩頭小牛是不可少的。想一想，雲和又捏上了一隻羊。

雲和將糕放在籠屜裡蒸上。回身看見海納坐在堂屋裡頭，眼睛愣愣地望著寫字檯上的毛主席像。海納是個精神不濟的樣子。頭髮也白了，也是個半老的人了。雲和看在眼裡，不知道為什麼，心裡有些疼。

國忠與楚楚回家來吃飯。老魏也來了。加上海納與警衛員，這家裡的人空前地多起來，卻並不是熱鬧。見了面，彼此都有些拘謹。菜上了桌，大家謙讓著，然後是默默地吃。

直到雲和將九層糕端上來。國忠與楚楚接過兩頭牛，都恢復了小孩子的歡喜。雲和將那雪白的小羊夾在了海納碗裡，說，你的。海納愣一下，迅速地意會了。這是她的生肖。她眼裡閃了閃，竟是受寵若驚的表情。然後，笑了。這笑是雲和沒見過的，眼角舒張開，目光鬆弛，沒有了顧慮和矜持。

然而，就在這笑容裡，其他人看見女首長的鼻翼翕動著，發出了沉悶的聲音。突然間，海納的肩膀劇烈地抖動，猶如蚊嚶一般，不能自制地哭起來。

她無法停止，身體抖動得更為厲害。雲和站起身，走過去，攬過海納的頭，摟在自己懷中。任她的哭聲，在棉襖裡壓抑地變成極細隱的啜泣。

這個人，這麼些年，就這樣和這個家庭不即不離。大多時候，她指引著這個家庭的航向。雲和，其實是用一顆堅硬的心和她相處著。因為初時的戒備，因為她的專斷，或者，只是因為她的知情。然而，當她們都老了。雲和才發現，這堅硬的，其實是冰一樣的東西，已經融化得溫軟，鬆脆。一觸即破。

雲和抬起手，輕輕地碰觸了她的頭髮，然後撫摸下去。這些頭髮已經有些枯乾了。白的，灰的，黑的，緩緩地在雲和手中滑過，再滑過。

海納終於哭夠了。她嗚咽了一下，揚起臉，卻不知道能說什麼，唯有正襟危坐。

松鼠黃魚是最後上來的，酸甜的香氣在屋裡瀰漫。

海納將一塊魚肉放進嘴裡，等待那熟悉的味道在口腔裡漫溢開來。海納滿足地閉上了眼睛，雲和看見，一行淚又沿著她的臉頰淌下來了。

在這個新年冷冽的清晨。兩隊人馬在反帝南路上的江蘇飯店遭遇。

這是一場原始的武鬥，刀劍之類的冷兵器都寥寥，卻傷者甚眾。武鬥的一方是南京工人赤衛隊，另一方是南大南工南體那幫對紅太陽忠誠無限的大學生。

上海市委的失守，令南京的革命情勢山雨欲來。造反派們，以敏銳的革命洞察力，識破了資反路線衛道士們的機心，決定擒賊先擒王。

磚塊與消防水龍對抗的戰局，終於以負嵎頑抗的「老保」失敗而告終。

武鬥現場被保留了一個星期，用來教育南京人民。

這就是著名的「一三事件」，江蘇省委和南京市委痛失街亭。

接下來的「一二六」奪權並無懸念。只是為革命群眾組織的兄弟鬩牆埋下了伏筆。一個說「奪權好得很」，另一個則反戈一擊，說「搶印好個屁」。南京的造反派由此分成了聲名卓著的「好派」與「屁派」。

那一天五台山體育場的萬人批鬥大會，雲和去看了。她本不想去，可向紅媽說，原先只是劉老太太一直盯著你。現在居委會也被奪了權，造反派的厲害，你可得知道好歹。雲和被她說得有些怕，終於還是去了。

到處是招展的紅旗與橫幅，高掛的偉人像，擠擠挨挨的人頭和喧騰的人聲。雲和有些眼暈，和向紅媽胸貼背地往前走。前面是幾個小夥子，舉著「遵義區齊虹橋革命居民委員會」的牌子，理直氣壯地在人群中擠過去。他們在離台前還有一百多米的地方停下了，因為再也無法前進。

台上站著紅衛兵和工廠裡的造反派，一色鮮紅的袖章。面目卻有些看不清。場上的高音喇叭一遍遍地播放著〈東方紅〉。人群密集地向台前湧動。看得見一些穿軍裝的人，荷槍實彈地維持著秩序，是南京軍區派來「支左」的解放軍戰士。

這時候，突然有個雄渾嘹亮的聲音在空中響起，「全世界人民團結起來，打敗美帝侵略者及一切走狗！全世界人民要有勇氣，敢於戰鬥，不怕困難，前赴後繼，那麼，全世界就一定是人民的。一切魔鬼通通都會被消滅。」巨大的聲浪一波又一波地翻滾，灼燒著場上的氣氛。人群情不自禁地抬頭，目光凝聚，似乎在捕捉著令人心潮澎湃的聲響。場上漸漸沸騰。遠遠地，一個造反派抬起了胳膊，振臂一呼：「毛主席萬歲，偉大的無產階級文化大革命萬歲！」

台下頓時舉起了千萬條如林般的臂膀，為偉大領袖祝壽的吶喊聲響徹雲霄。幾個女紅衛兵，穿梭在台前，翩翩地跳起了「忠字舞」。

當人們稍稍冷靜下來，有個淩厲的男聲，恰似一聲斷喝：「把反革命修正主義分子江偉清和資產階級走狗集團帶上來。」雲和看見，十幾個衣著灰暗的人被反剪著雙手，帶到了台上來。他們每個人胸前都掛著紙牌。站在最前面的那個，是姓江的省委書記。他身形十分高大，又戴著一尺多長的高帽。站在台上，倒削弱了兩旁押送他的紅衛兵們的氣勢。紅衛兵迅速意識到這一點，一腳踹在他膝彎上，他便「撲通」一聲跪了下來。「江偉清，今天給你機會，對革命群眾交代你的罪行。去年冬天你圖謀不軌，策動群眾鬥群眾，阻礙偉大無產階級革命，你有什麼話好說？」這聲音凜然，跪下的人埋著頭，一言不發。在緘默中，氣氛緊張起來。說話的人就有些不耐煩，大聲喊，「反動派你不打他就不倒！還等什麼！」紅衛兵們立刻拳腳交加，打在這個姓江的人的頭臉上。台下有人高呼：「打倒三反分子江偉清！」人們立即呼應。

然而，突然出現了一個奇異的聲響，令場上一片沉默。雲和也清清楚楚地聽到，這個聲音簡化了三反分子的名字，喊出的是「打倒江清」。所有人不寒而慄，偉大領袖的親密戰友，家喻戶曉。一個瘦小的身影掙扎著被從人叢中揪出來，消失不見。

雲和身邊有細小的聲音說，該打倒，狗日的江偉清，辦公室裡頭一個紅木的字紙簍子，要八百多塊。旁邊有個聲音就吃驚地說，乖乖隆地冬，我家老頭一個月工資才三十三，兩年工資換個字紙簍，了戲！上一個聲音就偷笑，你什麼命，人家什麼命？看那個姓彭的，現在是歇的了。人家原來神氣的來，老婆養的貓，一天要哈一條半斤重的魚，你呢？一個月憑票才二兩。兩個人邊說邊義憤起來。雲和不知道，前一陣，造反派開放了省辦公廳的「書記樓」給群眾參觀，用「走資派」的窮奢極欲教育群眾。她只是覺得，身邊這一唱一和，倒是有趣味，於是漸漸走了神，不再管台上發生些什麼。

在批鬥大會接近尾聲的時候，人群裡響起了嘈雜的聲音。幾輛大卡車轟隆隆地開到了主席台前。台上的「走資派」們走下台來，與台下的同類匯合，林立的高帽形成一道奇特的洪流，聲勢浩大，蔚為壯觀。

那十幾個剛剛在台上的，被陸續趕上了車廂。走在最前面開道的卡車，駕駛室前支起一幅巨大的毛主席像。後面緊跟著插著紅旗架著大喇叭的宣傳車，然後是省市委「三反分子」們的遊街車，最後才是浩浩蕩蕩的「走資派」隊伍。宣傳車上撒出雪片般的傳單，號召全市人民行動起來打倒以「劉鄧陶」為首的走資本主義道路當權派，將無產階級文化大革命進行到底……

當遊街車緩緩經過人群的時候，雲和看到了一張熟悉的臉。是海納。她的心猛然揪起，是的，是海納。海納低著頭，散著眼神，無血色的面龐上被用墨汁塗抹了怪異的圖案。這時候，卡車顛簸了一下，海納抬起了頭，眼睛竟與人群中的雲和撞了正著。她愣住了，迅速側過身體，躲閃了幾秒，卻終於又揚起臉，目光如炬。在她揚起臉的一剎那，身後的造反派使勁摁了一下她的頭，卻掀翻了她的高帽，露出了醜陋尷尬的陰陽頭。她掙扎了一下，又看看雲和，笑了。笑得十分慘淡。

車開出了人群，雲和緊跟了幾步，終於還是看著它遠遠地走了。

在回家的時候，經過長江路上的南北貨商店，牆上貼了一張「特大喜訊」的大字報，上頭寫著葉劍英元帥最近的一次講話，他說，我們偉大領袖身體非常健康，醫生說，毛主席可以活到一百五十歲。向紅媽便悄聲對雲和說，毛主席不是說萬歲嗎，怎麼又變成一百五十歲了。她頓一下，自知失言，便又說，一百多歲也是長壽了，只有偉大領袖活得到。一面偷眼看雲和。卻見雲和似乎並沒聽見她的話，只是背過身，用手一下一下地抹眼睛。

楚楚晚上回到家，見門虛掩著，推門進去，見屋裡黑漆漆地一片。窗邊映出一個人形，是老魏。

楚楚打開燈，看老魏正木木地站著抽菸。

她皺了皺眉頭，問老魏，怎麼沒做飯？

老魏轉過身，將菸頭狠狠擲在地上，說，俺就只是個燒飯的嗎？

這話說得，讓楚楚有些吃驚。但是，她還是放下包，平心靜氣地問，怎麼了？

老魏用腳碾了碾地上堆滿的菸蒂，語氣也緩和下來：今天廠裡的楊大頭找我談話，說我的政治立場不明朗。

楊大頭是廠裡的造反派頭頭，原先是個不起眼的二級工，不曉得幾時就領導起了廠裡的革命。楚楚注意到，當老魏談一些鄭重的話題，往往會克制住自己的鄉音，說「我」而不說「俺」。她想一想，問道：楊大頭怎麼說？

老魏似乎躊躇了一下，說，他說從你老婆到大舅子，都是岸上觀景的逍遙派。革命洪流一日千里，覆巢之下，豈有完蛋。

楚楚咳嗽了一聲，說，是「豈有完卵」。

老魏說，現在廠裡也停了工，每天都在鬧革命。「老保」也倒台了。原先跟我打籃球的那夥人，都跟了楊大頭。這可好，我帶的學徒，個個都比我進步。

楚楚沒說話，半晌，才問老魏，加入了「造反派」，政治態度就明朗了？

老魏搓一搓手，不置可否地說，我也不知道該加入哪個？

這夫婦兩個，當晚沒有說更多的話。老魏照樣生了爐子，默默地做飯。吃完了飯，楚楚默默地洗了碗，就走出去，將樓道外頭晾著的衣服收下來。老魏的白襯衫上，不知被誰貼了一張傳單。傳單印刷得很粗劣，每個字都毛茸茸的，是墨水洇開了，「反革命」三個字卻用密密麻麻的骷髏骨構成，有些觸目驚心。

晚上，兩個人背靠背睡在黑暗裡頭。楚楚聽見老魏終於輕輕地說：一個大男人，整天沒的屁事，就這麼擎著。你以為好受？

老魏加入了機械廠的「紅總」。

人好像是精神了些。楚楚並不知道他究竟做了些什麼，只是偶爾有幾次，一夥人戴著紅袖章，氣昂昂地從楚楚的小學校門口經過。楚楚就看見老魏在其中，一張黑臉膛，很帶了幾分喜氣。

但是，他們的生活，還是小有變化。老魏似乎回來得越來越遲。開始的時候，幾次下班到家，楚楚撞見老魏氣喘吁吁地跑回來，給她做飯。楚楚便說，你有事去忙吧，我自己弄著吃。

老魏便感激地眨眨眼，說，再忙俺也要給俺老婆做飯吃。

後來，便真的要經常面對清鍋冷灶了。楚楚做了幾次飯，吃得自己皺眉頭。便在學校的食堂吃好再回家，再後來，就回到娘家去吃。雲和開始沒說什麼，但是有一日，卻嘆口氣，說，老這樣也不行，總得有個過日子的樣兒。

楚楚便小聲說，媽，咱們家難得出個革命派，你應該支持。

然而，令楚楚意想不到的事情，其實是發生在了一天夜裡。楚楚半夢半醒間，感覺老魏的身體壓向自己。老魏喘息著，那動作中的魯莽與直接，都是很久沒有過的了。楚楚有些抗拒，然而老魏將她的臉扳過來，吻她，口腔中菸葉味道讓楚楚心驚了一下。頭腦裡風馳電掣，是兩年前的雨夜。但是，這時候，她已經感覺到體內火熱地被充盈了。老魏肌肉緊繃，用鐵一般的臂膀摟住她，將自己深深地楔入。楚楚在驚惶裡，突然感到一陣快意，她不禁顫慄了一下，這是以往沒有過的。

老魏變得生龍活虎起來。以後的每一天夜晚，老魏如同牛一樣，一頭犁地的牛，勤懇，專注。漸漸地，她成了他的地，讓他投入地開墾，翻騰。一天完事，沉沉地睡去之前，楚楚聽見老魏嘴巴蠕動了一下，喃喃地吐出兩個字：兒子。

再後來，聽了造反派在外面的所為，楚楚還是有幾分擔心。不經意流露出來，就有同事勸她，「紅總」在南京城裡勢力很大，又有中央撐腰，是造反派的核心力量。另外一個，叫「八・二七」

的，沒奪到權，現在淪為「屁派」，給趕到下關和火車站去了。

楚楚對「江蘇紅總」沒什麼了解，只知道首腦是母校裡一個年輕教師。倒是「南京八．二七」有一回在小禮堂作報告會，給她遇見。她看見「八．二七」的首領正在台上，看上去年輕得很，還是個二十六七歲的小夥子。相貌生得不錯。聽說是姓曾，頗有些家世淵源。講一口略帶南方口音的普通話。口才了得，兩個多小時的大會演講，只用了一張紙的發言提綱。他的發言很有渲染力，中間經常被聽眾打斷，也是處變不驚的樣子。楚楚記得，他把當時「八．二七」的根據地「下關」稱為解放區，還引用了「解放區的天是明朗的天」的老歌詞。只是這個人聽說出身數學專業，講文采韜略，到底輸給了中文系的「紅總」首腦。

關於那場武鬥，幾十年以後的老南京人，仍然記憶猶新。但是說起來，都是津津樂道的口氣。其中的慘烈與不幸，已經稀釋在了四十年前那個夏天鬱燥的空氣中了。

一九六七年八月十六日上午九點半，中國自行設計、製造的南京長江大橋正式合龍。這是長江上第一座由中國獨立建造的雙層雙線式鐵路、公路兩用橋，自一九六〇年動工，已逾時七年。三年困難時期，蘇聯專家撤走，大橋在磨難中修修停停，終於完工。

上午十點，造反組織「八．二七」為慶祝長江大橋合龍勝利，在大橋召開慶祝大會，參加大會的共二千多人。

由「八．二七」來慶祝這件事，大約在南京的老百姓看來，也可算順理成章。畢竟，這時候的「八．二七」，已處於偏安一隅的地位，但卻占據著尚未通車的南京長江大橋，司令部就設在橋上。大橋附近的水域也在其勢力範圍之內。市面上就有傳言：「紅總」準備攻占南京長江大橋，徹底搗毀

「八・二七」的司令部。此時「文攻武衛」的口號正漸漸深入人心，各地武鬥升級，這傳言便沒人敢視作空穴來風。所以，就見得到主橋上和引橋旁布滿了荷槍實彈的紅衛兵。也有些筆直地站在了剛剛落成的工農兵雕塑底下，莊嚴中就又帶了些使命感的意味。總路線、大躍進和人民公社的三面紅旗，都成了嚴陣以待的背景。

上午十一點四十分，慶祝大會結束。「八・二七」們沿著中山北路遊行返回。

下午一點四十分，當遊行隊伍經過東方機械廠的時候，卻被攔住了。攔截他們的正是老魏所在的「紅總」組織——「一二八」紅衛軍。老魏站在隊伍中，看見楊大頭走過去與「八・二七」的頭頭交涉，要求搜查遊行隊伍攜帶的武器。他的神氣，未免趾高氣揚，指斥「八・二七」方面身攜武器，明裡是遊行，其實是為向「紅總」示威，勒令他們放下武器才可以通過。

「八・二七」的頭頭並沒有多話，只是回過頭看了看。他的部下們，將手中的武器握得更緊了些。這個頭頭就說：大橋合龍是毛澤東思想的偉大勝利，開慶祝大會理所當然。「紅總」如果要挑釁，「八・二七」對任何無理取鬧一定會不客氣。

這時候烈陽當頭，人們未免都有些心浮氣躁。

僵持間，老魏突然聽見天空中傳來一聲槍響。槍聲並不知道是來自哪一方，然而，卻在一瞬間點燃了戰火。

雙方的隊伍，迅速地糾結在了一起，沒有任何過渡。這是剛才引而不發的結果。

一場冷兵器至上的戰鬥。棍棒、砍刀，甚至磚塊。機械廠這邊的武器，多是一種鏽黑的長矛，其實是用廠裡的建築角鐵磨礪加工而成，做工粗陋。但是，鋒利無比。

這鬥爭中的激烈與凶狠，是老魏很久沒見過的局面。他眼前有些恍惚，彷彿回到了少年時男孩們打鬥的場景。同樣的原始與火熱，但是，這是一群成年的男人。

身邊一個戰友捂住額頭，鮮血從指縫間汩汩地流出來。老魏才大叫一聲，投入了這場混戰。人們，終於都留意到了這個身形高壯的黑臉漢子。他舉著長矛，魯莽而身手敏捷地東奔西突。他的不要命的架勢，一時間讓四周圍的人，都感到有些懼怕。他所到之處，人們漸漸避讓，情願轉而與他人交手。就這樣，老魏的驍勇，使得這戰爭籠罩上了更為濃烈的殺氣。

鐵器劇烈的碰撞聲夾雜著五花八門的吆喝怒罵聲不絕於耳，人們漸漸都有些疲憊，他們只是依照著身體的慣性在拚殺。有些人倒下去，艱難地在地上爬動，卻絆倒了自己戰鬥中的戰友。於是在戰友的詛咒中承受了一磚頭的打擊，終於昏厥過去。

只有老魏，他是無意識的，他只覺得越戰越勇，在全力以赴地實現做為男子漢的事業。在混亂與緊張間，交戰雙方並未注意到，馬路兩側已經聚集了黑壓壓的圍觀的人群。時不時會傳來叫好的聲音。這褻瀆的聲音，將他們的戰鬥視為表演，令他們更為憤怒。對彼此的仇恨，也愈加深重。突然，「八・二七」的方向，扔過來一顆手榴彈。爆炸聲轟然響起，所有的人都趴倒了。火光與煙霧散去之後，人們看見，剛才的黑臉漢子，已經倒在了一片血泊中。

老魏醒來的時候，動彈了一下身體，感覺到了胳膊腿都還在。楚楚坐在他身邊，對他微笑了一下，卻別過了臉去。老魏捕捉到了她臉上的一絲抽搐。當老魏發現了，他因失血過多而煞白的臉，變成了青灰的顏色。

在他昏迷的十二的小時，醫生給他動了手術，切除了他已被炸得血肉模糊的睾丸。

向紅回來的時候，天還矇矇亮著。

雲和也不知怎麼了，睡不踏實，一大早就醒了。索性起了身，洗洗涮涮，拎了馬桶去巷口倒。出了院門，看有個人蜷在大門口。這時候的南京是秋老虎，天燥熱得很。這人卻裹了件髒兮兮的軍大衣。雲和不是多事的人，這年月的亂勁兒，人如牛馬走，多一事不如少一事。可她一轉念，想起前些日子傳「五湖四海」的那些事，心裡直打鼓，就警惕起來，多看了一眼。

這一看卻覺出這人的眼熟，禁不住喊出來：向紅。

這人給喊得一激靈，也抬起臉。可不就是向紅。原本的圓圓臉，瘦成了尖下巴。頭髮披散在額頭上，整個人都灰撲撲的。向紅木木怔怔，見是她，艱難地站起身來，就要跑。可腳好像麻了，一趔趄就要倒下去。雲和趕緊扶住她。她垂下頭，輕輕叫一聲：姨。

雲和問，什麼時候回來的？

向紅沉默了一下，說，昨天夜裡。

雲和就很責備地說，在外頭蹲一夜？你這孩子真不懂事。外頭多危險，還嫌不夠亂。來，姨陪你回家。

向紅身體往後撤著，聲音帶著哭腔，姨，我不想回家。

雲和就有些生氣，說，還記掛那些陳芝麻爛穀子，天下無不是的父母。你都不知道，你在外頭這一年，你爸媽有多心焦。

向紅就捂了臉嗚嗚地哭起來。淚水和泥，臉花成了一團。雲和被她哭得有些無措，嘆一口氣，唉，也好，你這樣兒，你爸媽看見還不知多難為。來，先跟姨回去，洗洗換身衣裳，咱乾乾淨淨地回家。

進了家門，雲和才聞見向紅身上一股子汗餿味。她想，這孩子在外頭，興許也吃了不少苦。就打了一盆洗臉水，又到裡屋去翻翻找找。一邊找，嘴裡又問：向紅，有沒有見著毛主席？向紅遠遠地應，見了。那北京的人多不多？多。這麼總算找到了楚楚的一條連衫裙子，雲和興高采烈地出來，說：向紅，快換上，看多好看，你楚楚姊的。她這幾年打扮得像個小老太太。這麼漂亮的裙子，咱向紅穿正合適。

雲和見這孩子站在原地，一動未動。還捂在軍大衣裡，扣子扣得嚴嚴實實。雲和便佯怒道：這孩子缺心眼兒不是，快脫下來，這麼熱的天，痱子都捂出來了。

說著，就過來給她解扣子。向紅的眼裡卻是驚恐的神色，緊緊後退了幾步。這時候天已經大亮了，一縷陽光打在了向紅的臉頰上。雲和看得真切，向紅的臉上長了深深淺淺的斑。

雲和心裡「格登」一下，她盡量用很輕很清楚的聲音說，向紅，脫下來給姨看看。

向紅還在往後退。

突然間，向紅腳下一軟，跪在了地上，哭著說，姨，我該怎麼辦。

在雲和的逼視下，向紅以極慢的手勢，一粒粒解開了大衣的扣子。在裡面，只穿了一件男人的汗衫，骯髒地泛著黃。卻將她腹部渾圓突兀的輪廓，勾勒得清清楚楚。

雲和心裡一陣憋悶，堵得心口發疼。

向紅，還只有十七歲。

雲和努力讓自己鎮定下來，告訴姨，是誰？

向紅不能自制地痛哭了。在這斷斷續續的哭聲裡，女孩將她這一年來的歡樂與苦痛如潮水般地傾倒出來。雲和沒有打斷她，只是安靜地聽，但是在心裡最柔軟的部分，卻不斷地被她的話扎一下，又一下。

說到最後的時候，向紅已經筋疲力竭。但是雲和還是聽清楚了，她用氣息微弱的聲音說：他是我的階級戰友，我愛他。

這個階級戰友，其實是向紅串聯時在北京認識的一個西安人，是陝西造反派「工聯」的紅衛兵頭頭。兩個人私訂了終身，後來又去了山西、河北與東北三省。在雲南的時候，向紅甜蜜地告訴他，他們有了愛情的結晶。這男人在興奮中，給了她許多的承諾。然而，有一天向紅在睡夢裡醒過來，發現男人不告而別。留下了一封信給向紅，說，因為革命工作，自己要先回到家鄉去。讓向紅等他，他會來南京找她。

聽到這裡，雲和狠狠地揚起手，想打在她身上。但是，終於垂下。雲和緊緊地摟住了向紅。孩子，你糊塗啊。做女人，要看清楚路再走，不然，會毀了自己一輩子。

這時候，向紅感到有一滴溫熱的水，落到了自己的前額上。她抬起臉，看見雲和表情漠然，眼底卻已激盪成一片。

向紅的爸媽在打擊之下，已經無法言語。哥哥向東，遠在新疆建設兵團。況且這火爆脾氣的小夥兒，知道了事情，後果難料。情勢逼迫下，雲和竟成了要拿主意的人。

向紅到底是個孩子，自己說不清楚，但是雲和看肚子的大小，也該有五個多月了。打掉是很難了。在漂泊中，向紅從未打算打掉這個孩子。她說，他來找我，孩子沒有了，他會恨我。

關於這孩子的父親，向紅除了知道叫「馬文革」外，竟然說不出更多來。這名字對於尋找是沒有意義的，這年月，全國大概有千萬個馬文革、李文革與徐文革。大概還知道的就是，他們家附近有一家很出名的羊肉泡饃飯店，他答應要帶向紅吃上一個夠。

向紅說著，還在為這微小的憧憬感動。雲和嘆一口氣。她與向紅的爸媽使了個眼色，三個大人走出去。

雲和說，生下來吧。

剛才還心神不寧的向紅媽，聽著渾身一顫，說，不行，這孩子生下來，向紅下半輩子就算是完了。

雲和說，可孩子都懷上這麼大了。

向紅爸黑著臉，手指深深地插進頭髮裡，突然抬起頭，迸出一句：是她自己作孽，這樣活著不如死了算。

向紅媽卻又不願意了。她哭喊起來，你是孩子的後爹啊，是要孩子的命，還是要這張臉。

雲和便知道，這老兩口兒已經糊塗得想不清道理了。她便說：看情形，還是要生下來了。可向紅還是個閨女。你們在鄉下可有親戚，寄在那裡先養。等閨女嫁人了，以後再慢慢說。

向紅爸想一想，嘆口氣說，紹興老家倒是有的，可是，這年月，誰願意再多一口子人。

雲和也覺得很為難。

這時候，門卻突然打開了。

向紅半裸著身體，跌跌撞撞地走出來，將隆起的腹部暴露在大人們面前。她用力嚎出來：我自己養，就算要飯，我也要把他養活大！

楚楚回到家，見母親倚著桌子長吁短嘆。問起來，雲和想了想，便跟她說了。

雲和說，也就三四個月了。這生下來，可怎麼弄，沒法養啊。

楚楚也就沉默了。過了許久，雲和聽見她說，媽，你跟隔壁說，我來養。

雲和聽得一愣，她看見女兒坐在燈影子裡面，低著頭，手指頭卻絞在一起。雲和是知道楚楚的心思的，便問：老魏又說什麼了嗎？

楚楚昂起頭，臉又虛白了些，卻對雲和搖一搖頭。

這半年多來，這小兩口兒過的日子，雲和是曉得的。她不知背地裡流了多少回眼淚。老魏出了院，誰都覺出不會太平了。楚楚是個硬脾氣的孩子，好歹都不往外說。只說老魏現在不怎麼說話了，興許過了這陣兒就好了。直到有一回，回到家裡，雲和見她嘴角瘀紫著。追問起來，才知道老魏喝醉了回家撒酒瘋，打了楚楚。醒了酒卻又後悔，摟了楚楚哭，扇自己嘴巴子。楚楚知道他心裡苦，也就承受著。老魏是退出造反派了。可「紅總」卻派人來找他，讓他現身說法，聲討「八・二七」的罪行。老魏就將他們打了出去，說，你個狗日的楊大頭，你斷了我魏家的子孫根。老子打你個斷子絕孫狗日的！一邊喊，一邊哭。哭完了就去喝酒，喝醉了回來，又要撒酒瘋。國忠忍無可忍，找到家裡來，一頓拳頭把他打清醒了。他呆呆看著國忠，突然就把頭往牆上猛勁兒磕，邊磕邊喊，她哥，我對不起楚楚啊。我當初要不對楚楚那樣，老天爺也不會這麼治我，讓我老魏家斷香火啊。

雲和想到這一層，有些恨，卻又一陣辛酸。慮一慮，楚楚是個心思縝密的女孩兒，也不是胡亂來的。便坐下來，攥著她的手，說，孩子，這事可得想想好啊，沒有回頭的箭。

楚楚對著母親虛弱地微笑了一下，鄭重地說，嗯。

開春的時候，向紅生下一個男孩。七斤六兩。

在郊區的一個小醫院生下來，不管向紅的哭喊，直接抱去了楚楚那裡。

這孩子骨架長大，但是很黑瘦。老魏便說，這麼黑，跟塊炭似的，像俺。旁人聽了，都覺得這話是言不由衷，是要說服自己。可是見老魏，眼裡卻是真正的歡喜，就都有些鬆了口氣。

雲和是真的將自己當外婆了。為了避嫌疑，她便去楚楚那裡照料。向紅爸媽卻是嫌惡這個孩子。看了一回後，便再也沒上門。

向紅的軟禁生活並沒有結束，向紅爸打了一副鐐子，除了吃喝拉撒，不能離開床頭一步。頭天是想孩子，奶水來了，漲得向紅疼得哭鬧。向紅媽沒辦法，先是用手擠出來，後來只有抱著女兒一起哭，哭得腦仁兒疼。直到回了奶，也出了月子了。

雲和給孩子餵奶糕。這孩子不挑揀，食量又很大，身體漸漸結實起來。滿月的時候，就蛻去了一層黑皮，長成了一個白胖小子。老魏幫他換尿布，小雞雞昂起來，衝著老魏刺了一臉。老魏倒開心得很，抹一把臉，說好小子，牛牛有力道，將來娶了媳婦，要歡喜死她。這話說得有些粗，雲和卻聽出了打心底裡的愛。也覺得這孩子與老魏是有緣分的，她與老魏也因此比以往融洽了些。倒是楚楚，回到家裡，在中間並不知道幹什麼。事情都被雲和與老魏做完了。她倒是想抱抱孩子，盡盡做母親的責任，但是抱起來，孩子卻震天響地哭。老魏就趕緊接過去，哄著哄著，孩子就安靜了。

孩子百日的時候，向紅的身子恢復過來。向紅知道孩子是給送到鄉下親戚家，卻又不知道送到何處。心裡想得緊，卻也沒辦法。又將息了幾天，老兩口兒就敢讓她出外了。

向紅卻在外面遇到了老同學。原來他們早回來了，才復課鬧革命沒幾天，現在中央正號召知識青年上山下鄉接受再教育。向紅便問都去哪些地方。說是去蘇北，皖南。向紅又問，有沒有更遠的？同學就說，多少人都不肯走。你倒要去更遠的。向紅點點頭，說，告訴我去哪裡報名，去得越遠越好。

向紅媽看見女兒拿回家的通知書，說要辦理戶口跟糧食關係轉移手續，大驚失色。說有你哥一個在兵團還不夠嗎？你又要走。向紅說，我是要走。我待在家裡，想孩子要想瘋了。我不走也可以，你們把孩子給我抱回來。

向紅走那天，她爸狠下心來，沒去送。她媽偷偷溜出來，拉著她哭得上氣不接下氣。雲和說，向紅，去了就好好接受教育。以前的事情，過去就過去了。向紅一把將胸襟上的大紅花扯下來，扔到她媽臉上，說，對，都過去了。我不會再回來了，這個你帶給老頭子，給他做花圈。

接下來的日子，這麼著一天天地挪過來，也是不聲不響。

雲和又把糧食本落在糧店裡了。快到了巷口才發現。趕緊將孩子遞給楚楚，讓她先回家去，記得把爐子生上火。孩子還睡著，這下卻醒了。剛要鬧，雲和將臉貼在他的額頭上，響亮地親一下，說，老虎乖，婆婆回頭就來，給咱老虎熬雞蛋羹。

楚楚抱著孩子，看著母親有些蹣跚的背影，覺得母親真是老了。可是，人還興頭頭的。

拿了糧本回來，雲和又順道買了條青魚。

一個浦口的農民在街邊偷著賣的，魚還新鮮得很，只是還不得價。

又走到了巷口，卻撞見向紅媽。向紅媽一步三回頭地往巷子裡張望。雲和跟她打了招呼，向紅媽趕緊將她拉到一邊去，壓低了聲音說，哎呀，不得了。前年搬來的那個洋女人，原來是個賣貨，「清隊」給清出來啦。聽說是從上海上來的。解放前就在傅厚崗做，還賣給過日本人，作孽哦。

雲和心裡一動，遙遙地往巷子裡看一眼，說，不是都改造了嗎？

向紅媽嘆口氣：誰說不是，聽講以前在文化宮做過清潔工，後來因為是白俄，給當「蘇修」趕出來了。看她年紀也不小了，居然又零敲碎打地做起生意來。你說，得多老的男人才能看得上她，現在風聲又這麼緊。正鬥著呢，你過去看看吧。

巷口裡已經聚攏了黑壓壓的一群人。

雲和說，也是個可憐人，興許是沒的辦法了。

往前走了沒幾步，就聽見人堆裡傳出來震天響的哭喊。還夾雜著一些笑聲。這笑聲是很歡樂的。經過的時候，雲和看到一堆棕灰色的蓬亂頭髮在人叢中搖晃。這時候，幾個男人擠了出來，人群便裂開了一條很大的縫隙。雲和不禁停下來，看見那洋女人耷拉著腦袋，被捆在胡桃木的梳妝檯上。她臃腫的身體，套在一件過於緊窄的桃紅色的布拉吉裡。頸子掛著一雙破舊的解放鞋，旁邊的人狠狠地用皮帶抽打她一下，她中氣十足地號叫，解放鞋便在大胸脯上跳躍起來。她的嘴巴被用唇膏塗成了血盆大口，甚至染到了牙齒上，每叫一聲都有著可怖的滑稽。這時候，一個大概是居民革委會的人，用掃帚挑著一條肥大的綴著蕾絲邊的內褲，要套到她頭上去。她昂起頭掙扎起來，腦袋大幅度地晃動著。人們再一次爆發出笑聲。

突然間，目光在她散漫失焦的灰色眼睛裡，凝聚起來。她突然不動了，雲和看見，她的目光穿過人叢，停留在了自己的身上。

雲和低下頭，側過身子，準備走掉。

這時候，卻聽見女人口齒清晰地用南京話說：你不要走，程雲和。

這震顫著小舌音的南京話，讓所有的人愣了一愣。雲和發現，自己被人們的目光包圍了。

女人繼續大聲地說，你們不是來事嗎。光曉得整我，為什麼不鬥她？我算什麼，她才是真正的漏網反革命分子，國民黨特務！

雲和覺得身體過電般地，麻木了一下。但她還是竭力讓自己鎮定下來，辨認著這個洋女人的面目，問：你是誰？

女人張開血盆大口，在眾目睽睽下得意地笑了：我是誰？你當然不記得了。你這個大紅牌，怎麼會記得我這個小角色。記不得了吧，你忙著給鬼子渡邊彈琵琶唱堂會的時候，我就坐在他大腿上。

人們開始竊竊私語，女人受到鼓勵一樣，繼續用昂揚的聲音說：我還曉得，你給國民黨軍官做過小老婆，生過狗雜種。你的身價比我高，還不是一樣出來賣。你要臉，那幾個日本畜生要你脫衣裳，你一句話沒的，還不是痛痛快快地脫！你現在倒是想從良了。告訴你，沒的門兒，這是命，給男人揉屁股掐奶子的命。誰都躲不過！

女人歇斯底里地大笑起來。突然，她聳動肩膀，擺出一個妖嬈的姿勢，用俄文唱起一支歌。沒有人知道她在唱什麼。但都聽得出，這是一支旋律動聽的歌。她的嗓音很好，溫柔淳厚。人們彷彿被施了魔法，竟都動彈不得。旁邊的人舉起皮帶，想打她一下，手卻無力地垂下來了。

只有雲和，聽不見這女人的聲音，只看到鮮紅肥滿的唇在眼前一開一闔。她只聽見了三十多年前的平安夜鐘聲，「噹」地響了一下，然後在她的頭腦裡轟鳴，迴轉，縈繞不去。

雲和的手指漸漸地軟了，青魚滑落到了地上。這條魚在灰土裡撲打翻滾了一會兒，沾了滿身泥，終於不動了，奄奄一息。

雲和艱難地彎下腰，想把魚撿起來。她抬起頭來的時候，看到了楚楚的眼睛。

為雲和的事情，街道上成立了專案組。

抄家那天，自然是聚了不少人。

但是結果究竟讓人失望。

這是個再普通不過的家，到處是踏踏實實過日子的痕跡。或者說，是一個女人數十年苦心經營起的一個家。家底也是一點一滴，一罈一罐，口挪肚攢起來的。並沒有傳說中的發報機，更沒有變天帳、地契，沒有細軟。唯有幾件旗袍，看得出是幾十年前的老貨，樣式規矩，也已經陳舊得暗淡下去。一個經過事的說，和當年清理曹師母收藏的盛況，實在不可同日而語。有個抄家的人撇撇嘴，小聲地對同伴講：這麼沒場面，好像在抄自己的家。另一個喝止了他的反動言論，卻也有些疑心。

終於，有人在箱底裡，找到了半瓶香水。藍色的玻璃瓶，有著圓潤的女人般的曲線。在午後的陽光底下，呈現出瑰奇的色彩。他們輪流把玩了，詭異地笑，然後由一個人將這瓶子在地上擲碎了。香水的味道，陰陰地如同一縷棉線纏繞著流淌出來。忽而濃烈了，凶猛地襲擊了每個人的鼻腔，猝不及防。在短暫的陶醉之後，人們立即被這味道激怒了。他們實在地體會到了什麼叫做糖衣砲彈，也再一次清晰地感受到了階級敵人的欺騙性。

他們決定掘地三尺。

然而，仍舊一無所獲。一個年輕人在衣櫥裡發現了一些破舊的布料，粗略地團成了一團。在他獵狗般的鼻息之下，只散發出霉變的味道。他一揚手扔到了地上，又順手撿起來，擦了擦鞋底因為下雨沾上的泥濘。他沒有看到，在其中一塊碎布上，有一些模糊發黑的血跡，寫著一個女人的名字。

「軍管會」、「革委會」、「專案組」，猶如三堂會審。地點恰設在昔日的聖約瑟公會教堂，哥德式的尖頂上，插著紅旗，曾被造反派徵用過，現在叫做「南京市遵義區革命委員會辦公室」。

午後的陽光徘徊了一下，被彩色的琺琅窗濾過，有些畏縮地在房間的一角投下些許光影。雲和一動不動地坐在這光影裡。光只照得見她半邊臉，但是，依然可以清晰看到她浮腫下垂的眼袋，蜿蜒在嘴角的皺紋，還有她在輕輕顫抖的手，布著粗糙的繭子。審問者對視了一下，將目光再次投向這個面目膽怯的、衰老的婦人。他們在她臉上努力尋找著世故的痕跡。但即便有，也是一個平常的，關乎柴米的婦人的世故，裡面裝載著懵懂與未經世面。他們說服著自己，這真是一個狡猾的階級敵人。

革委會主任姓蔡，長著茂密的連腮鬍，有雙鷹隼一樣的眼睛。在這雙眼睛的逼視下，多少反革命分子現了原形。他注意到了雲和的一個動作，將衣袖上的一點極細的灰塵撣去。他冷笑了一下，想這女人剝除了世俗的畫皮，風度仍不同於市井。在熟慮之後，他終於問起了她曾經的職業，這是一個突破口。

雲和眯起眼睛。他們幾乎饒有興味地等待，等待著看她如何狡辯。

雲和開始說，用很慢很清楚的聲音，回憶她的皮肉生涯。他們非常驚異地體會到了她的認真，她說得無分巨細。每一個細節，細到年月日，有關她的客人，她的交遊，這些人的職銜。她遭受的委屈，姊妹間的爭風吃醋，甚至她做為一個女孩第一次的痛楚。她突然說到了她曾經的風光無限，在十里秦淮無出其右的虛榮，在權貴男人中的左右逢源。中間，她有些許的沉默。面對他的人，胸有成竹地揣測，她一定是要隱瞞什麼。然而，當她再次開口的時候，他們幾乎瞠目。因為，剛才的沉默竟是為了將她的個人奮鬥史補充得更為飽滿。他們看見這個皮鬆肉垮的老婦人，突然抬起頭來，眉毛一揚，向他們飄過一個眼風。

「夠了。」蔡主任終於忍無可忍，猝然打斷了她。他咳嗽了幾聲，說，這些，你倒是都記得很清楚。

雲和驚嚇得低下了頭去，誠懇地說：舊社會遭受的剝削和壓迫，我怎麼能忘記。是新社會，是共產黨把我們這些人，從鬼變成了人。我一輩子都要感恩戴德。

蔡主任乾笑了一下，說，把你變成鬼的，還有日本人。

另外兩個人，也在心裡笑了。他們想，判決的時候就快要到了。

雲和愣一愣神，突然發出了極細弱的哭聲。她竭力壓抑著，可是，仍舊聽得出其中的撕心裂肺。在這哭聲裡，男人們辨別出她在說：殺千刀的東洋畜生，他們逼我，拿我的孩子逼我。那個死鬼老陳，屁都沒給我留，就給我留下這個孽種。不是為了這個孽種，我死都不跟他們睡。

雲和抬起手，猛然將自己的衣襟撕開，迅速將裡面一件破舊的汗衫撩起來。

兩隻下垂的，鬆弛的乳房赫然跳進了男人們的眼睛。男人們來不及作任何反應，已經看清楚，經年的纍纍傷痕，張揚地爬在這衰頽的乳房上，猶如乾枯的樹葉上的莖脈。其中一顆乳頭，已經沒有了，留下了一個醜陋的凹陷。

雲和說，這幫畜生，我只恨不能殺了他們。同志，可那時候，沒人給我做主啊。

在這乳房的擊打之下，三個男人都有些發懵。蔡主任回過神來，說，程雲和，把衣服放下來，你有廉恥沒有？

雲和放下衣服，手卻已不知往哪裡擺，是個六神無主的樣子。

蔡主任的聲音竟緩和了些，他問：你和陳介南，生過幾個孩子？

雲和表情悲憤起來，大聲地說，那個死鬼，他並沒有娶我。我是個姘頭，連個名分都沒有。

一個男人不耐煩地喝道：叫你正面回答問題！

我只生過一個孩子，就是陳國忠，是跟那個國民黨死鬼生的。他雖然是個狗崽子，可是長在紅旗下，現在是工人階級，我請求政府能對他網開一面。程憶楚是三七年跟一個逃難的老鄉買的。因為陳國忠身體不好，要個女孩沖喜。那老鄉是蕪湖的三代貧農，活不下去了，才賣給了我。

她突然恨恨地咬一下牙：這個程憶楚，是個沒良心的。我白養活了她那麼大，我想讓她嫁給個歸國華僑，好歹能跟著享幾天福。可惜我失了算，那人是個右派分子。我讓她等，過幾年怎麼沒個更好的。她倒好，跟我尋死覓活，非要嫁給個機械廠的大老粗。真是氣死我了。

程雲和，你竟然又在攻擊工人階級，反動死性不改。

雲和眼裡滿是驚懼的光：同志，首長，我不是反動派啊。我有罪，我知罪，可做女人的，任誰不往高處走啊。

蔡主任合上卷宗，揮一揮手說，押下去。

蔡主任點起一支菸，目光沉峻地向窗外凝視了一會兒。他回過頭來，對另外兩個人說，說到底，她就是個婊子。

楚楚最後一次見到雲和，已經秋涼了。

雲和見是楚楚，回過頭去，在暗影子整理了一下頭髮，才走過來坐下。

楚楚說，媽……

雲和沉著臉看她一眼，將頭偏到一邊去，冷笑說，這會兒來了，是來和我劃清界線的吧。

老魏在旁邊說，媽，事情我們都知道了，可您還是咱的媽。立秋了，我們給您送件衣裳。

雲和輕笑，翹起蘭花指，將那衣服抖開，說：好嘛，一點棉花氣兒都沒有，這會兒寒磣我來了。我就是凍死，也不穿你們送來的破爛貨。

雲和一抬手，將衣服掃到地上，「呸」地一聲吐了口水在上面。「程雲和，老實點兒。」後面是「群專指揮部」的人，用鋼棍捅了她腰眼一下。

雲和輕輕呻吟了一聲，她再次抬起眼睛，挑釁地看著楚楚。楚楚心裡一凜，卻看清了她眼角上新鮮的傷口。

媽……楚楚覺察出了什麼。

雲和眼皮跳動了一下，打斷她：媽？誰是你的媽，我這輩子都在騙你，你心裡正恨得牙癢癢吧。現在知道叫我媽了。你嫁給這個混帳男人的時候，是怎麼叫我的。嫁給他有什麼好，日子過得水打飄。可惜了結婚縫的那床被子，也沒拆開洗洗。不如扔了好，你就是個窮命，什麼都攢著，該扔的就扔。想當年你媽我什麼好的沒見過……

雲和扭動起身子，嘴裡哼起一支曲調靡猥的小調，旁若無人。

楚楚「呼啦」一聲站起來，她指著程雲和，生冷地說，沒錯，我忍了你三十年，看你反動了三十年。我早想和你劃清界線，終於等到了這一天。

雲和的眼睛深處有光亮抖動了一下。她也緩緩地站起身，嘴裡一個過門兒，帶著哭腔悠悠唱道：送薛郎送至在三岔路口……

「裝神弄鬼！」後面又抽過來一皮帶。雲和被打得彎下了腰去，半晌，她卻猛然直起了身板，念過一句響亮的京白：喂呀，我的夫啊！

老魏暗暗捏緊了拳頭。楚楚就這樣木然地站著，看著雲和在皮帶抽打下，一步步地走入、消失在了黑暗裡。

在這黑暗的盡頭，雲和站定，無聲地微笑了。

當周遭安靜下來的時候，她取下頭上的夾子，從衣襟夾層裡掏出一粒用蠟封實的小藥丸，剝開。三十年前了，陳旅長放在她手心裡，說：再難，先咬咬牙。真遇到坎兒，過不去了。自己吃一顆，餵孩子一顆。

她心說：死鬼，說得輕省，以後可沒人給你燒紙了。

# 第十一章

# 依舊煙籠十里堤

程雲和死於一九六八年。終年五十九歲。

她是死有餘辜，自絕於黨和人民。

楚楚來到的時候，雲和身上蓋著一片舊草袋。一隻腳露在草袋外面，腳趾已經潰爛，泛著青紫色。

楚楚竭力讓自己的心冷一些，再冷一些。

眼淚終於奪眶而出，她迅疾地握住了老魏的手。老魏感到楚楚的指甲，深深地嵌入了自己的掌心，鑽心地疼。

兩個人回到家，從櫥裡找出結婚時候蓋的被子。多時不蓋了，綢緞顏色還是鮮亮得很。雲和親手繡上的游龍戲鳳，一團和氣，喜洋洋地灑著金。楚楚找出刀片，刃斷線，將被子拆開來。兩個人手順著棉胎深深地摸進去，不一會兒便摸到了東西。外頭包著幾層蠟紙，打開來，是一張毛了邊兒的短箋。楚楚打開看了，咬了咬嘴唇，對老魏說，把寫字檯左邊最底下的抽屜抽出來。老魏照做了，一邊向楚楚看一眼，手伸到抽屜的隔板裡面，夠出一只小盒子。兩個人對著這黑漆包銅的小木盒，發了楞。老魏問，是什麼？

楚楚搖搖頭，終於下去手，打開來。

盒子裡頭，齊匝匝地擱滿了金條。一數，有二十根。金條底下，有一張紙條。蠅頭小楷，清秀非常，卻不是雲和的字跡。

字條上寫著：治世留，安己；亂世棄，全身。

晚飯後，天擦黑了，楚楚才去找了國忠。食堂已經沒什麼人。國忠在後廚裡，使勁地刷一隻鍋。看到楚楚，卻低下頭去，將鍋刷得更用力些。

楚楚在他跟前蹲下來，喊他：哥。

國忠仍然沒有抬頭，楚楚便守著他。半晌，國忠手停下來，深深嘆一口氣，說，以後，不要再叫我哥了。你和媽劃清了界線，也就和我劃清了界線。你現在來，又是何苦？

國忠如今是「反屬」身分，從車間調出來了。分配到了工廠的食堂，算作發配，做起了白案師傅。

老魏一直沒言聲，這時卻使勁拍了國忠一記，說，你不要糊塗，就算你不是楚楚的哥，我們一場兄弟你總要認的。你記得那齣《義薄雲天》，將來，做不成老虎的親娘舅，孩子大了，總躲不過要聽他喊你一聲「叔」。

老魏將雲和最後的話都講給了國忠聽。楚楚也聽著，聽到後來，卻有些支撐不住，靠在灶台邊上，蒼白了臉。眼睛虛著神，卻大張著，像要將四周圍的東西都吸納進去。

國忠漸漸直起腰，看著楚楚。兄妹兩個就這麼愣愣地對視。突然，楚楚一頭扎進國忠懷裡，痛哭起來。國忠顫抖一下，抬起手，輕輕撫摸她的頭。見她後頸窩裡，多了一叢白頭髮，心頭猛然一酸。先前噙著眼淚，也止不住洶湧地流下來。

老魏趕緊站起來，望一望外頭，看看並沒有人。便走到一邊，也就由著他們去哭了。雲和死後，兩個人其實都沒有好好地哭過。老魏站在外面，點起菸，使勁吸了一口。他隔著食堂的玻璃窗，見這對兄妹，像兩個嬰孩抱成一團，哭得沒有個盡頭了。

等他們終於哭夠了，楚楚將口袋裡的字條拿出來，給國忠看。國忠沉吟了一下，說，媽的意思，是讓咱們交上去。

他看著楚楚，動動嘴唇，好像是要說什麼，但終究沒說出來。

楚楚將金條交給了蔡主任。旁邊幾個人便紛紛冷笑，說，這才對了。這麼反動的女人，沒幾個家底，有誰信。程憶楚，你做得好，足見你和反動家庭徹底決裂的決心。

往後的幾年，就這麼不清不楚的過去了。

楚楚的心，好像落了雨水的塵土。再大的風吹過來，順著地皮滾幾轉，也就停下來了。不是因為老虎，她是決計不會動氣的。

老魏和她兩口子，現在，也就這隻小老虎了。家裡剛出事的時候，向紅爸媽來過。說為孩子將來好，想一想，還是想將老虎接回去。老魏那次火氣大得差點兒掀翻了房頂，說，老虎是我魏勝利的兒子，俺是響噹噹的工人階級，三代貧農。誰敢屈待老虎，就是和工人階級過不去！

以後，這孩子的成長，算是十分的茁壯。一歲都就可以敦敦實實地滿地走了。說話稍晚些，別的孩子都是先學會叫媽媽，待他開口了，先叫出的卻是「爸爸」。老魏便更將他當成了心頭肉。家裡的大小事，老魏本就不太讓楚楚插手。楚楚不是不想管孩子，而是老魏將事情攬得太乾淨。後來，孩子大些了。楚楚便想，這教育的事情，自己總應該說得上話，便和老魏商量。這才覺出，苗頭不大對了。

老虎也有些意外，對於媽媽，他談不上親，還有些怕。雖然年紀很小，但是，其實已經學會審時度勢。媽媽出現的時候，他就乖一些。而媽媽不快的時候，他竟還能做出楚楚可憐的樣子，惹人疼。

然而，當這個媽媽終於提出要接手管自己了，到底是個小孩子，於是禁不住爆發出來。楚楚便突然發現，以往的相安無事是假象，這孩子內心的戾氣，其實遠超乎自己所料。以往在家裡摔摔打打，當他是年幼冥頑。這時候卻出現了對抗。並非是孩子氣的與父母針鋒相對，這對抗是消極的，近乎一個成人的狡黠。比如楚楚教他寫漢字或者做幾道算術題。他從來都是安靜地答應下來，從沒有一絲抗拒與執拗。然而如果楚楚不在身邊，他立即偷偷跑出去玩。在楚楚檢查之前，他會適時地從老魏那裡尋得庇護。

於是，楚楚還未言聲，老魏便近乎苦口婆心地勸她：只是個孩子，不想玩兒那還叫孩子，你又幹嘛逼他。

楚楚未免有被暗算的感覺，但仍說，你就慣他吧。將來養出個不學無術的，後悔的不是我。

老魏便打起了哈哈：學不進就學不進，大不了將來接我的班。

到了該上學的年紀，才給他起了個大名，叫魏建設。

叫了魏建設的老虎，性情上卻有了改變。不知怎麼了，在外頭見的人多了，反倒變得寡言起來。以往的生猛勁兒竟也不見了。

開春的時候，老魏帶他去放風箏。老虎走了幾步，就坐下來，呆呆地望天。倒是剩下老魏一個人牽著紙鷂子在操場上瘋跑。父親大汗淋漓地走過來，老虎抬起頭，眼神空洞，臉上掛著事不關己的漠然表情。看著兒子安安靜靜地，做父親的，卻有些擔心。老魏說：「七八歲，狗也嫌。」正是該皮的時候，怎麼像個姑娘似的。

楚楚倒很欣慰，說，看來我們家老虎內裡還是懂事的孩子。

唯一讓楚楚掛心的，是老虎的學習成績。中不溜溜，不上不下。這本來在年幼的男孩子中間是十分普遍的，因為有太多讓他們分心的東西。但是，楚楚以多年教導小學生的經驗，卻看出了奇異之處。這孩子的成績，中等得太精確。每一次在班上的排名，都幾乎在人數正中的幾位。她找到了同事，也就是老虎的任課老師，問起老虎的表現。也說這孩子不錯，不特別好，但絕不差，是屬於乖的類型。老師們都覺得這「乖」卻又不是發自內心的積極。他臉上心不在焉的神情，在同齡孩子中是罕有的，似乎是被家教壓抑的結果。楚楚便說，其實我並不怎麼管他。總之，老師和楚楚交流一下眼神，覺得這實在是個無可厚非的孩子。

楚楚逐漸發現了老虎的物欲淡薄。做為一個七歲的男孩，在這方面的旺盛是天然的，因為好奇或者因為想占有。老虎從未向父母提出任何要求。當然，以往不需要他提，老魏已經根據自己的揣測，急不可耐地滿足他。對於這些，他其實沒有過非常的欣喜。而表達的感激，也是為了讓大人高興。這孩子與人交往方面並不熱絡，極少見他談起自己的同學和朋友。而與父母，如今竟然保持一種相敬如賓的關係。未見他撒過嬌，耍過賴。無論老魏粗放的風格，還是楚楚的一板一眼，對他似乎都未造成過影響。然而，令人意外地，他對一個人形成了依賴，這就是國忠。

從他記事開始，這個人便經常在家中出現。父親讓老虎喊他忠叔。老虎卻漸漸看出，這個男人，與父母都有著不平常的親密。父親對這人，十分的恭敬。而母親有些冷漠的性情，則在見到他的時候，會稍稍溫暖起來。終於有一天，進入了一個油煙繚繞的廚房。老虎看到，叫忠叔的男人，圍著雪白的圍裙，在案板上揉一個麵團。他看到老虎，溫和地笑一笑，並沒有停下手上的工作。老虎看他將麵團發好，調餡兒，手勢嫻熟地包包子，然後放進籠屜裡蒸。當熱氣騰騰的包子飽滿地出現在眼前，老虎幾乎產生了崇拜的情緒。他捧著一顆包子，輕輕咬開。同時想，這個安靜而能幹的男人，值得成為心目中的英雄。對於父親，老虎則有些輕看。因為他的多話，或者是他無法經常保持乾淨的臉，或者，只是因為他對自己的曲意逢迎。

總之，老虎開始越來越多地到食堂的廚房去。他七歲的人生由此變得充實。國忠起先以為這是一個饞嘴的孩子。後來發現並非如此，他只是享受於觀察忠叔勞作的過程。他安靜地站在廚房的一角，踮起腳望著在案板上動作的手。臉上是莊嚴肅穆的神氣，好像在對勞動的人進行著監督。老虎對食物並不怎麼感興趣，往往草草地吃幾口國忠的作品，就投入了下一輪的觀察。

楚楚在洗衣服的時候，發現了老虎口袋裡的模具。她一眼認出，這支喇叭形的黃銅模具是國忠的。國忠年輕時候製的，用來打梅花糕。這是他很珍惜的，每次用完了，就用水洗洗乾淨。隔一陣兒還要拿細砂紙就著麻油擦一擦。所以用了很多年，還是錚亮的。楚楚心裡一動，叫來老虎。

老虎低下頭，看到桌子上的模具，沒吱聲。楚楚見他左腳搭在右腳上來回地蹭，不禁口氣生硬地呵斥他：給我站站好。老虎不動了，但並沒有站站好，而是將一對腳拱成一座橋的形狀。楚楚盡量平心靜氣地問：從忠叔那裡拿的？

老虎並沒有回答，而是逕自走過來，將模具緊緊地攥在手裡。楚楚聽見七歲的老虎用很清晰的童音堅定地說：這是我的。

楚楚找到了國忠，臉色有些發黑。國忠看見了模具，已經明白了一半，便說，我當什麼了不起的。是我送給老虎的。

楚楚認真地辨認國忠的表情：真的？你不要護著他。

國忠說，好了。你這個當媽的，管得也太嚴了。乾脆，以後別讓老虎來了。一個男孩子，老往廚房裡跑，會有什麼出息。

這一年元旦過後，總理去世了。

三月，悼念的隊伍，抬著花圈與總理的遺像，沿著中山路默默地行進。他們的終點，是漢府街上的梅園新村。

楚楚站在已經暖起來的春風裡頭，面無表情，注視著這支安靜的遊行隊伍。當隊伍遠去的時候，她彎下腰，從地上撿起一朵白玉蘭。那是剛剛從花圈上落下的。花瓣在手指間，滲著一絲涼意。楚楚心裡想，又一個不該走的人走了。

當她抬起頭來的時候，身邊停著一輛轎車。車窗緩緩地搖下來。她看見一張蒼老的女人的臉。

楚楚……

楚楚愣一愣，下意識地別過身去，躲過這張令她百感交集的臉。

車往前跟了幾步，楚楚聽見女人的聲音：上車吧，我送你回家。

海納又老了許多了。

她緘默地坐著，面對著楚楚。兩人之間隔著一張飯桌，形成了遙遠的距離。海納小口地啜著杯子裡的雨花茶，不知不覺喝完了。楚楚站起來，給她續水。海納一把抓住了楚楚的胳膊。

海納說，我知道，你在怪我。我救不了你媽媽。是，這麼多年，我和她都瞞著你。可你要明白，我們都是為了你好。

楚楚的胳膊在她手中抖動了一下。楚楚重新坐下來，看著海納。

海納將兩隻手交疊在一起，放在膝頭，握了一握，似乎下了一個決心。她，從楚楚的名字講起。

在她講述的一個小時裡，楚楚沒有打斷過她。偶爾她停下來，或者是因為回憶，或者，是用徵詢的眼光看著楚楚。她小心翼翼，字斟句酌。她在擔心著自己不完善的表達，再次對楚楚形成打擊。然而，楚楚只是安靜地聽，像在聽一則無關自己的家常。

當海納說完了，兩個人之間又是大片的沉默。楚楚的平靜對海納造成了震動。她終於有些不甘心地問：你不恨我？

楚楚垂下眼睛，搖一搖頭，然後站起身，給她續茶。

海納說：我從幹校回來，去了齊虹橋，那裡已經住了別人。這才知道家裡出了事。

這時候門打開了。海納看見一個很小的男孩子走進來，一路走一路扯著脖子上的紅領巾。男孩看見這個陌生人，似乎並不意外，只是站定了，很認真地打量她。海納被打量得有些不自在，她在男孩直勾勾的目光裡頭，看不到一絲怯意。相反，卻有一種世故，是與他的年幼不相稱的。

海納於是看著楚楚，求救一般。

楚楚說，這是我兒子。老虎，叫奶奶。

男孩並不叫她。卻仍與她對視，目光角力一樣。

海納做出恍然的神情：你的兒子，這麼大了。快讓奶奶看看，是像媽媽還是像爸爸。海納伸出臂膀，想將男孩攬在懷裡，同時臉上做出親熱的微笑。她大概已不習慣於這種微笑。臉上的皺紋，生硬地堆砌在了一起，很難看。

老虎看著她，猛力地掙脫開，跑到外面去了。

海納張著手，沒著落的樣子。

楚楚低下了頭。

海納沉默了一下，站起身來，說，我該走了。

臨走前，她對楚楚說，我復職了。你心裡，要還有我這個姨，有了事就來找我。

這一年的夏天，不太平，事情一樁連著一樁。放了暑假沒多久，唐山那邊，就傳來了大地震的消息。

南京城裡，上上下下，都恐慌起來。

謠言，甚囂塵上。到了夜裡，老百姓都不敢在家裡待了。一時間，街頭巷尾到處都擺滿單人床、雙人床，甚至還有用門板拼起的簡易床。大夥兒開頭兒都怕得很，提著耳朵等警報響。後來，就漸漸鬆下了心來。有七八年了，人人自危。街坊鄰居，難得能這麼坐在一塊兒，乘涼聊天了。嘈嘈切切的聲音裡，偶爾有個男人語氣粗重地說，你當年寫我的大字報。不是今天沒的辦法，我這輩子都不想見到你。被他譴責的熟人一邊擦涼床，一邊輕聲慢語，好了好了，快躺下吧，天熱氣燥。改天我拎瓶「洋河」上門給你賠不是。

到了第二天，人們開始搭防震棚，有塑料布賣的商店門口排起了長隊。市裡的塑料布和帆布庫存都被搶購一空。竹竿木頭也緊俏起來。機械廠裡將包裝袋發給了職工。一天之內，廠區的操場上，搭滿了臨時的屋棚。只是這棚子不透氣得很。熱得受不了了，就有膽子大的，又回到屋子裡去睡覺。睡到一半兒，還是被區武裝部來巡查的民兵，好言好語地勸出來。

這樣小心翼翼地有半個多月，人心才安定下來。市防震辦卻沒有掉以輕心，培訓沒斷過，教給市民如何根據警報頻率長短判斷地震級別。家家都是嚴陣以待。老魏索性將手電筒、軍用水壺、安全帽、麵條之類的應急物品打成個包，掛在自行車龍頭上。

這麼著，終於在八月中的一天夜裡，警報來了。尖銳的聲音冷不丁地響了。老魏一個激靈坐起來，叫醒楚楚，抱著睡得迷迷糊糊的老虎，推了自行車就往外奔。雖然心裡都作足了準備，外面還是亂成了一鍋粥。到處是衣冠不整的男女，有的裹著床單就跑出來了。叫喊聲此起彼落，竟然還夾了嘻笑的聲音，那是孩子的。就這麼七手八腳，老魏算摸到了自家的防震棚。

警報響了一個多小時，停了。人們的睡意卻也沒了。有人在防震棚裡點起蠟燭，火焰被藍色的塑料布濾過，像一些巨大的燈籠，發著清冷的光。楚楚和老魏偎在一塊兒。他們抬著頭，看靛藍的天空裡，有無數的星星，忽閃著眼。有些手電筒的光柱筆直地射出去，想要擊打這些眼睛，卻被夜色稀釋了。半途而廢。此時在靜穆中，兩個人都突然覺得，彼此間，其實是很親密的。這種感覺，應該很久了。他們將手放在對方的手心裡，緊緊地攥住。身旁的老虎，又已經睡著了，嘴角流著口涎。這是他們的兒子。他們的孩子。

天矇矇亮的時候，民兵連通知大家，警報解除，可以各回各家了。人們這才拖了疲憊的步子從防震棚裡出來，呵欠連天。小孩子們心地簡單，沒有像大人們提心吊膽了一夜，這時候睡足了，最活潑的就是他們，在露天裡打打鬧鬧的。老魏騎了自行車，先將東西捎回家去了。楚楚慢慢地在路上走，看見了一個同事，是老虎的班主任羅老師。羅老師眼睛裡布滿了血絲，也是個精神不濟的樣子。兩個人有一搭沒一搭地聊著閒話。忽然，一個小男孩兒火車一樣地飛奔過來，狠狠地撞到了他們身上，自己趔趄了一下，又像火車一樣呼嘯而去。羅老師皺起眉頭，揉一揉被撞疼的胳膊肘，帶氣地罵一句：

真沒教養。說完，眼睛落在前面的老虎身上，說，你們家的孩子，還真是不一樣。楚楚說，嗯，不那麼皮罷了。才八歲，像個小老頭似的。這時候，兩個人都注意到前面的老虎停下來，彎下腰去，做了一個動作。老虎撿起了一隻涼鞋。這是一隻豔麗的桃紅色的涼鞋，大概是有人在昨晚的忙亂間跑丟的。老虎拿在手裡看了看，然後夾在腋窩裡。走出幾步，又彎下腰，撿起一隻男式的深藍色的拖鞋。楚楚目不轉睛地看著老虎，聽到旁邊的羅老師輕輕地說，你們家魏建設，好像挺喜歡蒐集東西。停一停又說，有件事，不知當講不當講，上學期，班上有個小姑娘，丟了個自動捲筆刀，結果在你兒子的課桌抽屜裡找到了。楚楚心裡一抖，轉過臉，戒備地看著羅老師：你是什麼意思？羅老師被她嚴厲的神色一驚，嘴裡也結巴了：沒……沒什麼，小孩子嘛，都喜歡新鮮玩意兒。

過了幾天開了學。楚楚找舊年的教案，將陳年的箱子從床底下拖出來，結果發現了一隻鞋盒子。打開來，裡頭竟是一堆雜碎。男孩玩的洋畫兒，菸殼，各種各樣的橡皮，鋼筆，玻璃絲編成的金魚，下面墜著把生了鏽的鑰匙。另外還有一隻銅殼的懷表，揭開蓋，還在滴答滴答地走。這些東西，她與老魏從未見到過。

楚楚手指顫動著，只覺得頭腦嗡嗡作響。然後在心裡一點一點冰冷下去。

這時候老魏回來了，嘴裡罵罵咧咧的，說狗日的，那天響的是個假警報。把人折騰的，昨天還傳是階級敵人搗的亂。今天又說，打雷把靈敏繼電器給擊穿了，警報器自鳴……

老魏見楚楚坐在床頭，捧著個鞋盒子，一言不發。

楚楚將東西從盒子裡「撲拉拉」都倒在地上，說，看看，你兒子幹的好事。

老魏看過後，一時間也手足無措。他點起一根菸，挨著楚楚坐在床頭，嘴裡喃喃地說，這，這是咋弄的。

楚楚終於抽泣起來：老魏，我們兩個再怎麼過不到一塊兒，還都是本本分分的人。這孩子，到底不是自己親生的。

老魏先前擰著眉頭，默不作聲。聽到這話，卻蹦起來，將菸頭使勁擲在地上，說，程憶楚，你說點兒啥不好。孩子有錯，打罵都由你。你跟俺提這個算幹啥！

這時候，老虎回來了。

父親少有地黑著臉，母親還掛著淚。地上亂七八糟的一堆。他也就明白了。

老虎蹲下來，將東西逐樣撿進鞋盒子。然後，捧在懷裡。老魏說，你要幹什麼？

老虎往後退一步，抬起頭。他舔了舔嘴唇，將盒子捧得更緊了些，說，我的。

楚楚肩頭聳動了一下，看著這孩子的眼睛，很慢地說，好，你的，我倒要看看，你還有些什麼？

楚楚不顧老魏的阻擋，狠狠扯下老虎的書包，將裡面的東西倒出來。

課本，練習簿，鉛筆盒，還有幾張發了黃的新聞紙。大概是沾過了污水，洇了進去，已經有些髒了。

楚楚將新聞紙打開，眼睛立刻直了。又立即打開另一張。

這是一些大字報。其中一張上，用毛筆寫著，「警惕赫魯曉夫式的人物篡奪黨和國家的領導權！」筆畫粗重，後面是觸目驚心的黑色的驚嘆號。

而另外幾張上寫著：「《文匯報》的反黨文章是篡黨奪權的信號彈！」「打倒大野心家、大陰謀家——張春橋！」

楚楚將這些紙匆促地摺疊起來。她扶住了老魏的胳膊，用很虛弱的聲音問：哪裡來的？

老虎沒有說話。

楚楚說：你知不知道，這幾張紙，會要了我們全家的命。

老虎仍然一言不發，咬住嘴唇，用左腳蹭起自己的右腳。

老魏說，孩子還小，不要說這樣的過天話，我們一家都是安分守己的人……

楚楚聽到這裡，猛然轉過頭。

安分守己？她銳利地看了老魏一眼，說，好！你說安分守己。媽這一輩子都安分守己，可結果呢。

忽然間，楚楚將這些紙團起來，幾下撕得粉碎。撕完了，手指還在神經質地抖動。她竭力讓自己鎮靜下來，找來一只盆，將紙丟進去。

老虎，你記住，這些不是該在咱家出現的東西。楚楚擦亮了火柴。

蔚藍色的火焰順著紙的邊緣緩慢爬行，突然升騰起來。

老虎愣一愣，撲上來，要從火裡搶出那些紙。楚楚使勁地擋了他一把。

老虎跌坐在地上。他慢慢地站起來，突然一轉身，跑出去了。

兩個小時後，老虎還沒有回來。

天色已經暗下去了。老魏站起來，說，不知這孩子到哪裡去了。我出去看看。

楚楚沒有應他。眼睛失著神，看著盆裡的灰燼。

老魏騎著自行車，兜了老虎平時會去的地方。

這樣兜了幾圈，沒找見人。

老魏心裡終於有點兒發急，想一個八歲的孩子，能跑到哪裡去。

他有些疲憊了，跨下車子，就這麼沿著長樂路慢慢地走。一邊心裡想，興許孩子已經回到家去了。

這時候，天突然下起毛毛的細雨，薄薄地落到臉上、身上。原本已濃重的夜色又陰暗了些。天上竟然還有一輪月亮，在烏雲裡頭躲躲藏藏。這一天是十四，月亮已經很肥滿了，沉甸甸地懸掛著，發出暈暈的光。老魏想，過了今天就是中秋，該去「冠生園」買月餅的。

快走到了武定橋，天發了紅，雨勢忽然間大了起來。老魏緊走了幾步。這時候看見橋欄杆上坐著一個人，在雨裡面一動不動。

老魏揉揉眼睛，看清楚了是個小孩子。是老虎。

老虎臉衝著秦淮河，坐在橋中間的欄杆上，腳底下是污得發膩的河水。

老魏丟下車子，大喊一聲，老虎！

老虎聽見了，慢慢地轉過頭來，看見是老魏，就用很輕的聲音叫他：爸爸。

這時候，老虎提了提肩膀，屁股往前移動了一下，手一鬆，滑下橋去了。

老魏奔過去。橋底下被雨擊打起的千萬朵漣漪中，有一個小小的人頭浮動了一下，不見了。

老魏大叫一聲「老虎」，跳了下去。

在腥臭的河水裡，老魏什麼也看不見。他雙腳本能地撲騰著，同時兩隻手在水流中摸來摸去。

終於摸到了一隻小小的胳膊，他使勁將這胳膊攬了過來。這時候，他感到另一隻胳膊掙扎著箍住了自己的頸子。老魏滑動雙腿，抵擋著水流。將頭吃力地昂出水面，在一瞬間看清楚了岸的方向。他抱緊了懷中的小身體，拚足了力氣，向岸的方向划去。不知道過了多久，他的手指，觸到了磚石上黏膩的青苔。老魏又昂起了頭，吸一口氣，不顧污水從嘴裡猛烈地灌進去。他將小身體使勁地舉起來，扔到了河岸上。

雨又大了些，雨水劈里啪啦地打在河面上。夜色裡，沒有人看到剛才河水中的掙扎。水湍急起來。老魏漸漸沒有了力氣，他大睜著眼睛，不由己地在水流中游盪，沉沒下去。在意識清醒的最後一刻，他突然記起，自己，是不會水的。

老魏在第三天中午被人發現，在秦淮河下游的地方。

楚楚揭開屍布，看見老魏原本黧黑的臉，被泡得腫脹起來，成了半透明的青白色。楚楚伸出手，撫摸這張臉，企圖在五官上尋找著不熟悉的痕跡。當她的手指觸動到冰涼的皮膚，柔軟的頭髮，她越發堅定地想，這是一個陌生人。然而，終於，她摸到了左耳垂上的小瘊子。老魏對她說，漫山猴兒跑，時時撿到寶。

楚楚張了張嘴巴，卻發不出任何聲音。她只感到自己的身體，一點一點地僵硬。猛然間，又被人抽去了筋骨一般，癱軟下去。

楚楚走出殯儀館，已經是黃昏。夕陽收斂了光，只有個依稀的輪廓。大門口有些人在啜泣，震動了她的耳鼓。她想，又是些家中不幸的人，他們，還可以哭得出來。她抬起眼，卻看見哭的人裡頭，有一兩個是剛才接待她的工作人員。一些人，靠在了彼此的肩頭，哭得捶胸頓足。楚楚麻木地看著他們，終於有些不解。外面的街道上，人們神色凝重，低頭疾行。

這時候，殯儀館的無線電廣播響起來。一個低沉的聲音緩緩地說：「我們偉大的導師、偉大的領袖、偉大的統帥、偉大的舵手、中國共產黨中央委員會主席、中央軍委主席、中華人民共和國和中國人民解放軍的締造者毛澤東同志因病醫治無效，於一九七六年九月九日零時十分在北京逝世，享年八十三歲。」

哀樂低迴間，人群中爆發出了更猛烈的哭聲。一個小姑娘無法自制地號啕，突然間倒在了楚楚的身上。楚楚沒有閃躲，伸出雙臂，抱住了她。她抱得更緊了一些，身子隨著小姑娘的哭泣顫抖起來。同時發現自己乾涸的眼睛被滾熱地衝擊了一下，淚水決堤而出。

老魏兩週年的時候，楚楚去普覺寺看他。

遠遠地，看見一個人站在老魏的墓前。是國忠。

國忠靜靜地站著，背影有些臃腫。這兩年，國忠老了些，人卻胖起來了。他自己說，是給廚房裡的油煙燻的。伙夫命。

國忠拿出些酒菜擺上，從包裡掏出隻小香爐。點上了三支香菸，插在那香爐裡，又點上一根，含在自己嘴裡。楚楚看那香菸殼子，知道是「雨花」，老魏是最喜歡的。國忠原本不沾菸酒，這幾年突然也抽上了。國忠盤著腿坐下來，對著老魏的墓碑。愣愣地，偶爾抽一口菸，然後接著坐下去，紋絲不動地。人還是愣愣的。

楚楚走近了，叫他，哥。國忠一恍惚，見是她，趕緊站起來，說，來了？

楚楚看到，他的目光是直的，影影綽綽閃著水光。國忠就背過身子，使勁用袖口擦眼睛。

兩個人從山上下來。國忠突然停下腳步，站定了，遙遙地望著遠處。

楚楚就聽見他輕輕地說：剛才，我問了老魏一句話。

楚楚抬起眼睛看他。國忠卻從口袋裡掏出一根菸，在菸殼上彈一彈。擦起火柴，手有些顫，怎麼都點不著。

國忠終於將菸收回去，似乎下了決心。他迎著楚楚的眼睛，很慢地說：我剛才，問老魏。我說，老魏，楚楚的下半輩子，我來照顧，你肯不肯。

陽光忽然間有些炫目。楚楚低下頭，用手絹擦了擦額上的汗。這兩年的點點滴滴，歷歷在目。沒有國忠，她與老虎是過不來的。

頭上的松枝簌簌地響。一隻松鼠從樹上跳下來，好像是失了足，在地上滾動了一下，落到他們腳邊。松鼠昂起頭，用晶亮的黑眼睛看他們，然後搖動尾巴，飛快地躍到最近的枝椏上去了。

楚楚也用很慢的聲音說：哥，你得有自己的生活。

國忠苦笑了一下：楚楚，這麼多年，你是知道的。我對你，就是一個等。

兩個人，都沒再說話。

國忠靜默著，又掏出一根菸含在嘴裡，擦火柴。這時候山風颯颯地吹過來，依舊是點不著。楚楚走過去，用手護住火，那火焰一點一點亮起來，終於點著了。

兩個人就把婚期排到了春節。新年，到底是個開始。

國忠就說，家裡的東西都用久了，該換的就換換吧，我去買。楚楚應了一聲。兩個人就在房間裡拾掇。楚楚停下手，盯著床對面的那面鏡子。上面的「喜」字已經有些斑駁，兩隻鴛鴦交著頸子，只覺得觸目。便說，這個不要了。國忠看一看，也有些失神，說，還是留著吧，好歹是個念想。你不要了，我就拿到食堂裡去。

快到年末的幾天，天突然下起雪來，紛紛揚揚的。老人們說，南京好多年都沒下過這樣大的雪了。

雪積了半尺厚，沒過小孩子的膝蓋。

這一天，天終於放了晴。外面是白茫茫的一片。楚楚坐在辦公室裡，隔了玻璃窗望出去。滿眼的雪，望不到邊際。操場上，樹上，房頂上，都皚皚地反著銀白的光。一時間，只覺得整個世界，過了一夜就變乾淨了。突然，有幾個小學生衝出來，在雪地裡瘋跑，又打下幾個滾。雪上便是一輒深深淺淺的黑印子。楚楚覺得很煞風景，嘆了一口氣。

下了課回來，經過辦公室的走廊，楚楚聽到有人輕輕叫她。叫的是她的名字「程憶楚」。她便回了頭，看見幾步外，一個瘦高的男人正望著她。男人袖著手，是個外地人的打扮，裹著軍大衣，頭上是北方人常戴的毛耳朵的棉帽子。帽子戴得太低，遮住了眼眉。楚楚猶猶豫豫地走過去。他就又叫了一聲「程憶楚」，這回聲音很清晰。楚楚也看清楚了他的臉。楚楚手指一鬆，粉筆盒「啪」地一聲落到了地上。

兩人都沒有再往前走。幾步的距離，成了漫長的路程。

楚楚看清楚了，對面的人，是陸一緯。

在馬台街一家新開的火鍋店裡。

兩個人面前，是一鍋沸騰的湯。燒得咕嘟咕嘟的，沒有人下筷子。

四周圍熱鬧得很，是笑聲，是吆五喝六的人。這一年，人們的心情似乎都好了很多。

楚楚看著跟前的男人，心想，他沒怎麼變。只是黑瘦了些，額上有了幾道皺紋，頭髮半白了。鼻梁上多了副黑框的眼鏡，眼鏡腿斷過，用膠布一層層地黏起來了。沒怎麼變，還是那個陸一緯。

這時候，楚楚聽見男人說：你沒怎麼變。

楚楚愣一愣，輕輕笑了一聲，說，能不變麼？都二十年了。

兩個人就又沉默了。

一緯扶了扶眼鏡，終於說，組織上摘了我的「右派」帽子，調回來了。教育局那邊給安排了工作，今天去「六中」報了到。

楚楚說，哦，是教書麼？

一緯說，嗯，教物理。隔了這麼多年，都忘記得差不多了。

這時候，服務員端上來個冷盤。是一盤「鹽水鴨」。

一緯眼裡亮了，說，這麼多年，就想著南京的鹽水鴨，想得夜裡流口水。你媽媽寄了很多年。我們農場的人，都跟我沾了光。他們給我起了個外號，叫「陸鹽水」。

楚楚嘴角牽動一下，輕輕說：還是「牛虻」好聽些。

一緯頭低了低，說，這店裡還挺熱的。就脫下了大衣。裡面是件玄色的中式棉襖，看成色也穿了很多年。一緯把棉襖上的暗扣打開兩個，露出了裡頭的毛衣領子。海藍的毛衣領子，脫了一圈線。一根線頭長長地耷拉下來。楚楚想，以前的一緯，中山裝上，是一粒灰塵都不能有的。

一緯再抬起眼睛，恰撞上楚楚的目光，便又惶然地低了下去。他問：你媽媽還好麼？

楚楚說，她不在了。

楚楚看見，一緯放在桌子上的手顫動了一下。她繼續說，十年前就不在了。所以，沒有人給你寄鴨子了。

一緯將手緩緩地放到桌下去，人變得侷促起來。楚楚說，陸一緯，你看著我。這麼多年，你一封信都沒有回。是麼？

一緯沒有說話。

楚楚乾澀地笑了：就是因為，我媽不讓你寫。你倒是很老實。

一緯猛抬起頭。這一回，看著楚楚的眼睛，聲音卻是低的，他說，我們都是為了你好。

楚楚撩開額前的一綹頭髮，回望過去：那麼，你仔細看看，我現在好麼？

一緯遲鈍了幾秒，側過身，打開隨身的軍挎，拿出捆紮整齊的一厚疊信紙。他說，你的每封信，我都回了。都在這裡。你要想看，就拿去。

楚楚沒有接這些信。她聽到一緯的聲音變得很冷：我不是陸一緯了，我現在叫秦國豪。

楚楚見這男人站起身來，從棉襖的夾層裡笨拙地掏了半天，掏出一些零散的紙幣。然後大聲地喊，服務員，結帳。他喊得太用力，破了音。旁邊的人笑起來。一緯臉色一紅，對著那人狠狠揮動一下拳頭。笑的人愣一愣，輕蔑地看著這個戴眼鏡的中年男人，繼續寬容地笑下去。

一緯裏上大衣，戴上了帽子，昂然地走了出去。

楚楚坐定了。將面前的一盤羊肉片，呼啦啦地倒進了火鍋裡。湯又滾開了，楚楚看見羊肉片變成了灰色的捲兒，慢騰騰地浮上來。她愣一愣，伸出筷子夾起它們，大口地吃下去。吃著吃著，眼睛模糊起來。有些水流到了嘴角裡，羊肉片有些鹹了。

楚楚走出門去，外頭冷得徹骨。

不遠處，昏黃的路燈光底下，站著一個人。一緯籠著手，站在那裡。大概因為冷，身形有些瑟縮。一緯也看見她了。

兩個人就這麼站著，對峙一樣。來來往往的行人，將街道上的雪踐踏成了骯髒的顏色，泥濘成了一片。

楚楚將手插進了衣服口袋，緩緩轉過身，走過馬路去。

她心無旁騖，大踏步地向前走。

當走進一條小街，身後傳來沉重緊密的腳步聲。踩在融化過又重新凍結的積雪上，咯吱咯吱地響。後面的聲音，在叫她的名字「程憶楚」，楚楚並沒有停下。那聲音猶豫了一下，喊道：「楚楚。」

楚楚猛然回過頭，看見一緯也停住腳步。兩個人終於站得近了些。他們看著對方，清清楚楚地。楚楚的目光有些烈了。一緯這回沒有躲閃，卻是個欲言又止的表情。不知誰家二樓的燈亮了。燈光斜斜地打在他們身上，將他們的影子長長地折疊起來，投到了對面的青磚牆上去。兩隻影子動了動，突然撞到了一處。

楚楚的頭，重重地撞擊在陸一緯的胸膛上。一緯被撞得後退了一下，卻又挺直了身體，承受著楚楚更猛烈的捶打。楚楚終於不管不顧起來，她像一頭凶狠的小獸，攻擊著一緯。這麼多年的種種，洪水一樣湧泄，將一緯的心沖得七零八落，傷痕累累。

楚楚累了。她揪住一緯的大衣領子，身體卻止不住向下滑落，嘴裡發出游絲一般的哽咽。一緯也蹲下來，兩個人就這樣半跪在了雪地上。一緯張了張胳膊，終於緊緊地擁住了面前這具單薄的身體。嘴裡喃喃地叫著「楚楚，楚楚」。

偶爾走過的行人，看著這對中年男女，有些驚奇。但也只看了一眼，又更快地走過去。

回到家的時候，國忠還在。

老虎已經睡著了。國忠坐在床邊上，打著盹。這會兒醒了，就順手給老虎掖了掖被角。

楚楚倒了一杯水，喝下去。看國忠正在看她。楚楚說，大學一個同學，調回來了。聚了一下。

國忠說，廠裡有事，耽誤了，我八點多來的，老虎還沒有吃飯。孩子小，以後早點回來。

楚楚手中的杯子在空中停一停。

國忠說，不早了，我回去了。

他走到楚楚身邊，輕輕觸碰了一下楚楚的手。楚楚手一閃，將杯子擱下來，幫他拿起衣服，說，我送你。

星期天的中午，楚楚按照地址找到了一緯的住處。

在鼓樓附近，保泰街上，三層的紅磚樓房。

「六中」的宿舍樓，給單身的老師住。一緯這間，原本是一個年輕的男體育老師住的，一直住到了娶妻生子。又過了幾年，學校這才又分了房子，搬了出去。

所以這房間裡，還可以見得到小家庭的痕跡。靠牆角的地方，有一塊燻得昏黃的油煙印子，那裡大概是擺過一隻小小的煤油爐。門上掛著半塊布門簾子，將這小屋裡的生計和外面阻隔，是女主人的用心。這門簾是白的，因為陳舊而暗淡成了灰色。風吹過來，將簾子撩到了午後的陽光裡去。在這光的照射下，布上印著一顆顆碩大的草莓，便又恢復了通透的紅色。在寫字檯上方的牆上，楚楚發現了一幅鉛筆畫，是這家裡小孩子的作品。楚楚撫摸了一下這畫上稚拙的線條，想像著他爬上寫字檯，半跪著塗鴉的情形，禁不住微笑了。

一緯拎著一隻桶，走進來說，剛搬進來，亂得很。

說著就將拖把在桶裡浸一浸，拖起地來。楚楚便笑說，你這會兒拖地，是要逐客的。一緯便有些不好意思，說，馬上好，馬上好。實在太髒了。你先坐。

楚楚環顧一下，其實並沒什麼地方可以坐。就後退幾步，淺淺地坐在床沿上。床上鋪著淺藍條子的床單，也是洗過很多水了。上面寫著「紅星農場」的字樣。

一緯拖完了地，人靠在寫字檯上。兩個人又不知道說什麼了。大約是天氣晴好，幾隻麻雀在外頭嘰嘰喳喳地叫，聒噪得很。顯得房間裡格外的空和靜。外面有一棵銀杏，葉子還沒落淨，風裡搖搖晃晃的，在一緯的臉上投下些稀疏的扇形的影，盪過來，盪過去。

過了一會兒，地上也乾了。楚楚站起來，開了口，我來幫你收拾東西。

一緯搔搔頭說，也沒什麼好收拾的，就是些書。

就從床底下抽出隻紙箱子。打開來，真的是一摞一摞的書。楚楚就蹲下來，幫他把這些書碼到書架上去。

楚楚漸漸發現，這些書裡，不少正是一緯當年帶去北大荒的。還都在，只是更舊了一些。接近箱底的地方，楚楚看到一本用牛皮紙包起來的書。翻開來，這書的頁子已經泛黃了。似乎曾經散開過，被人用針線在書脊的地方密密地縫合上了。封面上用自來水筆寫著兩個清秀的字——「牛虻」。

楚楚呆呆地捧著書，感覺不到淚水落在了封面上。「牛虻」兩個字洇開來。她連忙用手指去擦，胳膊卻被捆縛住。是一緯從後面抱住了她。一緯抱得那樣緊，像一個嬰兒，抓住他不想失去的東西，本能般地。楚楚覺得胸口被勒得有些悶和疼，掙扎了一下。

一緯溫熱的氣息擊打著她的耳蝸。她漸漸無力起來。只覺出身後被柔潤滾燙的唇碰觸著，這唇所到之處，她便融化。頭髮，耳垂，頸子。在這清寒安靜的小屋裡，一點一點地融化下去。

突然，她轉過身來，捉住這唇。兩個人的牙齒輕叩了一下，有些猶豫。唇的溫度遊動，倏然打開缺口。沒過渡地，舌便交纏在了一起。兩個人都有些意外，卻已經沒有退路。

融匯在一起的，還有淚水。一緯的眼睛模糊了，他面前的楚楚，是二十年前的。流著淚的少女，將頭埋在他胸前。

楚楚顫動了雙手，解著一緯襯衫的扣子。手指不聽了使喚。一緯使了一把力氣，自己拉開。兩粒鈕扣迸落下來，掉到了暗處的角落裡。楚楚停住了手。男人頸子上，一條被汗水浸得褪色的紅線繩。底下墜著的，是那隻金朱雀。鳥形的小獸，顏色已有些暗淡，安靜地停靠在男人慘白的胸膛上。楚楚在這胸膛上吻下去。那吻深深地，在彼此的身體裡點燃了引信。

如同岩漿。上浮，積聚，湧動。

楚楚在最迷醉的時候，看見了朱雀在臉孔上方飛舞。在她與一緯之間，穿越。充實的一瞬間，她聽到自己身體的最深處，膨脹了一下。她哭喊出了聲音。朱雀猛烈地躍動，落到在了她的胸前。翅膀尖銳地插入柔軟的縫隙裡，一陣陣地涼。

一緯背對著她，開始穿衣服，動作緩慢。兩個人沒有話。楚楚看著他的身影，鬆弛下去的肌肉，微凸的腹部，和光線裡星星點點的白頭髮。她驀然間有些羞愧，彷彿面對著一個陌生的中年男人。這是剛才交媾的同盟，與歲月昂然宣戰。硝煙過後，戰局維止。

或許，僅是債償，為彼此二十年前的虧欠。

一緯沒再動作，只穿著一件亞麻色的棉毛衫。棉毛衫上有幾個小洞，也是歲月蝕的。他輕輕地哼起一支歌。一緯的男中音還是很好聽，卻也鈍了些，糙了些。

冰雪遮蓋著伏爾加河，
河上跑著三套馬車，
有人唱著憂鬱的歌，
唱歌的是那趕車的人；
小夥子你為什麼憂愁，
為什麼低下你的頭，
是誰叫你這樣傷心，
問他的是那乘車的人。

楚楚輕輕地和上去。同時坐起身子，將臂膀從後面插在一緯的腋窩裡。這對男女的聲音交融著，將這孤寂冷寞的房間，漸漸充滿。

他們緊緊依偎，看天色昏沉，再無止盡地暗淡下去了。

楚楚像個主婦，為一緯的房間添置。

除了日常用品，她又買了隻小暖爐，燒木炭的。燃起來，不一會兒屋子裡就暖了。又因為房間小，漸漸就熱得發窒。

楚楚帶來些紅棗和山藥、一袋糯米，在這爐子上煮粥。一個週末的下午，就這樣看著鋼精鍋在爐上咕嘟作響。因為是慢火，粥熬得很黏，很香。兩個人圍著爐子，一碗接著一碗地盛出來吃。臉上都是紅通通的，透著薄汗。

楚楚笑一笑，說，我們也算做了回柴米夫妻。

一緯將碗放下來，心疼地看她。卻不知該說什麼。

每每相聚的終點，還是做愛。

他們閉起眼睛，讓對方的身體，靠得緊一點，再緊一點。彷彿取暖。直到壓迫的痛楚漸漸麻木，才確信不分彼此。

有一天黃昏，他們躺在床上，都想起那個舞蹈的夜晚。種種，歷歷在目。一切細節，兩個人的記憶重疊，竟不差毫釐。他們重溫那些曲目，嘴裡哼著旋律，眼睛漸漸發亮。一緯突然提議，在這小屋裡重現當年的盛況。看一看楚楚，自己先黯然下去，說，我真是「老夫聊發少年狂」。楚楚卻起身，向一緯伸出手去。一緯也站起來，躬一躬身，作了個邀請的姿勢，接過楚楚的手。兩個人就這麼擁著，站在小房間裡，踏出了第一步。開始動作都有些僵硬。就閉了眼睛，想像著四周圍是華光溢彩。自己是自己的樂隊，聲色俱備。慢慢便自如起來，一時間，彼此都覺得風光無限。只有間歇忘情了，撞到桌椅上，才暫且回到了現實。在現實出現的一瞬，楚楚望著一緯，心裡突然又有了二十年前的甜蜜感覺。

門響起來的時候，楚楚正邁出一個狐步。敲門聲開始是試探的，突然大起來。兩個人倉皇地對視一下，斂聲屏息。門突然打開了。外面是個穿著棉猴的男孩子。他張大了一下眼睛，然後露出鄙棄的神情。他看見衣著單薄的母親，靠在一個同樣衣著單薄的男人懷裡，手握在一起。這時候因為定格，成了滑稽彆扭的姿態。

男孩的目光劃過母親，停留在一緯臉上。一緯沒曾想過，一個小孩子的眼光，含義如此豐富，像極鈍的刀子，在他的臉上切割。他有些無措，結結巴巴問那孩子：你是誰？

孩子並未回答他。與他對視一下，迅速地轉身跑開了，帶著門狠狠地撞擊了一下。

這時候，一緯聽見楚楚有氣無力的聲音，是我兒子。

老虎躲在國忠身後。

國忠看著楚楚，半晌，終於開了口：你說的大學同學，是陸一緯。

楚楚環顧這個家。經過了這幾個月，經了這男人的手，已經變得清潔，整飭，飽滿。處處是要往好日子過的。

憂傷從她心底蔓延上來，在與國忠的對視中，凝聚成了悲壯。

她說，哥，我欠一緯的，他也欠我的。我們要用一輩子來還。我們欠你的，要等來世了。

楚楚從醫院裡出來，頭腦裡有些發空。

也許是因為欣喜還未褪去。

夢境一樣。人們看見這個嬌小的中年女人，步履輕盈，臉上掛著天真的微笑。他們在心裡思忖，這樣的年紀，還有這麼幸福的女人。

她並沒有聽進去醫生更多的話。有關她的年齡，有關危險與代價。她只明白了一件事，她將會有一個孩子，屬於她和一緯。

楚楚想，我自己的孩子。

他們走在玄武湖的堤岸上。岸上的柳樹，新抽了枝條，嫩嫩地舒展著，輕煙似的。一路上，在楚楚的眼裡，都是道不盡的新意。

她只是在捉摸，如何讓一緯有個恰如其分的分享。

她沒留意到旁邊男人憂心忡忡的表情。

不覺間，他們走到了動物園門口。楚楚說，好多年沒來了。就買了票，兩個人走進去。因為是初春的時候，園裡還有些蕭條。他們沒著沒落地轉悠。路上所見的動物，模樣都還有些頹唐顢頇，很怕人似的。猴山上，幾隻猴子，目光躲閃，在山上山下，步態龍鍾。後來轉到「河馬館」外面，圍牆上，還刷著血紅的標語，「要鬥資批修」。

這樣走到了天鵝池，總算覺得有些賞心悅目。幾隻大鳥，安靜地在水裡游動，偶爾揚一下長長的頸，叫一聲。聲音雖暗啞，姿態卻是曼妙的。這時候，一黑一白的兩隻，貼著身體游過來。

楚楚攥住了一緯的手。在她要開口的時候，一緯說，楚楚，我有事要跟你說。

楚楚微笑了一下，說，我也有事和你說。

一緯說，楚楚，對不起……

楚楚目向遠方，說：都是以往的事情了，現在又提它做什麼。

一緯臉色慢慢沉下去，他說，我沒講過，我在東北，結過婚。

楚楚的手沒動，僵在一緯的手心裡。

一緯說，她救過我。她是我們那的農場管理員。那年春天，我得了破傷風，眼看著不行了。是她背著我，走了五里地，一直走到了場部醫院。知道我要回來，她說那就離。她什麼都不要，只要把兒子留給她。前天，場部來了人，跟我說，她有慢性病，多少年了，瞞著我。

楚楚問，你要回去，是麼？

一緯的聲音幾乎聽不清楚：不，我想讓她來南京。到底是省城，醫療什麼的，條件都好些。

楚楚「哦」了一聲，眼神已經散了。

她緩緩地抽出手，望著一緯說：你跟我說這些，是為什麼？

一緯猶豫了一下，說，她是農村戶口，辦過來恐怕很難。你那個趙阿姨，現在不是管著勞動廳麼，興許能說上話。

楚楚應了一聲，點點頭。

一緯眼睛亮了些，他用手抱住楚楚的肩膀，使了使力，說，咱們以後，還能在一塊兒，只要你願意。

楚楚輕輕推開他，笑了。

一緯有點尷尬，搓了搓手，問她，你剛才講，有事跟我說？

楚楚說，沒什麼。她轉過頭，目光落到池水裡。她說，對了，你說，這些天鵝，怎麼不飛走呢？

一緯想一想，說，以前聽人講過，捉牠們進來的時候，翅膀裡的筋都給抽掉了，飛不起來了。

楚楚凝神地看著一隻白天鵝，撲扇了一下翅膀，姿態仍然優雅。這優雅的底下，卻是有個破敗的底了。

六月的時候，楚楚見到了一緯的妻兒。

女人是本分的樣子，蠟黃臉，體態卻是粗壯的。她嘴裡說著感恩戴德的話，句句得體，聽得出在心裡背過了許多遍。

兒子有些怕生，躲在母親身後。七八歲的樣子，長得十分清秀。楚楚在他的五官裡，看出了一緯的輪廓。心頭微微一震。

她穿得很薄，讓一緯看清楚她微凸的腹部。

一緯始終沉默著，沒說多餘的話。他握住自己妻子的手，沒有鬆開過。

過了幾天，楚楚收到一個包裹。打開來，是那隻金朱雀。擦拭得很乾淨，發著燦燦的光。摸上去冰涼的，沒有溫度。

年底的時候，楚楚生下了一個女嬰。

用去整整一晚，因為難產。

當力氣耗盡的時候，她卻來了。沒有一絲勉強。迷離間，楚楚見她瘦弱的樣子，啼哭卻分外有力。母親也就覺得安慰，在疲倦裡流下淚水，又昏睡過去。

這時東方既白。電報大樓的鐘聲遠遠響起。這城市便也漸漸甦醒。朝朝暮暮，往復不已。

# 第十二章

# 母親與一個喪禮

魏建設從看守所出來那天，沒人通知家屬。

她與他，在清晨的時候回到西市。看到古董店的大門洞開，哥哥坐在櫃檯後面，蒼白著臉，像個鬼影子。

兩下僵持了一下，她才邁進門檻去。哥哥指了指櫃檯上一個白信封，說，從門縫塞進來的。她接過來，打開，看見裡面是嶄新的一沓美金，數數，有五千塊。另外附有一張紙條，用自來水筆寫著：「君子周急」。落款是一個巨大的「Y」，颯爽無比，大約借鑒了佐羅的簽名。

她笑一笑，對他說，是雅可。

雅可出沒於他們的平淡生活之中，與他們不即不離。

雅可如何謀生，是個謎。雅可的媽媽每月匯錢過來，存在一個固定的戶頭。雅可分毫未動，自己賺錢，養活自己，包括買粉的錢。

他們知道的，是每個星期四，雅可在「貓空」茶吧做駐唱，唱劉文正的〈雨中即景〉和〈卻上心頭〉。這男孩唱歌的時候，頭髮紮成一個馬尾，沒什麼主張的樣子，左顧右盼。眼睛沒有焦點，聲音卻專注。

雅可仍會即興地做些藝術品，或貴或賤地賣掉，視乎對象。

他們在一間新開的健身會所找到雅可。在瑜伽館外，他們看見一群人的最前面躺著雅可。雅可將自己摺疊在一起，是一個很難受的姿勢。頸子從一條腿的縫隙裡穿過。後面學習的人都停下了七手八腳，很自覺地，臉上帶著嘆為觀止的神情。

雅可從腿的縫隙裡看到他們兩個，站起來拍拍手說，休息一下。

她問，怎麼又做上這個了？

雅可眨一下眼睛，說，生命不息，運動不止。

她嘆口氣說，別謅了。這個賺得好麼？

雅可說，還行。幫一哥們兒代班，做不長的。

她說，真不知道你還會這個，你倒是不會什麼？學了多久了？

雅可說，一個星期。

她笑了，也虧了你。幾天就敢出來騙錢，比做陶扣子那會兒又長進了。

雅可說，你也報名吧。我給你打個折，在我這性價比亂高的。

看一眼他又說，大個兒也報名吧，你們來個夫妻雙修。

這時候有個聲音喊雅可。雅可抱一抱拳，說，後會有期。

她叫住雅可，將信封塞過去。

雅可打開瞅一眼，說，妥了？

她說，嗯，妥了。

日子平淡如水。他與這城市間，漸形成信念的維繫。並非理想，而是淡漠的必須。這大概表現為他開始意識不到這城市的所在。而城市，亦將他的突兀淹沒。

她不在身邊，他仍然熱中於走街串巷。這是他身上保留的為數不多的觀光客的痕跡。也許，他已不需要引領。他不再是樂於探索的人。他走的，多半是老路，溫故而知新。或者，在一間鋪頭前面，他駐足，發現店員已經換成了一個人。這便是故去而新來了。

在已秋涼的時候，他穿著顏色俗豔的沙灘褲，趿著塑膠拖鞋走在城南巷陌的石板路上。如同這城市中的任何一個小夥子，臉上掛著歡喜的顏色，眼神內裡卻有些發愣和茫然。踩到了鬆弛的石板上，是「撲哧」一聲響。隔夜的雨水混了泥濘，濺到了他的小腿上。這也是他熟悉的。

在巴士車上，他接到了她的電話。當時，身邊的人正在爭吵。一個年老臃腫的女人，因為擁擠的人群無法下車，坐過了站。女人與售票員的爭執，漸漸膨脹為了義憤。人們用方言裡最精粹的部分，譴責這城市的公交系統的惡劣。如果在以往，他是會產生欣賞與學習的興味的。然而這時候，車廂裡黏膩的人味與聲響，卻讓他煩躁起來。當他終於聽清楚了她的話，他沉默了一下，說，哦，我來。

這是他參加的一個中國的喪禮。

在逼狹的靈堂裡，人們看著陌生的青年，奇異地穿著筆挺的西裝，默默地流汗。

他看著這裝在相框裡的臉，卻不是那個留在他印象裡的人。那個人給人的印象似乎就是沒有任何印象，而這張臉，卻生動地讓人生疑，在眼底驀然張揚起來，幾乎有些憤俗嫉世。而嘴角，卻鬆弛地垂掛著，看得出有些不耐煩，卻還有些誠惶誠恐。這是一張敷衍的嘴。這張嘴為這個男人的一生作了總結。他這麼敷衍了下去，敷衍自己，也敷衍別人，一直敷衍到了死。

人們安靜地垂首。面對他們的，是一個戴著黑框眼鏡的長者。長者在花圈的簇擁下，用沉頓緩慢的聲音念著悼詞。這是男人單位的領導，大概是個北方人，說話帶了濃重的鼻音。他有許多聽不明白的地方，只是覺得這聲音很苦楚。突然間，響起了嬰兒嘹亮的哭喊聲。這哭聲將人們的耐心打開了缺口，紛紛回過頭。領導被打斷，嚴厲的目光投射過去，撞上了抱孩子的母親抱歉的眼睛，也只有嘆一口氣，說，小張，先帶孩子回去吧。

門就在這時候打開了。一輛輪椅被推進來。他先看到了推輪椅的人，他很驚訝的，這個人是她的哥哥。哥哥臉上是一些無可奈何的表情，還有些怯懼。輪椅上坐著一個女人。是個有些老的女人了，臉色異乎尋常地白，白到了泛起透明的青色。這是不健康的顏色。不健康的還有女人的神情，半張嘴抽搐著，帶動了一側的臉部肌肉亢奮起來。那另外半張臉卻紋絲不動，平靜到了漠然的地步。

他從這個女人臉上看到些似曾相識的東西。一刹那間，他有了一種直覺。他側過眼睛看了她。她很安靜，這安靜卻是極強烈的自制的結果。她的手，緊緊抓緊了他。

是的，這是她的母親。

他對於這個女人，曾有過種種的猜測。可結果到底讓他出其不意了。他覺得這個母親，只是終日藏在歲月褶皺裡的一個人。因為生活的無望，她應該是邋遢的。她的臉上，應該雕刻著人生的種種不如意。她的經歷，在她的臉上應該留下一抹腐朽的魅惑。

而眼前的人，好像個為人師表的退休教師。這是個莊重與潔淨的人。一絲不苟，連同她可以控制的那半張臉的神情。他感覺得到，這個矮小的老婦人，有種先聲奪人的氣勢，靠的是身體裡的一股堅定的力量在支撐著。

在場的人，有些認出她來了，終於克制不住，開始竊竊私語。女人自己把輪椅停住，示意兒子扶她起身。她努力了一下，終於沒能站起來。

失敗的舉動並沒有影響到她的風度。女人安然坐下來，自己推動了輪椅，一直到了靈檯跟前。她打開了放在膝蓋上的一只紙盒子，從裡面掏出了一疊發舊的紙。

這是一種他沒見過的貨幣。

秦國豪。女人開口了。她的聲音並不蒼老，甚至有一種和她的語氣不相稱的嬌美。

秦國豪。她說，你還記得這些全國糧票嗎？我一直留著。我沒有用，也沒打算要用。我知道是要用一次，有派用場的一天，用在你死的一天，燒給你，送你上路。我一直攢著，也盼著這一天快點來。我還是沒想到，這一天來得這麼快。

女人把頭低下來，過了一會，輕輕地說，囡，你過來。

他感到她的手在他手裡又緊了一下，鬆開了。她走了過去。

女人把她拉到身邊，幾乎是推到了靈檯前。女人聲音有些抖動了，秦國豪，你從來沒認過這個女兒。可是女兒死心塌地地認你。你賺了。

他看到她轉過頭來，看自己的母親，眼睛裡有了一種很熾烈的怨恨的光。女人說，程囡，你不是一直想叫他一聲「爸」麼。你現在可以叫了。

她擰過身體，母親卻緊緊拉住她，很低沉地說，你叫，爸。

她動了動唇，終於沒有叫。

他看出來，她有些虛脫了。

母親說，囡，你聽好。是你自己不要叫他「爸」。那你就把這些糧票燒了，當著他的面。這麼多年，我們娘倆沒靠他活過。每年你生日，他給一百斤糧票，給到你十歲。這些東西只要留著，你就永遠只值這一千斤的全國糧票。你還給他，讓他知道，他沒有你這個女兒。他到死都是女人眼裡的窩囊廢。

母親把手伸向自己的兒子，那個做哥哥的正發著愣。母親狠狠地拍打了一下輪椅的扶手。哥哥終於從口袋裡，掏出一隻打火機。

她從母親手裡接過打火機，抽開了捆綁著糧票的細繩，點燃了那疊花花綠綠的紙。火光一閃，糧票痛苦地曲捲著，成了灰燼，剩下了醜陋暗淡的顏色。

她的臉，和母親一樣白了。她的嘴角突然間也抽搐起來，和母親一樣。

母親對兒子說，回吧。

輪椅調轉了身，走了。後面突然傳來一聲號啕，是逝者秦國豪的合法妻子。

輪椅沒有停，堅定地發出了吱吱呀呀的聲響，消失在人們的目光裡。

她呆呆地立在靈檯前。他走上前，牽了她的手，逃離了這個地方。

他們終於累了。在靠近明瓦廊的一處小街，找了一個小吃攤，坐下來。

他們坐定了。他小心翼翼地看她，在她眼睛裡尋找。

她卻側過臉，也定定地看他。她長舒了一口氣，對他笑了。她的笑令他恐懼。她終於笑夠了，對他說，今天我們一家三口總算湊齊了，蠻好拍一張「全家福」。

在黑暗裡頭，他聽見她說，是回不去了。

昇州路上，車馬冷落。在路的盡頭，有一間酒吧，叫做「落日東昇」。酒吧的招牌在夜色裡斑斕地閃，變幻出兩具交纏的人體。而人體的輪廓，放射著招搖不定的光芒。

這光芒打到她的臉上，她的臉色也絢爛斑駁起來。她揚起臉看一看，說，裝修過了。

他們走進去，穿過幽暗的甬道。偶爾有一星半點的火光，那是抽菸的人。漸漸有了音樂的聲音，不十分大，卻很清晰。清冷纏綿的「布魯斯」。

這是一間不大的酒吧。兩層，上面有閣樓，踩在樓梯上，發出吱呀沉鈍的聲響。原木的桌椅，刷著清漆，有經年的煙燻味道。從樓上望下去，酒吧氤氳在紫色的光線裡頭。有一些年輕的舞動的身影。因為光線的晃動，這些身形的輪廓便不再肯定。The thrill is gone. B.B.King的聲音在空氣中滑動，迴旋往復。所有的速度都慢了半拍。

年輕的侍者走過來，送上酒水單。她點了「伏特加」，沒有問他，自作主張叫了「傑克丹尼」。兩個人都不說話。她臉上有疲憊的表情，與樓梯拐角的莒哈絲畫像遙相呼應。另外牆上有許多放大的照片。他能認出的是戴高樂，卡斯楚與巴頓。還有一張大一些的，彩色的。是一些金髮碧眼的人，舉著紅寶書。底下用花體寫著「某年某月於巴黎」。

她以洶湧的姿態喝酒。他想勸阻，但是開不了口。他看見一個穿黑色短裙的女人，走過來。腳步很輕，貓一樣。女人走到她身後，拍了一下她的肩膀。她驚覺，回過頭，眼神迷離地仰起臉。女人上著銀灰色的蝶妝，黑色的唇。手裡夾著一支摩爾菸，姿勢妖嬈。這是倨傲與另類的表象，卻因為瞬間綻開的笑容一觸而破。

在這笑容裡，他辨認出，這其實是個年紀很輕的女孩子。因為不設防，臉上的世故便被打碎。她將肩上的手緊緊一握，也笑了，說，葉娜。

叫葉娜的女孩說，你好久沒有來了。

又看見他，便低下對她耳語。聲音卻恰好讓他聽見：我要有這麼一個，也洗盡鉛華上岸去。

她嘴角一動，說，祇怕你捨不得這裡的燈紅酒綠。

葉娜便朗聲大笑，說，知己。

然後看看他們桌上，便又說，好不容易來一趟，怎麼悶不作聲地喝素酒。不要把人家帥哥齋壞了。說完，便打了一個響指，召來侍者交代了一句。說，來一打鴨子頭，我請你們。

她便佯作驚奇，你們的招牌小吃，居然沒絕跡。

葉娜扭動腰肢，做了個廣告Pose，一本正經地說，老字號，老傳統——「落日」鴨子頭。「鴨子頭」三個字被她用南京話念出來，效果出其不意的滑稽。

三個人便都笑起來。這時候，葉娜遙遙看一眼，卻突然收住笑容，說，有老客來了，不招呼你們了。改天一起吃飯。

他們便看見有個光頭男人，熟門熟路地走進來。卻被裊裊的葉娜攔住，挽了胳膊，消失在酒吧的側門裡面。

一打鴨子頭，端上來竟有一大盤，整整齊齊地疊在一起。她說，吃吧，下酒的好菜。

他見她撿起一隻鴨頭，有些凶狠地咬下去。他也撿起一隻，這鴨頭碩大，白慘慘的，是南京傳統的鹽水滷製的做法。然而，鴨子的嘴角，竟讓他看出笑意。在暗淡的光線裡，這鴨頭便無端地恐怖起來。她喝一口酒，一面嚼著，問他，你怎麼不吃。他便輕輕地咬一口。她卻不樂意，說，吃這粗製東西，要用水滸吃法，要豪放。他便又硬了頭皮咬下去。這一口，卻吃出了十分的鮮美來。不知是放了什麼佐料。這鴨頭鮮嫩的肉質，散發出的鹹香，竟讓人欲罷不能。

她看出他吃上了癮。便說，這間Pub，最有名的兩樣，一是獨門祕方的鴨頭，另一個是雞頭。

他聽得一愣，手停下來，問，雞頭是什麼？

她的眼光向遠處閃了閃，就是葉娜。葉娜手底下的小姐之多，檔次之高，人脈之廣，在城南是數一數二的。

他終於問，你是怎麼認識她的。

她說，我們是大學室友。

盤子裡剩下的鴨子頭，盯著他的眼睛，一如既往地微笑。不識愁滋味。

這時候，響起了鼓點。是他熟悉的前奏，*Field of Gold*。有清凜的男聲緩緩地從旋律中浮現。金色麥田。看西風如愛人而動，金色麥田，金色麥田。不及Sting的聲音清澈，有些沙，有慵懶的尾音。副歌部分唱得飄搖不定，如喁喁細語，重複一遍又一遍。

他有些好奇地看那歌手，卻看見熟悉的長頭髮。

在紫色的光線裡，雅可埋著頭，撥動電吉他，唱歌給自己聽。

雅可的嘴唇離麥克風很近，像是要親吻上去。所以，你甚至聽得見呼吸聲，聽得見在唱高音時忽然力有不逮的喘息。他只見過另一個歌手與麥如此親密，是Elton John。

無處不在的雅可。

音樂輕快起來。雅可唱起〈雨中即景〉，字正腔圓。這是首讓人心情好的歌。幾對男女和了歌聲，跳起了「小拉」。

一個滑音。雅可抬起頭，環顧四周，與DJ對視了一下，又埋下去。

她將杯底的酒喝乾淨，對他說，走吧。

他們走出門，聽見雅可正在唱，無奈地望著天，嘆嘆氣把頭搖。

這時候已經是凌晨三點。他們都累了。她喝了烈酒，腳下有些晃。而他則覺得喉頭發乾，鬱燥得很。

他並不知道，所謂鴨子頭的獨門祕方，其實是罌粟殼。

走到臨街的一處門面房，裡面亮著燈光。她停下步子。小小的門口，卻閃了巨大的霓虹燈，上面寫著，「香君客棧」。四個字，倒有好幾處的筆畫殘了，露出了敗落相。

她卻沒有猶豫，走進去。

坐櫃檯的是個很瘦的中年女人，長著一張男人臉，看上去有些凶。問他們是不是要過夜。

她說是。女人便問他們要幾間房。她說，一間就好。

女人說，標準間沒有了。都是一張床的，要不要？

她說要。

女人抬眼看他們一眼，並未說什麼，拿出一串鑰匙，說，過了十二點，熱水停了。洗澡要到三樓的公共衛生間。喝水走廊裡有茶水爐子。她接過鑰匙，交了押金，一邊在登記簿上簽字。女人卻回過頭，從抽屜裡拿出一個保險套。問他，要嗎？兩塊錢。

他一時語塞。女人便語重心長地說，年輕人，要放得開。來都來了。

她聽了，將手裡的圓珠筆重重地按在櫃檯上，說，不是放不開，是不放心。你這個質量信不過。就你這樣的，外頭售賣機才賣一塊錢。

女人眼睛豎起來，說，你這麼講是什麼意思，不買就算了，不能說我的貨不好。

說完將包裝「哧拉」一聲撕開了，將那黏乎乎的塑膠套子展開來，卯足了勁，拉成了長長的一條。你們看看清，這個質量還叫不好？好不好男娃說的算。國產的怎麼了，國產貨便宜，不等於質量不來事。

這一招讓他有些瞠目。她看女人一眼，掏出十塊錢，說，好，那我支持國貨，給我五個。

女人拿了四個給他們，說，剛才那個，也得算進去。

房間裡濕熱，沿著牆根有淺淺的水跡。打開空調，大概是用得舊了，呼哧作響，像是年邁老人的胸腔。房間正中是一張大床，鋪著藍白條的床單，摸上去也潮嘰嘰的。兩人在床沿上坐了一會兒，感覺一波波的涼氣終於在房間裡蕩漾開來。他被西裝裹了一天，身上黏滯，說要去樓上沖一沖。找了半天，沒找到一次性的拖鞋，索性穿了襪子走上去。

回來的時候，看她和衣靠在被子上，在吹剛剛買的保險套。安全套被氣流鼓脹成了一個氣球。然後她一鬆手，氣球便迅速地飛走。她看著他，神情像個惡作劇的男孩子。然後她又打開一個，如法炮製。這一個飛出去，卻打在他胸前。他捂住胸口，作被擊中狀，倒在了床上。他仰起臉看她，看她又吹起了另一個。臉色肅穆，彷彿在進行神聖的事業。他就對她伸出手去，說，安全第一。她沒有理他，卻鬆了口。那套子便也泄了氣，黏黏地垂掛下來。

他順手摸到遙控器，打開電視。胡亂地轉了幾個台。這個小旅館，竟然收得到Discovery。是個異域風情的專題片。伊斯法罕。薩非王朝，古波斯帝國的都城，曾被稱為half world。如今還看得見闊大堂皇的皇家廣場。鏡頭一轉，卻是荒蕪的顏色，窮街陋巷。穆斯林的女人們將自己用黑布從頭到腳裹得嚴實。主人公出場，十歲的伊朗男孩，有一雙晶亮的眼睛，眉目間是與年齡不稱的憂鬱相。他的身分是擦鞋童。

拉蘇爾的夢想是做瓷瓦，終有一天可以在清真寺裡工作。但是父親年事已高，沒有工作。他只有擦鞋幫補家計。擦鞋童是沒有前途的工作。男孩的家裡不會反對他學瓷瓦，但是當瓷瓦學徒的初期沒有酬勞，缺了維生的微薄收入，拉蘇爾家負擔不起。所以縱然有位瓷瓦大師願意收他為徒，他仍未能實踐這個夢想。紀錄片叫做《一步一生》，是「尋城記」系列中的一部。最後一幕，拉蘇爾站在廣場上，尋找著顧客。間或回過頭，近距離的特寫。臉上的神情漠然安寧，是認命後的平靜。眼角處有一道疤痕，徐徐地蔓延到鼻翼近旁。拉蘇爾緊了緊頭巾，轉身走開。中東風味的音樂豁然響起，背景拉到無限遠。

他關上電視。她已在身旁睡著。面向他，身體微蜷，如殼中的鳥。他記得在一本心理學書上看過，這是嬰兒睡姿，缺乏安全感。

他也面對她躺下來，關上燈。聽得見她的呼吸，在黑暗中辨認她面龐的輪廓。他輕輕吻了她。唇觸在她的額上，是一陣涼。他將胳膊環起來，將她的身體包圍。卻沒有碰她，只是讓她在他的懷抱中了。

醒來的時候，天色大亮。陽光從窗帘間狹窄的縫隙鑽進來，落在床單上，如同光的劍戟。電視打開著，她端坐在床沿，目不轉睛。電視在播放新聞，是雲南某地的公審大會，關於某販毒團夥的一網打盡。

穿著灰白囚服的男女，灰白著臉孔站成一排。垂首低眉，形容慘淡。他要換台，被她按住了手，說，別動。

鏡頭轉過的一霎，他也看到了一雙眼睛。

一雙很清澈的眼。是個生得很好的青年人，眉宇開闊，帶了股子忠厚氣。垂掛的眼角，卻有笑意，讓人不明就裡。

案犯衛小東，判處死刑，緩期兩年執行。

她顫慄著嘴唇，終於直直地站起來，沉默了很久，朝洗手間走過去。忽然，她回轉了身。他看到她滿眼都是淚。她終於在他懷裡哭泣，聲音啞然。

那陌生的年輕人，在電視裡，抬起了頭，是個憂心忡忡的表情。這雙眼睛，好像在看著她，看著他們。

晚上，他們走到旅館的天台上，將那張照片點燃。她對他說，她不認為有所謂巧合，這世上與她有親緣的男人，在數天之間倉皇而逝。她的臉色，被火光映得有些暖意，並不見許多的悲傷。是的，他想著這些天的過往，其實有點荒唐。但是，又井然有序，簡潔明瞭。是為了陸續將種種埋葬，讓她死心。她教過他一句話，哀莫大於心死。她再說這句話時，是玩笑的口吻。這下我死了心，要過自己的生活了。

她說，五年前她母親中風，再也站不起來。這年老的人，連同性情與殘剩的耐心，一同坍塌了。她說，當她在家裡翻出那本相簿，看見她的母校若干年前的某張集體照，已經發了黃。上面已經沒有一個叫做「程憶楚」的女學生，而是一處被香菸燙得焦黑的人形。她不明白，母親為什麼還留著這張相片。母親對她說，有些事情要用自己的餘生了結。而現在，了結得如此徹底與迅速，是因為天命。這是讓人不甘心的地方。

她說，我已經死了心，我沒法和一個不甘心的人在一起。我現在無處可去。

她的電話響起，是雅可。

雅可說，你的事情並沒有妥。

她說，不要多管閒事。

雅可說，你每次來「落日」，都不是因為閒事。

她沉默了。

雅可說，來我這裡住吧。

雅可的房子在二十七樓。下面看得見玄武湖，水靜風停。

這是南京最早期的豪宅群落。是雅可名下莫名的產業。他們走進園區的時候，看到一頭「哈士奇」向他們款款走來，趾高氣揚地將耳朵豎起，藍眼睛戒備地一瞥而過。

雅可空落落的大房子，陳設卻精簡到極。大廳中間擺著一張床墊。雅可說，我就在這張床墊上吸粉，睡覺，練瑜伽，打坐，打飛機。

雅可說這些話時，蹺著腿坐在飄窗上，似笑非笑。

有隱隱的臭味，在空氣中彌散。當他們意識到這一點，氣味愈加濃烈。同時，他們也終於看見雅可寬綽的亞麻襯衫上，有梅花形的骯髒腳印。

這時候，走出一隻暹羅貓。臉上帶著羞怯的神情，讓牠的黑色臉頰有些陰鬱。這是一隻缺乏世故的貓，覺察到有生人，眼神張皇了很久，才有些猶豫地走出來。看見了雅可，快速走到他腳邊，嫻熟地跳上肩膀。然後盤到他的脖子上，如同貴婦冬天裡炫耀雍容的狐狸圍頸。其實，牠已經很大了。雅可有些不堪重荷，將牠扯下來，說，慣壞了，從小就這樣。

這貓叫韶韶。「韶」在南京話裡是饒舌的意思。這貓卻安靜無比，甚至被人踩了尾巴，也只是倉皇地翻騰一下，一聲不吭。牠似乎沒有發出聲音的勇氣。

她說，改個名字吧。這名字不大著調。

雅可說，改了你叫牠就不理了。

韶韶缺乏智慧。不會控制自己的大小二便。但牠又的確知道是錯的，所以每次拉錯了地方，都會內疚地躲藏起來。然後在主人的寬容中出現，周而復始。但是雅可很溺愛牠。雅可說，我就喜歡牠缺心眼兒，這麼漂亮又缺心眼兒的貓，上哪找去。

在以下的幾個小時，韶韶放鬆了對他們的戒備，開始舒展了身體，步態優雅地在房子裡漫步。但當牠走到一處房間門口，企圖用爪子將門扒開，雅可突然一聲斷喝。牠便驚慌失措地跑去，站定後，遠遠地看雅可，卻是不甘心的樣子。

雅可臉上做出一個恐怖的表情，算是對牠進一步的警告。然後轉過頭對他們說，牠最大的缺點就是好奇。那不是牠應該去的地方。

雅可引他們去那房間。

是一間書房。

讓人不解的是，在這作風極簡的室內，有一個裝修整齊的書房。三面牆的胡桃木通天書架，充盈地矗立。地上是中東風味的地毯，幾個顏色斑斕的蒲團。

雅可拍了拍其中一隻，坐下來。

雅可說，我是個書蠹。

她瀏覽雅可的藏書，發現不一而足，氣象萬千。

一個架上擺著全套的《幽遊白書》、《亂馬½》與《七龍珠》以及其他說不出名的日本卡通。雅可翻開一本《名偵探柯南》，指著扉頁上的撩亂字跡說，在東京神田淘到。青山剛昌的簽名本，物超所值。

另一架以推理為主題。擺著鐵伊、克莉絲蒂與艾勒里．昆恩，當然也少不了橫溝正史與松本清張。兼容並蓄的作風，足見主人品味的龐雜。

不意外地看到《採花賊的地圖》。這個香港作者，隨風潛入夜，進入到少許內地青年人的生活。他的文字，永遠披著歡娛的外衣。揮霍青春的好手，讓人愛且怕。

然而，當她看到《S／Z》、《第三次浪潮》與《知識考古學》，仍然有些愕然。她警惕地問雅可，這些書，你當真會看？

雅可坐在他們對面，似笑非笑，隨手抽出一本《規訓與懲罰》，翻到一頁，對她說，報給我頁碼。

雅可閉上眼睛，開始大段地背誦。堅硬晦澀的文字，如流水，化身交疊的符碼，抑揚頓挫地流瀉出來。

在一切規訓系統的核心都有一個小的刑罰機制。它享有某種司法特權，有自己的法律，自己規定的罪行，特殊的審判形式。紀律確立了一種「內部刑罰」，它規定和壓抑著重大懲罰制度不那麼關心因而抬手放過的許多行為。並且，規訓懲罰所特有的懲罰理由是不規範，即不符合準則，偏離準則：整個邊際模糊的不規範領域都應該受到懲罰。這種懲罰可以是一種「人為」的命令——由法律、綱領、條例所規定的；也可是一種準則——學徒期限、期限、能力水準。此外規訓懲罰具有縮小差距的功能：它是矯正性的，「懲罰即是操練」。另外，規訓機構以等級順序這種無休止的分殊化，對行為進行精確的評估，如此紀律就能「實事求是」地裁決每個人。而這種等級懲罰具有兩種效果：一是根據能力與表現來編排學生；二是對學生施加經常性的壓力，使之符合同一模式。

她想，這男孩必定享受。這無關世俗與生計的言語，讓他沉醉其中，只是因為享受。而願與她分享，其實出於分外。這是讓她些微感動的地方。

雅可的博聞強記，終於讓人無所適從。李維史陀，《憂鬱的熱帶》，將最無序的視覺所在，拆解殆盡。雅可依然可整理頭緒，如同家常，娓娓道來。

這一晚，他們做著問與答的遊戲。無關心智，因為有口無心。

最疲倦的時候，她的眼睛停留在書架最高處，二十四史精華本。她倏然想起，曾經另一個男人，也有這套書做為風雅的點綴。這時，雅可戛然而止。

雅可打開一扇門，對她說，你就在這裡睡。

這房間裡是和式陳設，天花低垂，半透明的障子紙，中規中矩的格與線。樸素與留白，不著痕跡。卻有一扇圖案豔異的屏風，綠得欲滴的荷葉上，立著比例誇張，羽色斑斕的水鳥。另有兩列行書：頭盔壓頂蟲嘶鳴，與女一家荻和月。她問雅可，這是什麼意思。雅可說，是俳句，一個叫松尾芭蕉的人寫的。

雅可撥開拉門，抱出一床墨藍色的床褥，鋪在床上。展開，卻有松香的味道。雅可說，好久不用了。將就睡一晚，明天買新的去。

她一個人躺在床上。頂燈熄了，滿目是紙木黯淡的顏色。羊皮風燈光線溫暖，卻有些發污，因為燈罩上已經積了淺淺的灰。她卻直覺，這房間裡有草率的整飭。因為床頭上分明擺著一本書，書脊朝上，寫著《里見八犬》。這樣展開著，像是不經心間停止了閱讀，留待第二天繼續。然而封面上，也竟有灰塵了。

她終於站起來，將那屏風拉開。在暗影子裡頭，掛著一套男人的條紋和服，居家式樣，尺碼闊綽。

晚上，他睡客廳的沙發。

雅可躺在地板正中的床墊上，呼吸勻靜。月光從落地窗流淌進來，將雅可的臉色映成瓷白。肅穆嚴正。

他心下一片空白，同時隱隱不安。

信馬由韁的表面，他們也都知道，這孩子有他的生活軌跡。

雅可的生活，看似格格不入，其實並不淩亂，有內在的規律。甚至在某些細節，這男孩有著令人驚嘆的自律。比如，每天必須的兩個小時以上的閱讀。又比如，一日必有一餐吃配方複雜滋味難耐的土豆泥。

有一些朋友，不同於他們，是雅可的同道中人，站在世界的邊角上。

雅可的大房子，是他們聚會的場所。雅可是慷慨無度的主人，堪比孟嘗。

這些朋友，走馬燈式地到來，並沒有給她帶來不適，儘管雅可對此表示抱歉。並非因為寄人籬下，而是，她習慣冷眼看待不熟識的東西。這讓她與他們之間，產生了相敬如賓的和諧。

他們的聚會缺乏主題，並不是高尚的所謂沙龍。她漸漸體會到他們的膚淺。甚至於，她看出了雅可，實際對這些夥伴流露出的忍讓與嫌惡。他們談藝術，只是就城中的一兩個展覽為起點，但是很快就走了題，成了關乎八卦的新聞發布會。他們並不覺得是墮落，興致勃勃。他們以內行人的口吻要她相信，藝術本身，實在是反動又無關宏旨的東西。而八卦是人性的，是真正有生氣的所在。他們會定期地看一些前衛電影，然後實踐其中的皮毛，探討主人公的作愛方式，研究哪一種體位更藝術，更為接近美學的要求。他們看一個叫做《羅曼司》的影片，公認他們中的一個清瘦女孩，具有女主角的氣質：壓抑，並渴望被每一個男人粗暴占有。這女孩抬起眼睛，用方言罵了一句非常粗鄙的話。意思是要將在場的男孩們集體閹割。男孩便笑作一團，彷彿得了至高的榮譽。

他們也有安靜的時候，因為玩一種叫做「殺人」的遊戲。他們將窗帘拉嚴實，為了營造詭祕陰晦的氣氛。他們中有些處變不驚的老手，然而，更多邏輯鬆懈的推斷與蒼白的辯解，卻讓狀況無可奈何地滑稽起來。一個圓圓臉的女孩，總在抽到「殺手」的時候，身體瑟瑟發抖，同時臉憋得通紅，像一顆豐碩的蘋果。多次被自己出賣，女孩有不堪其辱的感覺，退出遊戲。

女孩走到廚房裡，靠在牆上，饒有興味地看著她。她正在切一顆檸檬。

在他們眼中，她的出現，成為他們無規則聚會中一個有規則的補充。

她做著主婦份內的事情，似乎樂此不疲。她為他們準備各種甜點，中飯晚飯，用各種水果打成奶昔，決不重樣。她甚至細心地改良著雅可的土豆泥，加入迷迭香與可可粉。不是為了柔和，是要特立獨行的味道變得更鋒利些，以毒攻毒。

在長時間的沉默過後，女孩用手指捻一捻臉頰上的一顆粉刺，高頻率地眨巴眼睛，問：你是她什麼人？

朋友。

是嗎？朋友。女孩將「朋友」兩個字深深地強調了，然後更用力地看著她說：雅可從沒有和「朋友」同居過。

檸檬從中間斷開。汁液飛濺出來，落在烤成焦黃色的鰻魚片上。她端起盤子，對女孩說，麻煩你端出去。

這時候，雅可走進來，將盤子接過來。同時執起她的手，輕輕吻了一下，用凝重的口氣說，謝謝你。

夜深的時候，她躺在床上。

終於覺得心悸，就打電話給他。讓他來。

他來了，兩個人躺在床上，不說話。她突然想吻他。兩個人就在床上草草地親吻和歡愛。聽得見外面有些輕盈的笑聲，他們的「殺人」遊戲還在繼續。兩個人就讓聲音小一點，再小一點。身體在麻布床單上摩擦，發出蠶食桑的聲音。然而，終究還是不安，覺得在一雙眼睛的注視下。後來，發現了這目光的來源。韶韶安靜地趴在床邊上，執著地盯著他們。

當夜再深一點的時候，外面的聲音沒有了，黑成了一片。他們也很疲憊，卻睡不著。她起身，想出去洗個澡。在黑暗中，腳碰觸到橫在地上的身體。那身體顫動了一下，又沉沉睡去。洗手間的門打開，有一線光射出，她只看到一個青白色的背影。赤裸著。是男人的，青白色的脊梁與臀。那人回過頭，仍然辨不出樣貌，卻似乎對她笑了一下。

當她再走進洗手間，打開燈，看見水箱上，觸目地擺著針頭與一截皮管。她沒怎麼猶豫，將它們扔進馬桶，沖掉了。

# 第十三章

# 龍一郎的圖畫夾

生活如常，淺白如水。

後來，她回憶這段日子，雖則短暫，其中的冷暖，卻歷久不已。

龍一郎的出現，是生活給她的提醒。

那時已經是九八年的冬天。南京天氣乾冷。雅可減少了外出的頻率，更多的時間待在家，和她在一起。

晚上，他也會來。他總在十二點之前離開，無論彼此間多麼纏綿。

吃飯的時候，並沒有很多的話說。她的廚藝精進，使得三個人的沉默都有了藉口。但是，其實都感覺到了在這寡言裡，有一種相濡以沫的情緒悄然濃重。雅可有時候在飯後開一瓶清酒，三個人默默地喝。喝到微醺的時候，雅可會站起身，到洗手間裡去。長久之後出來，臉上是介於失落與歡愉間的表情。她是明白的，他並不明白。他只看到雅可站起身，用手指在布滿水汽的落地窗上，畫出一隻悠然飛翔的鳥。他也許覺得這鳥太孤單，也站起身，在鳥的周圍畫上了幾朵雲彩。雅可看了他一眼，在雲下面畫出一連串的水滴。這樣，雲就變成雨雲了。

這天清晨，雅可走進她的房間，說，有重要的客人要來。希望她搬到另一間房住。

雅可打開另一間房，裡面只有一張鋼絲床。到了中午，傢私公司的工人已將房間布置得充盈溫暖。

她看見雅可站在和式房間裡，反覆審視。最後，將那件寬大的和服從屏風背後拿出來，抖一抖，又掛回去了。

下午的時候，她聽到門鈴響。打開門，雅可拎著一個手提箱，後面站著高大的中年男人。他們走進來，雅可聲音很輕地對那男人說了什麼。她聽出來，說的是日語。

男人鄭重地站在她面前，深深地鞠躬，對她說，芥川龍一郎，請多指教。

用的是極其標準的普通話。

龍一郎頭髮花白，身量高大，並沒有很多中年男人臃腫的形狀。相反，在這個年紀，他其實是極其清瘦的。他過於整齊的衣著和嚴厲的眼睛，使得他的形象更近似某個株式會社的社長。但其實，他的身分是東都大學藝術系的教授。

龍一郎端坐在沙發上。她去廚房，在水龍下洗咖啡機。雅可卻攔住她，從櫃子裡拿出一盒明前龍井。

他們出來的時候，看見韶韶正蹭著教授的褲腳，甚至有些諂媚的意思。這男人仍然正襟危坐。

吃飯的時候，氣氛凝重。龍一郎與雅可用日文交談。準確些，是雅可在說，龍一郎只是傾聽，偶爾吐出個別的單字。雅可的情緒有些激動。她毋須裝聾作啞，此時無知得順理成章。

她唯一感興趣的是龍太郎吃米飯的方式，用筷子將米極細緻地夾進嘴裡，彷彿在對每顆米作檢驗。

教授注意到了她的注視，漠然地看一眼，僅此而已。

當晚，下了雨。水跡沿著窗戶安靜地流淌。忽而雨大了些，在微弱的光線下，猶如越發黏稠的液體，沉甸甸地下墜。

早晨，雨還未停。她看見穿和服的男人駐窗而立。不是屏風後的那一件，這和服絲綢質地，赤褐色，上面密布抽象的松針圖案。龍一郎轉過身。寬綽的和服讓他的輪廓柔和了一些，神情也似乎較昨夜鬆弛。他們走近，互相問了好。

在她側身離開的一霎，聽見這男人清晰的普通話：妳睡過我的床。

她一愣，沒有停下步子。男人的聲音卻追過來，房間裡都是妳的氣味。

她看見這男人面容依然肅穆，沒有曖昧，是探討大是大非的神情。

她不知所措，不自覺地輕輕說，對不起。

龍一郎皺一下眉頭，即而朗聲大笑。

這笑聲缺乏上下文，卻足夠開門見山。

她便也勇敢了些：你說，你的床？

龍一郎肯定地點一點頭。

男人在沙發上坐下來，從茶几的小抽屜裡拿出一個密紋紙的包裹。裡面是一只紫檀木的匣子，十分精緻。男人打開匣子，抽出一支雪茄，點上。

闔上眼睛，呷了一口。

還好。男人滿意地將笑一笑，南京的梅雨天真是毀東西，如果不熱，倒很適宜養雪茄。

再看她時，男人用了某種欣賞的眼神。這眼神包含了鼓勵和放任，是一個想要交流的暗示。

龍一郎說，妳的蛋炒飯做得很好。

她也笑了，話題的開端，多半關於飲食男女。

她在地毯上坐下來，說，嗯，炒得好吃有祕訣，一定要用隔夜飯。

男人重新閉上了眼睛。

她想，這也許是個機會，儘管唐突。於是她問，你是雅可的什麼人。

男人睜開眼睛，目光柔和：我是他的導師。

她梳理雅可與日本間的線索，除了那些原版漫畫和推理小說，別無所獲。她問，你教他些什麼？

龍一郎抽了一口雪茄，緩慢地說，藝術之外，我還教他很多東西。他的大部分教育來自於我，包括情感教育。

她望著面前的中年男人。房間裡這時候充盈了雪茄的味道，類似某種焦糖的氣息，強烈而纏綿。

她覺得自己的好奇被突然間折斷，打算起身離開。龍一郎說，你知道，我當時為什麼收他做學生？

這是個問題，但是不期待從她那裡得到答案。

她還是問，為什麼？

他在入學申請資料裡夾了一枚陶扣子，上面刻了根魚骨頭。

她不由己地笑了，他有很多這樣的陶扣子。

龍一郎說，對，好東西是禁得起複製的。它們需要複製，需要依賴複製繁衍強大。這是個藝術原則，本雅明那套是鬼話而已。如果沒有貝聿銘複製的紀念碑，多少人會記得日本還有「尺八」這種古老樂器。

她將睡裙下襬上的褶皺抻抻平，裹住膝頭，輕輕問道：那房間裡的屏風，也是複製的？

那是我找人訂做的。龍一郎將雪茄放在菸灰缸旁，任它靜靜燃盡，熄滅。在繚繞的煙霧裡，她聽到男人問她，看到上面的俳句了？

她點點頭，聽雅可說起過。松尾芭蕉，是個稀奇的名字。

他說，讀過《獄門島》麼？橫溝正史引過這兩句，暗示兩種殺人的方式。

龍一郎生活的規律，體現於他對音樂的布置與偏好。早上，是拉赫曼尼諾夫。〈第二鋼琴協奏曲〉，成為這房子裡所有人的起床號。晚上，卻是來自東瀛的傳統。雅樂的交響之後，是能管與篠笛的應和。陰霾下的音符，三板聲，清冷到黯然驚心的節奏和鼓點，隱約間漸行漸遠。

他們在屋檐下相安無事，各行其是。雅可在客廳中央的床墊上打坐。她在廚房裡拌沙拉，看見龍一郎站在朝陽的輪廓裡打太極，是個清晰的剪影。

十二月十三日，龍一郎西裝整齊，打了青黛色的領巾。

她笑一笑，教授的金邊眼鏡讓她想起了史特拉汶斯基中年時的肖像。

龍一郎很鄭重地和雅可說了句什麼。雅可在陽台上，聲音低沉地應了一聲，沒有抬頭。這男孩正將一支鍍金的箭穿進一顆黑陶製成的骷髏裡。

龍一郎說，好，那麼，我可以邀請程小姐同行麼？

她驚詫地轉過臉，看到教授的神情。她問，去哪裡？

龍一郎撣了撣肩頭不存在的灰塵，說：一個儀式，為我的父親。

江東門，南京大屠殺遇難同胞紀念館。

這裡她是熟悉的，不僅因為是這城市的愛國主義教育基地。並且，曾經有幾個澳洲人希望將一段歷史搬上銀幕。她為他們做過將近半個月的資料譯員。

她很清楚，在這裡，所有敏感與痛心處，其實無所迴避。「哭牆」上鐫著上萬個罹難者的姓名，倒映在如鏡水中，是加倍的觸目驚心。

她很慶幸叫上了他一起來，因為此時她與這個年長的日本男人無以言語。他們三人在鋪滿了灰白色鵝卵石的園地上緩緩地走。她聽見龍一郎用英語對他說，這些鵝卵石的用意，是死難者的纍纍白骨。他的腳步遲鈍了一下，更輕緩地落下，只聽得見非常細碎的石頭之間的摩擦聲。她終於問龍一郎，你以前來過？

龍一郎說，是，幾乎一年一次。從建館開始。

她聽見他以學生的口吻，向這教授問了一個關乎民族大義的問題，天真而尖銳。龍一郎迎上他的目光，說，年輕人，我不是個單純的追悼者。

三點鐘的時候，廣場上集中了一些人，站在世紀鐘下。

穿黑色套裙的年老婦人，在簇擁間而來。龍一郎走過去，向女人問候。對她介紹說，這是我的姊姊，芥川鶴子。

這姊姊的身量也算高大，眼神霍朗。鶴子向她躬身垂首，舉止中有謙恭的高貴。這與龍一郎有些陰晦的氣質，略有分歧。雖然姊弟兩個在眉目上，極其地相像，卻是一明一暗兩個截然的輪廓。

鶴子說，歡迎你的到來。

這是一個基金會的奠基儀式，為在三七年遭受戰暴致殘的中國婦女。

鶴子，是基金會的主席。這個老年的日本女人，步伐穩健地走到台前，環顧四周。妝容精緻的面龐出現在了身後的大屏幕中，所有人看見了她眼中閃著一些晶瑩的東西。她說，為了這一天，我們都等了很久。這是我父親未竟的心願，他在前年過世，沒有等到。幸運的是，我們等到了。我們需要學會懺悔，雖然永遠無以補償。

鶴子的面容保持溫婉，說著鏗鏘的普通話，微微帶了北方的口音。龍一郎告訴她，姊姊生在撫順，六歲時離開中國。童年在遷徙與戰亂中度過。鶴子對家人有不變的保護慾。他們姊弟兩個，性格鮮有交集，互相卻很愛。因為愛，儘管政治見解差異，做弟弟的每年都會陪同來華，幫助姊姊的事業。

鶴子說，除了上逸財團。我感謝我的先生和弟弟。父親過世以後，他們是我生命中最重要的兩個男人。

鶴子深深地鞠躬，令人動容。

龍一郎問她，知道我們為什麼選擇南京舉行儀式嗎？

她轉過頭，看見教授眼神篤定，內裡卻有天真的憧憬：

我父親深愛過一個南京的女人。

他們對視了一眼，彼此之間，似乎都不太意外。

雅可將更多的時間用在裝置藝術展的準備上，在家的時間少了，甚至開始夜不歸宿。這一週，索性搬去了工作室。

好在她與龍一郎已經相處得自然。

龍一郎在飲食上是隨和的人。講究與將就是一線之隔，全看心情。多數時候，一碗牛肉飯外加麵豉湯，甚至一客烏龍麵，就可以打發一天。

這陣子，教授開始時不時拿出一個畫夾子，廢寢忘食地畫素描，這多少是關乎本職的事情。幾天下來，炭筆在家裡丟得到處都是。然而，漫不經心之下，卻未有一張遺漏的紙頁。

畫夾子通常被他擱在假壁爐上方，類似陳列架，是整間房子裡做作的角落。掛著顏色濃烈的羊毛掛毯，內容是卡拉瓦喬的〈酒神巴庫斯〉。這是雅可的朋友從土耳其帶來的紀念品。微醺的少年臉色紅潤，斜睨間的眼神有些浪蕩。然而，卻不知是否因為織工的粗糙，讓他的瞳仁略略偏移，成了一個鬥雞眼。這名畫的仿製品便無可救藥地被毀了。

當然，壁爐上方，還放著其他的友誼見證。畫夾子就插在它們中間，突兀而醒目。

這一天清晨，她看著它。不由想，這真是對好奇心的誘惑。

她將畫夾拿下來，打開。紙黏連了一下，輕輕剝離。教授用的是一種泛灰的速寫紙，質地粗糙，有隱隱的卵石斑點。前頭幾張都是韶韶，筆法簡潔。撒歡，弓身，茫然，信手間全是動靜。她雖不懂得畫，卻看得出其中的功夫，心裡暗暗讚嘆。再下來一張，是一雙眼睛。孤零零地，沒有其他四官，辨別不出出處。連眸都是淺淺的，眼梢卻加重了筆力，鋒利起來。接著是一張嘴，上唇是薄的，下唇則很飽滿。四周仍是緲緲的空白，好像是畫紙上一道微細觸目的傷口。

看到雅可的肖像，她毫無意外，覺得出現得自然而然。男孩在畫紙上沉睡。瘦削的肩胛緊繃，蹙著眉頭，好像正沉溺夢魘。這畫也許在淩晨完成，東方微白。在畫紙的一側，打著沉沉的暗影。另一張的雅可是醒著的，倚著窗，姿態鬆垮，臉上是似是而非的笑。手中卻拿著一支長矛，中世紀的樣式，柄上有尖細精緻的紋路。以整幅畫的寫意風格，這道具像是後加上去的。

初時探祕式的緊張感已被興味稀釋。她想，教授是一個有趣的人。

幾張「雅可」畫風散漫，有種因熟識造成的懈怠。逐漸地，讓人隱隱失望。然而，她突然看到一張背影。半長的頭髮，細長的頸。身體很瘦，但絕不是雅可。因為，雅可從未站得如此筆直。

下一張，看清了面目。她認出，是自己。

前面的眼睛與嘴唇，也有了答案。

教授畫她，用的是工筆的方式，細緻入微。是一個初學者的作風。不遺纖毫的寫實，一瞬間手指的絞纏，甚至領口的摺皺。她從未這樣好好審視自己。她想，這個人，是在什麼時候完成這樣令人不安的觀察，然後複製在紙上。她使勁地回憶，這張側像，手不自然地懸空，或許是正在廚房做飯。而這一張，是在看書，不對，是在收拾雅可信手擺放的雜誌。

還有鋼筆畫。她有些剛硬的線條在教授的筆下變得優柔，逐漸寫意而繁複。是比亞茲萊，或者莫迪里亞尼畫中那些有著美麗長頸而無眼核的女人。不，教授保留了她眼鋒的銳利，即使倦怠，仍生動可觀。

她的手終於顫抖。她看見自己的身體，如此坦白橫亙於畫紙。姿勢爛漫，無所用心，有著本人不及的舒展與淡定。而恥處卻開出巨大蓮花，飽滿茂盛，在黑白中仍見豔色，接天入雲。

畫得還像麼？

她猛然回頭，看見教授已在身後，含笑看她。教授口中的雪茄只剩下半支，不知站了多久。教授的頭髮濕漉漉。身上穿的正是掛在屏風後的浴袍，藏青底，墨色濃重。綴著銀灰的象形的鳥與獸，交頸接尾，親密無間。衣服漿洗過，有古龍水的味道。

她愣愣地望著教授。她的打量，其實是不知所措的表示。龍一郎說，你從未好好地看過我。

龍一郎抬起她的手，導引她，伸進自己的浴袍。教授的胸膛結實溫暖，並不似他面龐消瘦。她的手指觸動，不即不離，有如初學音律的人對琴弦的畏懼。然而，男人的手，卻將她的手牢牢捉住，按壓下去。她摸到了心跳的聲音，沉著穩定。

龍一郎除去腰帶，內裡不著一縷。教授的身體並未衰頹，可稱得壯碩。淺淺的胸毛糾結，看上去竟有些魯莽。在他的左胸前，紋了一尾血紅的鯉魚，筆工細膩，躍然如生。

男人將她的身體扳過來，緊緊貼住自己。而後將浴袍掀起，裹住她。她動彈不得，皮膚被男人的熾熱與織物的冰冷包圍。浴袍好像一顆繭，華美輕薄的殼，卻將兩個人，緊緊捆縛住，無法擺脫。

她的耳際傳來男人粗重的呼吸，溫熱的氣息襲上她的頸。她想回過頭，卻在掙扎中覺出教授身體的變化。男人的堅硬因她而起。教授溫文的表皮下，有著強與霸權。浴袍裡漸漸有了溫度，是兩個人體溫的混合。這讓她突然間充盈莫名。

這時候，她感到男人緊緊地頂了自己一下。她聽見龍一郎輕輕說，這是好奇的代價。

龍一郎將手伸進了她的睡衣，握住了她的乳。她感到一陣窒息，身體濃重地疲憊下去。在意識軟弱的一剎那，她轉過頭，問，你說過，你父親愛過一個南京的女人？

男人的舌犁一樣，舔舐她的頸，說，對。看來我也在劫難逃。

她努力地直起身體，她叫什麼名字。

男人將嘴唇靠近她的耳朵，輕輕咬了一下她的耳垂，說出了一個名字。

她抖動了一下。

在這抖動中，她聽見了一聲響。是門輕輕關上的聲音。同時有冷冽的風流淌進來，吹得她一個激靈。

她使勁地推開男人，打開門，看見雅可正向電梯的方向走過去。雅可戴了一頂鮮紅的貝雷帽，沒有回頭。

她回到家，是正月初五。

搬去雅可家的時候是淨身一個人，回來也是。

她拿出鑰匙，最後還是敲一敲門。

門很快打開了，這讓她意外。更意外的是來開門的人。是小康。

小康看見她，眼睛亮一亮，隨即就黯淡下去。轉過了身，讓她進來。

這家裡，未見有過這麼多人。母親，哥哥，小康和他媳婦。媳婦懷裡抱著個半大的嬰孩。嬰兒轉頭轉腦的，好奇地打量這個家。這背陰破敗的房間裡，並沒有太多值得看的東西。孩子被天窗射進的一線光柱吸引住了，直勾勾地盯著。

母親突然咳嗽了一聲。孩子聽到，有些驚懼地轉過眼睛，將頭拱到小康媳婦胸前，不肯再抬起來。

母親看了她一眼，沒有言語。敲一敲輪椅的扶手，說，建設，我乏了。哥哥趕緊走過來，推了輪椅進裡屋。不忘回頭對小康抱歉地望一望。

這堂屋裡便只剩下她和小康一家子。小康一家胳膊上都戴著黑紗，嬰孩也戴著。

都沉默了一會兒。小康說，囡囡，爸爸去世了。

她早已經明白，可聽見這話，心裡還是猛然空了一下。痛，是一點一點漾上來。

什麼時候的事？

年二十八。昨天是頭七。都指望能過了年，到底捱不過。

小康低下頭，又啜泣起來。這漢子，比上次見到又老了許多。他媳婦體貼地將椅子挪了挪，靠近過來，將丈夫的手攥在自己手裡。

忠叔，走得還好嗎？她的聲音變得很乾澀。

還好，爸你知道的，是遇事咬緊牙的人。就是臨走時候，惦著你，跟我們說想見你。可我找不到你。建設說你好久沒回家了，你上次給我的手機號，也關了機。

她抬起臉，眼神空洞地看著小康。小康並沒有責怪她的意思。可是，眼睛裡的苦意，卻由內到外，一點一點地噬咬著她。

她想，忠叔見了她，會再對她說些什麼呢。她會繼續成為這些祕密的繼承人。包括那些母親都不知道的事實。對那些遙遠而切膚的記憶，理應舉重若輕。一旦觸碰，卻疼痛不已。她倏然又閃過龍一郎提到的名字。這名字讓她懸崖勒馬。

在最後一次見面的時候，忠叔告訴她，這個葉姓女人的名字曾是一切的源頭。

小康看她愣愣的樣子，有些慌張。走過去，說，囡囡，哥不怪你。我都聽建設說了，你們家最近遇到的事。爸爸沒別的念想，就是想你好，想你將來能有個靠。

她聽到這裡，再也忍不住，拉住小康的衣襟，任眼淚流下來。

直到小康走，母親也沒有出來。

她對哥哥說，媽是不想見我。我走了吧。

哥哥說，你能上哪去，除了家，哪裡也不是個長遠地方。

她低了頭，說，這算是我的家嗎？

建設搔搔頭，說，要不，你先到店裡住著吧。後頭的儲藏室，收拾收拾也能住人。擺得下一張床。店租我交到了六月份，這麼也是荒著，拾掇一下開張吧。你也想想，隨便賣點什麼也好。

她點點頭，突然問，哥，你這陣兒都在幹什麼？可不能好了傷疤忘了痛。

做哥哥的，臉上出現了軟弱的神色，說，你這丫頭，我還能幹什麼，頂多是那些小生意，亂紀不違法。

停一停，又壓低了聲音說，你拾掇店裡，掛著瞧瞧，那個小銅鳥還在不在。那不是我從家裡順出來的嗎，這一陣兒老太翻箱倒櫃地找，沒準是個真玩意兒，別是個古董。

見她眼裡冷淡，哥哥便有些不安，敷衍起自己：其實也難說，破家值萬貫。咱們家，還能有什麼好東西。

她就在店裡住下來。

他也來幫忙收拾。荒了這麼長時間，這麼一收拾，倒有些久別重逢的意思。兩個人都不說話，到開了口，卻都談起相識的那一天。她自然說起他的懵懂。他回她說，要是他精明些，他們就不會有下文了。

兩個人心裡都有些感慨。他將胸前的朱雀掏出來，細細地把玩。她心裡一動，伸過手摸一摸，還帶著他的體溫。她笑一笑，對他正色道：放放好，這可是件真玩意兒。

他自然當是句玩笑話，說，嗯，那可真是定情物了。

店要開張，卻不知道賣什麼。所謂古董，是不要再賣了，她將店裡充門面的博古架，都送給了對門的同行。當時註冊，申報的是工藝品。他們兩個，便繞著這個想。終於想起，再過幾天就是元宵節。夫子廟在元宵節裡，是看燈賞燈的去處，索性進一批燈籠，看看賣不賣得動。

元宵節前一天，店裡掛了大大小小的燈籠。門口是兩盞綴了中國結的大宮燈，是萬象更新的意頭。因為花了心思，種類不少，電芯的，聲控的，還有打開來就響起音樂的。來往的人是有的。不過是看的多，買的少。她和他對視了一下，是想要安慰。他說，別急，不來則罷，一來就是大生意。

不一會兒，真的潮湧一樣來了一群人，都是些老外。她仔細一看，打頭的竟是他的室友馬汀。馬汀笑嘻嘻地說，許廷邁說你們開夫妻店，打廣告拉生意，我們不敢不來。哥們兒，都動起來。

這些留學生便一人挑了一頂燈籠，還都是揀貴的買。買了也不久留，說不妨礙他們的生意，又潮湧一樣離開去。

她便有些感動，心說，這些洋鬼子們，還真是蠻講義氣的。

這麼一來，生意還真給帶得好起來。也許是天晚了，夜色初降，看燈的人多起來了。父母給小孩買的，男孩給女孩買的。漸漸貨也走得快了。

他便說，你看，我可不呆，商業手段還是要的。你跟我說，賣東西要有「托兒」。馬汀他們就是我找來的「燈托兒」。

她笑著罵他，「好的不學」。心裡卻是暖的。

快打烊的時候，來了個客人，指著門楣上的虎頭燈籠讓她拿下來。她走過來，卻聽那人說：嘿，是你？

她望著這個圓圓臉的女孩子，穿著花俏的羽絨服，也覺眼熟。想一想，原來正是常在雅可家裡聚會的朋友。「殺人」遊戲玩得最糟糕的一個。

女孩打量她一下，輕輕地問：搬出來了？

她愣一愣，然後點點頭。

女孩似乎有些掩飾不住的高興，啃了一口手裡的糖葫蘆，說，我就說嘛，雅可那裡，是留不住女人的。

她笑一笑，不置可否。

女孩四面張望了一下，說，你就做這個生意麼？可是，過了節怎麼辦？

這是她發過愁，卻顧不上的事情，便搖頭說，先做著吧，沒想這麼長遠。

女孩就皺了眉頭，說，那怎麼行，做生意就得有個準確的定位。說完瞇起眼睛，用手揉揉胖乎乎的臉。索性靠著櫃檯坐下來，坐了一會兒，突然說，有了，不如開一間畫廊。這裡是夫子廟，市面好，老外多，他們好這口兒，做這個生意最合適了。

她和他對視一眼，女孩的熱情多少讓他們不知所措。她說，開畫廊，畫從哪裡來。

女孩打了個響指，說，這個沒問題，我來幫你們。

女孩說，還沒自我介紹，我是雅可的學妹，不過我是學油畫的。我們學院裡，不知有多少懷才不遇的未來大師。個個是藝堪比梵谷，才不下賓虹。有個國畫專業的師兄臨「八大山人」，比真跡還像。我自己是仿康定斯基的一把好手。記住了，我叫鄭童童，如假包換。

他們兩個都笑了，想這個鄭童童，真是個有意思的人。

他就問，那，我們做什麼呢？

鄭童童就說，賣我們畫啊。我們那除了準備拿去參賽的作品，在畫室裡堆得到處都是。你們拿過來，裝裱一下，就是好東西。我們寄售，你們分成。合作愉快了，弄得好，你以後還可以做我們的經紀人。那就是大生意了。

開業那天，是有些人來捧場的。

童童的一班朋友，將不大的地方，布置得頗像樣，稱得上是有品味了。這女孩說話雖不著調，卻是實幹家，令人刮目相看。

一面牆上是卷軸，一面牆上是油畫，再一面打了個可自由升降的展示架，擱著小型的雕塑和琺琅器。滿目琳琅，卻雜而不亂。

畫廊定名為「陌上」。創意原是童童的，叫做「莫尚」，取「莫內」與「塞尚」名字裡各一個字，是大師聯袂，強強聯手的意思。就有人說，這太牽強，依此類推，如果是「馬奈」與「塞尚」，豈不就叫了「馬上」。她便說，「莫尚」其實不錯的，不如就取一個諧音，叫「陌上」。到底是在中國，這個名字，是有些古意的。

畫廊的生意，初時是清淡的。好在她沉得住氣，沒有奢望。每天細細灑掃店堂，看來往的人走進觀摩。有興味的就攀談上幾句。在這隨遇而安裡，她漸漸覺得生活的好處了。

童童他們又在網上做了廣告，來的人就多起來。慕名的而來的有不少外國人，真的對畫有了興趣，加上標價並不很貴，所以交易得也很爽快。但是他們的問題也多，她關於藝術的專業知識就顯得捉襟見肘，讓客人們覺得意猶未盡。

他從學校的圖書館為她借了一些書，《西方現代美術史》什麼的。閒下來，她便倚著櫃檯，慢慢地看。她很喜歡的，是童童送的一本，馬爾羅的《無牆的博物館》。這書淺白平易，沒有高屋建瓴的說教面目，卻是滙通古今。

這一天下午，一個中年人走進來，和她打招呼。這人叫得出她的名字。她抬起頭來看，也不禁驚喜。原來是以前小劇場的負責人，下海的教授，被他們稱作「教父」的。一年未見，竟也是故人了。「教父」還是精神抖擻的樣子，似乎比以往還要年輕些。他在店堂裡環顧一下，說，真不錯，這才像你該做的事情。

兩個人只是寒暄，但也是浮光掠影。偶爾稍稍深入彼此，聽的與說的人便都醒覺，將話題盪開去。及至最後，「教父」卻挑了很多畫走。「教父」說自己新開了一家公司，剛剛裝修好，就缺些東西裝點門面。

書看的多了，又因為童童的指點，再遇到客人，她也漸漸說得出子丑寅卯。這一天，童童給她帶來了一個紙包，說從雅可那裡來。雅可拜託轉交。「是那個日本人給你的，他走了。」童童加了一句。

晚上，在燈光底下，她將紙包打開。看見裡面是那幅畫，已經用絹托裱好。還是她的身體，卻著了彩。溫潤透徹的粉紅，是初生嬰孩的顏色。私處盎然升起的蓮花，這一回，是真正的嬌豔欲滴了。而臉上，卻加上了一隻蝶形的黑色面具。坦蕩的目光，就變成了窺視。

她想，這樣也好。

她將畫用紙包起來。想一想，又找了個角落，掛上了。

一起送來的，是雅可的一張請柬。

陰天的莫愁湖。勝棋樓前的空地。她想起，在報紙上看到，這是個行為藝術集會。她和他到的時候，已經圍攏了一圈人。他們擠進去，正看到一個滿身血污的男人，從被縫合的牛屍裡破腹而出。牛身橫亙，灑滿花瓣。這男人也是，手裡執了一刃刀。這作品叫做〈涅槃〉。

又有人將一隻小貓放在巨大的冰塊上。冰在空氣中消融，小貓顫慄，無助哀叫。終於有人在底下抗議不人道。有嗤笑的聲音。他嘆了口氣。

他們看見身著緊身衣的助手抬過來一口玻璃箱。這玻璃箱似乎正是一個人的高度。

雅可出現了。

雅可沒有看見他們。雅可穿了白色的長袍，頭上戴了柳條編成的葉冠，表情嚴肅。他想，這時候的雅可，很美，像個憂心忡忡的希臘人。他看到了雅可手中的黑色紙袋，他知道，這會是這場表演的關鍵。

雅可打開了玻璃箱，走進去。助手用一把形狀誇張的鐵鎖，鎖住了箱子。

雅可扯下了金黃色的腰帶，長袍翩然落了下來。

雅可全裸地站在了箱子裡，人群中發出驚呼。雅可的臉上仍然是凜然的表情，周身皮膚煥發著青白的光。他和她，都是第一次看到這個瘦弱坦白的雅可。他們看到雅可的胸膛上紋了一把拉緊了弦的滿弓。

雅可垂下了眼睛，幾秒鐘，又抬起了頭，目光在人群裡尋找。她抬起了手，說，雅可，我在這裡。雅可的眼睛仍然在游移，有些無措了。他猛然地將她攔腰抱住，舉了起來。她高高地從人群中浮現出來，她大聲地喊，雅可，我在這裡。

雅可笑了。

雅可拿出一支玻璃瓶，打開了蓋子。將食指伸進瓶子，蘸了裡面的液體，放在嘴邊嘗了嘗。雅可開始大把地蘸了那焦黃色的黏稠的液體，在身上塗抹起來。雅可塗得很認真，動作輕柔，無分巨細。腋下，甚至私處，面面俱到。他問，雅可想要幹什麼。他看了看她，她的表情茫然焦灼。

這時候，助手突然舉起了一個牌子，上面寫著很大的字，中英文互見——蜂蜜。

她突然警覺了。他聽見她喊，雅可，住手。

來不及了，蜂將雅可攏裹了。

雅可醒來的時候，是三天之後。大面積的螫傷。醫生將他裹成了一具木乃伊。

蜂毒造成呼吸系統麻痺，命懸一線。

雅可向她眨了眨眼睛。

突然，雅可的眼神緊張起來。身體有些顫抖，然後是大幅度地抽搐。

雅可出院，直接被送進了戒毒所。

# 第十四章

# 錯落的五月八日

雅可再次出現在了他們的生活裡。

雅可的頭髮被剃淨了，倒是清爽。這是一個新的雅可。舊的，是厭倦的神氣。

雅可的表情在落實她的不安。

雅可說，我戒了毒。我想和你們一起住。

她愣一愣，然後不顧一切地吻了雅可。雅可臉上的淡漠漸漸消退，雅可哭了。

戒毒所的醫生打來電話，告知他們戒毒者自然復吸率是百分之九十。雅可的癮很大，入院時已發現傷及肝臟，不可大意。

這個戒毒所因收容過一個年輕的搖滾女歌星而聞名。女歌星成為了戒毒日宣傳大使。第二年去了德國，立刻流連於「動物園」火車站，那裡是柏林最大的毒品交易區。

她和他輪流看守雅可。

雅可坐在飄窗上，背著光，剩下一個剪影。他將自已禁錮在時間裡頭，每日如此。雅可沉默不語，不停進食，各種堅果，在口中發出「咯巴咯巴」的聲響，好像一隻松鼠。這孩子，用嚼食的頻率來殺死毒癮。

此時的雅可，自制力已變得十分低下。

她說，雅可，我帶你去畫廊。雅可木然抬起頭來，眼神呆滯。

她心裡痛了一下。她說，雅可，你是在懲罰我。

天還有涼意。雅可穿了淺藍色的套頭衛衣，跟著她走進「陌上」。

雅可靜靜地環視四面，最後目光落在角落的畫上。巨大的蓮花，在招搖中有了頹意。玻璃框上貼著小小的標籤，上面寫著「非賣品」。

她在心裡詛咒自己的疏忽。但是，雅可並無任何表情，而是坐在櫃檯後面的凳子上，不發一言。

雅可從背包裡掏出一本書，攤開來，趴在櫃檯上安靜地讀。雅可讀的是《洛爾加詩抄》。

她站在門口，將半盆水潑在地上，然後拿掃帚使勁地掃。掃帚在青石板上刮出沉悶清晰的聲響。她希望引起雅可的注意。她回過身，看見雅可並沒有抬起頭，而是埋得更低了一些。雅可長時間的安靜，讓她警惕。因為她分明地看到，這男孩的眼光一點一點地散開，開始打呵欠。是不好的跡象。她倒了一杯開水，從包裡拿出一顆「納曲酮」，讓雅可吃下去。這是防止復吸的藥物。

雅可又打了一個呵欠，然後從眼角慢慢地流淌出一滴淚。她看著雅可混沌的眼睛，想，應該和這孩子說說話。

她問，雅可，你是在讀嗎？

雅可點點頭。

她又問，你真的在看嗎？

雅可便閉上眼睛。開始大段地背誦書中的詩句：

> 風帶走棉花。／在下午五點鐘。／氧化物散播結晶和鎳／在下午五點鐘。／現在是鴿與豹搏鬥／在下午五點鐘。／大腿與悲涼的角／在下午五點鐘。／低音弦響起／在下午五點鐘。／砒素的

鐘與煙／在下午五點鐘／角落裡沉默的人群／在下午五點鐘。／只有那牛警醒！／在下午五點鐘。／當雪出汗／在下午五點鐘。／鬥牛場滿是碘酒／在下午五點鐘。／死亡在傷口生卵／在下午五點鐘。／在下午五點鐘。／正好在下午五點鐘。

雅可語氣嚴肅，卻在用南京話背誦這首詩。悲涼就變成了滑稽。

雅可睜開眼睛，看著她。海洛因侵蝕了雅可的肝臟、神經系統，卻沒有染指他的好記性。

她說，這詩，繞口令一樣。

後面便有個聲音說，繞口令能繞出花來，也不簡單。能這樣寫詩的，是個人物。

她回過頭，看到說話的是「教父」。

「教父」說，你知道嗎，這個洛爾加，可是個吃不得虧的人。他與博爾赫斯見過一面，可惜老頭子不喜歡他。他就跟老頭有樣學樣，一本正經地說美國的「悲劇」體現在一個人物身上。博爾赫斯問是誰，你猜他怎麼說。

米老鼠。

雅可頭沒有抬，嘴裡動了一下，米老鼠。

「教父」抬起手，撣了撣西裝上的灰，輕輕說，是的。

上善若水。

「教父」說，知道嗎，沒有人會比你更合適。

她翻著手裡的企劃書。藍色封面，纏綿無盡頭的一灣水，兩岸是星星點點的燈火。

「教父」現在是一家廣告公司的文化顧問。所謂「上善若水」是他的作品，其實是一個新起的高尚樓盤，毗鄰秦淮。因為河景，又因為要打文化牌，便作了這麼個風雅的命名。他們要拍一輯硬照，又要一個短片，便尋找一個本地的女孩做代言人。找是找了許多了，拍板卻還要看房地產開發商。老總是南京人，沒有別的意見，只是說這些個個都美，卻沒有南京的味道。問他什麼是南京的味道，卻又說不出所以然。直到「教父」偶然拿出以往小劇場的錄影，看到她在《小丑之見》裡出現，老總站出來，說，就是她。這是南京的味道。

她聽了十分愕然，覺得這老總有生意人少有的矯情，輕輕婉拒說，我是真的走不開，我要看著雅可。

「教父」說，一天，只要拍一天，現在只有你能幫我。

她和「教父」約在了倉庫見面。劇團已經解散了半年，還保留著小劇場的輪廓。甚至絲絨的幕布還沒有卸去，蒙了厚厚的灰，紫色便成了不乾淨的絳色。天花卸下了，所有的管道暴露出來，是醜陋的真實。雅可跟在後面，仍然不說話，眼光卻沒有停過。打開了燈，光線下，這男孩頭頂上的短短的髮茬泛出青藍的光。

在劇場的另一側，是一些華服男女，臉上戴著面具。女人身著鯨骨裙撐的禮服，手裡拿著輕盈斑斕的羽扇。男人穿著緊腿褲，大氅上鑲著金色的玫瑰圖案的胸飾。他們或坐或站，或肅穆，或輕佻。他們並不是在排戲，而是在拍照。同樣，是「教父」的創意，在劇場已趨破敗的暗淡背景之下，重現十九世紀浮靡生姿的名利場。一個時尚雜誌的宣傳平面照，叫做「盛宴」。黑暗中緩緩生起的物慾，與這城市浮華的底，是相合的。在這好年代，捲土重來了。

停！她遠遠地聽見「教父」一聲斷喝，招一招手。一個女人走過來，揭下面具。女人有些不耐煩地將高聳的髮型甩動一下，說，又怎麼了？

「教父」說，你就不能矜持一點。忘了你自己。

女人說，你要強人所難，婊子作節婦。早就該有個心理準備。

「教父」有些動氣，但是終於虛弱地擺擺手。

女人扭動腰肢，趾高氣揚地走了。

「教父」說，她十六歲跟了我。那時候我沒什麼錢，她是死心塌地。現在我老了，潘驢鄧小閒，剩下了後三樣。她卻不買我的帳了。等一等，拍完這一條，我們走。

拍外景還在「文德橋」附近。

她坐在椅子上，四圍是一些人在忙碌。她一動不動，作這忙碌的對象。頭上是一雙翻飛的手，臉頰也經受著絲織物輕柔的摩挲，有些癢。她禁不住打了個噴嚏。

這時候他也趕來了，就站在她對面，靜靜地看她。看她一點一點地蛻變。他對著她微笑。但她覺得他的眼神裡頭，有些焦慮的東西。

她終於站到落地鏡前了。鏡子裡是個穿了中式服裝的芭比。蒼白，虛弱，半透明，不動聲色。本來她臉上那些淺淺的斑，其實是給她的表情帶來些生氣的，這時被粉掩蓋掉了。上了煙熏的妝，她細長的眼睛無端地大了一輪，竟給她帶來些驚訝的神氣。美還是美的，但這是浮光掠影的美麗，不砥實的。

他有些遺憾地說，不太像你了。

「教父」皺了皺眉頭，也很意外。端詳了幾分鐘，和造型師爭論起來。造型師是個自負的人，覺得自己毫無錯處，用手指重重地在圖紙上戳戳點點。

她站起身走回化妝間去了。

半個小時後，她再走出來，後面跟著怯生生的造型助理。她又是她自己了，在眾人帶些驚異的目光裡頭，她知道其實又不是。她將妝卸盡了，只刷了淺淺的胭紅，戴了一頂齊耳短髮。髮梢是微微彎曲的，臉龐就圓潤了些。

上身是魚白色的斜襟衫子，寬寬的袖。她揚起手，攏一攏頭髮，露出了一截手臂，也是有分寸的。他張大眼睛，心裡說，她其實是生錯了時代的人。想到這裡，他便有些許惆悵。湖藍的百褶裙隨她的走路有了波折。本是俗豔的顏色，到了她，卻說不盡地恰如其分。她站在湖畔的波光前，就是若干年前的鄰家女兒。時時可見，處處可見。然而到了現世，卻成了一個唯一。

「教父」的眼神有些發愣，愣過了，情不自禁地拍起手來。

她坐在遊船上，身後是雕花的窗。陽光從窗櫺間滲過來，打在她的衣襟上。那投影的花紋，令樸素的衣服瞬間絢爛了幾分。她微笑，抱了一把古舊的琵琶，琵琶是新的。身後是寫著民國紀年的美人月曆，月曆是新的。手旁的鏽跡斑斑的煤油燈，淺淺虛虛放著稀薄的光芒。這燈其實也是新的。而她，卻好像是舊的。將這身側的新，都鍍上了一層舊。

她盡著鎂光燈猛烈地閃。閃過了，心裡一陣空，好像被攝了魂。

她並不知道，多日後，一個垂暮的老婦人，在電視裡看到了她站在船頭的樣子。身旁的小保母，驚奇地望著面目莊嚴的老首長，為一則樓盤廣告眼淚縱橫。這廣告上的女孩子，穿著半世紀前的衣服，人籠在夕陽的影子裡頭，表情不知是欣喜還是哀愁。船遠去了，女孩趴在小窗前，緩緩回過頭。河上的波影投在她臉上，輕輕抖動，在抖動間凝聚成了四個字：上善若水。

「上善若水」的成功，大概在很多人的意料之外，也包括她。這樓盤一時間街知巷聞。她的臉，出現在市中心巨型的平面招貼上，大到站在近前，笑容竟看不完全。大家都記住了這個臉上有淺淺雀斑的女孩。有人覺得她不夠美，不夠亮眼。可任誰說起來，都覺得她的樣子可人心意，是好看的。這樣，就有了好事者，打聽到了她，專到「陌上」來看她。她也就心平氣和地敷衍。初見覺得她並無特別，但聊了幾句，便漸漸為她的態度所吸引。聽她說這畫廊，講解這些畫的意境，又或者說這西市的淵源，都覺得她是很隨和的人。臨走，便捎帶買了一兩幅畫走。

「教父」是很感激她的。雖則她是何足掛齒的樣子，教父卻堅持要給她報酬。她堅持說不要。再催問她，她便對「教父」說，若是真有誠意，就送給她一間大些的畫廊。她是玩笑的，「教父」沉吟了一下，卻說，好。就送你一間畫廊。那個倉庫的位置很好，我暫時也用不著，裝修成一間畫廊，是再合適不過了。

她瞠目下，自然是推辭，「教父」正色道，我是一言九鼎的人。我決定的事情，誰都拗不過。

吃飯的時候，她看著雅可，心裡有些安慰。她看出了這男孩的努力。雅可依然沉默，在沉默地克制。

雅可的情況，並未有好轉。她悄悄地在減少「阿米替林」的劑量。是一種抗抑鬱藥，效果顯著。

雅可一度拒絕進食，是這種藥挽救了他的食慾。但是，他們也都看見，雅可拿著筷子的手在微微顫抖。這是副作用，與藥效同樣明顯，還有對肝的損害。

雅可小心地夾起一條萵筍，手忽地一抖，掉了下來。她見了，夾起一條，擱進雅可碗裡。停一停，卻又夾起來，讓雅可張開嘴巴，放進去。

這時候，她看見他看了她一眼，低下頭。

韶韶走過來，捲起尾巴，爬到他腿上。他抬起手，將牠撣到一邊去，站起來離開了。

除此之外，雅可的睡眠時間越來越長。

睡著的時候，雅可的安靜便沒有這麼突兀，呼吸均勻，是讓人放心的安靜。

她對他說，「教父」來了很多次電話，讓她去談畫廊裝修的案子，看來是真的上了心。以後玩笑是開不得了，這回成了盛情難卻。

他點點頭，說，「教父」骨子裡是個實在人，懂情分，再推辭也不好。現在的店面，是太小了。

她望一望熟睡中的雅可。

他知道她有囑託的意思。

雅可在下午三點的時候醒過來。

他看見這男孩坐起身，轉了轉惺忪的眼睛。他知道是在找她，就說，她出去了。

他看她釘在冰箱上的日程表，三點半鐘，吃兩顆「納曲酮」。

他問：雅可，藥在哪裡？

雅可並沒有理他，站起來，走進洗手間。

半個小時過去，雅可沒出來，沒有水聲，沒有走動聲。他突然警覺，大聲地喊雅可。沒有回應。門推不開，從裡面被插上了。他使勁地捶門。一分鐘後，門打開了。雅可走出來，頭髮濕漉漉的，還沾著水珠。依然不看他，走過去，步子有些虛。

他問：雅可，藥在哪裡？

雅可在房間翻東西，翻得震天響。他打她的電話，熟悉的聲響從沙發坐墊底下傳出來。她忘記了帶電話。

雅可再走出來，手裡拿著一個遊戲機，上面蒙了一層灰。擦了擦，露出了紅白的底色。他認出來，是「任天堂」出的PF機。

雅可將遊戲機接在電視上，半天沒有反應。用手敲一敲，遊戲機發出「撲」的一聲響。

雅可將機器丟在一邊，開始穿衣服。他問：你要去哪裡？

雅可在睡衣外面套上淺藍色的衛衣，走了出去。

他跟著雅可。雅可走出社區，兜了一個圈，並沒有走遠，停在一幢平房跟前。平房門口掛著透明的塑料帘子，門楣上掛著牌子，上面用紅漆寫著：「快閃遊戲中心」。

雅可走進去。門口是個蠟黃臉的乾瘦男人。雅可掏出錢，跟男人說了什麼。男人就掏出一把銀亮的代幣。

雅可接過來，逕自走到一台遊戲機跟前，投進兩枚硬幣。機器上出現了Street Fighter 2的標誌圖像。雅可坐下來，選了香港的功夫小子「飛龍」。等他。他想一想，選了「春麗」。春麗的模樣，讓他想起她來。

「Round 1 Fight!」話音剛落。雅可的手在手柄和按鍵上翻飛。他卻木在那裡。春麗被幾個波動拳打得連連後退。雅可側過臉，看他一眼。他這才想著招架。然而，第一局回天無術。

他動作十分謹慎，試探著用旋風腿。倒下，爬起來，再出拳，還是輸了。

第三局，他小心翼翼，下手柄，拳。擊打。連續擊打，飛龍被打翻在地。他贏了。

三局兩勝，他仍負於雅可。

下一回，雅可選了RYU，他仍是春麗。有人圍觀。日本大塊頭RYU和不屈不撓的春麗。他們都看出了雅可的凌厲中的浮躁。而他是沉穩的。

他贏了，有人叫好。雅可的眼睛卻亮起來。雅可蒼白的臉色，有了一些紅潤，但同時也有些氣喘。他說，不早了，我們回去吧。

硬幣投進孔裡，遙遠地「噹」的一聲響。雅可盯著屏幕，他看著雅可，手機械地動作。他輸了，雅可擂了一下機器，爆了句粗口，說，不要讓我。

人漸漸多了。有些小學生，大概是剛放了學的，圍在他們身邊。

雅可又要投幣，被他擋住。雅可的手背是冰涼的。這手抖動了一下，使勁撥開他的手，將代幣塞到一個小孩手裡。慢慢走出去。

他跟著雅可。雅可沒有進電梯，從邊門上了樓梯。雅可一層一層地往上爬。到了十樓的時候，雅可回過頭，一屁股坐在樓梯上，摸了摸腦袋，對他說，聽著，我不是個囚犯。

雅可想站起來，卻又虛弱地趔趄了一下。

他扶住雅可。雅可說，不，我不坐電梯。

雅可以散漫的姿勢，半躺在沙發上。他站在落地窗前，看著西天的晚霞擁擠地飄過，好像遊弋的火。

當他轉過頭，發現雅可正看著他。

雅可動了動嘴唇，說，喂，我們很少說話。你不願意和我說話麼？

他不置可否。

雅可說，說點兒什麼吧。

他說，你該像個男人一樣。

雅可笑了：我不是男人，我是穿褲子的雲。

馬雅可夫斯基的詩句，仿若輕佻的口頭禪。

雅可笑著，將褲子上的皮帶抽下來。

雅可笑著，打了一個悠長沉頓的呵欠。瞬間，臉變了死灰一樣的顏色。扭曲的雅可的臉龐，如一張被揉皺的紙。汗與淚水從這張紙的褶皺間密實地流滲出來。他明白了，突然間有些厭惡，同時不知所措。

他將一條濕毛巾覆在雅可的額頭上。雅可將毛巾塞進嘴裡，死死地咬緊。

忽然，他聽到雅可口齒不清的聲音，幫我一個忙。英漢詞典……詞典裡，紅的。

他讓自己穩定下來，回轉過頭去，說，忍一忍，你該像個男人一樣。

雅可的嘴巴抽動了一下，掙扎著站起來，打開了飄窗。雅可坐在窗台上，聲音有些發虛，幫我一個忙。

他看見雅可的身體在向外慢慢挪動。

他想制止，雅可就讓自己挪動得更快了一些。

他走到書架前，取下《英漢大詞典》。紅色的，牛津出版。打開，在三七七頁找到了雅可說的塑膠袋，已經壓成了扁扁的一片。

他看著雅可，看雅可將白色的粉均勻地塗在錫紙上，翻出一個ZIPPER打火機。火焰隔著錫紙靜靜地燃燒，粉熔化了，泛起了歡快的泡沫。他看了看雅可，雅可的神情也是歡快的，那樣單純的因為欲望灼紅了的臉龐。

雅可的手抖動著，針管已經插進了靜脈。他看見靜脈擴張了，像一條遊動的蚯蚓。雅可的手突然痙攣了一下，無力地垂下去。他一驚，伸出了手，要將針管拔出來。雅可卻抓了他的手，按住了他的掌心。他看到自己的手，將針管以極快的速度推了下去。

雅可躺在他懷裡，沉沉地睡過去。過了很久，他聽到鑰匙轉動的聲音。他的眼皮顫動了一下。

她走進來，看見他們安靜地坐在黑暗裡。身旁有一枚針頭晶瑩地反射著微光。她手中的紙袋落到了地上，一個西紅柿滾了出來，她瘋了一樣狠狠地踩了下去。西紅柿濺出了一灘血。

她說，我知道。

他沒有申辯，他將手裡的毯子緊了緊，雅可的鼻子翕動了一下，更沉地睡過去。

他們三個人一道坐在黑暗裡。她小聲地抽泣，他無語，雅可沒有醒。

他離開的時候，是淩晨一點。

她聽見雅可的呼吸變得急促。這男孩的額頭微微發熱，上面滲著薄汗。她拿出血壓儀為雅可量血壓。對於這些，她已十分嫻熟，有如本能。她將聽診器縛在雅可的肘動脈上，擠壓氣囊，看水銀柱漲落，面無表情。她的心理承受能力在磨礪間日益進步。雅可曾有過幾次短暫的休克，有驚無險。

雅可沒有醒。眉頭糾結。嘴角動一動，好像說了什麼。

這時候，她聽見房裡有窸窸窣窣的聲音。她走過去，看到韶韶。韶韶在沙發背後的暗影裡，瑟瑟發抖。她蹲下身，韶韶揚起臉，嘴角流著口涎。藍色的瞳仁放大，是驚恐的眼神。韶韶輕輕地，向她靠近了一步。她伸出手去。牠軟軟地叫了一聲，卻退後回去，同時尾巴捲曲，顫抖得更加厲害。她突然間明白，韶韶的貓食盆裡，那些白色的粉末是什麼。韶韶的性格，原來與此相關，雅可一直有一個陪伴。她心裡一疼，還是向韶韶伸出了手，想要把牠攬過來。當她觸到韶韶的一剎那，韶韶一抖，少有地尖叫了一聲，閃電般地抬起爪子，在她手上抓下去。抓得很猛，很凶。血，紅色的蛇一樣，蜿蜒著從她的手背上，流淌下來了。

韶韶的藍眼睛放大了一下，猶豫地在喉管裡「咕嚕」了一聲，鑽到沙發下面去了。

血更多地流下來。她舉著手掌，迅速地往洗手間走。在水龍下沖，洗手池裡很快洇紅成一片。血沒有止住的跡象，水池裡的顏色不斷地深下去。有腥味漾起來，讓她有些暈眩。她用另一隻手打開頂櫥，翻出繃帶。咬緊牙，一層層地纏上去。

這時候，她聽見聲音，是極短促的慘叫聲。然後靜寂下去。她停住手，辨認了一下，回過頭去。她看見，雅可從房裡走出來，搖搖晃晃地，手裡綿軟地拎著一把水果刀。刀刃上是鮮亮的紫紅色。

她緩緩走進房裡。看見韶韶斜躺在地上，喉管被割開，汩汩地往外流著血。血黏稠地在地板上流淌，擴散。身體還在一動、再一動地抽搐。
雅可喘息著，聲音從她身後傳過來。雅可說，誰也不能傷害你。
她窒息了一下，胸腔裡發出了嗡嚶聲。她返過身，給了雅可一記耳光。
晚上，她增加了「阿米替林」的劑量，想一想，又添了兩顆鎮定藥。雅可也許需要睡得多些。明天，明天就帶雅可去醫院。
凌晨時候，她躺在床上，疲憊不堪。窗戶外面是枚下弦月，飽滿豐盈。這一天是陰曆二十三。她覺出了不平常，驀然想起，讀小學的時候，有個年輕音樂老師教過他們一首歌。〈二十三夜待〉，名字大致如此，說這一天等待夜半過後，就可以實現願望。她想，那就等吧。
她的眼睛，在月亮閃閃絨絨的光裡頭，朦朧過去。
那些聲響出現的時候，她的身體已放棄了等待。昏昏沉沉間，卻還有願望在掙扎，將意識拉扯得支離破碎。
然而，這聲音，讓她驟然醒了。
是哭聲。
是竭力被壓制的哭聲。斷裂的，漸漸清晰地浮現上來。她猛然坐起來。砰，有重物撞擊在木製家具上。然後是玻璃杯掉落在地上。還有翻滾的聲音，艱難的，無法克制的翻滾。
她打開燈，看見雅可用手環住櫸木飯桌的桌腿，艱難地起身。然而好像被擊打了一下，用手捂住眼睛。這是因為畏光。她趕忙關上了燈，走近了。雅可說，不要過來。

她又靠近了一些。

月光灑進來，將雅可籠住。月過中天，光線已細碎薄弱。雅可的身體動了動，讓自己盡量地後退到暗影裡去。雅可看著她，目光，與韶韶並無分別。她想到韶韶此時正裝在塑料袋裡，躺在廚房後的水池下面，一聲不響地，和牠生前無異。想到這裡，她打了一個寒戰。雅可突然劇烈地顫抖，在顫抖間，更緊地將桌子腿抱住。終於，這男孩無助地嘆一口氣，將頭猛烈地撞上去。一下，又一下。

她噙住淚，想要制止。但是，腳卻邁不開步子，好像被一張網牢牢罩住。雅可打了個噴嚏，脖子神經質地擰動了一下，準備更重地撞上去。她不顧一切地使勁將桌子蹬開，抱住雅可。雅可大張著眼睛，想要看她，卻找不到焦點。她撫摸這男孩額角的瘀紫。雅可粗重地呼吸，對她說，求求你。

雅可掙脫她，爬動了一下，跪坐在牆角。雅可說，給我。

她咬咬牙，沒有說話。

雅可臉色灰白，猶如蒙塵的雪。這男孩的眼睛裡有虛弱的焦灼，目光游離，落在壁掛的圖騰上。圖騰是南美的產物，烏柏木製成，橫眉立目，面相威厲，卻有一隻寬厚的鼻子。她走過去，將圖騰翻轉，同時手中顫抖一下。她緩緩將錫紙包拿出，打開。她說，雅可，這是你要的。

雅可的嘴唇動一動。她撮起一點粉末，放進嘴裡，慢慢咀嚼。雅可的臉頰痛苦地抽動了。她將更多的粉放進嘴裡。雅可絕望地看著她，看著她表情篤定地咀嚼，吞嚥。

自鳴鐘「噹」地敲響。她停住手，驚醒一樣。錫紙包緩緩落在地上，有銳利的金屬色，被雅可的目光捉住。

雅可緩緩爬過去，捧起錫紙，迅速而細密地舔。眼光倉皇警戒，像夜行的小獸在舔食腐肉。

她踉蹌了一下，同時間淚流滿面。她蹲下身，將雅可攬在懷裡。腥鹹的淚流下來，掠過嘴角，幾星白色的粉漾起泡沫。雅可漠然的眼睛，跳動了一下。突然用嘴捉住了她的唇。她麻木的心，一聲響。雅可的舌，如滑膩的蛇在她口腔中遊動，攪纏。她知道雅可要的是什麼，任由他。在這莽撞的交纏間，卻有一線溫暖悄然生出。雅可頭上有痛苦細密的汗。她感受到懷裡身體的抖動與張弛漸漸舒緩。她捧住雅可的頭，凶狠地吻下去。

她導引雅可，用手與唇。雅可的臉貼近了，腮上有淺淺的鬍渣，刺痛了她。刺痛她的還有肋骨，歷歷可數。很瘦了。他們肌膚疊在一起，緊緊地。男孩的身體有熱度，像一張近臨燃點的稀薄的紙。她輕輕撫摸雅可的脊梁，承受著顫慄。這脊梁上已起了細密的疹，滑膩地粗糙。她將手伸過去，企圖安撫。雅可的私處，漸漸膨脹。究竟是雄性，暗沉中也會昂揚。她慢慢躺下來，裹住雅可。雅可的身體突然一震，楔進了她。慢慢地、機械一樣地動作，突然猛烈，撞擊，同時顫抖，如同一隻馬達。她看著這張年輕蒼白的臉，閉了眼睛，有一滴淚，靜靜地從眼角流出，落在她的肩膀上。她也就闔上眼睛，跟隨擺動。她做這男孩子的船。她太過單薄，如同一隻舢板，祇想在驚濤駭浪裡，將雅可載過去。

雅可突然靜止，喉頭中發出低吼。她被一股淺淺的熱流鞭打一下，也鬆弛了。男孩趴在她身上，青白的脊背在月光底下，發出豔異的光。她累極了，但沒忘將這身體，抱得更緊一些。

再次醒來的時候，已見曙光。她於是欣慰地想，總算熬了過去。

雅可安靜地睡在身邊，赤裸著。她這才猛然間感到羞慚。然而，她看到這男孩清秀的眉目，少有地鬆弛，嘴巴微張，似乎有笑意。心裡不禁萌出一些暖。她拿起近旁的毯子，蓋上去。碰到了雅可的手。她彈開，被電擊一樣，卻又更實在地摸上去。

她握緊了這隻手，是冰涼的。

她睜大眼睛，遲鈍了幾秒，終於小心翼翼地將手探過去。手指驟然垂下。男孩，已經沒有了呼吸。

她嚎叫了一聲，開始搖撼雅可，開始用手猛烈捶打男孩的胸口。這身體紋絲未動，僵硬地回應她。

他先於一二〇與警方來到。他推開門，看見她坐在大廳正中的床墊上。她看見他，抬起頭來，頭髮散亂，目光警戒。赤裸著，懷裡緊抱著同樣赤裸的雅可。像一頭表情無助的母獸。

天色大亮。

室內昏沉，陽光如水，穿過百葉窗，將她的身體分割開來。她的臉上，頸上還有小小的乳都烙上了深深淺淺的條紋，滲進了她半透明的皮膚中去。

她動一動乾涸的嘴唇，沒有再說話。

馮雅可，二十歲，死於長期戒斷後的吸毒過量。

身邊人的忙碌，詢問，好奇的人出現，被警方驅趕。這空曠的大房子，突然間猶如嘉年華。

他靜靜地離開，沒有乘電梯，呆呆地一層一層走下樓去。他一直走，走到了喧鬧的街市上，炫目的陽光迷離了他的眼。他終於哭了，哭得像個孩子。在這個平凡的早晨，有一些路人，是趕著上班的。他們看這個高大的黑髮青年，哭得這麼傷心。然而，也只是瞥了一眼，就匆匆地走開了。

他的聲音，淹沒在一片車水馬龍裡了。

他在游蕩中度過這個白天。經過廣州路，恰看見一個年輕男人將一支啤酒瓶擲向「麥當勞」的玻璃櫥窗。玻璃瞬間破碎，當男人拎起另一支瓶子，準備投擲出去，被一些穿制服的人扭住了手。男人不忘掙脫，振臂高呼：打倒美帝國主義！在驚異中，他並未意識到發生了什麼。

這一天，是五月八日。

五月八日。北京時間五時四十五分，中國駐南斯拉夫大使館遭北約轟炸。三人罹難，二十餘人受傷。

消息，在下午的時候傳來。大學生們立即組織了遊行。下午的烈陽如火。他看見如潮的遊行隊伍湧來，還在不知所措。這座溫和的城市，曾幾何時有過這樣熾烈的隊伍。學生們戴著頭巾，舉著橫幅，用昂揚的聲音高喊口號。他聽不清他們在喊些什麼，只是愣愣地站著，像一支電線桿，杵在路旁。這時候，他似乎聽見有人在喊他的名字，終於，他循著聲音的來源，看到了馬汀。馬汀穿了白色的T恤，上面用紅色顏料寫著醒目的字：抗議NATO暴行！馬汀拉著一個中國女孩的手，揚起胳膊。他的身後，還有其他的留學生。因為國際友人的聲援，學生們更為激憤。聲音也愈發響亮起來。

他仍然站著，不知所措。

當遊行的隊伍遠去，已經是黃昏。夕陽的光芒冷白地鋪下來，路上一時間陷入寂寥。行人踩在滿地的傳單上，也輕手輕腳。

這時走來一個小孩子，穿著破舊衣服，拎著一個碩大的麻袋，拖在地上，有些吃力。孩子抬起頭，恰與他的目光相遇。這孩子有雙晶亮的眼睛。他想。

孩子走近了，是七八歲的模樣，手裡拿著自製的竹夾子，臉上表情漠然。風起了，地上的傳單飄浮起來，孩子就用那夾子敏捷地一夾，戳起來扔到麻袋裡。偶然有大張些的，孩子就很仔細地對摺，疊一道，再疊一道。這時候，風更猛烈地吹過來，天橋上落下一張很大的紙。天藍色，其實是數張紙用膠帶拼接起來的，紙上寫著龐大而規整的字體。是一種古典的字體，他並不全認得。但是那筆畫中的激動，他是認得出的。似乎蘸飽了墨水，在紙上掛不住，疏落地流下來。

孩子看見了，發現寶一樣，向那紙奔跑過去。那張紙也在路上奔跑起來。孩子在後面追，紙在前面跑。他也跟著跑起來。他終於追上那張紙，撿起來遞給了孩子。這次孩子並沒有疊，而是向手心「撲」地吐了口唾沫，刷地將那紙從中間撕開了。孩子將紙摞在一起，再撕，太厚了，撕不動。他對孩子伸出了手，孩子戒備地看他一眼，將紙給了他。他一使勁，紙張破開的聲音十分響亮，如同裂帛。他突然覺得有些痛，卻不知道痛在哪裡。在他愣神的時候，孩子從他手中搶走了紙，丟在麻袋裡，遠遠地跑掉了。

兩天之後，他們在殯儀館見到了雅可的母親。

這一天是五月十日。

他們最後一次見到了雅可。他與她對視一眼，目光停留在雅可的面龐上。他們告訴雅可的媽媽，雅可走得很平靜。這時的雅可，很瘦，但是笑容體面。這一天天氣晴好，他和她並不是很悲傷。他們覺得雅可的離去，只是一個時遠時近的終點。他們在陪著跑一場馬拉松，現在跑到了頭。他們無休止地練習冷漠，直至這一天終於到來。

雅可的媽媽是個莊重的中年女人。這女人身旁是一個面目扁平的韓國人，看著雅可，像看著一件物體。

女人流著淚，取出一本揉皺了邊的詩集，朗讀了一段。

一週內，留學生部發生了一些震動。部分來自北約國家的同學，在這事件中感覺到危機。這和他們國家對事件的態度相關。這危機的力量大於校方的親善與兩年以來同學間的相濡以沫。他們決定放棄這裡的學業，返回各自的家鄉。雖然不是生離死別，彼此還是傷感。留學生部提前出現畢業前的情景，關於友情與愛情，都經受考驗。當然，也是催化。文靜的冰島小姑娘傑西卡在「答案」吧裡勁歌勁舞，對她的英國男友唱道：「今夜將我拿去，寶貝兒。」而在之前，她被男同學們私下傳說為部裡唯一的處女。

他就在這個時候向部主任提出離開。

主任從眼鏡後面投射出的目光有不解與失望。這男人看著這個來自蘇格蘭的華裔青年，語重心長地說，許廷邁，你知道學校對你的看重。在這樣的事件中，你應該有自己的立場。

他從上衣口袋裡掏出一張結婚請柬，我姊姊下個星期舉行婚禮，我唯一的姊姊。

第十五章

# 洛將軍守衛墓園

溫哥華。

坐落在北美西岸的城市以溫和濕潤的面目迎接了他。走進機場，海關大廳矗立了原木的原住民雕塑，也是溫存寬厚的臉。這陌生的地方，讓他心裡安定，令他自己也有些出其不意。遠遠地，姊姊安傑拉向他招著手。姊姊緊緊地擁抱他，勾下他的脖子，使勁地吻。然後說，小夥子，我們回家去。

姊姊未來的家，在伯那比的羅布爾街上，近鄰中央公園。一路過去，道路兩旁都是參天的水杉和檜木，鬱鬱蔥蔥。準姊夫開著車，對他說，這裡的環境不知比倫敦好多少倍。

他聽出來，姊夫多少心裡還有些耿耿於懷。

姊夫洛亞倫是姊姊在帝國理工醫學院的同學，畢業抱得美人歸，回到加拿大，開了一間私人診所。姊姊的感情生活並非一帆風順，父親對她要嫁到這麼遠的地方去，曾經大為光火說，我們是中國人，中國人講究安土重遷。父母在，不遠遊，你這樣就是忘了本。在這件事上，姊姊一改賢淑的本色，言語擲地有聲，既然安土重遷，爺爺當年為什麼又離開中國。姊姊毅然決然，終於走了。可這話，噎得老頭子吃不下飯，發誓不去參加女兒的婚禮。

在他看來，這個姊夫其實是不錯的。雖無特別的出色，但是為人很可靠。他的中產階級生活觀，也讓人放心，對一切抱有審慎寬容的態度：溫和地反戰，反對墮胎，有分寸地支持同性戀。在這個西方城市傳承實踐著中庸之道。

他見到了姊夫的父母，都是謙和有禮的老人，臉上也掛著吃苦耐勞的痕跡。他們還都沒有退休，家裡經營著兩間旅行社和一個伐木場，生意很不壞。這些都是這座西海岸城市的支柱性產業，旱澇保收的。他們的富足，可以從居住窺得一斑。這所木質結構的大房子，比他在格拉斯哥的家，大上一倍也不止。而溫哥華的房價之高，在北美是很有聲名的。

姊夫一家對他的態度，可以用禮遇來形容。大約因為他是女方出席婚禮的唯一代表，專門收拾出家裡最大的一間朝陽臥房給他。這家裡的裝修簡潔自然，並沒有很多華裔家庭的繁文縟節。姊夫帶他上上下下地參觀。走到背陰處的一間房，卻停住，轉頭走掉了。

晚上洗完了澡，他才發現，因為來得匆忙，竟然連睡衣都沒有帶。姊夫就拿了自己的給他穿。然後說，明天跟我去裁縫店，婚禮上一套體面禮服總是要的。換衣服的時候，姊夫瞅見他胸前的小雀，就笑著問，傑羅米，你是不是在戀愛？他愣一愣，苦笑道，何以見得？姊夫就將目光湊近了些，語氣確信了：因為，這很像件中國女孩的定情物。

夜裡，他躺在床上。也許因為太安靜，他頭腦中又浮現出那個清晨，和她的臉。心裡倏然疼起來。他就背轉身趴下，頭深深地埋進鬆軟的枕頭裡，想將潮湧來的情緒壓抑住。就在這時候，他聽到了聲音，若有若無的。清晰了些，是音樂聲。是一種他不熟識的樂器，叮叮咚咚地傳過來，清冷婉轉，泉水一樣。他終於坐起身，那聲音卻又淡下去，沒有了。

接下來的幾天，都在準備婚禮的事情。拍婚紗照那天，是溫哥華少有的暑熱天。有一個景，卻取在了高斯山上。高斯山頂上有個闊大整飭的伐木表演區。在這裡拍婚紗，新郎的父親看來，多少有些家業傳承的意味。其實表演是作秀的性質。幾個伐木工手拿利斧互相較著勁，做出各種驚險的姿態，表達的是艱辛中見樂觀的意思。豔陽之下，姊姊長裙曳地，坐在一個矮木樁上。臉上的粉，快樂地隨著汗水流淌下來了。

婚禮在聖公會主教堂舉行。姊姊與姊夫都是基督徒。這是溫哥華最古老的教堂，一百多年的歷史給了它軒昂的氣勢。內部梁柱選用道格拉斯冷杉。尖拱形的彩繪窗戶，多在英國建造，記錄著新舊約聖經故事。這裡是諸多王室造訪之地，來行禮的人，多少也覺得與有榮焉。

婚禮在有序祥和的氣氛中進行。大治而有小亂。西裝筆挺的小花童在婚禮進行曲的節奏裡，突然間得意忘形，手舞足蹈中在地毯上跌了個大馬趴，然後不合時宜地號啕起來。姊姊非但沒有慍色，還蹲下來哄這孩子。底下的人就說，亞倫有福氣，新娘真是個識大體的人。他坐在新郎的一眾親友間，看姊姊幸福地說「I do」，倒也並不覺得孤獨。只是前排的一個老先生引起了他的注意。這老先生應該是沒有見過的，鬚髮皆白，並不像其他的親友穿著禮服，而是一套深綠色的軍裝。

婚禮尾聲的時候，新郎新娘過來接受親友們的道賀，親吻。到了老先生跟前，新郎卻退後一步，站得筆直，閃電般地揚起右手，行了一個標準的軍禮。老先生面相莊重，迅速地回了一個禮。然後用力拍拍他的肩膀，沒有說話。

他看到這一幕多少是驚詫的，但在其他親友那裡卻似乎習以為常。大家照樣說說笑笑。老人正襟危坐，看上去有些孤寂。

夜裡的時候，他又聽見了樂曲的聲音。斷續著，聽起來冷清得很。他起了身，打開門。那聲響便大了些，仍然是游絲似的。他辨別了一下，便循了聲音的方向走去。周折間，找到了聲音的源頭。是靠近後門的一個房間，正是亞倫帶他參觀時，沒有進去的。

他在門口站著，聽著，覺得這暗夜因為這聲音更寂寥了。沒容他多想，樂曲突然間中斷。他一驚，轉身想離開。

這時候，門開了。開門的正是婚禮上見到的老人。

老人看著他，目光銳利，鷹隼一樣。身上披的正是那件松枝綠色的軍裝，金色的領章。軍服胸口上竟然別著許多的勛章，吸引了他的注意，讓他忘記了恐懼。

老人的聲音低沉冰冷：你是什麼人？

他說：安傑拉的弟弟。

老人的頭抬了一下：你的中國話說得不錯，比亞倫好多了。

他停一停，看老人背後昏黃的燈影，「撲」地閃亮，又微弱下去。這一瞬，他看清楚，老人的確是很老了，臉上有縱橫的溝壑。

他說，我從中國來。

老人動動嘴角，聲音溫柔了些：哦，聽說了，讓我猜猜，南方來的？

他點了點頭，說，南京。

老人眼睛一閃，臉上的表情彷彿突然凝固，說，跟我來。

他猶豫了一下，跟老人走了進去。這才發現，這裡的布局與這房子的格格不入。粗略看去，這裡更像一個軍事機要室。

老人指著一把木頭椅子，讓他坐下來。這椅子冷和硬，與這房間裡的其他家具一樣是暗淡的赤褐色。他正面對著厚實的黑絲絨窗帘，將房間裡唯一見得光的地方阻擋住了。與整齊敞亮的外面相對，這裡的氣氛多少顯得森暗迫人。

唯一醒目的顏色，在他左手的牆上，是青天白日滿地紅的一面旗。這紅大概因為年月久了，有些發暗。旗底下則掛了把短刀，刀柄上的銅黃，卻還是鋥亮的。右手牆上，就是一張中國地圖，上面用各種顏色打滿了圓圈與箭頭。老人見他眼睛盯著地圖，便舉起手邊的煤油燈，指著東邊靠海的一個紅圈說，六十二年前，我也在南京。整一個師的弟兄，都沒了，到渡江的時候，剩下了五百多個。我這條命，是撿回來的。老人回過頭，看一看他，眼神在光暈裡暗淡了下去。

老人輕輕地說，是個女人撿回來的。

他還愣著神，卻聽見剛才的樂曲聲又響起來。在房間的角落裡，唱針在黑膠唱片上慢慢地劃著弧。

老人坐在椅子上，袖著手，閉上了眼睛。神色滿足而寞然，好像他並不存在。在這寂寞和緩的音樂裡，他也閉上了眼睛。狹窄的房間裡，燈色如豆，有一種冷暖交融的氣息，靜靜地流淌。

他聽見了蒼老的聲音，像從遙遠的地方飄過來，他睜開了眼睛，問，什麼？

老人說，這首琵琶曲，叫做〈春江花月夜〉。

〈春江花月夜〉。

他離開了時候，老人已經睡著，靠著椅背，頭卻微微低著。臉色鬆弛了些，唇角下垂，不再有嚴厲的樣子。如果沒有一身的軍裝，便是平凡的鄰家阿伯了。

他站起身，走過去，將唱針撥開。音樂戛然而止，房間裡陡然地空曠。

他出去，沒忘記將門輕輕帶上。一線光慢慢合攏，消失。他站在黑暗裡頭了。

第二天，早飯時間。如往常一樣，這是個清新祥和的早晨。一家人圍坐在一起，親密而自制，基本上是沉默的，偶爾講幾句冷熱得宜的笑話。他便也跟著笑。

突然間，他看見對面的人，笑得有些僵硬。

他回過頭，看到穿軍裝的老人站在他身後。老人披了一件卡其色的大衣，而腰上，竟別了一把短劍，正是昨天掛在牆上的。

亞倫的父親「呼啦」一聲站起身，輕輕地說，您來了。

他聽出來，這聲音是帶著怯意的。

一家人的動作都定格在剛才的一瞬。

老人咳嗽了一聲，眼睛飄移了一下，落在他身上，說，吃完飯來找我，我帶你去個地方。

說完，人們都聽到手杖在地板上重重地點了一下。老人離開了，在背影消失在那扇小門裡的時候，亞倫長舒了一口氣，開了口，天，你對我祖父做了什麼。

他將嘴裡的麵包使勁嚥了下去：你說，你的祖父？

亞倫的目光還在遠處，是，我的意思是……洛將軍，很久沒在早餐時出現了。其實，我們很少能見到他。

他並沒想到，老人會走得這樣快。

他緊緊地跟著，發現這高大的身形，還很挺拔，沒有一些老態。只是雪白的頭髮裡，缺失了一塊，看得見後腦勺上暗紅色的頭皮。

這時候是早上九點鐘，路上人並不多。對於溫哥華閒適的生活來說，這時只是一天的開始。有些晨運跑步的人，戴著耳機，與他擦身而過。一個金髮小夥子，穿著輪滑鞋，遠遠地過來，步伐稱得上優美。在靠近他們的時候，突然忙不迭地停住，站定，舉起右手，向老人行了一個軍禮，用蹩腳的中文響亮地說，將軍！

老人回了禮，有些匆促，仍然往前走過去。

小夥子回頭看了一眼，轉過身，目光恰和他撞上。剛才嚴肅的表情突然滑稽起來，向他做了個鬼臉，輕聲說，喂，夥計，你是他的士兵嗎？

他們幾乎走到了羅布爾街的盡頭，老人才慢下來。

這似乎是一個公園，有闊大的草地，錯落地種著整飭的修剪成三角形的松樹。他走在乾淨的石子路上，感覺得到周圍的靜寂，只能偶爾聽見鳥叫的聲音。漸漸地，他看見了路的兩旁出現了一些墓碑。向裡繼續走，墓碑又多了一些。這時候太陽亮了，這些墓碑便白得耀眼起來。

他明白了，這裡是一個墓園。

老人似乎有些累了，走上幾步，便歇一歇。再邁開步子，卻走得更快了些。他想上前扶一扶，伸出手去，卻被老人避開了。

他們終於停下來，在一個墓碑前。

這墓碑的材質，和剛才那些不同，是黑色的大理石，上面有游雲一樣的紋路。

老人走過去，拱一拱手，從懷裡掏出一支金屬的酒瓶，擰開瓶蓋，灑了些酒在墓前。

老周，老家來人了。

老人說完這一句，就在墓旁坐下，長久沒有說話。

他看見，墓碑上鑲嵌著一張照片，上面是個眉目英挺的年輕男人。

底下鐫著生卒年月，1914.5.3-1949.9.20。

他終於問，這是什麼人？

老人抬起頭，看他一眼，輕輕說，亞倫的爺爺。

他心裡動了一下，但還是使勁抑制住疑惑，肅穆地站直了身體，鞠了一個躬。

老人看著墓碑，慢慢地說，又過去五十年了，他要活到現在，也是個八十多的老頭子了。

老人嘆一口氣，把酒瓶打開，呷上一口：我們都是江寧人，同年入的伍。那時候，我在城南的「裕昌泰」珠寶行裡當學徒，剛剛出了師。他投的軍，我是被拉了壯丁。三七年，我們命大，沒死在日本人手裡。一路打下來。那麼多的仗，大仗小仗，勝仗敗仗。弟兄們都快死光了，我們沒死，一路打下來。他運氣沒我好，四九年，還只是個旅長。我熬到了肩章上的一顆星，得了這把「軍人魂」。

老人從腰間取下短劍，摩挲一下，聲音輕得像說給自己聽：

我是個不要命的，他是個惜命的人，他有老婆孩子啊。可是，他到底死在了我前頭。這麼多仗沒死，四九年離開大陸，得傷寒死掉了。老婆正大著肚子，難產，也跟著死了。就留下了一個兒子，託給了我。對，就是亞倫的爸爸。那年，我也沒去得成台灣。和一幫弟兄到了香港，就留了下來。

他看著老人。陽光烈了一些，老人的頭髮泛起些銀色。有輕微的風吹過來，遠處有一株紅杉，將巨大的樹影投在了草地上。樹影間的縫隙便碎碎地抖動。老人的目光正在那樹影子裡，幾乎稱得上溫柔。

他小心地問，那麼您，自己沒有成家？

老人搖搖頭。

他輕輕地「哦」了一聲，老人似乎聽出了惋惜的意思，說，我這輩子，遇見這麼一個好女人，也知足了。

他動了動嘴唇，猶豫了一下，沒有開口。

老人說，現在記得的，就是她彈琵琶的樣子。真美。可惜，再也看不到了。

他惆悵地看著老人。老人對他微笑了，微笑中竟還帶著一些羞澀。這羞澀，是一個戀愛中的青年人的。

他說，為什麼呢。

老人看他一眼，說，年輕人，這大概就是命。日本人走了以後，我去找過她，很多次。教堂裡的人說，她走了，沒有人知道去了哪兒，還帶走了一個孩子。

老人抬起頭，眼睛瞇起來，目光轉向遠處。

他問，那麼，您後來有沒有回過家呢？

老人說，沒有，南京家裡已經沒人了，死的死，逃的逃。五幾年的時候，我倒是想過要回去。可是，看回去的人，都遭了罪，就不敢了。在香港一過就是四十年，到九幾年的時候，聽說中國要收回香港，亞倫爸爸就要移民加拿大來。我實在是氣不過，現在的人，一代比一代沒血性。我就說，我怕共產黨，是因為我跟共產幹過仗，你們倒是怕些什麼。可他們怎麼會聽我的呢，我現在，也就是個

「老而不」了。

他們又坐了一會兒。老人說，回吧。

老人站起來的時候，有點艱難，手杖顫抖了一下。他伸出手，老人看一眼，扶住了。

他說，我應該，怎麼稱呼您呢。

老人的表情，突然間又威嚴起來，輕聲而乾脆地說，洛將軍。

晚飯後，亞倫突然提出來，約他下棋。

開局的時候，亞倫小心地問他：我爺爺，沒有讓你不開心吧。

他說，沒有，你爺爺是很好的人。

亞倫捏著「皇后」停在手裡，好像在思考，說，這真是個奇蹟了。

他說，也許他需要別人的理解。

亞倫說，是的，但是很難。事實上，我們很難和他交談，他甚至連飯都不和我們一起吃。來到加拿大後，他好像變了一個人。我父親算是個孝子，可是，他卻不給我們機會。你知道，他不允許我叫他爺爺。我想，他帶你去墓園了吧。

他點點頭。

亞倫說，我很難對一個見都沒見過的人表達愛。我認為他才是我的爺爺，可是，他要我叫他「洛將軍」。他要所有的人這樣稱呼他。

亞倫心不在焉地放下一枚棋子，注定了敗局。他看一看，說，將軍！

洛將軍，的確極少在家裡出現。常打交道的人，是保母和家庭醫生。與他們，這個老軍官似乎也達成了默契，基本上不需要言語。

最近，家裡人意外地對洛將軍熟悉起來。這多半和他有關。老人會提出要他陪同外出，並不是用商議的口氣，而是，命令。

亞倫全家對這一點感到十分不滿，同時對他抱歉，因為，他畢竟是一個客人。他便一再聲明，這並沒有什麼，說自己很樂意接受洛將軍的邀請。

洛將軍每天都會去的地方，是墓園。到了地方，這一老一少，並沒有更多的話要說。洛將軍也只是坐著，會坐很久。有時將下巴支在手杖上，凝神地看著墓碑，像是墓旁的一尊雕塑。將軍服總是熨燙得很平整，甚至生硬。些微的褶皺才讓這雕塑生動起來。

他有些感動，他並不知道洛將軍在這守衛中會得到些什麼。他只是有些感動。

事實上，洛將軍的生活並沒有家裡人想像得那樣寂寞，甚至並非一成不變。他漸漸發現，這個老先生對這一帶實際非常地熟稔。他帶著他，在「中央公園」的樹林裡穿梭，然後從另一個出口出來，他才發現，已到達了本區的另一個地方，一切豁然開朗。原來這是一條捷徑。他有些驚喜地回頭看過去，將軍咳嗽了一聲，掩飾一下得意的微笑。

他們坐在湖邊上，看麻色的大雁與塘鵝在身旁走來走去。有時，牠們發出難聽的叫聲，將軍就會用斥責的腔調，批評這些外國的鳥長得如何的大而醜，並且缺乏規矩。這時候，走來另一個老人，穿著花俏的格子襯衫和牛仔褲。老人拎著一個很大的雙卡錄音機，經過他們，向將軍脫下禮帽致意。將軍並沒有要理會的意思，臉上的神情莊嚴而不耐。但當這老頭走開了，將軍卻側過身體，臉色促狹地對他說，聽著，這老傢伙，等下一定會唱〈莉莉．瑪蓮〉。

五分鐘後，他聽見了錄音機傳出了小提琴的伴奏聲。果然有個渾厚的男聲，唱起了〈莉莉．瑪蓮〉。這首二戰時風靡一時的歌曲，現在宏亮清晰地響起來，與公園裡空曠祥和的氣氛，奇異地交融成了一體。

將軍的鼻子哼了一下。他問將軍，是不是不喜歡這個老先生。

將軍用手杖戳起了地上的一片枯葉，悶聲說，老史蒂夫麼，我和這個德國佬，永遠說不到一塊兒去。

他心裡有些納悶，正在想這兩個老人會怎樣交流，老史蒂夫或許是個中國通。正在這時，走過來一個體態臃腫的棕髮老太太，推著一輛嬰兒車。看到將軍，老太太立刻現出雀躍的神情，用半生不熟的中文大聲地向將軍問候。將軍的嘴角咧了一下，他便看出他們之間的友好。接下來，他聽到將軍以十分流利的英語與老太太聊起了家常。老太太憂心忡忡地談起她的寵物，是一隻三歲的喜馬拉雅貓，最近做了結紮手術。她擔心這隻貓因此患上了抑鬱症。將軍以鏗鏘的語調安慰她，並且用了一句很露骨的英文諺語，將他們的討論言簡意賅地作了總結。這句諺語用得十分道地，是關於男女之間的情事。老太太臉色羞紅了一下，同時用嗔怨的目光地瞟了將軍一眼。在這目光裡，洛將軍響亮地哈哈大笑起來。

有時候，他們會走得遠一些。坐上巴士，去附近的一個巧克力廠。這間巧克力廠，每週二是例行的參觀和免費品嘗日。這一天的十點鐘，廠門口便排起一條人的長龍。這隊伍中，多半是小孩子，遊客，家庭主婦，或者是嚼著口香糖、百無聊賴的年輕人。穿著軍裝的洛將軍威風凜凜地站在隊伍裡，不免會有人側目。但是，因為將軍嚴正的面目，沒有人敢造次。他們同情地看他一眼，想這青年人，必定是這個老頭兒無奈的孫子。他們這樣排上一個小時，也不過能領到兩塊沒有包裝的黑巧克力。將軍立即將巧克力放進嘴裡嚼起來，但是，這些巧克力融化得很快，往往就黏在了假牙上。將軍忍受不了，就把假牙從嘴裡取出來，放在水龍下沖洗。這時候，他的嘴巴就癟了下去，人也跟著頹唐下去了。

夜裡，他們照例坐在洛將軍的機要室裡。燈光是無限的暗。他聽著〈春江花月夜〉，心裡有些傷感。對於洛將軍，這樂曲就是一個人。這人與老人日日陪伴，不離不棄。而他自己呢，是因為放棄而逃離，還是因為，被放棄。

她的身影，這時候，出其不意地浮現。他閉上眼睛。樂曲這時候，倏然大了起來，幾乎以洶湧的氣勢，灌進了他的耳膜。

他的離去，她並不很意外。

儘管即將而來的夏天，讓她想起了兩年前的那個午後。因為失散，他的額頭滲出了薄薄的汗。好奇的張望，讓他的不鎮靜，變為了天真。

這時候，她坐在同樣的位置上，想起這些。櫃檯上的陽光星星點點，似曾相識。再過些日子，她就要離開這裡了。

倉庫裡的裝修，十分順利。「教父」兌現了諾言，說要送給她一間畫廊，就是一間畫廊。她每天去，都會是新的模樣。

以前做小劇場的時候，因為隱蔽與低調，這倉庫未改過一分。現在，教授的手筆，稱得上是大鳴大放。外牆打掉了一半，裝上兩吋厚的透光磨砂玻璃代替。倉庫有著高闊的頂，就用金屬與玻璃的材料，在半腰裡做成了複式結構。上面布置成了工作室，地面同樣用玻璃材質，人走上去，如同履冰。又設計了一個魚池，從底下放眼仰望，那魚便如同游弋在空中了。樓下又在中間隔開，做成了「中廳」與「西廳」。「西廳」四面都是鏡，射燈與桶燈流光環繞，面積無端又擴大了一倍。而「中廳」的四壁，卻以劈開了湘妃竹的竹片拼砌，彷彿巨幅的竹簡，施施然鋪展開來，要等人揮灑丹青的。壁上迎面貼了一幅〈洛神賦〉。顧愷之的傳世作，做成了了剪紙，人與物，便又空靈了些。又因為是紅色的，樸素中也見了熱烈。

童童站在升降梯上，正在畫一幅壁畫。

她看著這幅高大的壁畫，想起，這裡曾經是劇場簡易的看台，由粗木的集裝箱搭建而成。座位之間的間隔很小。他和她坐在那裡，他不得不佝僂著高大的身體。他將她的手緊緊地攥在手中，攥出了薄薄的汗。想到這裡，她感到自己一陣軟弱。

她沒有留意到，童童已從梯子上下來，站在她身後，看著壁畫，很由衷地說：真美。

夜半的時候，她忽然醒來。

她胸口發著堵，感到前所未有的疲憊。

她坐起來，深深吸一口氣，掀開窗帘，恰看見外面的月亮。是半透明的，如同昏黃的紙。

這是她第一次看見西市的月亮，很大很薄，升起在黢黑的屋瓦上。前面遮著厚厚的霾，在亮處投射了灰暗的剪影。一切都不真實，像是舞台上的道具。

這時候，她乾嘔了一下。

出其不意地，又一下，嘔得有些心悸。驀然間，她意識到，這些天，對自己身體的疏忽。

醫生說，是的。

外面的陽光，在百葉窗的罅隙間暈開。有風，那藍色的線條在她眼前輕軟地顫動起來。

醫生說，如果你打算要這個孩子，定期過來做檢查。目前的情況不錯。

她坐在冰冷的金屬凳上，沒有動。醫生問，結婚了嗎？

她搖搖頭。

醫生說，既然懷上了，就要為結果負起責任。這是老調重彈，不止是男方，你也一樣。

她說，如果，男方死了呢？

她從門診大樓走出來，穿過醫院的大草坪。時當正午，走在草坪中央的石子小徑上，兩旁是闊大的闖眼的綠。

她停住。

理療中心門口，新建成的康復區。她看見了一個女人。這女人拄著拐杖，在護士的攙扶下向前走。走得很慢、很艱難，腿有些微微地發抖。突然趔趄了一下，整個人便重重地倒在了護士身上。女人抬起頭，對護士很抱歉地微笑。在這抬起頭的一瞬，她發現，女人很美，長著明亮的眼睛與光潔的額。這美不是少女的美，也無關成熟，而是經過歲月歷練後的純真，有一種天然的開闊。

女人的身旁，還有一個男人，亦步亦趨地跟著。這是個形容滄桑的中年男人。男人是好看過的，生就了可以傳情的眉目。此時，這眉目與和平安靜的神情交疊，波瀾不興。眼前的景象讓她有些感動。男人輕輕扶住女人的腰，這個姿勢略微地彆扭。有風吹過，將女人的另一隻袖子吹起來。她才注意到，這隻袖子裡是空蕩蕩的了。

她想，就這樣吧。

這一回，她沒有再下決心。決心無論是否，都勢必走向艱辛。

她沒有再去回憶那個凌晨。雅可在最痛苦而脆弱的一瞬，還是用雄性原始的力打擊了她。而這擊打，竟然有了結果。

她想到了「咎由自取」這個詞。想到這裡，她笑了一下。

一切順理成章地發生，發展。

她竟有了期盼。這期盼與幸福無涉。但是，她告訴自己，有了一個命運的同盟。

她站在櫃檯後面，心裡充盈，覺得生活也日益飽滿。這是錯覺。旁人只感到她是因為事業，而有了盼頭和希望。

偶然地，她想起他，還是有一絲恐懼。不知這恐懼多少與愛相關，在她卻如針芒。對於未來，她是掩耳的盜鈴者，有一份欣欣然的自欺。然而，這針芒所向，柔軟溫和，卻尖利，不覺間將她的畫皮刺得千瘡百孔。他，只是一個輪廓了。這輪廓卻清晰無比，線條無分巨細，歷歷在目。

一切，皆因有了開始。

她是咎由自取。

她不會想到，這個與她相濡以沫的人，會是童童。

童童在燈光底下看化驗單。

童童對她說，這種東西，還是應該藏得好一些。

大大咧咧的童童，目光變得鋒利。

她說，藏給誰看？

童童說，不是那個外國人的。

她望著童童，像望著一件擺設。童童將她的肩膀扳過來，說，不是他的。你不會為他留下來。是雅可的。

你到底還是做成了。童童虛弱地抬起手，將化驗單從中間撕開來，開始哭泣。她不知道該怎麼說安慰的話。

這時候，她胃裡突然排山倒海。她隨手拿起一個塑膠袋，歇斯底里地嘔。

童童止住哭泣，黯然地看她。然後靠近她，伸出了胳膊。

她們擁抱在一起，她覺出溫暖從這個略顯肥胖的女孩身體裡慢慢流瀉出來，將單薄如紙的她包容。她撫摸童童的頭，頭髮有些油膩，有些代謝強盛的頭油味。這女孩還年輕。她嗅了嗅，並不難聞。她四周稀薄的空氣就顯得厚重了一些，砥實了一些。

童童說，我們，把孩子生下來。

地下室。這是童童的住處。兩年前童童從蘇北來到這座城市，就沒有搬過。打開燈，仍然只有微渺的光。她看見依牆凌亂地擺著一些油畫。有些只完成了一半。最大的一幅，是天幕下一個金髮的裸女，長著渾然巨大的乳房。童童看見她在打量，便隨手從床上撿起一件文胸，罩在裸女的乳房上，僅能遮住一半。童童便嘻嘻地笑，說這就是「藝術源於現實，又大於現實」。牆上有經年的淺淺的水印。空缺處是窗戶，有半個窗高於地面，可以看見過往行人的腳。一件鬆獅犬走過來，透過玻璃好奇地看她。她與這條狗對視。狗轉過身去，在窗戶上尿了一泡。童童將一隻拖鞋扔了過去。童童看她一眼，嘆一口氣，說，是個鬼地方，將就一下，總好過你一個人。

她抬起頭來，不經意地，眼神還是流露出了感激。童童低聲說，不是為了你，是為了雅可。

她不再去裝修中的庫房。她的妊娠反應比想像的嚴重，細微的油漆味會引起長時間的嘔吐，直至虛脫。

再遲一些的時候，她便甘心地被童童藏匿在地下室裡。在這沒有陽光的地方，童童像在保護一粒種子。童童是個天真的人，認為任何輿論都可能成為動搖土壤的元凶。她用了很多的時間躺在黑暗裡。這裡或許對她是安全些的地方，大約因為黑成了一片，便都辨識不清。她原本是個太清晰的人。無罣礙故，無有恐怖。

入秋的時候，她偶爾會去西市的店裡。拿一把雞毛撣子，打掃蒙塵的畫。她安靜地坐著，看外面的景象，從五顏六色、熱熱鬧鬧的，一直看到陽光泄下去，人丁冷落。路上的人，也會看她。這時候，她的腹部已微微隆起。皮膚白得透明，這是許久不見陽光的緣故。人們看見一個年輕的孕婦，坐在店堂內，有著這個年紀稀有的安詳面容。一些外國人，看見了，竟然走進來，要求給她拍照。她就任他們拍，卻也不說話。

在童童的敦促下，她去做了一次超聲檢查。

她看見了那個孩子。

電子探頭在她光裸的腹部冰冷地滑動。當顯示器上出現了小小的身體，她還是有些驚訝。這身體蜷著，卻已有了口鼻、手腳與臟器，是具體而微的一個人。她單薄的身體，已經裝下了一個人，如今，這人在她的體內生長、呼吸、吞嚥、律動，與她休戚與共。但是，這個人身上，流著另一人的血。而這個人已經死去。

童童坐在一旁，臉上泛著興奮的紅光。童童說，你真偉大。

地下室裡響著THE DOORS的音樂。漫長，陰沉，淡漠，內裡是溫柔的暴烈。她記得這支旋律，因為中途無節制的嘶鳴。*The End*，曾被科波拉用於《現代啟示錄》，主題卻是關於弒父戀母。她笑一笑，問童童，聽這樣的歌，你不怕我得孕婦抑鬱症？

童童回過頭，嚴肅地看她，說，這是雅可喜歡的，孩子有權利知道父親的生活。

童童爬到她身旁，趴在她肚子上。這時候她的肚子又動了一下，童童認真地聽了一會兒，也笑了。童童說，這孩子知道疼人，跟我說媽媽晚上想吃水晶肘花。好，我這就出去買。

夜裡，睡意朦朧間，她感覺到一滴溫暖的水滴到了臉上。她張開眼睛，看見童童正坐在床邊，全神貫注地看著自己。童童偏過頭，使勁擦了擦眼角，要站起身走開。她捉住了童童的手。童童的手，在她手裡抖了一下，停住了。終於，童童俯下身，輕輕地在她額頭上吻了一下。這一瞬間，她閉上了眼睛。讓那唇濕潤的餘溫，在皮膚上停留得久一些。在這瞬間，她想的是，如果身邊的是他，該有多好。

她在微寒的初冬，見到了母親。這一天，她坐在店堂裡，看對面鋪子的房頂上，已經蒙了清晨的霜。外面有輪椅的吱呀，在西市的青石板路上顛簸的聲音。

母親出現在門口，有點艱難地將輪椅停住。母親又有些見老了，神情卻沒變。她站起身，心緊一緊，下意識地擋住腹部。母親的神情有些閃躲，嘴唇動了動，沒有開口。

她們進入聖約瑟堂的時候，是午後三點。陽光青白，正投照在高聳的哥德式尖頂上。和外面的西式風格不同，禮拜堂內裡，是傳統的木石構造。闊大的椽支撐著穹頂。四壁是用舊城牆的牆磚砌築，她撫摸上去，有沁入手指的涼。拱門的泥紅色，雖然老舊，也是悅目的。這座天主教堂，東西合璧，有一顆中國的心。

人並不多。她與母親在後排坐下。她抬起頭，看遠處通明的燈火裡，鐫刻著巨大的白色十字架，旁邊圍繞著飛翔的天使。光線在拱窗與廊柱之間徘徊，被暗影稀釋成了藍色的暈。那裡坐落著一尊聖像。有個人，虔誠地跪在聖像前面，很久。一個穿著長袍的神職人員，從她們身旁走過，卻又回轉過身，走回來，遞給她一張紙。是禮拜堂的布道時間表。

母親微微地闔著眼睛，始終沒有說話。手卻一直放在她的膝頭上。

她們離開的時候，恰聽到教堂的鐘聲響起。這聲音遠遠地散播開來，裊裊地消失在不知名的地方。她便也望向遠方。晚涼的風吹過來，她低下身去，將母親胸前的圍巾裹緊了些。

第二天的早晨，她接到了一個電話。當時她正艱難地彎下腰，想撿起掉到地上的一枚織針。她在研究一本叫做《針織技巧速成》的書，是童童買來的。一起買來的，是一些顏色斑斕的絨線。童童說，她應該來得及在孩子出生前，織上一身絨線衣褲。電話就是這個時候響起來的。這時她的手指離織針不及一吋。她猶豫了一下，終於還是直起腰，去接了電話。

電話裡是個冰冷的聲音，問她是不是馮雅可的親友。她愣了一下，說，是。那邊就說，戒毒所提供了你的電話號碼。我們這是省疾病控制中心，半年前送交了馮雅可的血樣，檢驗發現HIV抗體呈陽性。我們得知馮雅可已經過世，死者有長期的吸毒史，你回憶一下，如果和馮雅可共用過注射針頭，或者有過性接觸。建議你盡快安排時間，來我們中心檢查。

電話落到了地上。金屬的織針就在她腳邊，閃著尖利的光。她慢慢挪到床邊，坐下來。這時候，她眼前恍惚出現了一張臉，是他的。

他收到她發來的電郵。

溫哥華的冬天，雨水突然多了。天色灰暗。霧也很大，有時連續很多天。這城市一時之間，成了倫敦的複製。從十月底起，太陽已很少露面，即使看見，也僅是淡淡餘暉。白天趨短，地又偏北，所以太陽的起落都變得柔弱。每天在東南方遲遲升起，不到一個半天，又從西南方墜下去。他不禁想起了南京的冬日。那樣寒冷乾燥的天氣，冷得很爽利，沒有拖泥帶水。在攝氏零下的天氣裡，屋瓦上滴下的水，轉眼間便結成了冰凌。他記得她曾經趁他不備，將一塊冰塞到他的脖子裡。想到這裡，他不禁一個激靈。

她的電郵上，什麼都沒有寫。只有一幅照片。他看到，是他的背影，頭上是一具藏羚羊骨。背影前方，是西市的陽光。刺眼地一閃，幾乎令其他的景物失了焦。

他決定離開的時候，已經接近歲末。在姊姊的挽留之下。亞倫說，你起碼應該和我們一起過新年。

他搖一搖頭。

臨行的前一個晚上，他與洛將軍坐在機要室裡。這一晚，將軍沒有打開電唱機。

將軍定定地看他，然後弓下身去。老人在抽屜裡翻找了一會兒，拿出一枚勛章。他走過去，將軍很仔細地，將勛章別在他的右胸上，然後站直了身體，鄭重地對他行了軍禮。

將軍說，說說看，你為什麼走。

他猶豫了一下，手伸進衣服裡，從胸口將那條紅絲線掏出來。

小小的鳥形獸，被他捧在手裡，還帶著體溫。長久被他的汗水浸漬，顏色似乎又暗淡了些。但形態，卻還是生動依然。

將軍走近了，嘴唇抖動了一下，用很慢的聲音說，朱雀。

將軍向他伸出了手。

在他不解的目光裡，將軍輕輕摩挲這隻小雀，然後戴上老花鏡，反覆端詳。老人的視線渾濁起來。

給它鍍上這層銅的，是個有心人。

將軍說完，打開一只精緻的工具箱，取出一把銼刀，在小雀的頭部緩緩地銼。動作輕柔，彷彿對一個嬰孩。

銅屑剝落，一對血紅色的眼睛見了天日，放射著璀璨的光。

將軍長舒了一口氣，說，這對紅瑪瑙，是我滿師那天，親手鑲上去的。

# 第十六章

# 歸去未見朱雀航

畫廊在千禧年到來的前一天，開了張。

「教父」是交遊很廣的人。這天便來了很多客，媒體，社會名流，甚至有一兩個省市領導。客人們環顧四周，恭維著畫廊的闊大與品味。

人們看見年輕的女主人，迎來送往。頷首間，不忘輕輕用手護住隆起的腹部。她的神情柔和樸素，已是為人母的模樣。認識與不認識的人，看過去，就都有些感懷。

開張有一個揭幕儀式，為了迎門的巨型壁畫。就在紫紅色的絲絨將落下的時候，人們歡呼聲潮涌，她的電話響起，被湮沒。

她掛了電話，努力挽留住臉上的笑容，回轉身去。恰看見壁畫上橫亙的女體，姿態爛漫，眉清目楚。而私處盎然生長出了巨大蓮花，飽滿欲滴，血色入雲。

這時候，他剛剛走進夫子廟。

難得有冬日的好陽光，將四周的人和景，都洗得清澈了一些。

廣場上有了節慶的氛圍，到處是醒目可喜的紅，穿梭在熱烈的空氣裡。「魁光閣」重又翻新，門臉兒上掛著巨大的「中國結」。

在西市門口，他默然站定，覺出腳底有涼意襲上來。

一群鴿子，「撲拉拉」地飛過。他揚起臉，發現自己置身於天井的光影之間。頭上遼闊的天空，已被屋梁與飛檐裁切開，看得見一角無限透明的藍。

放眼過去，唯一的景物是孔廟近旁的古鐘樓。這建築面目陳舊，莊嚴肅穆。灰紅的牆體業已斑駁，布滿了經年的爬山虎，也隨了季節衰落。在爬山虎的交纏下，鐘樓孑然立著，如同入世的隱士。身處市井，外面還聽得見車馬喧囂的聲音。他和這樓面對面，卻覺得心底安靜，身體也緩慢地冷卻下去了。

（完稿於戊子秋，修訂於乙未春，香港）

後記

# 我們的城池

今年夏天，我走進了長江路上叫做「1912」的地方。這地方，有著相當樸素的面目。外觀上，是一個青灰與磚紅色相間的建築群落。低層的樓房，多是煙色的牆，勾勒了泥白的磚縫，再沒有多餘的修飾，十分平實整飭。然而，在它的西面，毗鄰著總統府，又與中央飯店遙遙相對。會讓人不自覺地揣測它的淵源與來歷。這裡，其實是南京新興的城市地標，也是漸成規模的消費社區。「昔日總統府邸，今朝城市客廳」，商業口號不免降尊紆貴，內裡卻是親和懇切的姿態。民國風味的新舊建築，錯落在你面前，進駐了「瀚德遜河」、「星巴克」與「粵鴻和」。

一九一二，是民國元年，也曾是這城市鼎盛過的時日。境遷至今，四個鮮亮奪目的阿拉伯數字，坐落在叫做「博愛」的廣場上，成為時尚的標記。通明的燈火裡頭，仍有寂寥默然的矗立。或許這矗立本身已經意興闌珊，卻是言簡意賅的附會。這附會的名義，是「歷史」二字。

許久前，在一篇關於南京的文章裡，我曾經這樣寫過：

這個城市，從來不缺歷史，有的是濕漉漉的磚石碑刻供你憑弔。十朝風雨，這該是個沉重的地方，有繁盛的細節需要承載。然而她與生俱來的脾性，總有些漫不經心。你看得到的是一個剪影，閑閑地背轉身去，踱出你的視線。你再見到她時在落暮時分，「烏衣巷口夕陽斜」，溫暖而蕭瑟。《儒林外史》裡頭，寫了兩個平民，收拾了活計，「就到永寧泉茶社吃一壺水，然後回到雨花台來看落日。」

如今，回頭再看這段文字，卻令自己汗顏。這文字言語間雖則誠實，卻不太能禁得起推敲，是多少帶著浪漫主義色彩的浮光掠影。事實上，「歷史」於這城市間唇齒一樣的關聯，並非如此溫情脈脈。在規整的時代長卷之下，隱埋著許多斷裂與縫隙，或明或暗，若即若離。

當年，諸葛亮鏗然一句，「鍾山龍蟠，石頭虎踞，此帝王宅也。」言猶在耳，李商隱便在〈詠史〉裡唱起了對台戲：「三百年間同曉夢，鍾山何處有龍盤？」一語問到了傷處，因為關乎的便是這斷裂。三百年的蹉跎歲月，歷史自是繁盛。然而，孫吳至陳，時局變動之快，興衰之頻，卻令人扼腕。

說到底，這是座被數次忽略又重被提起的城市。歷史走到這裡不願繞行，總是有些猶豫和不捨，於是停下腳步。世轉時移，還未站穩腳跟，卻又被一起事件，甚至一個人拉扯出去了。關於這其中的更迭，有許多傳說，最盛的自然事關風水。崢嶸的王氣，是招人妒的。楚威王在幕府山下埋了一雙金人，秦始皇開挖秦淮、掘山斷隴，都是為打擊這「氣」而來。政治肥皂劇甫一落幕，這氣便也「黯然收」了。「玉樹歌殘王氣終」，你所看到的沉澱，其實也都是一些光影的片段，因為薄和短促。只是這光影累積起來，也竟就豐厚得很。

想一想，南京與歷史間的相濡以沫，其實有些不由衷。就因為這不由衷，倒讓這城市沒了「較真」的興致，無可無不可，成就了豁朗的性情。所以，你細細地看，會發覺這城市的氣質，並非一脈相承，內裡是頗無規矩的。擔了數代舊都的聲名，這城市自然風雲際會，時日荏苒，卻是不拘一格。往遠裡說，是王謝烏衣斜陽裡，更是盛產六朝士人的風雅處，民國以降，幾十載過去，在喧騰的紅色年代竟也誕生了作派洶湧的「好派」與「屁派」，豪獷迫人起來。其中的矛盾與落差，看似荒誕，卻大致標示了這城市的氣性。

給這氣性的下一則定義，並非易事。但用一個詞來概括，卻也可算是恰如其分。這個詞，就是「蘿蔔」。一方水土一方人。這詞原來是外地人用來褒貶南京人的。蘿蔔做為果蔬，固然不是南京的特產。然而對蘿蔔產生地方認同感的，卻唯有南京人。龔乃保《冶城蔬譜》云：「蘿蔔」吾鄉產者，皮色鮮紅。冬初，碩大堅實，一顆重七八兩，質粉而味甜，遠勝薯蕷。窖至來春，磕碎拌以糖醋，秋梨無其爽脆也。這則描述的關鍵字，在於「大」與「實」兩個字。外地人便引申出來，形容南京人的「木訥，無城府和缺世故」。南京人自己倒不以為意，將之理解為「敦重質厚」。這是不錯的心態。的確，南京人是不大會投機的，說好聽些，是以不變應萬變。南京人對於時局的態度，多半是順勢而為。大勢所趨或是大勢已去，並非他們考慮的範疇。因為沒什麼心眼兒和計算，與世少爭，所以又漸漸有了沖淡平和的作風。「菜傭酒保，都有六朝煙水氣」，由是觀，「蘿蔔」又是葷素鹹宜的意思，說的是人，也是說這城市的開放與包容。有關於此，前輩作家葉兆言，曾引過一則掌故，說的是抗戰後南京徵選市花，名流們各執己見，梅花海棠莫衷一是。終於有人急了，打岔說代表南京的不是什麼花，而是大蘿蔔。這段子引得令人擊節，忍俊不止處，卻也發人省思。

以上種種，於這城市性情中的豐饒，其實不及其一。做為一個生長於斯的人，若非為要寫這部小說，也不太會著意地深入了解與體會。這大概也是一種帶著「蘿蔔氣」的習以為常。

雖然在外多年，每次回到南京，從未有過近鄉情怯之感。但還會生出一絲躊躇。因為，南京也在變遷，只是步子和緩些。新街口的市中心，有了林立的高樓與喧騰的商圈。因為城市建設的緣故，中山東路上法國梧桐蔽日的濃蔭，也日漸有些稀薄。關乎記憶的，還有和年少時老友的約見，談起一間叫做「亂世佳人」的酒吧。這酒吧坐落在湖北路上極偏僻的地方，在年輕人中卻有著不變的聲名。依稀記得仄仄彎轉的木樓梯，閃爍於其間的，是藍紫色的光影。如今，卻也在「1912」開了分店。分店有著闊大的店面，幾乎可以用堂皇來形容。口碑依舊，因此卻有了「大小亂」的說法。「先大亂，後小亂」是近年流傳於南京青年人口中的經典，出處是本地的一個說唱樂隊的作品。這句話一定要用南京話來念，才口味地道。千變萬變，南京話的魯直是不會變的。

這城市的「常」與「變」，猶如年月的潮汐，或者更似暗湧。當有一天我倏然發覺，自己寫的小說，正在這暗湧下悄然行進的時候，已過去了許多時日。在此之前，我時常敬畏於這城市背景中的豐盛與厚重。以至於，開始懷疑文字微薄的承載力。極偶然地，外地的朋友，指著一種牌子叫做「南京」的香菸，向我詢問菸殼上動物的圖案。那是一頭「辟邪」，之於南京，是類似圖騰的神獸。朋友被它敦厚而凌厲的神態吸引，興奮地刨根問底。問答之下，我意識到，他的很多問題，是我從未設想過的。是因為慣常於此，出於一個本地人的篤定。我突然醒悟，所謂的熟悉，讓我們失去了追問的藉口，變得矜持與遲鈍。而一個外來者，百無禁忌，卻可以突圍而入。於是，有了後來的尋找與走訪，以一個異鄉人的身分。在原本以為熟識的地方，收穫出其不意，因為偏離了預期的軌道。一些鄭重的話題，在我的同鄉與前輩們唇間，竟是十分輕盈與不著痛癢。他們帶著玩笑與世故的口吻，臧否著發生於這城市的大事件與人物。偶然也會動情，卻是因一些極小的事。這些事是無關於時代與變革的，隱然其中的，是人之常情。

這大約才是城市的底裡，看似與歷史糾纏，欲走還留，卻其實並不那麼當回事，有些信馬由韁。在靠近幕府街的舊宅子，一個老先生給我看了張照片。那照片用雲錦包裹著，肅然間，打開了，暗沉的房間裡頭忽然就有了生氣。上面是一對年輕人，在泛黃的背景上緊緊依偎。男的頭髮留著規矩的中分，身穿戴著毛領子的皮夾克，是老派的時髦，表情卻明明是稚氣的。女孩子更年輕，緊緊執著男子的手，疏淡的眉目將笑意包裹，終於又忍不住似的。

他們的臉讓我如釋重負。

這是有關《朱雀》的一些紀錄與感念。

這部小說，寫了五年。如今完成，人已屆而立。這五年間，於我之前單純的人生，有了變故，也經歷了苦痛。我並不確定我是否真的會因此而成長。而這小說，卻是一個忠誠的時間見證。始終需要心存感恩的，是這城市的賦予，在我塵埃落定的三十歲。

（戊子年於香港）

當代名家・葛亮作品集1

# 朱雀

2015年10月初版 定價：新臺幣350元



著者 葛亮
發行人 林載爵

| | | | |
|---|---|---|---|
| 出版者 | 聯經出版事業股份有限公司 | 叢書主編 | 胡金倫 |
| 地址 | 台北市基隆路一段180號4樓 | 叢書編輯 | 陳逸華 |
| 編輯部地址 | 台北市基隆路一段180號4樓 | 校對 | 吳美滿 |
| 叢書主編電話 | (02)87876242轉203 | 封面設計 | 莊謹銘 |
| 台北聯經書房 | 台北市新生南路三段94號 | | |
| 電話 | (02)23620308 | | |
| 台中分公司 | 台中市北區崇德路一段198號 | | |
| 暨門市電話： | (04)22312023 | | |
| 台中電子信箱 | e-mail：linking2@ms42.hinet.net | | |
| 郵政劃撥帳戶第 | 0100559-3號 | | |
| 郵撥電話 | (02)23620308 | | |
| 印刷者 | 世和印製企業有限公司 | | |
| 總經銷 | 聯合發行股份有限公司 | | |
| 發行所 | 新北市新店區寶橋路235巷6弄6號2樓 | | |
| 電話 | (02)29178022 | | |

行政院新聞局出版事業登記證局版臺業字第0130號

本書如有缺頁，破損，倒裝請寄回台北聯經書房更換。 ISBN 978-957-08-4629-4 (平裝)
聯經網址：www.linkingbooks.com.tw
電子信箱：linking@udngroup.com

國家圖書館出版品預行編目資料

朱雀/葛亮著．初版．臺北市．聯經．2015年10月
（民104年）．448面．14.8×21公分（當代名家・
葛亮作品集：1）

ISBN 978-957-08-4629-4（平裝）

857.7 104019109